四代同堂（下）

經典新版

本書原名為《四世同堂》
現為從俗起見，改為《四代同堂》

老舍

老舍——著

四代同堂【下】目錄

第六十章　變了樣的世界　7
第六十一章　一切都是空的　22
第六十二章　禍從天上來　35
第六十三章　禍患的根源　46
第六十四章　北平天字第一號的女霸　60
第六十五章　死裡逃生　75
第六十六章　「行刑場」　90
第六十七章　一隻腳已臨在地獄裡　101

第三部：饑荒

第六十八章　抄家　117

第六十九章　所長的末日　129
第七十章　日本人的特務　140
第七十一章　發財的最好捷徑　156
第七十二章　一家人到底是一家人　168
第七十三章　風暴裡的燈塔　176
第七十四章　領糧的資格　187
第七十五章　取糧隊伍　196
第七十六章　共和麵　210
第七十七章　預感　225
第七十八章　全城大消毒　235
第七十九章　遇見它的都須毀滅　248
第八十章　白饅頭的甜美　258
第八十一章　死亡的黑影　267

四代同堂【下】目錄

第八十二章　歷史的天平 280
第八十三章　戰爭像地震 291
第八十四章　我們的抗戰不僅是報仇 298
第八十五章　開場戲 308
第八十六章　戰爭變成全世界的 316
第八十七章　人類一切的根源 325
第八十八章　曾經的心上人 336
第八十九章　夜貓子進宅 346
第九十章　宣傳的力量 351
第九十一章　防空演習 359
第九十二章　糧食配給 367

第九十三章　良心跟惡念　376
第九十四章　戰爭最大的教訓　381
第九十五章　禍事　391
第九十六章　忠順奴才的下場　395
第九十七章　孩子的眼　402
第九十八章　日本投降　410
第九十九章　重逢　418
第一百章　人之初　425

第六十章　變了樣的世界

天祐的屍身並沒漂向大河大海裡去，而是被冰，水藻，與樹根，給纏凍在河邊兒上。

第二天一清早就有人發現了屍首，到午後消息才傳至祁家。

祁老人的悲痛是無法形容的。四世同堂中的最要緊，離他最近，最老成可靠的一層居然先被拆毀了！他想像得到自己的死，和兒媳婦的死——她老是那麼病病歪歪的。他甚至於想像得到三孫子的死。他萬想像不到天祐會死，而且死得這麼慘！

老天是無知，無情，無一點心肝的，會奪去這最要緊，最老成的人：「我有什麼用呢？老天爺，為什麼不教我替了天祐呢？」老人跳著腳兒質問老天爺。然後，他詛咒日本人。他忘了規矩，忘了恐懼，而破口大罵起來。一邊罵，一邊哭，直哭得不能再出聲兒。

天祐太太的淚一串串的往下流，全身顫抖著，可是始終沒放聲。一會兒，她的眼珠往上翻，閉過氣去。

韻梅流著淚，一面勸解祖父，一面喊叫婆婆。兩個孩子莫名其妙的，扯著她的衣襟，不肯放手。

瑞豐，平日對父親沒有盡過絲毫的孝心，也張著大嘴哭得哇哇的。慢慢的，天祐太太醒了過來。她這才放聲的啼哭。韻梅也陪著婆母哭。哭鬧過了一大陣，院中忽然的沒有了聲音。淚還在落，鼻涕還在流，可是沒了響聲，像風雪過去，只落著小雨。悲憤、傷心，都吐了出去，大家的心裡全變成了空的，不知道思索，想不起行動。他們似乎還活著，又像已經半死，都那麼低頭落淚，楞著。

楞了不知有多久，韻梅首先出了聲：「老二，找你哥哥去呀！」這一點語聲，像一個霹雷震動了濃厚的黑雲，大雨馬上降下來，大家又重新哭叫起來。韻梅勸告這個，安慰那個，完全沒有用處，大家只顧傾洩悲傷，根本聽不見她的聲音。

天祐太太坐在炕沿上，已不能動，手腳像冰一樣涼。祁老人的臉像忽然縮小了一圈。手按著膝蓋，他已不會哭，而只顫抖著長嚎。瑞豐的哭聲比別人的都壯烈，他不知道哭的是什麼，而只覺得大聲的哭喊使心中舒服。

韻梅抹著淚，扯住老二的肩搖了幾下子：「去找你大哥！」她的聲音是那麼尖銳，她的神情是那麼急切，使瑞豐沒法不收住悲音。連祁老人也感到一點什麼震動，而忽然的清醒過來。老人也喊了聲：「找你哥哥去！」

這時候，小文和棚匠劉師傅的太太都跑進來。自從劉師傅走後，瑞宣到領薪的日子，必教韻梅給劉太太送過六元錢去。

劉太太是個矮身量，非常結實的鄉下人，很能吃苦。在祁家供給她的錢以外，她還到舖戶去攬一些衣服，縫縫洗洗的，賺幾文零用。她也時常的到祁家來，把韻梅手中的活計硬搶了去，抽著工夫把它們作好。她是鄉下人，作的活計雖粗，可是非常的結實；給小順兒們作的布鞋，幫子硬，底兒厚，一雙真可以當兩雙穿。

她不大愛說話，但是一開口也滿有趣味與見解，所以和天祐太太與韻梅成了好朋友。對祁家的男人們，她可是不大招呼；她是鄉下人，卻有個心眼兒。

小文輕易不到祁家來。他知道祁家的人多數是老八板兒，或者不大喜歡他的職業與行動，不便多過來討厭。他並不輕看自己，可也尊重別人，所以他須不即不離的保持住自己的身分。今天，他聽祁家哭得太凶了，不能不過來看看。

迎著頭，瑞豐給兩位鄰居磕了一個頭。他們馬上明白了祁家是落了白事。小文和劉太太都不敢問死的是誰，而只往四處打眼。

瑞豐說了聲：「老爺子——」

小文和劉太太的淚立刻在眼中轉。他們都沒和天祐有過什麼來往，可是都知道天祐是最規矩老實的人，所以覺得可惜。

劉太太立刻跑去伺候天祐太太，和照應孩子。

小文馬上問：「有用我的地方沒有？」

祁老人一向不大看得起小文，現在他可是拉住了小文的手。「文爺，他死得慘！慘！」老人的眼本來就小，現在又紅腫起來，差不多把眼珠完全掩藏起來。

韻梅又說了話：「文爺，給瑞宣打個電話去吧！」小文願意作這點事。

祁老人拉著小文，立了起來：「文爺，打電話去！教他到平則門外去，河邊！河邊！」說完，他放開了小文的手，對瑞豐說：「走！出城！」

「爺爺，你不能去！」

老人怒吼起來：「我怎麼不能去？他是我的兒子，我怎麼不能去？教我一下子也摔到河裡去，跟他死在一塊兒，我也甘心！走，瑞豐！」

小文一向不慌不忙，現在他小跑著跑出去。他先去看李四爺在家沒有。在家。「四大爺，快到祁家去！天祐掌櫃過去了！」

「誰？」李四爺不肯信任他的耳朵。

「天祐掌櫃！快去！」小文跑出去，到街上去借電話。

四大媽剛一聽明白，便跑向祁家來。一進門，不管三七二十一，就放聲哭嚎起來。

李四爺拉住了祁老人的手，兩位老人哆嗦成了一團。李老人辦慣了喪事，輕易不動感情；今天，他真動了心。祁老人是他多年的好友，天祐又是那麼規矩老實，不招災不惹禍的人；當他初認識祁老人的時候，天祐還是個小孩子呢。

大家又亂哭了一場之後，心中開始稍覺得安定一些，因為大家都知道李四爺是有辦法的人。

李四爺擦了擦眼，對瑞豐說：「老二，出城吧！」

「我也去！」祁老人說。

「有我去，你還不放心嗎？大哥！」李四爺知道祁老人跟去，只是多添麻煩，所以攔阻他。

「我非去不可！」祁老人非常的堅決。為表示他能走路，無須別人招呼他，他想極快的走出去，教大家看一看。可是，剛一下屋外的台階，他就幾乎摔倒。掙扎著立穩，他再也邁不開步，只剩了哆嗦。

天祐太太也要去。天祐是她的丈夫，她知道他的一切，所以也必須看看丈夫是怎樣死的。

李四爺把祁老人和天祐太太都攔住：「我起誓，準教你們看看他的屍！現在，你們不要去！等我都打點好了，我來接你們，還不行嗎？」

祁老人用力瞪著小眼，沒用，他還是邁不開步。

「媽！」韻梅央告婆婆。「你就甭去了吧！你不去，也教爺爺好受點兒！」

天祐太太落著淚，點了頭。祁老人被四大媽攙進屋裡去。

李四爺和瑞豐走出去。他們剛出門，小文和孫七一塊兒走了來。小文打通了電話，孫七是和小文在路上遇見的。平日，孫七雖然和小文並沒什麼惡感，可是也沒有什麼交情。專以頭髮來說，小文永遠到最好的理髮館去理髮刮臉，小文太太遇有堂會必到上海人開的美容室去燙髮。這都給孫七一點刺激，而不大高興多招呼文家夫婦。今天，他和小文彷彿忽然變成了好朋友，因為小文既肯幫祁家的忙，那就可以證明小文的心眼並不錯。患難，使人的心容易碰到一處。

小文不會說什麼，只一支跟著一支的吸煙。孫七的話來得很容易，而且很激烈，使祁老人感到一些安慰。老人已躺在炕上，一句話也說不出，可是他還聽著孫七的亂說，時時的歎一口氣。假若沒有孫七在一旁拉不斷扯不斷的說，他知道他會再哭起來的。

職業的與生活的經驗，使李四爺在心中極難過的時節，還會計劃一切。到了街口，他便在一個小茶館裡叫了兩個人，先去撈屍。然後，他到護國寺街一家壽衣鋪，賒了兩件必要的壽衣。他的計劃是：把屍身打撈上來，先脫去被水泡過一夜的衣服，換上壽衣——假若這兩件不好，不夠，以後再由祁家添換。

換上衣服，他想，便把屍首暫停在城外的三仙觀裡，等祁家的人來辦理入殮開弔。日本人不許死屍入城，而且抬來抬去也太麻煩，不如就在廟裡辦事，而後抬埋。

這些計劃，他一想到，便問瑞豐以為如何。瑞豐沒有意見。他的心中完全是空的，而只覺得自己無憂無慮的作孝子，到處受別人的憐惜，頗舒服，而且不無自傲之感。出了城，看見了屍身——已由那兩位僱來的人撈了上來，放在河岸上——瑞豐可是真動了心。一下子，趴伏在地，摟著屍首，他大哭起來。這回，他的淚是真的，是由心的深處冒出來的。天祐的臉與身上都被泡腫，可是並不十分難看，還是那麼安靜溫柔。他的手中握著一把河泥，臉上可相當的乾淨，只在鬍子上有兩根草棍兒。

李四爺也落了淚。這是他看著長大了的祁天祐——自幼兒就靦腆，一輩子沒有作過錯事，永遠和平、老實、要強、穩重的祁天祐！老人沒法不傷心，這不只是天祐的命該如此，而是世界已變了樣了——老實人、好人，須死在河裡！

瑞宣趕到。一接到電話，他的臉馬上沒有了血色。嘴唇顫著，他只告訴了富善先生一句話：「家裡出了喪事！」便飛跑出來。

他幾乎不知道怎樣來到的平則門外。他沒有哭，而眼睛已看不清面前的一切。假若祖父忽然的死去，他一定會很傷心的哭起來。但是，那只是傷心，而不能教他迷亂，因為祖父的壽數已到，死亡是必不可免的，他想不到父親會忽然的死去。況且，他是父親的長子：他的相貌、性格、態度、說話的樣子，都像父親，因為在他的幼時，只有父親是他的模範，而父親也只有他這麼一個珍寶接受他全份的愛心。

他第一次上大街，是由父親抱去的。他初學走路，是由父親拉著他的小手的。他上小學、中學、大學，是父親的主張。他結了婚，作了事，有了自己的兒女，在多少事情上他都可以自主，不必再和父親商議，可是他處理事情的動機與方法，還暗中與父親不謀而合。他不一定對父親談論什麼，可是父子之間有一種不必說而互相瞭解的親密；一個眼神，一個微笑，便夠了，用不著多費話。

父親看他，與他看父親，都好像能由現在，看到二三十年前；在二三十年前，只要他把小手遞給父親，父親就知道他要出去玩玩。他有他自己的事業與學問，與父親的完全不同，可是除了這點外來的知識與工作而外，他覺得他是父親的化身。他不完全是自己，父親也不完全是父親，只有把父子湊到一處，他彷彿才能感到安全，美滿。他沒有什麼野心，他只求父親活到祖父的年紀，而他也像父親對祖父那樣，雖然已留下鬍子，可是還體貼父親，教父親享幾年晚福。這不是虛假的孝順，而是，他以為，最自然，最應該的事。

父親會忽然的投了水！他自己好像也死去了一大半！他甚至於沒顧得想父親死了的原因，而去詛咒日本人。他的眼中只有個活著的父親，與一個死了的父親；父親，各種樣子的父親——有鬍子的，沒鬍子的，笑的，哭的——出現在他眼前，一會兒又消滅。他顧不得再想別的。

看見了父親，他沒有放聲的哭出來。他一向不會大哭大喊。放聲的哭喊只是沒有辦法的辦法，而他是好想辦法的人，不慣於哭鬧。他跪在了父親的頭前，隔著淚看著父親。他的胸口發癢，喉中發甜，他啐出一口鮮紅的血來。腿一軟，他坐了在地上。天地都在旋轉。他不曉得了一切，只是口中還低聲的叫：「爸爸！爸爸！」

好久，好久，他才又看見了眼前的一切，也發覺了李四爺用手在後面戧著他呢。

「別這麼傷心喲！」四爺喊著說：「死了的不能再活，活著的還得活下去呀！」

瑞宣抹著淚立起來，用腳把那口鮮紅的血擦去。他身上連一點力氣也沒有了，臉上白得可怕。可是，他還要辦事。無論他怎麼傷心，他到底是主持家務的人，他須把沒有吐淨的心血花費在操持一切上。

他同意李四爺的辦法，把屍身停在三仙觀裡。

李四爺借來一塊板子，瑞宣瑞豐和那兩個幫忙的人，把天祐抬起來，往廟裡走。太陽已偏西，不十分暖和的光射在天祐的臉上。

瑞宣看著父親的臉，淚又滴下來，滴在了父親的腳上。他渾身痠軟無力，可是還牢牢的抬著木板，一步一步的往前挪動。他覺得他也許會一跤跌下去，不能再起來，可是他掙扎著往前走，他必須把父親抬到廟中去安息。

三仙觀很小，院中的兩株老柏把枝子伸到牆外，彷彿為是好多得一點日光與空氣。進了門，天祐的臉上沒有了陽光，而遮上了一層兒淡淡的綠影。「爸爸！」瑞宣低聲的叫。「在這裡睡吧！」

停靈的地方是在後院。院子更小，可是沒有任何樹木，天祐的臉上又亮起來。把靈安置好，瑞宣呆呆的看著父親。父親確是睡得很好，一動不動的，好像極舒服，自在，沒有絲毫的憂慮。生活是夢，死倒更真實，更肯定，更自由！

「哥哥！」瑞豐的眼、鼻，連耳朵，都是紅的。「怎麼辦事呀？」

「啊？」瑞宣像由夢中驚醒了似的。

「我說，咱們怎麼辦事？」老二的傷心似乎已消逝了十之八九，又想起湊熱鬧來。喪事，儘管是喪事，據他看，也是湊熱鬧的好機會。穿孝、唪經、焚紙、奠酒、磕頭、擺飯、入殮、開弔、出殯──有多麼熱鬧呀！

他知道自己沒有錢，可是大哥總該會設法弄錢去呀。人必須盡孝，父親只會死一回，即使大哥為難，也得把事情辦得熱熱鬧鬧的呀。只要大哥肯盡孝，他──老二──也就必定用盡心計，籌劃一切，使這場事辦得極風光，極體面，極火熾。

比如說：接三那天還不糊些頂體面的紙人紙馬，還不請十三位和尚念一夜經麼？伴宿就更得漂亮一些，酒席至少是八大碗一個火鍋，廟外要一份最齊全的鼓手；白天若還是和尚唪經，夜間理應換上喇嘛或道士。而後，出殯的時候，至少有七八十個穿孝的親友，像一大片白鵝似的在棺材前面慢慢的走；棺材後面還有一二十輛轎車，白的，黃的，藍的，裡面坐著送殯的女客。還有執事、清音、鬧喪鼓、紙人紙車金山銀山呢！

只有這樣，他想，才足以對得起死去的父親，而親友們也必欽佩祁家──雖然人是投河死了的，事情可辦得沒有一點缺陷啊！

「四爺爺！」瑞宣沒有搭理老二，而對李老人說：「咱們一塊兒回去吧？怎麼辦事，我得跟祖父，母親商議一下，有你老人家在一旁，或者──」

李老人一眼便看進瑞宣的心裡去：「我曉得！聽老人們怎麼說，再合計合計咱們的錢力，事情不能辦得太寒傖，也不能太扎花；這個年月！」然後他告訴瑞豐：「老二，你在這裡看著；我們一會兒就回來。」同時，他把那兩個幫忙的人也打發回去。

看見了家門，瑞宣簡直邁不開步了。費了極大的力量，他才上了台階。只是那麼兩三步，他可是已經筋疲力盡。他的眼前飛舞著幾個小的金星，心跳得很快。他扶住了門框，不能再動。門框上，剛剛由小文貼上了白紙，漿糊還濕著呢。他不會，也不敢，進這貼了白紙的家門。見了祖父與母親，他說什麼呢？怎麼安慰他們呢？

李四爺把他攙了進去。

家中的人一看瑞宣回來了，都又重新哭起來。他自己不願再哭，可是淚已不受控制，一串串的往下流。李四爺看他們已經哭得差不多了，攔住了大家：「不哭嘍！得商量商量怎麼辦事喲！」

聽到這勸告，大家彷彿頭一次想到死人是要埋起來的；然後都抹著淚坐在了一處。

祁老人還顧不得想實際的問題，拉著四爺的手說：「天祐沒給我送終，我倒要發送他啦；這由何處說起喲！」

「那有什麼法子呢？大哥！」李四爺感歎著說，然後，他一語點到了題：「先看看咱們有多少錢吧！」

「我去支一個月的薪水！」瑞宣沒有說別的，表示他除此而外，別無辦法。

天祐太太還有二十多塊現洋，祁老人也存著幾十塊現洋，與一些大銅板。這都是他們的棺材本兒，可是都願意拿出來，給天祐用。

「四爺，給他買口好材，別的都是假的！誰知道，我死的時候是棺材裝呢，還是用席頭兒捲呢！」老人顫聲的說。

真的，老人的小眼睛已看不見明天。他的唯一的恐懼是死。不過，到時候非死不可呢，他願意有一口好的棺材，和一群兒孫給他帶孝；這是他的最後的光榮！可是，兒子竟自死在他的前面，奪去了他的棺材，還有什麼話可說呢。

最後的光榮才是真的光榮，可是他已不敢希望那個。他的生活秩序完全被弄亂了，他不敢再希望什麼，不敢再自信。他已不是什麼老壽星，可能的他將變成老乞丐，死後連棺材都找不到！

「好！我去給看口材，準保結實，體面！」李四爺把祁老人的提案很快的作了結束。「停幾天呢？天祐太太！」

天祐太太很願意丈夫的喪事辦得像個樣子。她知道的清楚：丈夫一輩子沒有浪費過一個錢，永遠省吃儉用的把錢交到家中。他應當得到個體面的發送，大家應當給他個最後的酬謝。可是，她也知道自己不定哪時就和丈夫並了骨，不為別人，她也得替瑞宣設想；假若再出一檔子白事，瑞宣怎麼辦呢？想到這裡，她馬上決定了：「爺爺，擱五天怎樣？在廟裡，多擱一天，多花一天的錢！」

五天太少了。可是祁老人忍痛的點了頭。他這時候已看清了瑞宣的臉——灰淥淥的像一張風吹雨打過的紙。

「總得唸一夜經吧？爺爺！」天祐太太低著頭問。大家也無異議。

瑞宣只迷迷糊糊的聽著，不說什麼。對這些什麼唸經，開弔的，在平日，他都不感覺興趣，而且甚至以為都沒用處，也就沒有非此不可的必要。

今天，他不便說什麼。文化是文化，文化裡含有許多許多不必要的繁文縟節，不必由他去維持，也不必由他破壞。再說，在這樣的一個四世同堂的家庭裡，文化是有許多層次的，像一塊千層糕。若專憑理智辦事，他須削去幾層，才能把事情辦得合理；但是，若用智慧的眼來看呢，他實在不必因固執而傷了老人們的心。他是現代的人，但必須體貼過去的歷史。只要祖父與媽媽不像瑞豐那樣貪熱鬧，他便不必教他們難堪。他好像是新舊文化中的鐘擺，他必須左右擺勻，才能使時刻進行得平穩準確。

李四爺作了總結束：「好啦，祁大哥，我心裡有了準數啦！棺材，我明天去看。瑞宣，你明天一早兒到墳地去打坑。孫七，你勻得出工夫來嗎？好，你陪著瑞宣去。劉太太，你去扯布，扯回來，幫著祁大奶奶趕縫孝衣。唸經，就用七眾兒吧，我去請。鼓手、執事，也不必太講究了，有個響動就行，是不是？都請誰呢？」

韻梅由箱子裡找出行人情的禮金簿來。祁老人並沒看簿子，就決定了：「光請至親至友，大概有二十多家子。」老人平日在睡不著的時候，常常掐指計算：假若在他死的時候，家道還好，而大辦喪事呢，就應當請五十多家親友，至少要擺十四五桌飯；若是簡單的辦呢，便可減少一半。

「那麼，就預備二十多家的飯吧。」李四爺很快的想好了主意：「乾脆就吃炒菜麵，又省錢，又熱乎；這年月，親友不會恥笑咱們！大哥，你帶著她們到廟裡看看吧。到廟裡，告訴老二，教他明天去報喪請人。好在只有二十多家，一天足以跑到了。大哥！到那裡，可不准太傷心了，身體要緊！四媽，你同天祐太太去；到那兒，哭一場就回來！回頭我去和老二守靈。」

李老人下完這些命令，劉太太趕快去扯布。祁老人帶著李四媽，兒媳與小順子，僱了車，到廟中去。

劉太太拿了錢，已快走出街門，李四爺向她喊：「一個鋪子只能扯一丈喲，多跑幾家！」

韻梅也想到廟中去哭一場，可是看瑞宣的樣子，她決定留在家裡。

孫七的事情是在明天，他告辭回家去喝酒，他的心裡堵得慌。

小文沒得到任何命令，還繼續的一支緊接著一支的吸煙。李老人看了小文一眼，向他點點手：「文爺，你去弄幾兩白乾吧，我心裡難過！」

瑞宣走到自己的屋中去，躺在了床上。韻梅輕輕的進來，給他蓋上了一床被子。他把頭蒙上，反倒哭出了聲兒。

淚灑淨，他心中清楚了許多，也就想起日本人來。想到日本人，他承認了自己的錯誤：自己不肯離開北平，幾乎純粹是為家中老幼的安全與生活。可是，有什麼用呢？自己下過獄，老二變成了最沒出息的人；現在，連最老成，最謹慎的父親，也投了河！在敵人手底下，而想保護一家人，哼，夢想！

他不哭了。他恨日本人與他自己。

第六十一章　一切都是空的

似睡非睡的，瑞宣躺了一夜。迷迷糊糊的，他聽到祖父與母親回來。迷迷糊糊的，他聽到韻梅與劉太太低聲的說話。（她們縫孝衣呢）他不知道時間，也摸不清大家都在作什麼。他甚至於忘了家中落了白事。他的心彷彿是放在了夢與真實的交界處。

約摸有五點來鐘吧，他像受了一驚似的，完全醒過來。他忽然的看見了父親，不是那溫和的老人，而是躺在河邊上的死屍。他急忙的坐起來。隨便的用冷水擦了一把臉，漱了漱口，他走出去找孫七。

極冷的小風吹著他的臉，並且輕輕的吹進他的衣服，使他的沒有什麼東西的胃，與吐過血的心，一齊感到寒冷，渾身都顫起來。扶著街門，他定了定神。不管，不管，不管他怎樣不舒服，他必須給父親去打坑。這是他無可推卸的責任。他拉開了街門。天還不很亮，星星可是已都看不真了，這是夜與晝的交替時間，既不像夜，也不像晝，一切都渺茫不定。他去叫孫七。

程長順天天起來得很早，好去收買破布爛紙。聽出來瑞宣的語聲，他去輕輕的把孫七喚醒，而沒敢出來和瑞宣打招呼。他忙，他有他的心事，他沒工夫去幫祁家的忙，所以他覺得怪不好意思的來見瑞宣。

孫七，昨天晚上喝了一肚子悶酒，一直到上床還囑咐自己：明天早早的起！可是，酒與夢聯結到一處，使他的呼聲只驚醒了別人，而沒招呼他自己。聽到長順的聲音，他極快的坐起來，穿上衣服，而後匆忙的走出來。口中還有酒味，他迷迷糊糊的跟著瑞宣走，想不出一句話來。一邊走，他一邊又打堵得慌，又有點痛快的長嗝兒。打了幾個這樣的嗝兒以後，他開始覺得舒服了一點。他立刻想說話。「咱們出德勝門，還是出西直門呢？」

「都差不多。」瑞宣心中還發噤，實在不想說話。

「出德勝門吧！」孫七沒有什麼特殊的理由，而只為顯出自己會判斷，會選擇，這樣決定。看瑞宣沒說什麼，他到前面去領路，為是顯出熱心與勇敢。

到了德勝門門臉兒，晨光才照亮了城樓。這裡，是北平的最不體面的地方：沒有光亮的柏油路，沒有金匾，大玻璃窗的舖戶，沒有汽車。它的馬路上的石子都七上八下的露著尖兒，一疙瘩一塊的好像長了凍瘡。石子尖角上往往頂著一點冰，或一點白霜。這些寒冷的稜角，教人覺得連馬路彷彿都削瘦了好些。它的車輛，只有笨重的，破舊的，由鄉下人趕著的大敞車，走得不快，而西唧嘩唧的亂響。

就是這裡的洋車也沒有什麼漂亮的，它們都是些破舊的，一陣風似乎能吹散的，只為拉東西，而不大拉人的老古董。在大車與洋車之間，走著身子瘦而鳴聲還有相當聲勢的驢，與彷彿久已討厭了生命，而還不能不勉強，於是也就只好極慢極慢的，走著路的駱駝。

這些風光，湊在一處，便把那偉大的城樓也連累得失去了尊嚴壯麗，而顯得衰老，荒涼，甚至於有點悲苦。在這裡，人們不會想起這是能培養得出梅蘭芳博士，發動了五四運動，產生能在冬天還唧唧的鳴叫，翠綠的蟈蟈的地方，而是一眼就看到了那荒涼的，貧窘的，鋪滿黃土的鄉間。這是城市與鄉間緊緊相連的地區；假若北平是一匹駿馬，這卻是牠的一條又長又寒傖的尾巴。

雖然如此，陽光一射到城樓上，一切的東西彷彿都有了精神。驢揚起脖子鳴喚，駱駝脖子上的白霜發出了光，連那路上的帶著冰的石子都亮了些。一切還都破舊衰老，可是一切都被陽光照得有了力量，有了顯明的輪廓，色彩，作用，與生命。

北平像無論怎麼衰老多病，可也不會死去似的。

孫七把瑞宣領到一個豆漿攤子前面。瑞宣的口中發苦，實在不想吃什麼，可是也沒拒絕那碗滾熱的豆漿。抱著碗，他手上感到暖和；熱氣升上來，碰到他的臉上，也很舒服。特別是他哭腫了的，乾巴巴的眼睛，一碰到熱氣，好像點了眼藥那麼好受。噓了半天，他不由的把唇送到了碗邊上，一口口的吸著那潔白的，滾熱的，漿汁。熱氣一直走到他的全身。這不是豆漿，而是新的血液，使他渾身暖和，不再發噤。喝完了一碗，他又把碗遞過去。

孫七只喝了一碗漿，可是吃了無數的油條。彷彿是為主持公道似的，他一定教賣漿的給瑞宣的第二碗裡打上兩個雞蛋。

吃完，他們走出了城門。孫七的肚子有了食，忘了悲哀與寒冷。他願一氣走到墳地去——在城裡住的人很不易得到在郊外走一走的機會，況且今天的天氣是這麼好，而他的肚子裡又有了那麼多的油條。

可是，今天他是瑞宣的保護者，他既知道瑞宣是讀書人，不慣走路，又曉得他吐過血，更不可過度的勞動，所以不能信著自己的意兒就這麼走下去。「咱們僱輛轎車吧？」他問。

瑞宣搖了搖頭。他知道坐轎車的罪孽有多麼大。他還記得幼時和母親坐轎車上墳燒紙，怎樣把他的頭碰出多少稜角與疙疸來。

「僱洋車呢？」

「都是土路，拉不動！」

「騎驢怎樣？」即使孫七的近視眼沒看見街口上的小驢，他可也聽見了牠們的鈴聲。

瑞宣搖了搖頭。都市的人怕牲口，連個毛驢都怕降服不住。

「走著好！又暖和，又自由！」孫七這才說出了真意。「可是，你能走那麼遠嗎？累著了可不是玩的！」

「慢慢的走，行！」雖然這麼說，瑞宣可並沒故意的慢走。事實上，他心中非常的著急，恨不能一步就邁到了墳地上。

出了關廂，他們走上了大土道。太陽已經上來。這裡的太陽不像在城裡那樣要拐過多少房簷，轉過多少牆角，才能照在一切的東西上，而是剛一出來就由最近照到最遠的地方。低頭，他們在黃土上看到自己的淡淡的影子；抬頭，他們看到無邊無際的黃地，都被日光照亮。那點曉風已經停止，太陽很紅很低，像要把冬天很快的變為春天。空氣還是很涼，可是乾燥，清淨，使人覺得痛快。瑞宣不由的抬起頭來。這空曠，清涼，明亮，好像把他的心打開，使他無法不興奮。

路上差不多沒有行人，只偶爾的遇到一輛大車，和一兩個拾糞的小孩或老翁。往哪邊看，哪邊是黃的田地，沒有一棵綠草，沒有一株小樹，只是那麼平平的，黃黃的，像個旱海。遠處有幾株沒有葉子的樹，樹後必有個小村，也許只有三五戶人家；炊煙直直的，圓圓的，在樹旁慢慢的往上升。

雞鳴和犬吠來自村間，隱隱的，又似乎很清楚的，送到行人的耳中。離大道近的小村裡還發出叱呼牛馬或孩子的尖銳的人聲，多半是婦女的，尖銳得好像要把青天劃開一條縫子。在那裡，還有穿著紅襖的姑娘或婦人在籬笆外推磨。哪裡都沒有一點水，到處都是乾的，遠處來的大車，從老遠就踢起一股黃煙。地上是乾的，天上沒有一點雲，空氣中沒有一點水分，連那遠近的小村都彷彿沒有一點濕的或暖的氣兒，黃的土牆，或黃的籬笆，與灰的樹幹，都是乾的，像用彩粉筆剛剛畫上的。

看著看著，瑞宣的眼有點發花了。那些單調的色彩，在極亮的日光下，像硬刺入他的眼中，使他覺得難過。他低下頭去。可是腳底下的硬而仍能飛騰的黃土也照樣的刺目，而且道路兩旁的翻過土的田地，一畦一畦的，一疙疸一塊的，又使他發暈。那不是一畦一畦的田地，而是什麼一種荒寒的，單調的，土浪。

他不像剛才那麼痛快了。他半閉著眼，不看遠處，也不看腳下，就那麼深一腳淺一腳的走。他是走入了單調的華北荒野，雖然離北平幾步，卻彷彿已到了荒沙大漠。越走，腳下越沉。那些軟的黃土，像要抓住他的鞋底，非用很大的力氣，不能拔出來。他出了汗。

孫七也出了汗。他本想和瑞宣有一搭無一搭的亂說，好使瑞宣心中不專想著喪事。可是，他不敢多說，他須保存著口中的津液。什麼地方都是乾的，而且遠近都沒有小茶館。他後悔沒有強迫瑞宣僱車或騎驢。

默默無語的，他們往前走。帶著馬尿味兒的細黃土落在他們的鞋上，鑽入襪子中，塞滿了他們的衣褶，鼻孔，與耳朵眼兒，甚至於走進他們的喉中。天更藍了，陽光更明暖了，可是他們覺得是被放進一個極大又極小的，極亮又極迷糊的，土窩窩裡。

好容易，他們看見了土城——那在韃子統轄中國時代的，現在已被人遺忘了的，只剩下幾處小土山的，北平。看見了土城，瑞宣加快了腳步。在土城的那邊，他會看見那最可愛的老人——常二爺。他將含著淚告訴常二爺，他的父親怎樣死去，死得有多麼慘。對別人，他不高興隨便的訴委屈，但是常二爺既不是泛泛的朋友，又不是沒有心肝的人。

常二爺是，據他看，與他的父親可以放在同一類中的好人。他應當，必須，告訴常二爺一切，還沒有轉過土城，他的心中已看見了常二爺的住處：門前有一個小小的，長長的，亮亮的，場院；左邊有兩棵柳樹，樹下有一盤石磨；短短的籬笆只有一人來高，所以從遠處就可以看到屋頂上曬著的金黃色的玉米和幾串紅艷辣椒。他也想像到常二爺屋中的樣子，不單是樣子，而且聞到那無所不在的柴煙味道，不十分好聞，可是令人感到溫暖。在那屋中，最溫暖的當然是常二爺的語聲與笑聲。

「快到了！一轉過土城就是！」他告訴孫七。

轉過了土城，他揉了揉眼。嗯？只有那兩棵柳樹還在，其餘的全不見了！他不能信任了他的眼睛，忘了疲乏，他開始往前跑。離柳樹還有幾丈遠，他立定，看明白了：那裡只有一堆灰燼，連磨盤也不見了。

他楞著，像釘在了那裡。

「怎麼啦？怎麼啦？」孫七莫名其妙的問。

瑞宣回答不出來。又楞了好久，他回頭看了看墳地，然後慢慢的走過去。自從日本人佔據了北平，他就沒上過墳。雖然如此，他可是很放心，他知道常二爺會永遠把墳頭拍得圓圓的，不會因沒人來燒紙而偷懶。今天，那幾個墳頭既不像往日那麼高，也不那麼整齊。衰草在墳頭上爬爬著，土落下來許多。他呆呆的看著那幾個不體面的，東缺一塊西缺一塊的，可能的會漸漸被風雨消滅了的，土堆堆兒。看了半天，他坐在了那乾鬆的土地上。

「怎麼回事？」孫七也坐了下去。

瑞宣手裡不知不覺的揉著一點黃土，簡單的告訴明白了孫七。

「糟啦！」孫七著了急。「沒有常二爺給打坑，咱們找誰去呢？」

沉默了好大半天，瑞宣立了起來，再看常家的兩棵柳樹。離柳樹還有好幾箭遠的地方，他看見馬家的房子，也很小，但是樹木較多，而且有一棵是松樹。他記得常二爺那次進城，在城門口罰跪，就是為給馬家大少爺去買六神丸。「試試馬家吧！」他向松樹旁邊，指了指。

走到柳樹旁邊，孫七拾了一條柳棍兒，「鄉下的狗可厲害！拿著點東西吧！」

說著，他們已聽見犬吠——鄉間地廣人稀，狗們是看見遠處一個影子都要叫半天的。瑞宣彷彿沒理會，仍然慢慢的往前走。兩條皮毛模樣都不體面，而自以為很勇敢，偉大的，黃不黃，灰不灰的狗迎上前來。瑞宣還不慌不忙的走，對著狗走。狗們讓過去瑞宣，直撲了孫七來，因為他手中有柳棍。

孫七施展出他的武藝，把棍子耍得十分伶俐，可是不單沒打退了狗，而且把自己的膝磕碰得生疼。他喊叫起來：「啾！打！看狗啊！有人沒有？看狗！」

由馬家跑出一群小娃娃來，有男有女，都一樣的骯髒，小衣服上的污垢被日光照得發亮，倒好像穿著鐵甲似的。

小孩子嚷了一陣，把一位年輕的婦人嚷出來——大概是馬大少爺的太太。她的一聲尖銳而細長的呼叱，把狗們的狂吠阻止住。狗們躲開了一些，伏在地上，看著孫七的腿腕，低聲的嗚——嗚——嗚的示威。

瑞宣跟少婦說了幾句話，她已把事聽明白。她曉得祁家，因為常常聽常二爺說起。她一定請客人到屋裡坐，她有辦法，打坑不成問題。她在前面引路，瑞宣，孫七，孩子，和兩條狗，全在後面跟著。屋裡很黑，很髒，很亂，很臭，但是少婦的誠懇與客氣，把這些缺點全都補救過來。她道歉，她東一把西一把的掃除障礙物，給客人們找座位。然後，她命令身量高的男娃娃去燒柴煮水，教最大的女孩子去洗幾塊白薯，給客人充飢：「唉，來到我們這裡，就受了罪啦！沒得吃，沒得喝！」

她的北平話說得地道而嘹喨，比城裡人的言語更純樸悅耳。然後，她命令小一點的，不會操作，而會跑路的孩子們，分頭去找家中的男人——他們有的出去拾糞，有的是在鄰家閒說話兒。最後，她把兩條狗踢出屋門外，使孫七心中太平了一點。

男孩子很快的把柴燃起，屋中立刻裝滿了煙。孫七不住的打噴嚏。煙還未退，茶已煮熱。兩個大黃沙碗，盛著滿滿的淡黃的湯——茶是嫩棗樹葉作的。而後女孩子用衣襟兜著好幾大塊，剛剛洗淨的紅皮子的白薯，不敢直接的遞給客人，而在屋中打轉。

瑞宣沒有閒心去想什麼，可是他的淚不由的來到眼中。這是中國人，中國文化！這整個的屋子裡的東西，大概一共不值幾十塊錢。這些孩子與大人大概隨時可以餓死凍死，或被日本人殺死。可是，他們還有禮貌，還有熱心腸，還肯幫別人的忙，還不垂頭喪氣。他們什麼也沒有，連件乾淨的衣服，與茶葉末子，都沒有，可是他們又彷彿有了一切。他們有自己的生命與幾千年的歷史！他們好像不是活著呢，而是為什麼一種他們所不瞭解的責任與使命掙扎著呢。剝去他們的那些破爛污濁的衣服，他們會和堯舜一樣聖潔，偉大，堅強！

五十多歲的馬老人先回來了，緊跟著又回來兩個年輕的男人。馬老人一口答應下來，他和兒子們馬上去打坑。

瑞宣把一碗黃湯喝淨。而後拿了一塊生的白薯，他並不想吃，而是為使少婦與孩子們安心。

老人和青年們找到一切開坑的工具，瑞宣、孫七跟著他們又到了墳地上。後邊，男孩子提著大的沙壺，拿著兩個沙碗，小姑娘還兜著白薯，也都跟上來。

瑞宣，剛把開坑的地點指定了，就問馬老人：「常二爺呢？」馬老人楞了會兒，指了指西邊。那裡有一個新的墳頭兒。

「死——」瑞宣只說出這麼一個字，他的胸口又有些發癢發辣。

馬老人歎了口氣。拄著鐵鍬的把子，眼看著常二爺的墳頭，楞了半天。

「怎麼死的？」瑞宣揉著胸口問。

老人一邊鏟著土，一邊回答：「好人哪！好人哪！好人可死得慘！那回，他替我的大小子去買藥，不是——」

「我曉得！」瑞宣願教老人說得簡單一些。

「對呀，你曉得。回家以後，他躺了三天三夜，茶也不思，飯也不想！他的這裡，」老人指了指自己的心窩，「這裡受了傷！我們就勸哪，勸哪，可是解不開他心裡的那個扣兒，他老問我一句話：我有什麼錯兒？日本人會罰我跪？慢慢的，他起來了，可還不大吃東西。我們都勸他找點藥吃，他說他沒有病，一點病沒有。你知道，他的脾氣多麼硬。慢慢的，他又躺下了，便血，便血！我們可是不知道，他不肯告訴我們。一來二去，他——多麼硬朗的人——成了骨頭架子。到他快斷氣的時候，他把我們都叫了去，當著大家，他問他的兒子，大牛兒，你有骨頭沒有？有骨頭沒有？給我報仇！報仇！一直到他死，他的嘴老說，有時候有聲兒，有時候沒聲兒，那兩個字——報仇！」

老人直了直腰，又看了常二爺的墳頭一眼。

「大牛兒比他的爸爸脾氣更硬，記住報仇兩個字。他一天到晚在墳前嘀咕。我們都害了怕。什麼話呢，他要是真去殺一個日本人，哼，這五里以內的人家全得教日本人燒光。我們掰開揉碎的勸他，差不多要給他跪下了，他不聽；他說他是有骨頭的人。等到收莊稼的時候，日本人派來了人看著我們，連收了多少斤麥稈兒都記下來。然後，他們趕來了大車，把麥子，連麥稈兒，都拉了走。他們告訴我們：拉走以後，再發還我們，不必著急。我們怎能不著急呢？誰信他們的話呢?大牛兒不慌不忙的老問那些人:日本人來不來呢!日本人來不來呢?我們知道,他是等著日本人來到,好動手。人哪,祁大爺,是奇怪的東西!我們明知道,糧食教他們拉走,早晚是餓死,可是我們還怕大牛兒惹禍,倒彷彿大牛兒一老實,我們就可以活了命!」

老人慘笑了一下,喝了一大碗棗葉的茶。用手背擦了擦嘴,他接著說:「大牛兒把老婆孩子送到她娘家去,然後打了點酒,把那些搶糧的人請到家中去。我們猜得出:他是不想等日本人了,先收拾幾個幫日本人忙的人,解解氣。他們一直喝到太陽落了山。在剛交頭更的時候,我們看見了火光。火,很快的燒起來,很快的滅下去;燒得一乾二淨,光剩下那兩棵柳樹。氣味很臭,我們知道那幾個人必是燒在了裡面。大牛兒是死在了裡面呢,還是逃了出去,不知道!我們的心就揪成了一團兒,怕日本人來屠村子。可是,他們到今天,也沒有來。我猜呀,大概死的那幾個都是中國人,所以日本人沒把這件事放在心上。多麼好的一家人哪,就這麼完了,完了,像個夢似的完了!」

老人說完,直起腰來,看了看兩棵柳樹,看了看兩邊的墳頭兒。瑞宣的眼睛隨著老人的向左右看,可是好像沒看到什麼;一切,一切都要變成空的,都要死去,整個的大地將要變成一張紙,連棵草都沒有!一切是空的,他自己也是空的,沒有作用,沒有辦法,只等寂寂的死去,和一切同歸於盡!

快到晌午,坑已打好,瑞宣給馬老人一點錢,老人一定不肯收,直到孫七起了誓:「你要不收，我是條小狗子！」老人才收了一半。瑞宣把其餘的一半，塞在提茶壺的男孩兒手中。

瑞宣沒再回到馬家，雖然老人極誠懇的勸讓。他到常二爺的墳前，含淚磕了三個頭，口中嘟囔著：「二爺爺，等著吧，我爸爸就快來和你作伴兒了！」

孫七靈機一動，主張改走西邊的大道，因為他們好順腳到三仙觀看看。馬老人送出他們老遠，才轉身回家。

三仙觀裡已經有幾位祁家的至親陪著瑞豐，等候祁家的人到齊好入殮。瑞豐已穿上孝衣，紅著眼圈跟大家閒扯，他口口聲聲抱怨父親死得冤枉，委屈，——不是為父親死在日本人手裡，而是為喪事辦得簡陋，不大體面。他言來語去的，也表示出他並不負責，因為瑞宣既主持家務，又是洋鬼子脾氣，不懂得爭體面，而只懂把錢穿在肋條骨上。

看見大哥和孫七進來，他嚷嚷得更厲害了些，生怕大哥聽不懂他的意思。看瑞宣不理會他，他便特意又痛哭了一場，而後張羅著給親友們買好煙好茶好酒，好像他跟錢有仇似的。

四點半鐘，天祐入了殮。

第六十二章　禍從天上來

程長順忙得很，不單手腳忙，心裡也忙。所以，他沒能到祁家來幫忙。這使他很難過，可是無可如何。

高亦陀把長順約到茶館裡去談一談。亦陀很客氣，坐下就先付了茶錢。然後，真照著朋友在一塊兒喫茶談天的樣子，他扯了些閒篇兒。他問馬老太太近來可硬朗？他們的生活怎樣，還過得去？他也問到孫七，和丁約翰。程長順雖然頗以成人自居，可是到底年輕，心眼簡單，所以一五一十的回答，並沒覺出亦陀只是沒話找話的閒扯。

說來說去，亦陀提到了小崔太太。長順回答得更加詳細，而且有點興奮，因為小崔太太的命實在是他與他的外婆給救下來的，他沒法不覺得驕傲。他並且代她感謝亦陀：「每月那十塊錢，實在太有用了，救了她的命！」亦陀彷彿完全因為長順提醒，才想起那點錢來：「嘔，你要不說，我還忘了呢！既說到這兒，我倒要跟你談一談！」他輕輕的挽起袍袖，露出雪白的襯衫袖口來。然後，他慢慢的把手伸進懷裡，半天才掏出那個小本子來——長順認識那個小本子。掏出來，他吸著氣兒，一頁一頁的翻。翻到了一個地方，他細細的看，而後跟往上看，揑著手指算了一會兒。算完，他噗哧的一笑：「正好！正好！五百塊了！」

「什麼？」程長順的眼睜得很大。「五百？」

「那還有錯？咱們這是公道玩藝兒！你有賬沒有？」亦陀還微笑著，可是眼神不那麼柔和了。

長順搖了搖大腦袋。

「你該記著點賬！無論作什麼事，請你記住，總要細心，不可馬馬虎虎！」

「我知道，那不是『給』她的錢嗎？何必記賬呢？」長順的鼻音加重了一些。

「給——她的？」亦陀非常的驚異，眨巴了好大半天的眼。

「這個年月，你想想，誰肯白給誰一個錢呢？」

「你不是說，」長順嗅出怪味道。

「我說？我說她借的錢，你擔的保；這裡有你的簽字！連本帶利，五百塊！」

「我，我，我，」長順說不上話來了。

「可不是你！不是你，難道還是我？」亦陀的眼整個的盯在長順的臉上，長順連一動也不敢動了。

眼往下看著，長順嗚囔出一句：「這是什麼意思呢？」

「來，來，來！別跟我裝傻充楞，我的小兄弟！」亦陀充分的施展出他的言語的天才來：「當初，你看她可憐；誰能不可憐她呢？人同此心，心同此理，我不能怪你！你有個好心腸！所以，你來跟我借錢。」

「我沒有！」

「唉，唉，年輕輕的，可不能不講信義！」亦陀差不多是苦口婆心的講道了。「處世為人，信義為本！人而無信，不知其可也！」

「我沒跟你借錢！你給我的！」長順的鼻子上出了汗。

亦陀的眼瞇成一道縫兒，脖子伸出多長，口中的熱氣吹到長順的腦門上；「那麼，是誰，是誰，我問你，是誰簽的字呢？」

「我！我不知道——」

「簽字有自己不知道的？胡說！亂說！我要不看在你心眼還不錯的話，馬上給你兩個嘴巴子！不要胡說，咱們得商議個辦法。這筆賬誰負責還？怎麼還？」

「我沒辦法，要命有命！」長順的淚已在眼圈中轉。

「不准耍無賴！要命有命，像什麼話呢？要往真理說，要你這條命，還真一點不費事！告訴你吧，這筆錢是冠所長的。她託我給放放賬，吃點利。你想想，即使我是好說話的人——我本是好說話的人——我可也不能給冠所長丟了錢，放了禿尾巴鷹啊！我惹不起她，不用說，你更惹不起她。好，她跺一跺腳就震動了大半個北京城，咱們，就憑咱們，敢在老虎嘴裡掏肉吃？她有勢力，有本領，有膽量，有日本人幫助她，咱們，在她的眼裡，還算得了什麼呢？不用說你，就是我要交不上這五百元去，哼，她準會給我三年徒刑，一天也不會少！你想想看！」

長順的眼中要冒出火來。「教她給我三年監禁好了。我沒錢！小崔太太也沒錢！」

「話不是這樣講！」亦陀簡直是享受這種談話呢，他的話一擒一縱，有鉤有刺，伸縮自如。「你下了獄，馬老太太，你的外婆，怎麼辦呢？她把你拉扯到這麼大，容易嗎？」他居然揉了一下眼，好像很動心似的。

「想法子慢慢的還債吧，你說個辦法，我去向冠所長求情。就比如說一月還五十，十個月不就還清了嗎？」

「我還不起！」

「這可就難辦了！」亦陀把袖口又放下來，揣著手，擰著眉，替長順想辦法。想了好大半天，他的靈機一動：「你還不起，教小崔太太想辦法呀！錢是她用了的，不是嗎？」

「她有什麼辦法呢？」長順抹著鼻子上的汗說。

亦陀把聲音放低，親切誠懇的問：「她是你的親戚？」

長順搖了搖頭。

「你欠她什麼情？」

長順又搖了搖頭。

「完啦！既不沾親，又不欠情，你何苦替她背著黑鍋呢？」長順沒有說什麼。

「女人呀，」亦陀彷彿想起個哲學上的問題似的，有腔有調的說：「女人呀，比咱們男人更有辦法，我們男人幹什麼都得要資本，女人方便，她們可以赤手空拳就能謀生掙錢。女人們，嘔，我羨慕她們！她們的臉，手，身體，都是天然的資本。只要她們肯放鬆自己一步，她們馬上就有金錢，吃穿，和享受！就拿小崔太太說吧，她年輕，長得滿下得去，她為什麼不設法找些快樂與金錢呢？我簡直不能明白！」

「你什麼意思？」長順有點不耐煩了。

「沒有別的意思，除了我要提醒她，幫助她，把這筆債還上！」

「怎麼還？」

「小兄弟，別怪我說，你的腦子實在不大靈活；讀書太少的關係！是的，讀書太少！」

「你說乾脆的好不好？」長順含著怒央告。

「好，我們說乾脆的！」亦陀用茶漱了漱口，噴在了地上。「她或你，要是有法子馬上還錢，再好沒有。要是不能的話，你去告訴她，我可以幫她的忙。我可以再借給她五十元錢，教她作兩件花哨的衣服，燙燙頭髮。然後，我會給她找朋友，陪著她玩耍。我跟她對半分賬。這筆錢可並不歸我，我是替冠所長收賬，巡警不會來麻煩她，我去給她打點好。只要她好好的幹，她的生意必定錯不了。那麼以後我就專去和她分賬，這五百元就不再提了！」

「你是教她賣——」長順兒的喉中噎了一下，不能說下去。

「這時興的很！一點兒也不丟人！你看，」亦陀指著那個小本子，「這裡有多少登記過的吧！還有女學生呢！好啦，你回去告訴她，再給我個回話兒。是這麼辦呢，咱們大家都是朋友；不是呢，你們倆馬上拿出五百元來。你要犯牛脖子不服氣呢——不，我想你不能，你知道冠所長有多麼厲害！好啦，小兄弟，等你的回話兒！麻煩你呀，對不起！你是不是要吃點什麼再回去呢？」亦陀立起來。

長順莫名其妙的也立起來。

亦陀到茶館門口拍了拍長順的肩頭，「等你的回話兒！慢走！慢走！」說完，他好像怪捨不得離開似的，向南走去。

長順兒的大頭裡像有一對大牛蜂似的嗡嗡的亂響。在茶館外楞了好久，他才邁開步兒，兩隻腳像有一百多斤沉。走了幾步，他又立住。

不，他不能回家，他沒臉見外婆和小崔太太。又楞了半天，他想起孫七來。他並不佩服孫七，但孫七到底比他歲數大，而且是同院的老鄰居，說不定他會有個好主意。

在街上找了半天，他把孫七找到。兩個人進了茶館，長順會了茶資。

「喝！了不得，你連這一套全學會了！」孫七笑著說。

長順顧不得閒扯。他低聲的，著急的，開門見山的把事情一五一十的告訴了孫七。

「哼！我還沒想到冠家會這麼壞，媽的狗日的！怪不的到處都是暗門子呢，敢情有人包辦！妹妹的！告訴你，日本人要老在咱們這兒住下去，誰家的寡婦，姑娘，都不敢說不當暗門子！」

「先別罵街，想主意喲！」長順央告著。

「我要有主意才怪！」孫七很著急，很氣憤，但是沒有主意。

「沒主意也得想！想！想！快著！」

孫七閉上了近視眼，認真的去思索。想了不知有多久。他忽然的睜開了眼：「長順！長順！你娶了她，不就行了嗎？」

「我？」長順的臉忽然的紅了。「我娶了她？」

「一點不錯！娶了她！她成了你的老婆，看他們還有什麼辦法呢！」

「那五百塊錢呢？」

「那！」孫七又閉上了眼。半天，他才又說話：「你的生意怎樣？」

長順的確是氣糊塗了，竟自忘了自己的生意。經孫七這一提示，他想起那一千元錢來。不過，那一千元，除去一切開銷，也只許剩五六百元，或更少一點。假若都拿去還債，他指仗著什麼過日子呢？況且，冠家分明是敲詐；他怎能把那千辛萬苦掙來的錢白送給冠家呢？

思索了半天，他對孫七說：「你去和我外婆商議商議，好不好？」他沒臉見外婆，更沒法開口對外婆講婚姻的事。

「連婚事也說了？」孫七問。

長順不知怎麼回答好。他不反對娶了小崔太太。即使他還不十分明白婚姻的意義與責任，可是為了搭救小崔太太，他彷彿應當去冒險。他傻子似的點了頭。

孫七覺出來自己的重要。

他今天不單沒被長順兒駁倒，而且為長順作了媒。這是不可多得的事。

孫七回了家。

長順兒可不敢回去。他須找個清靜地方，去涼一涼自己的大腦袋。慢慢的他走向北城根去。坐在城根下，他翻來覆去的想，越想越生氣。但是，生氣是沒有用的，他得想好主意，那足以一下子把大赤包和高亦陀打到地獄裡去的主意。好容易，他把氣沉下去。又待了好大半天，他想起來了：去告，去告他們！

到哪裡去告狀呢？他不知道。

怎麼寫狀紙呢？他不會。

告狀有用沒有呢？他不曉得。

假若告了狀，日本人不單不懲罰大赤包與高亦陀，而反治他的罪呢？他的腦門上又出了汗。

不過，不能管那麼多，不能！

當他小的時候，對得罪了他的孩子們，即使他不敢去打架，他也要在牆上用炭或石灰寫上，某某是個大王八，好出一口惡氣，並不管大王八對他的敵人有什麼實際的損害與挫折。今天，他還須那麼辦，不管結果如何，他必須去告狀；不然，他沒法出這口惡氣。

糊裡糊塗的，他立起來，向南走。在新街口，他找到一位測字的先生。花了五毛錢，他求那位先生給他寫了狀子。

那位先生曉得狀紙內容的厲害，也許不利於告狀人。但是，為了五毛錢的收入，他並沒有警告長順。

狀紙寫完，先生問：「遞到什麼地方去呢？」

「你說呢？」長順和測字先生要主意。

「市政府吧？」先生建議。

「就好！」長順沒特別的用心去考慮。

拿起狀紙，他用最快的腳步，直奔市政府去。他拚了命。是福是禍，都不管了。

他當初沒聽瑞宣的話，去加入抗日的軍隊，滿以為就可以老老實實的奉養著外婆。誰知道，閉門家中坐，禍從天上來。大赤包會要教他破產，或小崔太太作暗娼。

好吧，幹幹看吧！反正他只有一條命，拚吧！他想起來錢家的，祁家的，崔家的，不幸與禍患，我不再想當個安分守己的小老人了，他須把青春的熱血找回來，不能傻蛋似的等著鋼刀放在脖子上。他必須馬上把狀紙遞上去，一猶疑就會失去勇氣。

把狀子遞好，他往回走。走得很慢了，他開始懷疑自己的智慧，有點後悔。但是，後悔已太遲了，他須挺起胸膛，等著結果，即使是最壞的結果。

孫七把事情辦得很快。在長順還沒回來的時候，他已經教老少兩個寡婦都為上了難。

馬老太太對小崔太太並沒有什麼挑剔，但是，給外孫娶個小寡婦未免太不合理。再說，即使她肯將就了這門親事，事情也並不就這麼簡單的可以結束，而還得設法還債呀。她沒了主意。

小崔太太呢，聽明白孫七的話，就只剩了落淚。還沒工夫去細想，她該再嫁不該，和假若願再嫁應該嫁給誰。她只覺得自己的命太苦，太苦，作了寡婦還不夠，還須去作娼！落著淚，她立了起來。她要到冠家去拚命。她是小崔的老婆，到被逼得無路可走的時候，她會撒野，會拚命！「好，我欠他們五百元哪，我還給他們這條命還不行嗎？我什麼也沒有，除了這條命！」她的眉毛立起來，說著就往外跑。她忘了她是寡婦，而要痛痛快快的在冠家門外罵一場，然後在門上碰死。她願意死，而不能作暗娼。

孫七嚇慌了，一面攔著她，一面叫馬老太太。

「馬老太太，過來呀！我是好心好意，我要有一點壞心，教我不得好死！快來！」

馬老太太過來了，可是無話可說。兩個寡婦對楞起來。楞著楞著，她們都落了淚，她們的委屈都沒法說，因為那些委屈都不是由她們自己的行為招來的，而是由一種莫名其妙的，無可抵禦的什麼，硬壓在她們的背上的。

她們已不是兩條可以自由活著的性命，而是被狂風捲起的兩片落葉；風把她們刮到什麼地方去，她們就得到什麼地方去，不管那是一汪臭水，還是一個糞坑。

在這種心情下，馬老太太忘了什麼叫謹慎小心。她拉住了小崔太太的手。她只覺得大家能在一塊兒活著，關係更親密一點，彷彿就是一種抵禦「外侮」的力量。

正在這時候，長順兒走進來。看了她們一眼，他走到自己屋中去。他不敢表示什麼，也顧不得表示什麼。他非常的怕那個狀子會惹下極大的禍來！

第六十三章　禍患的根源

把父親安葬了以後，瑞宣病了好幾十天。

天祐這一死，祁家可不像樣子了。雖然在他活著的時候，他並不住在家裡，可是大家總彷彿覺得他老和他們在一處呢。家裡每逢得到一點好的茶葉，或作了一點迎時當令的食品，大家不是馬上給他送去，便是留出一點，等他回來享用。他也是這樣，哪怕他買到一些櫻桃或幾塊點心，他也必抓工夫跑回家一會兒，把那點東西獻給老父親，而後由老父親再分給大家。

特別是因為他不在家裡住，所以大家才分外關心他。雖然他離他們不過三四里地，可是這點距離使大家心中彷彿有了一小塊空隙，時時想念他，說叨他。這樣，每逢他回來，他與大家就特別顯出親熱，每每使大家轉怒為喜，改沉默為歡笑，假若大家正在犯一點小彆扭或吵了幾句嘴的話。

他沒有派頭，不會吹鬍子瞪眼睛。進了家門，他一點也不使大家感到「父親」回來了。他只是那麼不聲不響的，像一股溫暖的微風，使大家感到點柔軟的興奮。同時，大家也都知道他對這一家的功績與重要，而且知道除了祁老人就得算他的地位與輩數最高，因為知道這些，大家對他才特別的敬愛。他們曉得，一旦祁老人去世，這一家的代表便當然是他了，而他是這麼容易伺候，永遠不鬧脾氣，豈不是大家的福氣麼？沒有人盼望祁老人快死，但是不幸老人一旦去世，而由天祐補充上去，祁家或者就更和睦光明了。他是祁家的和風與陽光，他會給祁家的後輩照亮了好幾代。祁老人只得到了四世同堂的榮譽，天祐，說不定，還許有五世同堂的造化呢！

這樣的一個人卻死去了，而且死得那麼慘！

在祁老人，天祐太太，瑞豐，與韻梅心裡，都多少有點迷信。假若不是天祐，而是別人，投了河，他們一定會感到不安，怕屈死鬼來為厲作祟。但是，投河的是天祐。大家一追想他的溫柔老實，就只能想起他的慈祥的面容，而想像不到他可能的變為厲鬼。大家只感到家中少了一個人，一個最可愛的人，而想不到別的。

因此，在喪事辦完之後，祁家每天都安靜得可怕。瑞宣病倒，祁老人也時常臥在炕上，不說什麼，而鬍子嘴輕輕的動。天祐太太瘦得已不像樣子，穿著件又肥又大的孝袍，一聲不出，而出來進去的幫助兒媳操作。她早就該躺下去休養，她可是不肯。她知道自己已活不很久，可是她必須教瑞宣看看，她還能作事，一時不會死去，好教他放心。她知道，假若家裡馬上再落了白事，瑞宣就毫無辦法了。她有病，她有一肚子的委屈，但是她既不落淚，也不肯躺下。她須代丈夫支持這個家，使它不會馬上垮臺。

瑞豐一天到晚還照舊和一群無賴子去鬼混。沒人敢勸告他。「死」的空氣封住了大家的嘴，誰都不想出聲，更不要說拌幾句嘴了。

苦了韻梅，她須設法博得大家的歡心，同時還不要顯出過度的活躍，省得惹人家說她沒心沒肺。她最關切丈夫的病，但是還要使爺爺與婆母不感到冷淡。她看不上瑞豐的行動，可是不敢開口說他；大家還都穿著熱孝，不能由她挑著頭兒吵架拌嘴。

喪事辦得很簡單。可是，幾乎多花去一倍錢。婚喪事的預算永遠是靠不住的。零錢好像沒有限制，而瑞豐的給大家買好煙，好酒，好茶，給大家僱車，添菜，教這無限制的零用變成隨意的揮霍。瑞宣負了債。祁家一向沒有多少積蓄，可是向來不負債。祁老人永遠不准大家賒一斤炭，或欠人家一塊錢。

瑞宣不敢告訴祖父，到底一共花了多少錢。天祐太太知道，可也不敢在長子病著的時候多說多問。韻梅知道一切，而且覺得責無旁貸的須由她馬上緊縮，雖然多從油鹽醬醋裡節省一文半文的，並無濟於事，可是那到底表現了她的責任心。但是，手一緊，就容易招大家不滿，特別是瑞豐，他的煙酒零用是不能減少的，減少了他會吵鬧，使老人們焦心。她的大眼睛已不那麼水靈了，而是離離光光的，像走迷了路那樣。

韻梅和婆母商議，好不好她老人家搬到老三的屋裡來，而把南屋租出去，月間好收入兩個租錢。房子現在不好找，即使南屋又暗又冷，也會馬上租出去，而且租價不會很低。

天祐太太願意這麼辦。瑞宣也不反對。這可傷了祁老人的心。在當初，他置買這所房子的時候，因為人口少，本來是有鄰居的。但是，那時候他的眼是看著將來，他準知道一旦人口添加了，他便會把鄰居攆了走，而由自己的兒孫完全佔滿了全院的房屋。

那時候，他是一棵正往高大裡生長的樹，他算得到，不久他的枝葉就會鋪展開。現在，兒子死了，馬上又要往外租房，他看明白這是自己的枝葉凋落。怎麼不死了呢？他問自己。為什麼不乘著全鬚全尾的時候死去，而必等著自己的屋子招租別人呢？

雖然這麼難過，他可是沒有堅決的反對。在這荒亂的年月，個人的意見有什麼用處呢？他含著淚去告訴了李四爺：「有合適的人家，你分心給招呼一下，那兩間南屋——」

李老人答應給幫忙，並且囑咐老友千萬不要聲張，因為消息一傳出去，馬上會有日本人搬來，北平已增多了二十萬日本人，他們見縫子就鑽，說不定不久會把北平人擠走一大半的！是的，日本人已開始在平則門外八里莊建設新北平，好教北平人去住，而把城裡的房子勻給日本人。日本人似乎拿定了北平，永遠不再放手。

當天，李四爺就給了回話，有一家剛由城外遷來的人，一對中年夫婦，帶著兩個孩子，願意來往。

祁老人要先看一看租客。他小心，不肯把屋子隨便租給不三不四的人。李四爺很快的把他們帶了來。這一家姓孟。從西苑到西山，他們有不少的田地。日本人在西苑修飛機場，佔去他們許多畝地，而在靠近西山的那些田產，既找不到人去耕種，又要照常納稅完糧，所以他們決定放棄了土地，而到城裡躲一躲。孟先生人很老成，也相當的精明，舉止動作很有點像常二爺。孟太太是掉了一個門牙的，相當結實的中年婦人，看樣子也不會不老實。兩個孩子都是男的，一個十五歲，一個十二歲，長得虎頭虎腦的怪足壯。

祁老人一見孟先生有點像常二爺，馬上點了頭，並且拉不斷扯不斷的對客人講說常二爺的一切。孟先生雖然不曉得常二爺是誰，可也順口答音的述說自己的委屈。患難使人心容易碰在一處，發出同情來，祁老人很快的和孟先生成為朋友。雖然如此，他可是沒忘了囑告孟先生，他是愛體面愛清潔的人。孟先生聽出來老人的弦外之音，立刻保證他必不許孩子們糟蹋院子，而且他們全家都老實勤儉，連一個不三不四的朋友也沒有。

第二天，孟家搬進來。祁老人雖然相當滿意他的房客，可是不由的就更思念去世了的兒子。在院中看著孟家出來進去的搬東西，老人低聲的說，「天祐！天祐！你回來可別走錯了屋子呀！你的南屋租出去了！」

馬老太太穿著乾淨的衣服，很靦腆的來看祁老人。她不是喜歡串門子的人，老人猜到她必定有要事相商。天祐太太也趕緊過來陪著說話。雖然都是近鄰，可是一來彼此不大常來往，二來因日本人鬧的每家都有一本難念的經，所以偶爾相見，話就特別的多。大家談了好大半天，把心中的委屈都多少傾倒出一些，馬老太太才說到正題。她來徵求祁老人的意見，假若長順真和小崔太太結婚，招大家恥笑不招？祁老人是全胡同裡最年高有德的人，假若他對這件事沒有什麼指摘，馬老太太便敢放膽去辦了。

祁老人遇見了難題。他幾乎無從開口了。假若他表示反對，那就是破壞人家的婚姻——俗語說得好，硬拆十座廟，不破一門婚呀！反之，他若表示同意吧，誰知道這門婚事是吉是凶呢？第一，小崔太太是個寡婦，這就不很吉祥。第二，她比長順的歲數大，也似乎不盡妥當。第三，即使他們決定結婚，也並不能解決了一切呀；大赤包的那筆錢怎辦呢？

他的小眼睛幾乎閉嚴了，也決定不了什麼。說話就要負責，他不能亂說。想來想去，他只想起來：「這年月，這年月，什麼都沒法辦！」

天祐太太也想不出主意來，她把瑞宣叫了過來。瑞宣的病好了一點，可是臉色還很不好看。把事情聽明白了，他馬上想到：「一個炸彈，把大赤包，高亦陀那群狗男女全炸得粉碎！」

但是，他截住了這句最痛快，最簡截，最有實效的話。假若他自己不敢去扔炸彈，他就不能希望馬老太太或長順去那麼辦。

他知道只有炸彈可以解決一切，可也知道即使炸彈就在手邊，他、馬老太太、長順，都不敢去扔！他自己下過獄，他的父親被日本人給逼得投了河，他可表示了什麼？他只吐了血，給父親打了坑，和借了錢給父親辦了喪事，而沒敢去動仇人的一根汗毛！他只知道照著傳統的辦法，盡了作兒子的責任，而不敢正眼看那禍患的根源。他的教育、歷史、文化，只教他去敷衍，去低頭，去毫無用處的犧牲自己，而把報仇雪恨當作太冒險，過分激烈的事。

沉默了好久，他極勉強的把難堪與羞愧像壓抑一口要噴出的熱血似的壓下去，而後用他慣用的柔和的語調說：「據我看，馬老太太，這件婚事倒許沒有人恥笑。你、長順、小崔太太，都是正經人，不會招出閒言閒語來。難處全在他們倆結了婚，就給冠家很大很大的刺激。說不定他們會用盡心機來搗亂！」

「對！對！冠家什麼屎都拉，就是不拉人屎！」祁老人歎著氣說。

「可是，要不這麼辦吧，小崔太太馬上就要變成，變成——」馬老太太的嘴和她的衣服一樣乾淨，不肯說一個不好聽的字。看看這個，看看那個，她失去平日的安靜與沉穩。

屋裡沒有了聲音，好像死亡的影子輕輕的走進來。剛交過五點。天短，已經有點像黃昏時候了。

馬老太太正要告辭，瑞豐滿頭大汗，像被鬼追著似的跑進來。顧不得招呼任何人，他一下子坐在椅子上，張著嘴急急的喘氣。

「怎麼啦？」大家不約而同的問。他只擺了擺手，說不上話來。大家這才看明白：他的小乾臉上碰青了好幾塊，袍子的後襟扯了一尺多長的大口子。

今天是義賑遊藝會的第一天，西單牌樓的一家劇場演義務戲。戲碼相當的硬，倒第三是文若霞的《奇雙會》，壓軸是招弟的《紅鸞禧》，大軸是名角會串《大溪皇莊》。只有《紅鸞禧》軟一點，可是招弟既長得美，又是第一次登台，而且戲不很長，大家也就不十分苛求。

冠家忙得天翻地覆。行頭是招弟的男朋友們「孝敬」給她的，她試了五次，改了五次，叫來一位裁縫在家中專伺候著她。亦陀忙著借頭面，忙著找來梳頭與化妝的專家。大赤包忙著給女兒「徵集」鮮花籃，她必須要八對花籃在女兒將要出台簾的時候，一齊獻上去。曉荷更忙，忙著給女兒找北平城內最好的打鼓佬，大鑼與小鑼；又忙著叫來新聞記者給招弟照化妝的與便衣的像片，以便事前和當日登露在報紙上與雜誌上。此外，他還得寫詩與散文，好交給藍東陽分派到各報紙去，出招弟女士特刊。

他自己覺得很有些天才，可是喝了多少杯濃茶與咖啡，還是一字寫不出。他只好請了一桌客，把他認為有文藝天才的人們約來，代他寫文章。他們的確有文才，當席就寫出了有「嬌小玲瓏」，「小鳥依人」和「歌喉清轉」，「一串驪珠」，「作工不瘟不火」這樣句子的文字。藍東陽是義賑遊藝會的總幹事，所以忙得很，只能抽空兒跑來，向大家咧一咧嘴。胖菊子倒常在這裡，可是胖得懶的動一動，只在大家忙得稍好一點的時節，提議打幾圈牌。桐芳緊跟著招弟，老給小姐拿著大衣，生怕她受了涼，丟了嗓音。

桐芳還抓著了空兒出去，和錢先生碰頭，商議。戲票在前三天已經賣光。池子第四五排全留給日本人。一二三排與小池子全被招弟的與若霞的朋友們定去。黑票的價錢已比原價高了三倍至五倍。若霞的朋友們看她在招弟前面出台，心中不平，打算在招弟一出來便都退席，給她個難堪。招弟的那一群油頭滑面的小鬼聽到這消息，也準備拚命給若霞喊倒好兒，作為抵抗。幸而曉荷得到了風聲，趕快約了雙方的頭腦，由若霞與招弟親自出來招待，還請了一位日本無賴出席鎮壓，才算把事情說妥，大家握了手，停止戰爭。瑞豐無論怎樣也要看上這個熱鬧。他有當特務的朋友，而特務必在開戲以前佈滿了劇場，因為有許多日本要人來看戲。

他在午前十點便到戲園外去等，他的嘴張著，心跳的很快，兩眼東張西望，見到一個朋友便三步改作兩步的迎上去：「老姚！帶我進去喲！」待一會兒，又迎上另一個人：「老陳，別忘了我喲！」

這樣對十來個人打過招呼，他還不放心，還東瞧瞧西看看預備再多託咐幾位。離開鑼還早，他可是不肯離開那裡，倒彷彿怕戲園會忽然搬開似的。慢慢的，他看到檢票的與軍警，和戲箱來到，他的心跳得更快了，嘴張得更大了些。他又去託咐朋友，朋友們沒好氣的說：「放心，落不下你！早得很呢，你忙什麼？」他張著嘴，嘻嘻兩聲，覺得自己有進去的把握，又怕朋友是敷衍他。他幾乎想要求他們馬上帶他進去，就是看一兩個鐘頭光板凳也無所不可；進去了才是進去了。在門外到底不保險！可是，他沒好意思開口，怕逼急了他們反為不美。他買了塊烤白薯，面對戲園嚼著，看一眼白薯，看一眼戲園，恨不能一口也把戲園吞了下去。

按規矩說，他還在孝期裡，不應當來看戲。但是，為了看戲，他連命也肯犧牲了，何況那點老規矩呢。到了十一點多鐘，他差不多要急瘋了。拉住一位朋友，央告著非馬上進去不可。他已說不上整句的話來，而只由嘴中蹦出一兩個字。他的額上的青筋都鼓起來，鼻子上出著汗，手心發涼。朋友告訴他：「可沒有座兒！」他啊啊了兩聲，表示願意立著。

他進去了，坐在了頂好的座位上，看著空的台，空的園子，心中非常的舒服。他並上了嘴，口中有一股甜水，老催促著他微笑。他笑了。

好容易，好容易，台上才打通，他隨著第一聲的鼓，又張開了嘴，而且把脖子伸出去，聚精會神的看臺上怎麼打鼓，怎麼敲鑼。他的身子隨著鑼鼓點子動，心中浪蕩著一點甜美的，有節奏的，愉快。

又待了半天，《天官賜福》上了場。他的脖子更伸得長了些。正看得入神，他被人家叫起來，「票」到了。他眼睛還看著戲台，改換了座位。待了一會兒，「票」又到了，他又換了座位。他絲毫沒覺到難堪，因為全副的注意都在台上，彷彿已經沉醉。改換了不知多少座位，到了《奇雙會》快上場，他稍微覺出來，他是站著呢。他不怕站著，他已忘了吃力的是他自己的腿。他的嘴張得更大了些，往往被煙嗆得咳嗽一下，他才用口液潤色它一下。

日本人到了，他欠著腳往台上看，顧不得看看日本人中有哪幾個要人。在換鑼鼓的當兒，他似乎看見了錢先生由他身旁走過去。他顧不得打招呼。小文出來，坐下，試笛音。他更高了興。他喜歡小文，佩服小文，小文天天在戲園裡，多麼美！他也看見了藍東陽在台上轉了一下。他應當恨藍東陽。可是，他並沒動心；看戲要緊。胖菊子和一位漂亮的小姐捧著花籃，放在了台口。

他心中微微一動，只嚥了一口唾沫，便把她打發開了。曉荷在台簾縫中，往外探了探頭，他羨慕曉荷！

雖然捧場的不少，若霞可是有真本事，並不專靠著捧場的人給她喝采。反之，一個碰頭好兒過後，戲園裡反倒非常的靜了。她的秀麗，端莊，沉穩，與適當的一舉一動，都使人沒法不沉下氣去。她的眼彷彿看到了台下的每一個人，教大家心中舒服，又使大家敬愛她。即使是特來捧場的也不敢隨便叫好了，因為那與其說是討好，還不如說是不敬。她是那麼瘦弱苗條，她又是那麼活動煥發，倒彷彿她身上有一種什麼魔力，使大家看見她的青春與美麗，同時也都感到自己心中有了青春的熱力與愉快。她控制住了整個的戲園，雖然她好像並沒分外的用力，特別的賣弄。

小文似乎已經忘了自己。探著點身子，橫著笛，他的眼盯住了若霞，把每一音都吹得圓，送到家。他不僅是伴奏，而是用著全份的精神把自己的生命化在音樂之中，每一個聲音都像帶著感情，電力，與光浪，好把若霞的身子與喉音都提起來，使她不費力而能夠飄飄欲仙。

在那兩排日本人中，有一個日本軍官喝多了酒，已經昏昏的睡去。在他的偶爾睜開的眼中，他似乎看到面前有個美女子來回的閃動。他又閉上了眼，可是也把那個美女子關閉在眼中。一個日本軍人見了女的，當然想不起別的，而只能想到女人的「用處」。他又睜開了眼，並且用力揉了揉它們。他看明白了若霞。他的醉眼隨著她走，而老遇不上她的眼。他生了氣。他是大日本帝國的軍人，中國人的征服者，他理當可以蹂躪任何一個中國女子。而且，他應當隨時隨地發洩他的獸慾，儘管是在戲園裡。他想馬上由台上把個女的拖下來，扯下衣褲，表演表演日本軍人特有的本事，為日本軍人增加一點光榮。可是，若霞老不看他。他半立起來，向她「嘻」了一聲。她還沒理會。很快的，他掏出槍來。

槍響了，若霞晃了兩晃，要用手遮一遮胸口，手還沒到胸前，她倒在了台上。樓上樓下馬上哭喊，奔跑，跌倒，亂滾，像一股人潮，一齊往外跑。瑞豐的嘴還沒並好，就被碰倒。他滾，他爬，他的頭上手上身上都是鞋與靴；他立起來，再跌倒，再滾，再喊，再亂掄拳頭。他的眼一會兒被衣服遮住，一會兒擋上一條腿，一會兒又看到一根柱子。他迷失了方向，分不清哪是自己的腿，哪是別人的腿。亂滾，亂爬，亂碰，亂打，他隨著人潮滾了出來。

日本軍人都立起來，都掏出來槍，槍口對著樓上樓下的每一角落。

桐芳由後台鑽出來。她本預備在招弟上場的時候，扔出她的手榴彈。現在，計劃被破壞了，她忘了一切，而只顧去保護若霞。鑽出來，一個槍彈從她的耳旁打過去。她爬下，用手用膝往前走，走到若霞的身旁。

小文扔下了笛子，順手抄起一把椅子來。像有什麼魔鬼附了他的體，他一躍，躍到台下，連人帶椅子都砸在行兇的醉鬼頭上，醉鬼還沒清醒過來的腦漿濺出來，濺到小文的大襟上。

小文不能再動，幾隻手槍杵在他的身上。他笑了笑。他回頭看了看若霞：「霞！死吧，沒關係！」他自動的把手放在背後，任憑他們捆綁。

後台的特務特別的多。上了裝的，正在上裝的，還沒有上裝的，票友與伶人；龍套，跟包的，文場，一個沒能跑脫。招弟已上了裝，一手拉著亦陀，一手拉著曉荷，顫成一團。

樓上的人還沒跑淨。只有一個老人，坐定了不動，他的沒有牙的鬍子嘴動了動，像是咬牙床，又像是要笑。他的眼發著光，彷彿得到了一些詩的靈感。他知道桐芳還在台上，小文還在台下，但是他顧不了許多。他的眼中只有那一群日本人，他們應當死。他扔下他的手榴彈去。

第二天，瘸著點腿的詩人買了一份小報，在西安市場的一家小茶館裡，細細的看本市新聞：「女伶之死：本市名票與名琴手文若霞夫婦，勾通姦黨，暗藏武器，於義賑遊藝會中，擬行刺皇軍武官。當場，文氏夫婦均被擊斃。文若霞之女友一名，亦受誤傷身死。」

老人眼盯著報紙，而看見的卻是活生生的小文、若霞，與尤桐芳。對小文夫婦，老人並不怎麼認識，也就不敢批評他們。但是，他覺得他們很可愛，因為他們是死了；他們和他的妻與子一樣的死了，也就一樣的可愛。他特別的愛小文，小文並不只是個有天才的琴手，也是個烈士——敢用椅子砸出仇人的腦漿！對桐芳，他不單愛惜，而且覺得對不起她！她！她！多麼聰明，勇敢的一個小婦人——必是死在了他的手中，炸彈的一個小碎片就會殺死她。假若她還活著，她必能成為他的助手，幫助他作出更大的事來。她的姓名也許可以流傳千古。現在，她只落了個「誤傷身死」！

想到這裡，老人幾乎出了聲音：「桐芳！我的心，永遠記著你，就是你的碑記！」他的眼往下面看，又看到了新聞：「皇軍武官無一受傷者。」老人把這句又看了一遍，微微的一笑。哼，無一受傷者，真的！他再往下看：「行刺之時，觀眾秩序尚佳，只有二三老弱略受損傷。」老人點了點頭，讚許記者的「創造」天才。「所有後台人員均解往司令部審詢，無嫌疑者日內可被釋放云。」老人楞了一會兒，哼，他知道，十個八個，也許一二十個，將永遠出不來獄門！他心中極難過，但是他不能不告訴自己：「就是這樣吧！這才是鬥爭！只有死，死，才能產生仇恨；知道恨才會報仇！」

老人喝了口白開水，離開茶館，慢慢的往東城走，打算到墳地上，去告訴亡妻與亡子一聲：「安睡吧，我已給你們報了一點點仇！」

第六十四章　北平天字第一號的女霸

小羊圈裡亂了營，每個人的眼都發了光，每個人的心都開了花，每個人的臉上都帶著笑；嘴、耳、心，都在動。他們想狂呼，想亂跳，想喝酒，想開一個慶祝會。黑毛兒方六成了最重要的人物，大家圍著他，扯他的衣襟與袖子要求他述說，述說戲園中的奇雙會、槍聲、死亡、椅子、腦漿、炸彈、混亂、傷亡——聽明白了的，要求他再說，沒聽見的，捨不得離開他，彷彿只看一看他也很過癮；他是英雄，天使——給大家帶來了福音。

方六，在這以前，已經成了「要人」。論本事，他不過是第二三流的說相聲的，除了大茶館與書場的相聲藝員被天津上海約去，他臨時給搭一搭桌，他總是在天橋，東安市場，隆福寺或護國寺去撂地攤。他很少有參加堂會的機會。

可是，北平的淪陷教他轉了運氣。他的一個朋友，在新民會裡得了個地位。由這個朋友，他得到去廣播的機會。由這個朋友，他知道應當怎樣用功——「你趕快背熟了四書！」朋友告訴他。「日本人相信四書，因為那是老東西。只要你每段相聲裡都有四書句子，日本人就必永遠僱用你廣播！你要時常廣播，你就會也到大茶樓和大書場去作生意，你就成了頭路角兒！」

方六開始背四書。他明知道引用四書句子並不能受聽眾的歡迎，因為現在的大學生中學生，和由大學生中學生變成的公務員，甚至於教員，都沒唸過四書。在他所會的段子裡原有用四書取笑的地方，像：「君不君，程咬金；臣不臣，大火輪；父不父，冥衣舖；子不子，大茄子」；和「冠者五六人，童子六七人」，是說七十二賢人裡有三十個結了婚的，四十二個沒有結婚的，等等。每逢他應用這些「典故」，台下——除了幾個老人——都楞著，不知道這有什麼可笑之處。

但是，他相信了朋友的話。他知道這是日本人的天下，只要日本人肯因他會運用四書而長期的僱用他去廣播，他便有了飯碗。他把四書背得飛熟。當他講解的時候，有的相當的可笑，有的毫無趣味。可是，他不管聽眾，他的眼只看著日本人。在每次廣播的時候，他必遞上去講題：「子曰學而」，「曾子曰，吾日三省吾身」，或「父母在不遠遊，遊必有方」——日本人很滿意，他拿穩飯碗。同時，他不再去撂地攤，而大館子爭著來約他——不為他的本事，而為他與日本人的關係。同時，福至心靈的他也熱心的參加文藝協會，和其他一切有關文化的集會。他變成了文化人。

在義賑遊藝會裡，他是招待員。他都看見了，而且沒有受傷。他的嘴會說，也愛說。他不便給日本人隱瞞著什麼。雖然他吃著日本人的飯，他可是並沒有把靈魂也賣給日本人。特別是，死的是小文夫婦，使他動了心。他雖和他們小夫婦不同行，也沒有什麼來往，可是到底他們與他都是賣藝的，兔死狐悲，他不能不難受。

大家對小文夫婦一致的表示惋惜，他們甚至於到六號院中，扒著東屋的窗子往裡看一看，覺得屋裡的桌椅擺設都很神聖。可是，最教他們興奮的倒是招弟穿著戲行頭就被軍警帶走，而冠曉荷與高亦陀也被拿去。

他們還看見了大赤包呀。她的插野雞毛的帽子在頭上歪歪著，雞毛只剩下了半根。她的狐皮袍上面濕了半邊襟，像是澆過了一壺茶。她光著襪底，左手提著「一」只高跟鞋。她臉上的粉已完全落下去，露著一堆堆的雀斑。她的氣派還很大，於是也就更可笑。她沒有高亦陀攙著，也沒有招弟跟著，也沒有曉荷在後面給拿著風衣與皮包。只是她一個人，光著襪底兒，像剛被魔王給趕出來的女怪似的，一瘸一拐的走進了三號。

程長順顧不得操作了。他也擠在人群裡，聽方六有聲有色的述說。聽完了，他馬上報告了外婆。孫七的近視眼彷彿不單不近視，而且能夠透視了；聽完了方六的話，他似乎已能遠遠的看到曉荷和亦陀在獄中正被日本人灌煤油，壓棍子，打掉了牙齒。他高興，他非請長順喝酒不可。長順還沒學會喝酒，孫七可是非常的堅決：「我是喝你的喜酒！你敢說不喝！」他去告訴馬老太太，「老太太，你說，教長順兒喝一杯酒，喜酒！」

「什麼喜酒啊？」老太太莫名其妙的問。

孫七哈哈的笑起來。「老太太，他們——」他往三號那邊指了指，「都被憲兵鎖了走，咱們還不趕快辦咱們的事？」馬老太太聽明白了孫七的話，可是還有點不放心。「他們有勢力，萬一圈兩天就放出來呢？」

「那，他們也不敢馬上再欺侮咱們！」

馬老太太不再說什麼。她心中盤算：外孫理當娶親，早晚必須辦這件事，何不現在就辦呢？小崔太太雖是個寡婦，可是她能洗能作能吃苦，而且脾氣模樣都說得下去。再說，小崔太太已經知道了這回事，而且並沒表示堅決的反對，若是從此又一字不提了，豈不教她很難堪，大家還怎麼在一個院子裡住下去呢？沒別的辦法，事情只好怎麼來怎麼走吧。她向孫七點了點頭。

第二天下午，小文的一個胯骨上的遠親，把文家的東西都搬了走。這引起大家的不平。第一，他們想問問，小文夫婦的屍首可曾埋葬了沒有？第二，根據了誰的和什麼遺言，就來搬東西？這些心中的話漸漸的由大家的口中說出來，然後慢慢的表現在行動上。李四爺，方六，孫七，都不約而同的出來，把那個遠親攔住。他沒了辦法，只好答應去買棺材。

但是，小文夫婦的屍首已經找不到了。日本人已把他們扔到城外，餵了野狗。日本人的報復是對死人也毫不留情的。李四爺沒的話可說，只好憤憤的看著文家的東西被搬運了走。

瑞豐見黑毛兒方六出了風頭，也不甘寂寞，要把自己的所聞所見也去報告大家。可是，祁老人攔住了他：「你少出去！臉上青一塊紫一塊的，萬一教偵探看見，說你是囚犯呢？你好好的在家裡坐著！」瑞豐無可如何，只好蹲在家裡，把在戲園中的見聞都說與大嫂與孩子們聽，覺得自己是個敢冒險，見過大陣式的英雄好漢。

大赤包對桐芳的死，覺得滿意。桐芳的屍身已同小文夫婦的一齊被拋棄在城外。大赤包以為這是桐芳的最合適的歸宿。她決定不許任何人給桐芳辦喪事，一來為是解恨，二來是避免嫌疑——好傢伙，要教日本人知道了桐芳是冠家的人，那還了得！她囑咐了高第與男女僕人，絕對不許到外邊去說死在文若霞身旁的是桐芳，而只准說桐芳拐去了金銀首飾，偷跑了出去。她並且到白巡長那裡報了案。

這樣把桐芳結束了，她開始到處去奔走，好把招弟，亦陀，曉荷趕快營救出來。

她找了藍東陽去。東陽，因為辦事不力，已受了申斥，記了一大過。由記過與受申斥，他想像到撤職丟差。他怕，他恐慌，他憂慮，他恨不能咬掉誰一塊肉！他的眼珠經常的往上翻，大有永遠不再落下來的趨勢。他必須設法破獲兇手，以便將功贖罪，仍然作紅人。看大赤包來到，他馬上想起，好，就拿冠家開刀吧！桐芳有詭病，無疑的；他須也把招弟，亦陀，曉荷咬住，硬說冠家吃裡爬外，要刺殺皇軍的武官。

大赤包的確動了心，招弟是她的掌上明珠，高亦陀是她的「一種」愛人。她必須馬上把他們救了出來。她並沒十分關切曉荷，因為曉荷到如今還沒弄上一官半職，差不多是個廢物。真要是不幸而曉荷死在獄中，她也不會十分傷心。說不定，她還許，在他死後，改嫁給亦陀呢！她的心路寬，眼光遠，一眼便看出老遠老遠去。不過，現在她既奔走營救招弟與亦陀，也就不好意思不順手把曉荷牽出來罷了。雖然心中很不好受，見了東陽，她可是還大搖大擺的。她不是輕易皺上眉頭的人。

「東陽！」她大模大樣的，好像心中連豆兒大的事也沒有的，喊叫：「東陽！有什麼消息沒有？」

東陽的臉上一勁兒抽動，身子也不住的扭，很像吃過煙油子的壁虎。他決定不回答什麼。他的眼看著自己的心，他的心變成一劑毒藥。

見東陽不出一聲，大赤包和胖菊子閒扯了幾句。胖菊子的身體面積大，容易被碰著，所以受了不少的傷，雖然都不怎樣重，可是她已和東陽發了好幾次脾氣——以一個處長太太而隨便被人家給碰傷，她的精神上的損失比肉體上要大著許多。自從作了處長太太以來，有意的無意的，她摹仿大赤包頗有成績。她驕傲，狂妄，目中無人，到處要擺出架子。她討厭東陽的骯髒，吝嗇，與無盡無休的性慾要求。但是，她又不肯輕易放棄了「處長太太」。因此，她只能對東陽和別人時常發威，鬧脾氣，以便發洩心中的怨氣。

她喜歡和大赤包閒扯。她本是大赤包的「門徒」，現在她可是和大赤包能平起平坐了，所以感到自傲。同時，在經驗上，年紀上，排場上，她到底須讓大赤包一步，所以不能不向大赤包討教。雖然有時候，她深盼大赤包死掉，好使她獨霸北平，但是一見了大赤包的面，她彷佛又不忍去詛咒老朋友，而覺得她們兩個拼在一處，也許勢力要更大一些。

大赤包今天可不預備多和菊子閒談，她還須去奔走。胖菊子願意隨她一同出去。她不高興蹲在家裡，接受或發作脾氣──東陽這兩天老一腦門子官司，她要是不發氣，他就必橫著來。大赤包也願意有菊子陪著她去奔走，因為兩個面子湊在一處，效力當然大了一倍。菊子開始忙著往身上擦抹馳名藥膏和萬金油，預備陪著大赤包出征。

東陽攔住了菊子。沒有解釋，他乾脆不准她出去。菊子胖臉紅得像個海螃蟹。「為什麼？為什麼？」她含著怒問。

東陽不哼一聲，只一勁兒啃手指甲。被菊子問急了，他才說了句：「我不准你出去！」

大赤包看出來，東陽是不准菊子陪她出去。她很不高興，可是仍然保持著外場勁兒，勉強的笑著說：「算了吧！我一個人也會走！」

菊子轉過臉來，一定要跟著客人走。東陽，不懂什麼叫作禮貌，哪叫規矩，把實話說了出來：「我不准你同她出去！」

大赤包的臉紅了，雀斑變成了一些小葡萄，灰中帶紫。「怎麼著，東陽？看我有點不順序的事，馬上就要躲著我嗎？告訴你，老太太還不會教這點事給難住！哼，我瞎了眼，拿你當作了朋友！你要知道，招弟出頭露面的登台，原是為捧你！別忘恩負義！你掰開手指頭算算，吃過我多少頓飯，喝過我多少酒，咖啡？說句不好聽的話，我要把那些東西餵了狗，牠見著我都得搖搖尾巴！」大赤包本來覺得自己很偉大，可是一罵起人來，也不是怎的她找不到了偉大的言語，而只把飯食與咖啡想起來。這使她自己也感到點有失體統，而又不能不順著語氣兒罵下去。

東陽自信有豐富的想像力，一定能想起些光偉的言語來反攻。可是，他也只想起：「我還給你們買過東西呢！」

「你買過！不錯！一包花生豆，兩個涼柿子！告訴你，你小子別太目中無人，老太太知道是什麼東西！」說完，大赤包抓起提包，冷笑了兩聲，大搖大擺的走了出去。

胖菊子反倒不知道怎麼辦好啦。以交情說，她實在不高興東陽那麼對待大赤包。她覺得大赤包總多少比東陽更像個人，更可愛一點。可是，大赤包的責罵，也多少把她包括在裡面，她到底是東陽的太太，為什麼不教東陽大方一點，而老白吃白喝冠家呢？大赤包雖罵的是東陽，可是也把她——胖菊子——連累在裡面。她是個婦人，她看一杯咖啡的價值，在彼此爭吵的時候，比什麼友誼友情更重要。為了這個，她不願和東陽開火。可是，不和他開火，又減了自己的威風。她只好板著胖臉發楞。

東陽的心裡善於藏話，他不願告訴箇中的真意。可是，為了避免太太的發威，他決定吐露一點消息。「告訴你！我要鬥一鬥她。打倒了她，我有好處！」然後，他用詩的語言說出點他的心意。

菊子起初不十分贊同他的計劃。不錯，大赤包有時候確是盛氣凌人，使人難堪。但是，她們到底是朋友，怎好翻臉為仇作對呢？她想了一會兒，拿不定主意。想到最後，她同意了東陽的意見。好哪，把大赤包打下去，而使自己成為北平天字第一號的女霸，也不見得不是件好事。在這混亂的年月與局面中，她想，只有狠心才是成功的訣竅。假若當初她不狠心甩了瑞豐，她能變成處長太太嗎？不能！好啦，她與大赤包既同是「新時代」的有頭有臉的人，她何必一定非捧著大赤包，而使自己坐第二把交椅呢？她笑了，她接受了東陽的意見，並且願意幫助他。

東陽的綠臉上也有了一點點笑意。夫婦靠近了嘀咕了半天。他們必須去報告桐芳是冠家的人，教日本人懷疑冠家。然後他們再從多少方面設法栽贓，造證據，把大赤包置之死地。即使她死不了，他們也必弄掉了她的所長，使她不再揚眉吐氣。

「是的！只要把她咬住，這案子就有了交代。我的地位可也就穩當了。你呢，你該去運動，把那個所長地位拿過來！」

胖菊子的眼亮了起來。她沒想到東陽會有這麼多心路，竟自想起教她去作所長！從她一認識東陽，一直到嫁給他，她沒有真的喜愛過他一回。今天，她感到他的確是個可愛的人，他不但給了她處長太太，還會教她作上所長！

除了聲勢地位，她還看見了整堆的鈔票像被狂風吹著走動的黃沙似的，朝著她飛了來。只要作一二年妓女檢查所的所長，她的後半世的生活就不成問題了。一旦有了那個把握，她將是最自由的女人，藍東陽沒法再干涉她的行動，她可以放膽的任意而為，不再受絲毫的拘束！她吻了東陽的綠臉。她今天真喜愛了他。等事情成功之後，她再把他踩在腳底下，像踩一個蟲子似的收拾他。

她馬上穿上最好的衣服，準備出去活動，她不能再偷懶，而必須挺起一身的胖肉，去找那個肥差事。等差事到手，她再加倍的偷懶，連洗臉都可以找女僕替她動手，那才是福氣。

瑞宣聽到了戲園中的「暴動」，和小文夫婦與桐芳的死亡。他覺得對不起桐芳。錢先生曾經囑咐過他，照應著她。他可是絲毫沒有盡力。除了這點慚愧，他對這件事並沒感到什麼興奮。不錯，他知道小文夫婦死得冤枉；但是，他自己的父親難道死得不冤枉麼？假若他不能去為父報仇，他就用不著再替別人的冤枉表示憤慨。從一種意義來說，他以為小文夫婦都可以算作藝術家，都死得可惜。但是，假若藝術家只是聽天由命的苟安於亂世，不會反抗，不會自衛，那麼慘死便是他們必然的歸宿。

有這些念頭在他心中，他幾乎打不起精神去注意那件值得興奮的事。假若小文夫婦與桐芳的慘死只在他心中飄過，對於冠家那些狗男女的遭遇，他就根本沒有理會。一天到晚，自從辦過了喪事之後，他總是那麼安安靜靜的，不言不語的，作著他的事。從表面上看他好像是抱定逆來順受的道理，不聲不響的度著苦難的日子。在他心裡，他卻沒有一刻的寧靜。他忘不了父親的慘死，於是也就把自己看成最沒出息的人。他覺得自己的生命已完全沒有作用。除非他能替父親報了仇。

這個，他知道，可絕不是專為盡孝。他是新時代的中國人，絕不甘心把自己只看成父母的一部分，而去為父母喪掉了自己的生命。他知道父子的關係是生命的延續關係，最合理的孝道恐怕是繼承父輩的成就，把它發揚光大，好教下一輩得到更好的精神的與物質的遺產。生命是延續，是進步，是活在今天而關切著明天的人類福利。新的生命不能攔阻，也不能代替老的生命的死亡。假若他的父親是老死的，或病死的，他一定一方面很悲痛，一方面也要打起精神，勇敢的面向明天的責任走下去。但是，父親是被日本人殺害了的。假若他不敢去用自己的血去雪恥報仇，他自己的子孫將也永遠沉淪在地獄中。日本人會殺他的父親，也會殺他的子孫。今天他若想偷生，他便只給兒孫留下恥辱。恥辱的延續還不如一齊死亡。

可是，有一件事使他稍微的高了興。當鄰居們都正注意冠家與文家的事的時候，一號的兩個日本男人都被徵調了走。瑞宣覺得這比曉荷與招弟的被捕更有意義。冠家父女的下獄，在他看，不過是動亂時代的一種必然發生的醜劇。而一號的男人被調去當炮灰卻說明了侵略者也須大量的，不斷的，投資——把百姓的血潑在戰場上。隨著士兵的傷亡，便來了家庭的毀滅，生產的人力缺乏，與撫卹經費的增加。侵略只便宜了將官與資本家，而民眾須去賣命。

在平日，他本討厭那兩個男人。今天，他反倒有點可憐他們了。他們把家眷與財產都帶到中國來，而他自己卻要死在異域，教女人們抱一小罐兒骨灰回去。可是，這點惋惜並沒壓倒他的高興。不，不，不，他不能還按照著平時的，愛好和平的想法去惋惜他們；不能！他們，不管他們是受了有毒的教育與宣傳，還是受了軍閥與資本家的欺騙，既然肯扛起槍去作戰，他們便會殺戮中國人，也就是中國人的仇敵。槍彈，不管是怎樣打出去的，總不會有善心！是的，他們必須死在戰場上；他們不死，便會多殺中國人。是的，他必須狠心的詛咒他們，教他們死，教他們的家破人亡，教他們和他們的弟兄子侄朋友親戚全變成了骨灰。他們是臭蟲，老鼠，與毒蛇，必須死滅，而後中國與世界才得到太平與安全！

他看見了那兩個像磁娃娃的女人，帶著那兩個淘氣的孩子，去送那兩個出征的人。她們的眼是乾的，她們的臉上沒有任何表情，她們的全身上都表示出服從與由服從中產生的驕傲。是的，這些女人也該死。她們服從，為是由服從而得到光榮。她們不言不語的向那毒惡的戰神深深的鞠躬，鼓勵她們的男人去橫殺亂砍。

瑞宣知道，這也許是錯怪了那兩個女人：她們不過是日本的教育與文化製成的磁娃娃，不能不服從，不忍受。她們自幼吃了教育的啞藥，不會出聲，而只會微笑。雖然如此，瑞宣還是不肯原諒她們。正因為她們吃了那種啞藥，所以她們才正好與日本的全盤機構相配備。她們的沉默與服從恰好完成了她們男人的狂吼與亂殺。從這個事實——這的確是事實——來看，她們是她們男人的幫兇。假若他不能原諒日本男人，他也不便輕易的饒恕她們。即使這都不對，他也不能改變念頭，因為孟石，仲石，錢太太，小崔，小文夫婦，桐芳，和他的父親都千真萬確的死在日本人手裡。繞著彎子過分的去原諒仇敵便是無恥！

立在槐樹下，他注視著那出征人，磁娃娃，與兩個淘氣鬼。他的心中不由的想起些殘破不全的，中國的外國的詩句：「一將功成萬骨枯；可憐無定河邊骨；誰沒有父母，誰沒有兄弟？——」可是，他挺著脖子，看著他們與她們，把那些人道的，崇高的句子，硬放在了一邊，換上些「仇恨，死亡，殺戮，報復」等字樣。「這是戰爭，不敢殺人的便被殺！」他對自己說。

一號的老婆婆是最後出來的。她深深的向兩個年輕的鞠躬，一直等到他們拐過彎去才直起身來。她抬起頭，看見了瑞宣。她又鞠了一躬。直起身，她向瑞宣這邊走過來，走得很快。她的走路的樣子改了，不像個日本婦人了。她挺著身，揚著臉，不再像平日那麼團團著了。她好像一個剛醒來的螃蟹，把腳都伸展出來，不是那麼圓圓的一團了。她的臉上有了笑容，好像那兩個年輕人走後，她得到了自由，可以隨便笑了似的。

「早安！」她用英語說。「我可以跟你說兩句話嗎？」她的英語很流利正確，不像是由一個日本人口中說出來。瑞宣楞住了。

「我久想和你談一談，老沒有機會。今天，」她向胡同的出口指了指，「他們和她們都走了，所以——」她的口氣與動作都像個西洋人，特別是她的指法，不用食指，而用大指。

瑞宣一想便想到：日本人都是偵探，老婦人知道他會英文，便是很好的證據。因此，他想敷衍一下，躲開她。老婦人彷彿猜到了他的心意，又很大方的一笑。「不必懷疑我！我不是平常的日本人。我生在加拿大，長在美國，後來隨著我的父親在倫敦為商。我看見過世界，知道日本人的錯誤。那倆年輕的是我的侄子，他們的生意，資本，都是我的。我可是他們的奴隸。我既沒有兒子，又不會經營——我的青春是在彈琴，跳舞，看戲，滑冰，騎馬，游泳——度過去的——我只好用我的錢買來深鞠躬，跪著給他們獻茶端飯！」

瑞宣還是不敢說話。他知道日本人會用各種不同的方法偵探消息。

老婆婆湊近了他，把聲音放低了些：「我早就想和你談談。這一條胡同裡的人，算你最有品格，最有思想，我看得出來。我知道你會小心，不願意和我談心。但是，我把心中的話，能對一個明白人說出來，也就夠了。我是日本人，可是當我用日本語講話的時候，我永遠不能說我的心腹話。我的話，一千個日本人裡大概只有一個能聽得懂。」她的話說得非常的快，好像已經背誦熟了似的。

「你們的事，」她指了三號，五號，六號，四號，眼隨著手指轉了個半圓。「我都知道。我們日本人在北平所作的一切，當然你也知道。我只須告訴你一句老實話：日本人必敗！沒有另一個日本人敢說這句話。我——從一個意義來說——並不是日本人。我不能因為我的國籍，而忘了人類與世界。」

「自然，我憑良心說，我也不能希望日本人因為他們的罪惡而被別人殺盡。殺戮與橫暴是日本人的罪惡，我不願別人以殺戮懲罰殺戮。對於你，我只願說出：日本必敗。對於日本人，我只願他們因失敗而悔悟，把他們的聰明與努力都換個方向，用到造福於人類的事情上去。我不是對你說預言，我的判斷是由我對世界的認識與日本的認識提取出來的。我看你一天到晚老不愉快，我願意使你樂觀一點。不要憂慮，不要悲觀；你的敵人早晚必失敗！不要說別的，我的一家人已經失敗了：已經死了兩個，現在又添上兩個——他們出征，他們毀滅！我知道你不肯輕易相信我，那沒關係。不過，你也請想想，假若你肯去給我報告，我一樣的得丟了腦袋，像那個拉車的似的！」她指了指四號。「不要以為我有神經病，也不要以為我是特意討你的歡心，找好聽的話對你說。不，我是日本人，永遠是日本人，我並不希望誰格外的原諒我。我只願極客觀的把我的判斷說出來，去了我的一塊心病！真話不說出來，的確像一塊心病！好吧，你要不懷疑我呢，讓我們作作朋友，超出中日的關係的朋友。你不高興這麼作呢，也沒關係；今天你能給我機會，教我說出心中的話來，我已經應當感謝你！」說完，她並沒等著瑞宣回答什麼，便慢慢的走開。把手揣在袖裡，背彎了下去，她又恢復了原態——一個老準備著鞠躬的日本老婦人。

瑞宣呆呆的楞了半天，不知怎樣才好。他不肯信老婆婆的話，又似乎沒法不信她的話。不論怎樣吧，他可是止不住的笑了一下。他有好些天沒笑過一回了。

第六十五章　死裡逃生

快到陰曆年，長順和小崔太太結了婚。婚禮很簡單。孫七拉上了劉棚匠太太同作大媒，為是教小崔太太到劉太太那裡去上轎。一乘半舊的喜轎，四五個鼓手；喜轎繞道護國寺，再由小羊圈的正口進來。洞房是馬老太太的房子，她自己搬到小崔太太屋裡去。按照老年的規矩，娶再醮的婦人應當在半夜裡，因為寡婦再嫁是不體面的，見不到青天白日的。娶到家門，須放一掛火炮，在門檻裡還要放個火盆，教她邁過去；火炮若是能把她前夫的陰魂嚇走，火盆便正好能補充一下，燒去一切的厲氣。

按著馬老太太的心意，這些規矩都須遵守，一方面是為避邪，一方面也表示出改嫁的寡婦是不值錢的——她自己可是堂堂正正，沒有改嫁過。

不過，現在的夜裡老在半戒嚴的狀態中，夜間實在不好辦事。火炮呢，久已不准燃放——日本人心虛，怕聽那遠聽頗似機關鎗的響聲。火炮既不能放，火盆自然也就免了吧。這是孫七的主意：「馬老太太，就不用擺火盆了吧！何必叫小崔太太更難過呢！」

連這樣，小崔太太還哭了個淚人似的。她想起來小崔，想起來自己一切的委屈。她已失去了自主，而任憑一個比孫七、長順、馬老太太都更厲害的什麼東西，隨便的擺佈她，把她抬來抬去，教她換了姓，換了丈夫，換了一切。她只有哭，別無辦法。

長順兒的大腦袋裡嗡嗡的直響。他不曉得應當哭好，還是笑好。穿著新藍布袍罩，和由祁家借來的一件緞子馬褂，他坐著不安，立著發僵，來回的亂走又無聊。在他的心裡，他卻一會兒一算計：一千套軍衣已經完全交了活，除了本錢和丁約翰的七折八扣，只落下四百多塊錢。這是他全部的財產。他可是又添了一口吃飯的人。結了婚，他便是成人了。他必須養活著外婆與老婆，沒有別的話好說。四百多塊錢，能花多少日子呢？

儘管婚禮很簡單，可是鼓手、花轎不要錢嗎？自己的新大衫是白揀來的嗎？街坊四鄰來道賀，難道不預備點水酒和飯食嗎？這都要花錢。結過婚，他應當幹什麼去呢？想不出。不錯，他為承作那些騙人的軍衣，已學會了收買破爛。可是，難道他就老去弄那些骯髒東西，過一輩子嗎？為錢家、祁家、崔家，他都曾表示過氣憤，都自動的幫過忙。他還記得祁瑞宣對他的期望與勸告，而且他曾經有過扛槍上陣去殺日本人的決心。可是，今天他卻糊糊塗塗的結了婚，把自己永遠拴在了家中。他皺上了眉。

但是賀喜的人——李四老人、四媽、祁瑞豐、孫七、劉太太，還有七號的一兩家人——都向他道喜。他又不能不把眉頭放開。他有點害羞，又不能不大模大樣的假充不在乎。人們的吉利話兒像是出於誠心，又似乎像諷刺與嘲弄，使他不敢不接受，而接受了又不大好過。他不知怎樣才好，而只能硬著頭皮去敷衍。他的臉上紅一陣白一陣，他的鼻音嗚囔的特別的難聽，連自己聽著都不夠味兒。

賀客之中，最活躍的，也最討厭的，是祁瑞豐。長順永遠忘不了在教育局的那一幕。況且，今天他是和小崔太太結婚，他萬想不到瑞豐還有臉來道喜。瑞豐可是滿不在乎，他準知道只要打著賀客的招牌，他就不會被人家攆出來，所以他要來吃一頓喝一頓。而且，既無被驅逐出來的危險，他就必須像一個賀客的樣子，他得對大家開玩笑，盡情的嘲弄新郎，板著面孔跟主人索要香煙、茶水，而且準備惡作劇的鬧洞房。

本來，他還穿著孝，家裡的人都不許他來道賀。他答應了母親，只把禮金在門外交給長順或馬老太太就趕快回家，可是，他把孝衣脫下來，偷偷的溜出去，滿面春風的進了馬家的門。他自居為交際家，覺得自己若不到場，不單自己丟了吃喝的機會，也必教馬家的喜事減色。一進門，他便張羅著和長順開玩笑，而他的嘴又沒有分寸，時時弄得長順面紅過耳。長順很想翻臉辱罵他一頓，可是他知道今天他不該吵架拌嘴，所以只好遠遠的躲開他。

長順的退讓，恰好教瑞豐以為自己確有口才，於是趕上前去施展嘲弄與開玩笑。賀客們都曉得長順老實，也都曉得瑞豐討厭，大家都怕他把長順逼急了，弄得不好看。同時，大家看在祁老人與瑞宣的面上，又不肯去勸告瑞豐。於是，大家不約而同的都躲著他，並且對他說的笑話都故意的不笑。他們以為這樣就可以使他知難而退了，誰知道他卻覺得他們的不言不笑是有點怕他，於是他的話就更多了。最後，李四爺看不過了，把他扯到一邊：「老二，我說句真話，你可不要怪我呀！開玩笑要有個分寸。長順兒臉皮子薄，別惹急了他！」

瑞豐沒敢和四爺駁辯，而心中很不高興。他可是也不想馬上告辭回家，他捨不得那頓酒飯。在擺飯之前，他一支跟著一支的吸香煙。他不亂說了，看到香煙快吸完了，便板起臉來告訴長順：再去買兩包煙！

趕到擺飯的時候，他大模大樣的坐了首座，他以為客人中只有他作過科長，理應坐首座。他拿出喝酒的本領，一揚脖一個，喝乾了自己的杯；別人稍一謙讓，他便把人家的杯子拿過來：「好，我替你喝！」喝了幾杯之後，他的嘴沒法再並上。他又開始嘲弄長順，並且說到小崔太太是寡婦。不單這樣耍嘴皮子，他還要立起來講演一番。他看不起那些賀客，所以他要盡興的發洩自己的無聊與討厭。

孫七早就不高興了。他是大媒，理當坐首座。多虧李四爺鎮壓著他，他才忍著氣沒有發作。等到他也喝了幾杯之後，他不再看李四爺的眼神，而把酒壺抄了起來。

「祁科長！」他故意的這麼叫：「咱們對喝六杯！」李四爺伸出手來要搶酒壺。孫七不再聽話。「四大爺，你別管！我跟祁科長比比酒量！」

瑞豐的臉上發了光。他以為孫七很看得起他。「牛飲沒意思，咱們划拳吧！一拳一個，六個！告訴你，我不教你喝六個，也得喝五個，信不信！來，伸手！」

「我不划拳！你是英雄，我是好漢，對喝六杯！」孫七說著，已斟滿了三杯。

瑞豐知道，六杯一氣灌下去，他準得到桌子底下去。「那，我不來，沒意思！喜酒，要喝得熱鬧一點！你要不划拳，咱們來包袱剪子布的？」

孫七沒出聲，端起杯來，連灌了三杯，然後，又斟滿：「喝！喝完這三個，還有三個！」

「那，我才不喝呢！」瑞豐嘿嘿的笑著，覺得自己非常的精明，有趣。

「喝吧，祁科長！」孫七的頭上的青筋已跳起來，可是故作鎮定的說。「這是喜酒，你不是把太太丟了嗎？多喝兩杯喜酒，你好再娶上一個！」

李四爺趕快攔住了孫七：「你坐下！不准再亂說！」然後對瑞豐：「老二，吃菜！不用理他，他喝醉了！」

大家都以為瑞豐必定一摔袖子走出去，而且希望他走出去。雖然他一走總算美中不足，可是大家必會在他走後一團和氣的吃幾杯酒。

可是，他坐著不動，他必須討厭到底，必須把酒飯吃完，不能因為一兩句極難聽的話而犧牲了酒飯。

正在這個難堪的時節，高亦陀走了進來。長順的嘴唇開始顫動。

大赤包有點本事。奔走了一兩天，該送禮的送禮，該託情的託情，該說十分客氣話的，說十分，該說五分好話的，說五分，她把曉荷、亦陀、招弟，全救了出來。他們都沒受什麼委屈，只是挨了幾天的餓。他們的嘴不慣於吃窩窩頭與白水。最初，他們不肯吃。後來，沒法不吃了，可是吃了還不飽。招弟在這幾天裡，始終穿著行頭，沒有別的衣服替換。她幾天沒有洗臉、洗腳，她的身上發癢，以為是長了虱子。她對每個人都送個媚眼，希望能給她一點水，可是始終無效。她著急，急得不住的哭泣。最使她難過的是那麼一身漂亮的行頭，不單沒摸著在台上露一露，反穿到獄中來。她已不是摩登的姑娘，而是玉堂春與竇娥，被圈在獄中。她切盼她的男友們會來探視她，營救她。可是，他們一個也沒有來。由失望而幻想，她盼著什麼劍俠或什麼聖母會在半夜中把她背了走。她想起許多電影片子上的故事，而希望那些故事能成為事實，使她逃出監獄。

曉荷真害了怕。自從一出戲園的後台，他已經不會說話。他平日最不關心的人，像錢先生與小崔，忽然的出現在眼前。他是不是也要丟了腦袋呢？他開始認真的禱告玉皇大帝、呂祖、關夫子，與王母娘娘。他覺得這些位神仙必能保佑他，不至於教他受一刀之苦。

坐在潮濕的小牢房裡，他檢討自己的過去。他找不出自己的錯誤來。他低聲的告訴玉皇大帝：「該送禮的，我沒落過後；該應酬的，我永遠用最好的煙酒茶飯；我沒錯待過人哪！對太太，對姨太太，我是好的丈夫；對女兒，我是好的父親；對朋友，我最講義氣；末了，對日本人，我五體投地的崇拜，巴結；老天爺，怎麼還這樣對待我呢？」

他誠懇的禱告，覺得十分冤枉。越禱告，他可是越心慌，因為他弄不清哪位神仙勢力最大，最有靈應。萬一禱告錯了，那才糟糕！

他怕死，怕受刑。他夜裡只能打盹，而不能安睡。無論哪裡有一點響動，他都嚇一跳，以為是有人要綁出他去斬首。他死不得，他告訴自己，因為還沒有在日本人手下得到個官職，死了未免太冤枉。

受罪最大的是高亦陀，他有煙癮，而找不到煙吃。被捕後兩三個鐘頭，他已支持不住了，鼻涕流下多長，連打哈欠都打不上來。他什麼也顧不得想，而只耷拉著腦袋等死。

大赤包去接他們。招弟見了媽，哭出了聲音。冠曉荷也落了淚。他故意的哼哼著，為是增加自己的身分：「所長！這簡直是死裡逃生啊！」他心中趕快的撰製一篇受難記，好逢人便講，表示自己下過獄，不失為英雄好漢。高亦陀是被兩個人抬出來的，他已癮得像一團泥。

回到家中，招弟第一件事是洗個澡。洗完了澡，她一氣吃了五六塊點心。吃完，她摸著胸口，告訴高第：「得了，這回可把我管教得夠瞧的！從此我不再唱戲，也不溜冰！好傢伙，再招出一場是非來，我非死在獄裡不可！」她要開始和高第學一學怎麼織毛線帽子：「你教給我，姐！從此我再也不淘氣了！」她把「姐」叫得挺親熱，好像真有點要改過自新似的。可是，沒過了一刻鐘，她又坐不住了。「媽！咱們打八圈吧！我彷彿有一輩子沒打過牌了！」

曉荷需要睡覺。「二小姐，你等我睡一覺，我準陪你打八圈。死裡逃生，咱們得慶賀一下。所長，待會兒咱們弄幾斤精緻的羊肉，涮涮吧？」

大赤包沒回答他們，氣派極大的坐在沙發上，吸著一支香煙。把香煙吸完，她才開口：「哼！你們倒彷彿都受了委屈！要不是我，你們也會出得來，那才怪呢！我的腿，為你們，都跑細了，你們好像連個謝字都不會說！」

「真的！」曉荷趕快把話接下去。「要不是所長，我們至少也還得圈半個月！甭打我，只要再圈半個月，我準死無疑！下獄，不是好玩的！」

「哼，你才知道！」大赤包要把這幾天的奔走託情說好話的勞苦與委屈都一總由曉荷身上取得賠償。「平日，你招貓逗狗，偏向著小老婆子，到下了獄你才想起老太太來。你算哪道玩藝兒！」

「喲！」招弟忽然想起來：「桐芳呢？」

曉荷也要問，可是張開口又趕緊並上了。

「她呀？」大赤包冷笑了一下：「對不起，死啦！」

「什麼？」曉荷不睏了。他動了心。

「死啦？」招弟也動了心。

「她、文若霞、小文，都炸死啦！我告訴你，招弟、曉荷，桐芳這一死，咱們的日子就可以過得更整齊一點。你們可是得聽我的，我一心秉正，起早睡晚，勞心掏神，都是為了你們。你們有我，聽從我，咱們就有好日子過。你們不聽我的，好，隨你們的便，你們有朝一日再死在獄裡可別怨我！」

曉荷沒聽見這一套話。坐在椅子上，他捧著臉低聲的哭起來。

招弟也落了淚。

他們這一哭，更招起大赤包的火兒來：「住聲！我看誰敢再哭那個臭娘們！哭？她早就該死！我還告訴你們，誰也不准到外面去說，她是咱們家裡的人！萬幸，報紙上沒提她的姓名；咱們自己可就別往頭上攬狗屎！我已經報了案，說她拐走了金銀首飾，偷跑了出去。你們聽見沒有？大家都得說一樣的話，別你說東，他說西，打自己的嘴巴！」

曉荷慢慢的把手從臉上放下來，噈了許多眼淚，對大赤包說：「這不行！」他的聲音發顫，可是很堅決。「不行？什麼不行？」大赤包挺起身來問。

「她好歹是咱們家的人。無論怎說，我也得給她個好發送。她跟了我這麼多年！」曉荷決定宣戰。桐芳是他的姨太太，他不能隨便的丟棄了她，像丟一個死貓或死狗那樣。

在這一家裡，沒有第二個人能替桐芳，他不能在她喪了命的時候反倒賴她拐款潛逃。死了不能再活，真的；但是他必須至少給她買口好棺材，相當體面的把她埋葬了。她與高第招弟都不同，假若她們姐妹不幸而死去一個，他，或者不至於像這麼傷心；她們是女兒，即使不死，早晚也要出嫁；桐芳是姨太太，永遠是他的，她死不得。再說，雖然他的白髮是有一根，拔一根，可是他到底慢慢的老起來；他也許不會再有機會另娶一房姨太太。那麼，桐芳一死，他便永遠要過著淒涼的日子——沒有了知心的人，而且要老受大赤包的氣！

不行，說什麼也不行，他必須好好的發送發送她。他沒有別的可以答報她，他只知道買好棺材，唸上一兩台經，給她穿上幾件好衣服，是唯一的安慰他自己與亡魂的辦法。假若連這點也作不到，他便沒臉再活下去。

大赤包站起來，眼裡打著閃，口中響了雷：「你要怎著呢？說！成心搗蛋哪？好！咱們搗搗看！」

冠曉荷決定迎戰。他也立起來，也大聲的喊：「我告訴你，這樣對待桐芳不行！不行！打、罵、拚命，我今兒個都奉陪！你說吧！」

大赤包的手開始顫動。曉荷這分明是叛逆！她不能忍受！這次要容讓了他，他會大膽再弄個野娘們來：「你敢跟我瞪眼哪，可以的！我混了心，瞎了眼，把你也救出來！死在獄裡有多麼乾脆呢！」

「好，咒我，咒吧！」曉荷咬上了牙。「你咒不死我，我就給桐芳辦喪事！誰也攔不住我！」

「我就攔得住你！」大赤包拍著胸口說。

「媽！」招弟看不過去了。「媽，桐芳已經死了，何必還忌恨她呢？」

「噢！你也向著她？你個吃裡爬外的小妖精！在這兒有你說話的份兒？你是穿著行頭教人家拿進去的，還在這兒充千金小姐呀？好體面！我知道，你們吃著我，喝著我，惹出禍來，得我救你們，可齊了心來氣我！對，把我氣死，氣死，你們好胡反：那個老不要臉的好娶姨太太，你，小姐，好去亂搭姘頭！你們好，我不是東西！」大赤包打了自己一個嘴巴，打得不很疼，可是相當的響。

「好吧，不許我開口呀，我出去逛逛橫是可以吧？」招弟忘了改過自新，想出去瘋跑一天。說著，她便往外走。

「你回來！」大赤包跺著腳。

「再見，爸！」招弟跑了出去。

見沒有攔住招弟，大赤包的氣更大了，轉身對曉荷說：「你怎樣？」

「我？我去找屍首！」

「你也配！她的屍首早就教野狗嚼完了！你去，去！只要你敢出去，我要再教你進這個門，我是兔子養的！」

這時節，亦陀在裡間已一氣吸了六七個煙泡兒。他本想忍一個盹兒，可是聽外面吵得太凶了，只好勉強的走出來。一掀簾，他知道事情有點不對，因為曉荷夫婦隔著一張桌子對立著，眼睛都瞪圓，像兩隻決鬥的公雞似的，彼此對看著。亦陀把頭伸在他們的中間，「老夫老妻的，有話慢慢的說！都坐下！怎麼回事？」

大赤包坐下，淚忽然的流下來。她覺得委屈。好容易盼來盼去把桐芳盼死了，她以為從此就可以和曉荷相安無事，過太平日子了。哪知道曉荷竟自跟她瞪了眼，敢公然的背叛她，她沒法不傷心。

曉荷還立著。他決定打戰到底。他的眼中冒著火，使他自己都有點害怕，不知道自己從哪兒來的這麼多的怒氣。

大赤包把事情對亦陀說明白。亦陀先把曉荷扶在一張椅子上坐好，而後笑著說：「所長的顧慮是對的！這件事絕對不可聲張。咱們都掉下去，受了審問，幸而咱們沒有破綻，又加上所長的奔走運動，所以能夠平安的出來。別以為這是件小事！要是趕上『點兒低』，咱們還許把腦袋要掉了呢！桐芳與咱們不同，她為什麼死在那裡？沒有人曉得！好傢伙，萬一日本人一定追究，而知道了她和咱們是一夥，咱們吃得消吃不消？算了吧，冠先生！死了的不能再活，咱們活著的可別再找死；我永遠說實話！」

冠家夫婦全不出聲了。沉默了半天，曉荷立了起來，要往外走。

「幹什麼去？」亦陀問。

「出去走走！一會兒就回來！」曉荷的怒氣並沒妨礙他找到帽子，怕腦袋受了風。

大赤包深深的歎了口氣。亦陀想追出去，被她攔住。「不用管他，他沒有多大膽子。他只是為故意的氣我！」

亦陀喝了碗熱茶，吃了幾塊點心，把心中的話說出來：「所長！也許是我的迷信，我覺得事情不大對！」

「怎麼？」大赤包還有氣，可是不便對亦陀發作，所以口氣相當的柔和。

「憑咱們的地位、名譽，也下了兩天獄，我看有點不大對！不大對！」他揣上手，眼往遠處看著。

「怎麼？」大赤包又問了聲。

「伴君如伴虎啊！人家一翻臉，功臣也保不住腦袋！」

「嗯！有你這麼一想！」

「我看哪，所長，趕快弄咱們的旅館，趕快加緊的弄倆錢。有了底子，咱們就什麼也不怕了。人家要咱們呢，咱們就照舊作官；人家不要咱們呢，咱們就專心去作生意。所長，看是也不是？」

大赤包點了點頭。

「小崔太太打算扯咱們的爛污，那不行，我馬上過去，給她點顏色看看！」

「對！」

「辦完這件事，我趕緊就認真的去籌備那個旅館。希望一開春就能開張。開了張，生意絕不會很壞。煙、賭、娼、舞，集聚一堂，還是個創舉！創舉！生意好，咱們日進斗金，可就什麼也不怕了！」

大赤包又點了點頭。

「所長，好不好先支給我一點資本呢？假若手裡方便的話。現在買什麼都得現款，要不然的話，咱們滿可以專憑兩片子嘴皮就都置備齊全了。」

「要多少呢？」

亦陀假裝了的想了想，才說：「總得先拿十萬八萬的吧？先別多給我，萬一有個失閃，我對不起人！親是親，財是財！」

「先拿八萬吧？」大赤包信任高亦陀，但是也多少留了點神。她不能不給他錢，她不是摸摸屁股，咂咂手指頭的人。再說，亦陀是她的功臣。專以製造暗娼一項事業來說，他給她就弄來不止八萬。對功臣不放心，顯然不是作大事業，發大財的，道理與氣派。可是，她也不敢一下子就交給他十萬二十萬。她須在大方之中還留個心眼。她給了他一張支票。亦陀把支票帶好，奔了四號來。

孫七喝了酒，看明白了進來的是亦陀，他馬上冒了火。他本是嘴強身子弱，敢拌嘴不敢打架的人；今天他可是要動手。他帶了酒，他是大媒，而亦陀又是像個瘦小雞子似的煙鬼，所以他不再考慮什麼，而只想砸亦陀一頓拳頭。

李四爺一把抓住了孫七，「等等，看他說什麼！」亦陀向長順與馬老太太道了喜，而後湊過李四爺這邊來，低聲的對老人說：

「都放心！一點事沒有！我是你們的朋友。她，那個大娘們，」他向三號指了指，「才是你們的仇人。我不再吃她的飯，也犯不上再替她挨罵！這不是？」他掏出那個小本子來，「當著大家，看！」

他三把兩把將小本子撕了個粉碎，扔在地上。撕完，他對大家普遍的笑了笑。而後，他拿起一杯酒，一揚脖灌了下去：「長順，恭賀白頭到老！別再恨我，我不過給人家跑跑腿；壞心眼，我連一點也沒有！請坐了，諸位！咱們再會！」說完，他揚著綠臉，捽著長袖口，大模大樣的走出去。

他一直奔了前門去，在西交民巷兌了支票，然後到車站買了一張二等的天津車票。「在天津先玩幾天，然後到南京去賣賣草藥也好！在北平恐怕吃不住了！」他對自己說。

第六十六章 「行刑場」

冠曉荷，都市的蟲子，輕易不肯出城。從城內看城樓，他感到安全；反之，從城外看它，他便微微有些懼意，生怕那巨大的城門把他關在外邊。他的土色是黑的，一看見城外的黃土，他便茫然若失。他的空氣是暖的，臭的，帶著香粉或油條味兒的；城外的清涼使他的感官與肺部都覺得難過，倦怠。他是溫室裡的花，見不得真的陽光與雨露。

今天，他居然出了平則門。他聽說，在城內凍死的餓死的，都被巡警用卡車拉到城外，像傾倒垃圾似的扔在城外。他希望能在城外找到桐芳的屍身。即使不幸她真的被野狗咬爛，他能得到她的一塊骨頭或一些頭髮也是好的。這可真的難為他；他須出城，而且須向有死屍的地方走去！一看見城門，他的身上就出了汗，冷汗。他怕離開熱鬧的街道，而走入空曠無人的地方。他放慢了腳步，遲疑了一下。不，他不能就這麼打了轉身。他須堅決！他低聲的叫著桐芳：「桐芳！桐芳！保護我呀！我是冒著險來找你呀！」

走進城門洞，他差不多不敢睜開眼。他是慣於在戲園子電影院裡與那些穿著綢緞衣服，臉上擦著香粉的人們擠來擠去的。這裡，洋車、糞車、土車、騾車、大車，和各色的破破爛爛的人，背著筐的，挑著擔子的，提著一掛豬大腸的，都擠在一處，誰都想快走，而誰也走不快。他簡直不敢睜開眼看，而且捂上了鼻子。

好像擠了一年半載似的，他才出了城門。出了城，按說他應當痛快一些；他可是更害怕了。他好像是住慣了籠子的鳥兒，一旦看見空曠，反倒不知如何是好了。極勉強的，他往前走。走出關廂，看一看護城河，看一看城牆，他像走迷了的一個小兒，不敢再向任何方向邁步。立了好久，他決定不了是前進還是後退。

他幾乎忘了桐芳，而覺得有一些聲音在呼喚他：「回來吧！回到城中來吧！」城中，只有城中，才是他的家，他的一切。他應當像一塊果皮或一些雞腸，腐爛在那大垃圾堆——都市——上。他是都市文化的一個蛔蟲，只能在那熱的，臭的，腸胃裡找營養與生活。他禁不得一點風，一點冷；空曠靜寂便是他的墳墓。

他應當回去，儘管桐芳是他心愛的人，他也不便為她而使自己在這可怕的地方受罪。再說，他已經冒險出了城，心到神知，桐芳若有靈，一定會明白他，感謝他，原諒他！

他也想到，即使找到桐芳的一塊骨頭或一些頭髮，又怎樣呢？那不過是小說與戲劇中的一種癡情，對實際上並無任何用處。他精明，不便作蠢事。再說，最要緊的事恐怕還是他須去作官，作了官他會好好的給桐芳唸幾台經，給她修個很體面的衣冠塚。作了官，他就可以不再受大赤包的氣。作了官，而且，他就可以再娶一個或兩個姨太太。不，這未免有點對不起桐芳！不過，人是須隨著官運而發展自己的。假若真作了官，到時候必須再娶姨太太呢，恐怕桐芳也不會不原諒他的。想清楚了這些，他心中舒服了好多。算了，回家吧！回到家中，他不應再和太太鬧氣。為人處世，他告訴自己，必須顧到實際，不可太癡情，太玄虛。

他開始往回走。剛一邁步，他的臂被人抓住。他嚇了一大跳。一想，他便想到強盜；這是城外，城外是野地方，白天也會有人搶劫。他用眼偷偷的往旁邊瞄，預備看明白了再決定喊救命呢，還是乖乖的把錢包交出去。交出錢包是不上算的，但是性命比錢包更可寶貴。

他看明白了，身旁是個癟嘴亂鬍子老頭兒。老頭兒身上的衣服很不體面。曉荷馬上勇敢起來。他輕看窮人，討厭窮人；對窮人，他一點也不客氣。

他把抓著他的手打下去，像打下一個髒臭的蟲子：「要錢嗎，開口呀！動手動腳的，算什麼規矩？不看你有鬍子，扯你兩個嘴巴子！」

「你已經打過我！」老頭兒往前趕了一步，兩個人打了對臉。

曉荷這才看明白，面前是錢默吟先生。

「喲！錢先生！」他叫的怪親熱。他忘了他曾出賣過錢詩人。他以為錢先生早已死去。錢先生既沒死，而落得一貧如洗，像個叫花子，他看在老鄰居的情面上，理應不以一般的乞丐相待；他想給老人一兩毛錢，表示自己的慈善厚道。

「你已經打過我！」錢先生光亮的眼睛盯著曉荷的臉。

「我打過你？」曉荷驚異的問。他想老頭兒必定是因為窮困而有點神經病。他趕快在口袋裡去摸，先摸到一張票子，大概是一元錢，他把它放下了。他犯不上一給老人就給一塊。他慈善，但善心須有個限度。他又摸，摸到兩個五分的，日本人鑄造的，很小的小角子。兩個角子不過才是一毛錢，少了一點。不過白給人家錢，總是少一點的好。

他把它掏出來：「老先生拿去！下不為例喲！」

錢先生沒有去接那點賙濟。「你忘了。你沒打過我，你可教日本人打過我！你我是仇人！想起來了吧？」

曉荷想了起來。他的臉立刻白了。

「跟我走！」老人極堅決的說。

「上，上哪兒？」曉荷嚥了口唾沫。「我很忙，還要趕快進城呢！」

「甭廢話，走！」

曉荷的眼驚雞似的往四處看，準備著逃走，或喊救命。

「走！」老人把右手伸在棉襖裏邊去。那裡鼓鼓囊囊的像有「傢伙」。

「你一出聲，我就開槍。」

曉荷的唇開始顫動。其實老人身上並沒有武器，曉荷可是覺得已看見了槍似的。他想起當初他怎麼陷害，怎麼帶著日本憲兵去捉捕錢先生。他們倆的確是仇人，所以，他想像到仇人必帶著槍。他的磕膝軟起來，只要再稍一鬆勁兒，就會跪下去。槍、仇人、城外，湊在一處，他非死不可，他想。

「錢先生！」他顫抖著央告：「饒了我吧！我無知，我沒安心害你！大人不見小人過，饒我這回，我下次不敢！你沒錢，我供給！我會拿你當我的爸爸似的那麼永遠孝敬你！」

「跟我走！」錢先生用手杵了他一下子。

曉荷的淚開始在眼眶裡轉。他後悔，甚至詛咒桐芳；為了她，他卻來到了「行刑場」！他的腿已不能動，像插在了地上。錢先生扯住他的胳臂，拉著他走。曉荷不敢抬頭，怕看見遠處的山，那可怕的山。他知道，他將永遠進不了城，他的鬼魂會被關在城外，只能在高山與田野之間遊蕩。可怕！他也不敢奪出胳臂逃跑，他曉得槍彈比腿走的快。他只能再央告，可是嘴唇一勁兒顫，說不出話來。

他們走過了祁天祐投河的地方，錢先生指給了曉荷看。「祁天祐死在了這裡！」

那裡除了凍得很結實的冰，什麼也沒有。曉荷可是不敢看，他把頭扭開。當天祐死的時候，他絲毫沒感覺到什麼，並且也沒到祁家去弔唁。他以為天祐不過是個小商人，死或活都與他沒有什麼關係。現在，他可是動了心；他想他也許在十分鐘之內便和天祐作了地下的鄰居。

再往前走，他們過了瑞豐發現帽子蓋著人頭的地方。帽子沒有了，人頭也不見了，可是東一塊西一塊的扔著人骨頭。他們還往前走。曉荷有點不耐煩了。他想問一聲：「到底上哪兒去？」可是又不敢開口。

他不敢說：「別折磨我啦，殺剮給我個乾脆的！」

不單不敢開口，他幾乎也不敢睜眼看四外了。他覺得，不用殺他，只須在這種地方走一整天，他也會嚇死。他知道，這裡與城裡，不過只隔著一道小河與一堵厚的城牆，但是，他也知道，城牆裡才算北平，才有安全，才有東安市場與糖葫蘆，涮羊肉！

穿過一個小松林，他們斜奔西南。又走了一里地左右，他們來到一個亂屍崗子。在一群小小的墳頭裡，有兩個新的。那簡直不是墳頭，而只是很少的一點土，上面蓋著一些破瓦爛磚頭。

錢先生立住了。

曉荷的嘴開始扯動，鼻子不住的吸氣。「錢先生！你真要槍斃我嗎？我，我一輩子沒作過錯事！我不過好應酬，講究吃穿，我並沒有壞心眼！你就不能饒恕我嗎？錢先生！錢伯伯！」

「跪下！」錢先生命令他。

沒費事，曉荷跪在了墳頭前，用手捂著後腦瓢兒，好像他的手可以擋得住槍彈似的。

等他跪了一會兒，錢先生轉到他的前面，低聲的說：「這個是桐芳的墳，那個是小文夫婦的。我把他們的屍身由河邊搬到這裡來，埋了他們。你說你沒作過錯事，請你看看這倆墳！亡了國，你不單不以為恥，反倒興高采烈。為了你的女兒出風頭唱戲，白白的犧牲了小文夫婦。你還說沒作過錯事！至於桐芳，她有心肝，有膽量，有見識，你卻拿她當作玩物，她恨日本人，也恨你們巴結日本人。若不是你們一家子寡廉鮮恥，她或者還不至於去冒險。她恨你們。你們欺侮她，玩弄她，你們看她只是個小貓小狗，或者還不如個小貓小狗。她恨你們，她恨不能喝你們的血，剝你們的皮！你以為你是她最親近的人，但是事實上，你連一絲一毫也不瞭解她。你無聊，無恥，你的眼你的心永遠在吃喝穿戴與陞官發財上。你放縱你的老婆，你的兒女，教她們信意的胡為。你還沒有作過錯事！」老先生緩了一口氣，把聲音放高了些：「你給他們磕頭！磕！他們未必知道你給他們行禮。即使知道，他們或者還不屑於接受。我教你給他們磕頭，為是教你明白一點，你是罪人，賣國賊，無恥的混蛋！」

曉荷糊糊塗塗的磕了幾個頭。

「你看看我的腿！你教日本人把我打傷的！你敢說，你沒作過錯事，沒有壞心眼？你再看看這個，」老人三下兩下解開棉襖，露出一部分脊背來，「抬頭，看！這每一塊疤，每一條傷，都與你有關係！它們永遠在我的背上，每到變天的時候，它們會用疼痛告訴我不要忘了報仇！它們告訴我，仇人是日本人和你！和你！」老人三下兩下的把棉襖穿好。「你知道你的罪過了吧？」

「知道了！知道了！只求饒命！」曉荷又磕了兩個頭。

「對我個人這點傷害還是小事。我要問你，你到底是中國人呢？還是日本人呢？這個事大！」

「中國人！我是中國人！」

「噢，你曉得你是中國人，那麼為什麼中國的城教日本人霸佔了，你會那麼高興呢？為什麼鑽天覓縫的去巴結日本人，彷彿他們是你的親爸爸呢？」

「我混蛋！」

「你不止是混蛋！你受過點教育，你有點聰明，你也五十來歲的了！一個無知的小娃子都曉得恨日本人，你偏不知道，故意的不知道。你是個沒有骨頭的漢奸！我可以原諒混蛋，而不能原諒你這樣的漢奸！」

「我從此不敢了！」

「不敢了？我問你明白了沒有？明白了一個人必須愛他的國家，恨他的仇敵沒有？你應當明白，你沒看見小崔無緣無故的被砍了頭？沒看見祁天祐跳了河？現在，你沒有看見桐芳和小文夫婦都埋在了這裡？日本人殺了咱們千千萬萬的人，也殺了桐芳。即使你不關心別人，還不關心她嗎？日本人能殺桐芳，就也能殺你，你知道不知道？」

「知道！知道！」

「那麼，你怎麼辦呢？」

「只要你放了我，我改過！」

「怎麼改過呢？」

「我也恨日本人！」

「怎麼恨日本人？」

曉荷回答不出。

「你說不出！你的心裡沒有是非，沒有善惡；沒有別人，只有你自己！你不懂什麼是愛，哪是恨！告訴你，你要是還有點人心，你就會第一，去攔住你的老婆，別再教她任意胡為。她不聽，殺了她！她比你的罪惡更大，殺了她，你可以贖去自己一點罪！你明白？」

曉荷沒哼聲。

「說話！」

「我怕她！」

錢先生笑了一下。「你沒有骨頭！」

「只要你放了我，我回家去勸勸她！」

「她要是不聽呢？」

「我沒辦法！」

「你會不會跑出北平去，替國家作點事呢？」

「我不敢離開北平！我的膽子小！」

錢先生哈哈的笑起來。

「論你的心術、罪惡，我應當殺了你！我殺你，和捻一個臭蟲一樣的容易！你記住這個！我隨時隨地都可以結果你的性命！論你的膽量、骨頭，我又不屑於殺你！我不願教你的血髒了我的手！你我是仇人，這永遠解不開，除非你橫一下心，像個人樣兒似的，去作點對得起國家的事。起來！今天我放了你！明天，後天，我看你還不改過，我還會跟你算賬！你聽明白了？」

曉荷老老實實的立了起來。一起來，他就看了城牆一眼，他恨不能一伸胳臂就飛起去，飛到城牆那邊。

「滾！」錢先生搡了他一把。

曉荷幾乎跌倒，因為磕膝跪得有一點發麻。揉了揉磕膝，他屁滾尿流的往城裡跑。錢先生看著曉荷的背影，歎了一口氣。低頭，他對著兩個墳頭兒說：「對不起你們，我的心還是太軟！桐芳！文先生！若霞！你們安睡吧！有什麼好消息，我必來告訴你們！」說完，他蹲下去，又給墳頭上添了幾塊破瓦爛磚。

曉荷看見了城門洞，趕快把衣服上的塵土拍打了去。他復活了，看見了北平城，也找回來自己的體面的姿態。只向洋車伕一眨眼，便把車叫過來，坐上去。

進了城，看見了大街，他是多麼高興啊！他忘了錢先生的話，連一句也不記得。他心中只盤算兩件事：他後悔冒險出城找桐芳的屍身；第二，他起誓，從此不再獨自出城。至於對錢先生，他還想不起什麼辦法，只好走著瞧。有朝一日，錢老頭子落在他手裡，他一定不能善罷甘休。

在西四牌樓，他教車子停住，到乾果店裡買了兩罐兒榅桲，一些焙杏仁兒。他須回家燙一壺竹葉青，清淡的用榲桲湯兒拌一點大白菜心，嚼幾個杏仁，趕一趕寒。買完了這點東西，他又到洋貨店選了兩瓶日本製的化妝品，預備送給所長太太。從此，他不能再和太太鬧氣。好傢伙，要不是跟她犯彆扭，哪能有城外那一場？禍由自取，真他媽的！

至於殺了太太，或勸告太太，簡直是瘋話，可笑的很！含著笑，他回了家。

第六十七章　一隻腳已臨在地獄裡

曉荷見了家門，好像快渴死的人見著了一口井。想一想城外的光景，再想一想屋中的溫暖與安全，他幾乎要喊出來：「我回來嘍！」

這時候已是下午四點多鐘，快壓了山的太陽給他的里長辦公處的木牌照上一點金紅的光，像剛剛又上了一道油。他向木牌點了點頭。在城外，他跪在墳前，任憑人家辱罵；在這裡，他是家長、里長，他可以發號施令。他高興，他輕輕的推開了門。

一邁門檻，他看見一堆東西，離他也就只有五尺遠。嗯了一聲，他看明白：那不是什麼東西，而是個人；不是別人，而是他的大女兒高第！她倒剪著雙臂，在牆根上窩著呢。

「怎麼回事？」他差一點失手，摔了那兩罐兒榅桲。

「怎麼回事？」

高第扭了扭身子，抬起一點頭來，弩著雙睛，鼻中出了一點聲音。她的嘴裡堵著東西呢。

「見鬼！這是怎回事？」他一邊說一邊輕輕的放下手中的兩個小罐兒。

高第的眼要努出來。她又扭了扭身子，用力的點了點頭。

曉荷掏出口中的東西。她長吸了一口氣，而後乾嘔了好幾下。

「怎回事？」

「快解開我的繩子！」她發著怒說。

曉荷挽了挽袖口，要表示自己的迅速麻利，而反倒更慢的，過去解繩扣。扣繫得很緊，他又怕傷了自己的指甲，所以抓撓了半天，並無任何效果。

「拿刀子去！」高第急得要哭。

他身上有一把小刀。把刀掏出來，他慢慢的鋸繩子。

「快著點！我的腕子快掉下來了！」

「別忙！別忙！我怕傷了你的肉！」他繼續的鋸繩子。

高第一勁的替他用力，鼻子裡哼哼的響。

好容易把繩子割斷，曉荷吐了口氣，擦了擦頭上的汗。他的確出了汗。他是橫草不動，豎草不拿的人，用一點力氣就要出汗。

高第用左右手交互的揉著雙腕，腕子已被繩子磨破，可是因為麻木，還不覺得疼。揉了半天手腕之後，她猛的往起立。她的腿也麻了，沒立好就又坐下去，把頭碰到了牆上。

「攙著我！」

曉荷趕快攙起她來，慢慢的往院裡走。

北屋的門開著呢。曉荷一眼便看到裡面：桌凳歪著的歪著，倒著的倒著；磁器摔了滿地，花瓶和痰盂在一處躺著；很像剛經過一次地震。他放開高第，一跳，跳到屋裡。他的最心愛的沙發上張著大嘴，像被刺刀給劃破的。他的腿不能再動，他的嘴張著。這是他一二十年的心血所造成的堡壘，居然會變成了垃圾堆。他的淚整串的流下來。

高第扶著門框，活動她的腿：「我們遭了報！」

「什麼？」曉荷問了一聲。隨著這麼一出聲，他的腿會活動了。他踩著地上的東西，跳進臥室去。床上，連他的繡花被子，與鴨絨的枕頭都不見了。木器，和外間屋一樣，都橫七豎八的倒在地上。

「這是怎回事？」他狂叫起來。

高第一瘸一點的蹭進來。「咱們遭了報！」

「說！說這是怎回事！什麼遭報不遭報？我為什麼遭報？我沒作過傷天害理的事！」

「爸爸！」高第坐在倒在地上的一張小凳子上。「你陷害過錢伯伯；你任著媽媽的性兒教好人家的婦女變成妓女，敲詐妓女們的錢；你放縱招弟，教她隨便玩弄男人，也教男人隨便玩弄她；你任著媽媽的性兒欺侮桐芳；你一天到晚吃喝玩樂，交些個狐朋狗友，一點也不問那些錢是怎麼來的！」

「我問你這是怎回事，沒教你教訓我！」曉荷跺著腳嚷。

「你最不該拿日本人當作寶貝，巴結他們，諂媚他們，好像他們並沒殺咱們的人，搶咱們的土地！」

「你要把我急死！我問你，這——是——怎——回——事！」

「是，我這就告訴你！日本人幹的！」

「什麼？」他不肯相信自己的耳朵。

「日本人幹的！」她重說了一遍，比第一遍更清楚。他沒法不再信任自己的耳朵。可是，他心裡還疑惑不定。腿似乎立不住了，他蹲在了地上，用手捧著臉。

「不能！」他心裡說：「不能是日本人幹的！從日本人那方面說，他們給他的太太帶來官職、地位、金錢、勢力。給招弟帶來風頭榮譽。從他自己這方面說，他對日本人可以說是仁至義盡：他租下來的房子，轉租給日本人；他對日本小娃娃都要見面就打招呼；他對日本軍人，老遠的就鞠躬，而且度數是那麼深；對於恨惡日本人的中國人，他要去報告；對日本人發起的遊行與聚會，他永遠熱心的去參加；對日本人所發明的中國話，他首先放在自己的唇舌上；對日本官員，識與不識，他都去送禮——」

想到這裡，他出了聲音：「不能！不能是日本人！我沒有對不起日本人的地方！高第，你說真話！」

「我沒說一句假話！」

「真有日本人進來把——」

「媽媽吃過午飯就辦公去了。」高第的手腕開始疼痛，她可是忍著痛，一心想把父親勸明白了。「招弟始終沒有回來。家裡只有我一個人。」

「僕人們呢？」

「他們呀，媽媽在家，他們是機器；媽媽一出去，他們便自己放了假！他們怕媽媽，而不喜愛她！」

「你似乎也不愛你的媽媽！」曉荷立起來，坐在了床上。

「她的行為，心術，教我沒法愛她！」高第把凳子拉近了他一點。

「好吧，先甭提你愛她不愛吧；說，這是怎回事！」

「也就有兩點半鐘吧，一共來了十個人。其中有兩個日本人。一進門，他們一聲不出，就搬東西。」

「搬東西？」

「你看哪！媽媽的箱子哪兒去了？」高第指了指平日放箱子的地方。

曉荷往那裡看了一眼，空的。不單箱子，連箱子上裝首飾的盒子也不見了。他的手顫起來。

「這屋裡的，桐芳，和我與招弟屋裡的，箱子匣子，一律搬淨！我急了，過去質問他們。他們把我用繩子捆上。我要喊叫，他們堵上了我的嘴。我只能瞪著眼看他們往外搬運，他們必是有一部卡車，在胡同口上停著呢。出來進去搬東西的都是中國人，那兩個日本人大概只管挑選，不管搬運。有時候，院裡只剩下我自己和他們兩個！我打好了主意，只要他們倆敢過來強行無禮，我就一頭碰死牆上！」

「我決定碰死，一方面是要保全我的清白，一方面也是為媽媽贖一點罪——她害了那麼多的女人，她的女兒應當死！可是，他們沒來找我，或者也許太注意搶東西了。搬得差不多了，他們找到了酒。我開始往外滾。我知道，他們喝了酒必不肯放過我去。我滾到了門檻那裡，沒有了辦法。無論如何使勁，我沒法越過門檻去。他們喝完了酒，開始摔東西。我聽得見各屋裡砰砰邦邦的響。摔完了東西，他們出來，把我由門檻裡提到牆根去。他們走了，把街門關好。我們遭了報。我們巴結，逢迎，諂媚他們，為了得一點錢。現在，我們賠了老本，連衣服和被子都丟光了！」

曉荷聽完，半天沒有出聲。楞了好大一會兒之後，他低聲的問：「高第，你準知道那兩個是真日本人呢？你怎麼知道他們不是假扮的呢？」

高第壓不住了怒氣：「是！他們是假扮的！日本人都是你的親戚朋友，絕不會來傷害你！」

「別生氣！別生氣！我想，憑我與日本人的關係，他們不至於這麼不客氣！」

「他們一定對你很客氣，要不然怎麼來侵佔了你的城搶去你的地，盜去你的國家呢？」

「別生氣！生氣辦不了事！我有辦法！你先好歹的收拾收拾屋子，我找你媽去。只要她一見日本的要人，咱們必能把東西都找回來！你收拾一下，等僕人們回來，教他們幫助你。」

「他們都不會回來！」

「怎麼？」

「日本人走後，他們回來過了。拿了他們自己的東西，也順手拿了咱們一些東西，又都走啦。」

「都是混蛋！」

「沒有人看得起我們的生活，他們並不混蛋！」

「別說了！我找你媽去！」

曉荷還沒走出屋門，招弟跑進來。

「爸爸！爸爸！」她慌慌張張的，幾乎被地上的東西絆倒。

「怎麼啦？又是什麼事？」

「媽，媽教人家拿了去啦！」招弟說完，一下子坐在了地上。

「你媽——」曉荷說不上話來了。

「我找她去要點錢，正趕上，她教人家給綁了出來！」

「綁——」曉荷的淚整串的流下來。「咱們完了！完了！我作了什麼錯事？教我受這樣的報應呢？家產完了，你媽媽再有個好歹，剩下咱們三個怎麼活著呢？」

父女三個全都閉上了嘴。

楞了半天，招弟立起來，說：「爸爸！去救媽媽呀！媽媽一完，咱們全完，我簡直的不敢想：好嗎，真要是沒漂亮的衣服，頭髮一個月不燙一次，我怎麼活下去呢？」

曉荷的想法和招弟的一樣。他知道沒有了所長太太，便沒了一切。他須趕快去營救她。可是，他膽子小，他怕，怕出去一奔走，把自己也饒在了裡面。他是大赤包的丈夫，大赤包要是真犯了罪，日本人也許不會不想到了他。他不住的搓手，想不出任何主意。

「走！」招弟挺著小胸脯，說：「走！我跟你去！」

「上哪兒呢？」曉荷低著頭問。

「找日本人去！」

「找哪個日本人去？」曉荷的心中像刀刺著的那麼疼。平日，他以為所有的日本人都是他的朋友；今天，他才看清，他連一個日本人也不認識！

招弟偏傾著頭，想了一會。「有啦！咱們先到一號去看看那個老太婆吧！有用沒用的，反正她是日本人！」

曉荷的臉上立刻好看了許多。「對的！」他心裡說：「反正她是日本人，任何一個日本人也比中國人強！」

「可是，」他問招弟：「咱們不帶點禮物去嗎？空著手，怎好意思去呢？」

高第冷笑了一聲。

「你笑什麼？」招弟美麗的眼睛裡帶著微怒。「平日，你什麼都不管！現在，媽媽教人家抓了去，你還看哈哈笑！你願意媽媽死在獄裡，好教咱們也都餓死，是不是？」

高第也立起來。「你們只看見了媽媽，可是沒有看見媽媽的罪惡！我決不能盼望她死，她是我的母親！我可是也決不能因為她是我的媽媽，就說她的行為都對！我們哪，據我想，得先認清了媽媽罪有應得，然後我們大家都改過自新，為咱們自己，和媽媽，贖點罪！媽媽能出來呢，更好；不能呢，咱們也不至於因為她的罪過就一齊餓死！我沒有多少本事，可是我願意去找個小事情，清清白白的掙一碗飯吃。爸爸也不是廢物，只要他不一定想去作官，他也會找到個小事作。憑本事掙飯吃，總比教人家的婦女作暗娼體面的多！我們肯改過，不見得就贖了罪；我們不肯改過，我們就必定死。」

「喂——」招弟撇著嘴說：「我反正不會作事！我只知道要我的媽媽！」

「招弟！」曉荷親熱的叫。「你說的對！就憑咱們，作點小事，混飯吃，那教人恥笑！把咱們的綢緞衣服換成粗布的，把咱們的酒飯換上粗餑餑辣餅子，咱們還見人不見了呢？」他轉向大女兒：「高第，你一向就彆扭，到如今大禍臨頭還是這麼彆扭！好啦，你看家，我和招弟出去，這總行了吧？」

高第還想說話，可是只歎了一口氣。

招弟開始抹口紅，和往臉上加香粉。整妝完畢，她拉著曉荷走出去。剛到一號門口，曉荷必恭必敬的把腳並齊，預備門一開便深深的鞠躬。招弟叩門。

老太婆來開門。剛一看清楚門外的人，她把門又關上了。冠家父女楞住了。

「事情嚴重了！嚴重！」曉荷告訴招弟。「你看，你媽媽剛剛出了事，立竿見影，人家馬上不搭理咱們了！這，這怎麼辦呢？」

招弟掛了火：「爸爸你回家，我跑一跑去！我有朋友！我必能把媽媽救出來！」說完，她跑出胡同去。

曉荷獨自回了家。他的心中極亂。他不會反省，而只管眼前。眼前，又恰好是一片盆兒朝天碗兒朝地的景象。他不肯下手去整理它們，不整理吧，又沒地方坐一坐，放一放腳。他急得老想落淚。

更迫切的是天已黑上來，他的腹中已開始咕嚕咕嚕的響，而沒人給他作飯。他到廚房看看，火已經滅了。他歎了一口氣。這已不像個家，雖然他的確是在家裡！家，可是沒有一點火亮，一口開水，更不要提香片茶與酒飯了。

高第正收拾屋子。她的作事的方法顯著很笨，可是她的確願意作，高興作。在家裡，她一向受大家的冷淡，對什麼事她都沒有發言權，不能插手幫忙。今天，她彷彿變成了主人，不必問誰，不必看誰的眼色，而只憑著自己的心意與判斷，願意怎麼作去怎麼作。她不是不知道家庭前途的暗淡，可是她也覺得只有暗淡與困苦才能改變一切；假使能慢慢的變好，那就先吃一點苦頭也值得。她也知道自己沒有多大的本事，假若媽媽真的一去不回頭，她是否能養活著自己與爸爸，頗成問題。但是，她決定不教那個問題給嚇倒。她須努力，掙扎，奮鬥；她想，只要自己有用武之地，她一定不會走到絕路。她的短鼻子上出了汗，眼中發著光，一種準知道事情不妙而毫不懼怕的光。聽見爸爸回來，她作得更起勁了。她要教爸爸看一看，她是沉得住氣，能作事的人。

曉荷看著女兒操作，心中非常的難過，不是為心疼女兒，而是為他的女兒居然親自動手收拾屋子，實在有失體統。掃地擦桌子，在他想，是僕人的事，與「小姐」理應永遠不發生關係。他故意的輕咳，暗示給她：可以休息一會吧？高第沒有接受他的暗示。最後，他說了話：「高第！晚飯怎麼辦呢？」

高第還繼續的工作，只回答了聲：「你去買幾個燒餅，我把火升上，燒點開水，對付對付吧！」

曉荷不能出去買燒餅，那太丟人！他可是沒敢出聲。他開始看見了真的困苦。他的眼前是黑暗與最大的恥辱——得自己去買燒餅！他輕輕的走出去，在院子裡來回的轉。這是他自己的院子，可是他丟失了安全與舒適。走了一會兒，他感到寒冷，肚子也越來越餓。他想出去買燒餅——肚子是不大管臉面與恥辱的。幾次，他走到街門，又折了回來。不，他寧可挨一夜的飢餓，也不能喪失自己的體面！好嗎，今天他要是肯打破了自己的臉去買燒餅，明天他大概就甘心作個「無恥之徒」了！

他又進到屋中。

「爸爸，你不是餓了嗎？怎麼不去買燒餅呢？」高第問。

曉荷不肯開腔。他覺得高第絕不會瞭解他，所以用不著多費話。他似乎是要用沉默充飢。但是，不行，沉默到底不能代替燒餅！

他忘了大赤包，忘了一切，只覺得他馬上有餓死的危險。他向來沒挨過餓。平日，只要胃中稍微有點空兒，他必趕緊把它填滿；他以為能多吃而不鬧胃病是他的一種天才與福氣。現在，晚飯毫無消息！他發了慌！「吃」是中國文化裡的，也就是他的，主要的成分與最高的造詣。餓一頓便等於人生與文化的滅亡！他沒法不著急。他巴結，諂媚日本人，不是為得到好吃好喝麼？哼，現在居然落了個前功盡棄！他悲觀，他覺得自己的一隻腳已臨在地獄裡。

「高第！」他淒聲慘氣的叫，「高第！」

「幹什麼？」高第問。

「啊——」他揉著胸口說：「沒事！沒事！」他把話收了回去。他不肯說「餓」。那是個可恥的字。

「餓了吧？好，我買燒餅去，就手兒捎一壺開水來省得再升火！」高第拍了拍身上的灰土，要往外走。

「你——」曉荷要阻攔她。他的女兒去買燒餅，打開水，與他自己去，是一樣的丟人！可是，燒餅到底是可以充飢的東西，他又不便過度的和肚子鬧彆扭。在以吃為最主要的成分的文化裡，人是要有「理想」，而同時又須顧及實際的。高第跑出去。

剩下他自己，他覺得淒涼黯淡。他很想懸樑自盡，假若不是可能在五分鐘內就吃上燒餅的話。

高第買回了燒餅來。曉荷含著淚吃了三個。

吃完。他馬上想起睡的問題來——沒有被子！他不敢向高第要主意，高第不瞭解他。他又沒法不向她要主意，他自己想不出辦法。他的文化使他生下來便包在繡花被子裡，凡事都由別人給他預備得妥妥當當的，用不著他費心費力。趕到長大成人，他唯一的才智便是怎麼去役使別人，利用別人，把別人用血汗作成的東西供他享受。

「爸爸！蓋上我的褥子和大衣，先睡吧！我等著招弟！」高第把自己的褥子取過來。

曉荷躺在了床上。他以為一定睡不著。可是，過了一會兒，他打起了呼嚕。

第三部

饑荒

第六十八章　抄家

恰巧丁約翰在家。要不然，冠曉荷和高第就得在大槐樹下面過夜。

曉荷，蓋著一床褥子與高第的大衣，正睡得香甜，日本人又回來了。

「醒醒，爸！他們又來了！」高第低聲的叫。

「誰？」曉荷睏眼朦朧的問。

「日本人！」

曉荷一下子跳下床來，趕緊披上大衣。「好！好得很！」他一點也不睏了。日本人來到，他見到了光明。他忙著用手指攏了攏頭髮，摳了摳眼角；然後，似笑非笑，而比笑與非笑都更好看的，迎著日本人走。他以為憑這點體面與客氣，只需三言五語便能把日本人說服，而拿回他的一切東西來。他深信只有日本人是天底下最講情理的，而且是最喜歡他的。

見到他們，（三個：一個便衣，兩個憲兵）曉荷把臉上的笑意一直運送到腳指頭尖上，全身像剛發青的春柳似的，柔媚的給他們鞠躬。

便衣指了指門。曉荷笑著想了想。沒能想明白，他過去看了看門，以為屋門必有什麼缺欠，惹起日本人的不滿。看不出門上有什麼不對，他立在那裡不住的眨巴眼；眼皮一動便增多一點笑意，像剛睡醒就發笑的乖娃娃似的。

便衣看他不動，向憲兵們一努嘴。一邊一個，兩個憲兵夾住他，往外拖。他依然很乖，腳不著地的隨著他們往外飄動。到了街門，他們把他扔出去；他的笑臉碰在地上。高第早已跑了出來，背倚影壁立著呢。

慢慢的爬起來，他看見了女兒：「怎回事？怎麼啦？高第！」

「抄家！連一張床也拿不出來了！」高第想哭，可是硬把淚截住。

「想辦法！想辦法！咱們上哪兒去！」曉荷不再笑，可也沒特別的著急：「不會！不會！東洋人對咱們不能那麼狠心！」

「日本人是你什麼？會不狠心！」高第搓著手問。假若不是幾千年的禮教控制著她，她真想打他幾個嘴巴！

「等一等，等著瞧！等他們出來，咱們再進去！我沒得罪過東洋人，他們不會對我無情無理！」

高第躲開了他，去立在槐樹下面。

曉荷必恭必敬的朝家門立著。等了半個多鐘頭，日本人從裡面走出來。便衣拿著手電筒，憲兵藉著那點光亮，給街門上貼了封條。

曉荷的心彷彿停止了跳動。可是，像最有經驗的演員，能抱著病把戲演到完場，他還向三個人的背影深深的鞠了躬。鞠完躬，他似乎已筋疲力盡，一下子坐在台階上，手捧著臉哭起來。他的歷史、文化、財產、享受、哲學、虛偽、辦法，好像忽然都走到盡頭。

高第輕輕的走過來：「想辦法！哭有什麼用？」

「我完啦！完啦！」他說不下去了，因為心中太難受。用力橫了一下心，才又找到他的聲音：「我去報告，報告！」他猛的立起來。「那三個必不是真正東洋人，冒充！冒充！真東洋人決不會辦這樣的事！我去報告！」

「你混蛋！」高第向來沒有辱罵過父親，現在她實在控制不住自己了。「日本人抄了你的家，你怎麼還念叨他們呢？難道這個封條能是假的？要是假的，你把它撕下來！」她的喉中噎了一下，說不上話來。用力嗽了幾下，她才又說：「上哪兒去？不能在這兒凍一夜！」

曉荷想不出主意。因人成事的人禁不住狂風暴雨。高第去叫祁家的門。

祁家的大小，因天寒，沒有煤，都已睡下。韻梅聽見拍門，不由的打了個冷戰。瑞宣也聽見了，馬上要往起爬。

「不是又拿人呀？」韻梅攔住了他，而自己披衣下了床。她輕輕的往外走；走到街門，她想從門縫先往外看看。可是，天黑，她看不見任何東西；大著膽，她低聲問了聲：「誰？」

「我，高第，開開門！」高第的聲音也不大，可是十分的急切。

韻梅開了門。高第沒等門開俐落便擠了進來，猛的抓住韻梅的手：「祁大嫂，我們遭了報！抄了家！」韻梅與高第一齊哆嗦起來。

瑞宣不放心，披著大衣趕了出來。

「怎回事？怎回事？」他本想鎮定，可是不由的有點慌張。

「大哥！抄了家！給我們想想辦法！」高第的截堵住許久的淚落了下來。

瑞宣又問了幾句，把事情大致的搞清楚。他願意幫忙高第，他曉得她是好人。可是，為幫忙她，也就得幫忙冠曉荷；他遲疑起來。他的善心，不管有多麼大，也不高興援助出賣錢默吟的，無恥的冠曉荷。

韻梅不高興給冠家作什麼，不是出於狠心，而是怕受連累。在這年月，她曉得，小心謹慎是最要緊的事。

高第看出瑞宣夫婦的遲疑，話中加多了央告的成分：「大哥！大嫂！幫我個忙，不用管別人！冬寒時冷的，真教我在槐樹底下凍一夜嗎？」

瑞宣的心軟起來，開始忘了曉荷，而想怎麼教高第有個去處。

「大小姐，小文的房子不是還空著嗎？問問丁約翰去！」

韻梅也忘了小心謹慎。「你自己去一趟，他看得起你，不至於碰了釘子！好嗎，真要在樹底下蹲一夜，還了得！」

約翰恰巧在家。這整個的院子是由他包租的，他給了瑞宣個面子。「可是，屋子裡什麼也沒有啊！」

「先對付一夜再說吧！」瑞宣說。

韻梅給高第找來一條破被子。

大家都沒理會曉荷，除了丁約翰給了他兩句：「日本人跟英國人不同，你老沒弄清楚。日本人翻臉不認人，英國人老是一個勁兒。不信，你問問祁先生！」

曉荷沒敢還言。可是，也並沒感激瑞宣與約翰，因為他只懂得人與人之間的互相利用，而不懂得什麼叫善心與友情。他以為他們的幫忙是一種投資：雖然他今天丟失了一切，可是必能重整旗鼓，（只要東洋人老不離開北平！）再跳動起來，所以他們才肯巴結他。再說，大赤包不久，在他想，必會出獄；只要她一出來，她便能向東洋人索回一切。

坐著約翰給拿來的小板凳，腿上蓋著祁家的破被子，曉荷感到寒冷，痛苦，可是心中還沒完全失望。每一想到大赤包，他就減少一點悲觀，也就不由得說出來：「高第，不用發愁！只要你媽媽一出來，什麼都好辦！」

「你怎麼知道她可以出來？」高第沒有好氣的問。

「你還能咒她永遠不出來？」

「我不能咒她，可是我也知道她都作了什麼事！」

「什麼事？難道她給我們掙來金錢、勢力、酒飯、熱鬧，都不對嗎？」

高第不願再跟他費話。

第二天，全胡同的人都看見了冠家大門上的封條，也就都感到高興。大家都明白日本人的狠毒——放任漢奸作惡，而後假充好人把漢奸收拾了；不但拿去他們刮來的地皮，而且沒收了他們原有的財產。雖然如此，大家，看見那封條，還是高興；只要他們不再看見冠家的人，他們便情願燒一股高香！

他們沒想到，曉荷會搬到六號院子去。不過，這點失望並沒發展成仇視與報復；他們都是中國人，誰也不好意思去打落水狗。他們都不約而同的不再向曉荷打招呼——這點冷酷的冷淡，在他們想，也滿夠冠曉荷受的了！

可是瑞豐是個例外。他看，這是和冠家恢復友好的好機會。他必須去跟曉荷聊天扯淡。而且，假若乘冠家正倒霉的時節去獻慇勤，說不定可以把高第弄到手。儘管高第不及招弟貌美，可是有個老婆總比打光棍兒強。這是他的機會，萬不可失的機會。

「幹什麼去？老二！」瑞宣吃過早飯，見瑞豐匆匆忙忙的往外走，這樣問。

「看看冠先生去。」老二頗高興的回答。

「幹嗎？」

「幹嗎？喊！大哥你不是還幫忙給他找住處嗎？」

瑞宣在昨天夜裡，就遲疑不定，是否應當幫這點忙。他最怕因善心而招出誤解——像老二的這種誤解。這種誤解至少會使他得到不明是非，不辨善惡的罪名。聽到老二的話，他的臉馬上變了顏色。幾乎是怒叱著，他告訴老二：「我不准你去！」

「怎麼？」老二也不帶好氣的問。

「不怎麼！我不准你去！」瑞宣不願解釋什麼，只這樣怒氣沖沖的喊。

天祐太太明白老大的心意——他的善心是有分寸的，雖然幫了冠家一點忙，而仍不願與曉荷為友。她說了話：「聽你哥哥的話，老二！」

瑞豐非常的不高興。揚著小乾臉說：「好，好，我不去了還不行嗎？哼！這兒沒有一丁點自由，我知道！」說完，他氣哼哼的走進屋裡去。

瑞宣真願意大吵大鬧一頓，好出出心中的惡氣，可是看了看媽媽，他把話都封鎖在心裡。匆忙的戴上帽子，他走了出去。

剛一出門，他遇上了冠曉荷！

曉荷向來不這麼早起來；今天，因為屋中冷得要命，他只好早早的出來活動活動半僵了的腿。小羊圈的人們多數是起床很早的，他遇見了好幾位鄰居。他不知道怎麼辦好：對他們遞個和氣嗎，未免有失身分；雖然他目下的時運不太好，可是冠曉荷到底是冠曉荷，死了的駱駝總比驢大！要是不招呼他們吧，似乎又有點彆扭；他覺得自己現在是「公子落難」，理應受到大家的體貼與安慰；大家一定很愛聽一聽他的遭遇，而他有對他們講一講的責任。

可是大家誰也沒招呼他。他們只看他一眼，而後把眼移到那張封條上去，而後淡然的走過去，好像他與封條是屬於同一類的東西。這使他非常的難堪，而感到一個人必須有房產，有金錢，有勢力，有日本人作靠山，有像大赤包那樣的太太！沒有這些，你便是喪家之犬，大家不單不招呼你，高了興還許踢你兩腳呢！想到這裡，他動了氣。他很想跑到日本憲兵營去，報告全胡同的人都「反動」，一下子把他們全送進監獄裡去！

一眼看到瑞宣，他以為得到了發發牢騷的機會。平日，他總以為瑞宣高傲，冷酷，不和群兒；現在，他看瑞宣是比全胡同的男女老少都更精明，因為瑞宣看出來死駱駝比驢大的意思。

「瑞宣！」曉荷叫得親切而淒涼：「瑞宣！」他的臉上掛著三分笑意，七分憂慘，很巧妙的表示出既不完全悲觀，而又頗可憐來。

瑞宣連點頭也沒有點，昂然的走開。一邊走，一邊他恨自己：為什麼自己會把不打落水狗的道理應用到冠曉荷的身上呢？曉荷不止是狗，而是瘋狗；瘋狗落了水，誰都有責任給牠幾磚頭，把牠打下去，打下去！

曉荷倒沒怎麼難過，他原諒了瑞宣：「這並不是瑞宣敢對我擺架子，而是英國府的關係！」正在這麼自言自語的，高第半掩著門叫他：「你進來，爸！」

進到屋中，曉荷看了看四角皆空的屋子，又看了看沒有梳妝洗臉的女兒，他乾嚥了幾口。

「爸！你有主意沒有？」高第乾脆的問。

「啊——」他想了一想：「咱們銀行裡還有錢！看，」他由懷裡掏出支票本子來，「我老把這個寶貝本子揣在懷裡！哪時用錢，哪時刷刷的一寫，方便！你媽媽的那本，我可不知道放在哪兒了！」

「日本人抄了咱們的家，還給咱們留下錢？倒想得如意！」

「怎麼？怎麼？錢也抄了去？」曉荷著了急。「不能！不能！」

「你不記得李空山的事？」

「嗯——」他答不出話來，頭上忽然出了汗。

「不要再作夢！」

「我走，到銀行看看去！」

「爸，你聽著！我手裡還有一點點錢。我去託李四爺先給咱們買兩張破床，跟一些零碎東西。我呢，趕緊出去找事。找到了事，我養活你！可有一樣，不准你再提日本人，再想幫助日本人；是這樣，我馬上出去找事；不是這樣，我走！」

「上哪兒？」

「哪兒不可以去？」

「你看你媽媽出不來了？」

「不知道！」

「你去找什麼事？」

「能幹的就幹！」

「我先上銀行去，咱們回頭再商量好不好？」

「也好！」

曉荷沒僱車，居然也走到了銀行。銀行拒絕兌他的支票。他生平第一次，走得這麼快，幾乎是小跑著，跑回家來。

「怎樣？」高第問。

他說不出話來。他彷彿已經死了一大半。他一個錢也沒有了——而且是被日本人搶了去！好久好久，他才張開口：「高第，咱們趕緊去救你媽媽，沒有第二句話！她出來，咱們還有辦法；不然——」

「她要真出不來呢？」

「託人，運動，沒有不成功的！」

「又去託藍東陽，胖菊子？」

曉荷的眼瞪圓。「不要管我！我有我的辦法！」

高第沒再說什麼。她找到李四爺，託他給買些破舊的東西。然後，她自己到街上買了一個小瓦盆，一把沙壺，並且打了一壺開水，買了幾個燒餅。

吃過了燒餅，喝了口開水，曉荷到處去找他的狐朋狗友。這些朋友，有的根本拒絕見他，有的只對他扯幾句淡。

連著十幾天，他連大赤包的下落也沒打聽出來。他可是還不死心。他以為自己雖然不行，招弟可一定有些辦法。她在哪兒呢？他開始到處打聽招弟的下落。招弟彷彿像一塊石頭沉入了大海。

曉荷沒有了辦法，只好答應高第：「你找事去好啦！」

又過了幾天，大赤包與招弟還是全無消息，他故意想討高第的喜歡：「要這樣下去呀，我想我得走，上重慶！」

「好！我跟你走！」

曉荷嚇了一大跳，趕緊改嘴：「可千萬別到處這麼亂說去呀！好傢伙，走不成，先掉了腦袋！我看哪，我還是修道去好！白雲觀哪，碧雲寺哪，我那麼一住，天天吃點羅漢齋，燒燒香，唸唸經，倒滿好的！」

高第決定不再跟他多費話。她看明白，他已無可救藥了；至死，他也還是這麼無聊！她很想一橫心，獨自逃出北平去。但是她又不忍。沒有她，她想，他必會鬧到有那麼一天，連一條狗都不會向他搖搖尾巴。到他走投無路的時候，他還會找日本人去；日本人給他一個燒餅，他便肯安心的作漢奸！

不，她不能走！她須養著他，看著他，當作一個只會吃飯的廢物那麼養著他；廢物總比漢奸好一點！

第六十九章 所長的末日

大赤包下獄。

她以為這一定，一定，是個什麼誤會。

憑她，一位女光棍，而且是給日本人作事的女光棍，絕對不會下獄。誤會，除了誤會，她想不出任何別的解釋。

「誤會，那就好辦！」她告訴自己。只要一見到日本人，憑她的口才、氣派、精明，和過去的勞績，三言兩語她就會把事情撕捋清楚，而後大搖大擺的回家去。

「哼！」她的腦子翻了個觔斗，「說不定，也許因為這點小誤會與委屈，日本人還再給她加升一級呢！這不過是月令中的一點小磕絆，算不了什麼！」

可是三天，五天，甚至於十天，都過去了，她並沒有看見一個日本人。一天兩次，只有一個中國人扔給她一塊黑餅子，和一點涼水。她問這個人許多問題，他好像是啞巴，一語不發。她沒法換一換衣裳，沒地方去洗澡，甚至於摸不著一點水洗洗手。不久，她聞見了自己身上的臭味兒。她著了慌。她開始懷疑這到底是不是個誤會！

她切盼有個親人來看看她。只要，在她想，有個人來，她便會把一切計劃說明白，傳出去，而後不久她便可以恢復自由。可是，一個人影兒也沒來過，彷彿是大家全忘記了她，要不然就是誰也不曉得她被囚在何處。

假若是前者，她不由的咬上了牙：啊哈──！大家平日吃著我，喝著我，到我有了困難，連來看我一眼都不肯，一群狗娘養的！假若是後者──沒人知道她囚在哪裡──那可就嚴重了，她出了涼汗！

她盤算，晝夜的盤算：中國人方面應當去運動誰，日本人方面應該走哪個門路，連對哪個人應當說什麼話，送什麼禮物，都盤算得有條有理。盤算完一陣，她的眼發了亮；是的，只要有個人進來，把她的話帶出去，照計而行，準保成功。是的，她雖然在進獄的時候有點狼狽，可是在出獄的時候必要風風光光的，她須大紅大紫的打扮起來，回到家要擺宴為自己壓驚。

她特別盼望招弟能來。招弟漂亮，有人緣兒，到處一奔走，必能旗開得勝。可是，誰也沒來！她的眼前變成一片烏黑。

「難道我英雄了一世，就這麼完了嗎？」她問自己，問牆壁，問幻想中的過往神靈。白問，絲毫沒有用處。她的自信開始動搖，她想到了死！

不，不，不，她不會死！她還沒被審問過，怎會就定案，就會死？絕對不會！再說，她也沒犯死罪呀！難道她包庇暗娼，和敲妓女們的一點錢，就是死罪？笑話！哪個作官的不摟錢呢？不為摟錢，還不作官呢，真！

她想起來：自己的脾氣太暴，太急，所以就這麼快的想到了死！忍著點，忍著點，她勸慰自己，只要一過堂，見到日本法官，幾句話她便能解釋清楚一切，而後安然無事的回家。這麼一想，她得到暫時的安慰與鎮定。她整一整襟，拍拍頭髮，耐心的等著過堂受審；什麼話呢，光棍還能怕吃官司？她抿著嘴笑起來。

一天天的過去了，沒有人來傳她過堂。她的臉上似乎只剩了雀斑與鬆皮，而沒了肉。她的飛機頭，又乾，又亂，像擰在一處的亂麻，裏邊長了又黑又胖的虱子。她的眼睛像兩個小火山口兒，四圈兒都是紅的。兩手老在抓撓，抓完了一陣，看看手，她發現指甲上有一堆兒灰白的鱗片，有時候還有一些血。她的腳踵已凍成像紫裡蒿青的兩個芥菜疙瘩。她不能再忍。抓住獄房的鐵欄杆，她拚命的搖晃，像一個發了狂的大母猩猩。她想出去，去看看北海、中山公園、東安市場，和別的地方。她想喝丁約翰由英國府拿來的洋酒，想吃一頓由冠曉荷監造的飯食。至少，她要得到一點熱水，燙一燙她的凍瘡！

把手搖酸，鐵欄杆依然擋著她的去路。她只好狂叫。也沒用。慢慢的，她坐下，把下巴頂在胸上，聽著自己咬牙。

除了日本人，她懷恨一切她所認識的老幼男女。她以為她的下獄一定和日本人無關，而必是由於她的親友，因為嫉妒她，給她在日本人面前說了壞話。咬過半天牙以後，她用手托住腦門，懷著怒禱告：「東洋爸爸們，不要聽那些壞蛋們的亂造謠言！你們來看看我，問問我，我冤枉，我是你們的忠臣！」

這樣禱告過一番，她稍微感到一些安恬。她相信她的忠誠必能像孝子節婦那樣感動天地的感動了東洋爸爸們，很快的他們會詢問她，釋放她。她昏昏的睡去。

並沒有十分睡熟，只是那麼似睡非睡的昏迷：一會兒她看見自己，帶著招弟，在北海溜冰大會上，給日本人鞠躬；一會兒她是在什麼日本人召集的大會上，向日本人獻花；一會兒她是數著妓女們獻給她的鈔票。

這些好夢使她得到些甜美的昏迷，像吃了一口鴉片煙那樣。她覺得自己是在往上飛騰，帶著她的臭味、虱子，與凍瘡，而氣派依然像西太后似的，往起飛，一位肉體升天的女光棍！

忽然的一股冷氣使她全身收縮，很快的往下降落，像一塊髒臭的泥巴，落在地上。她睜開了眼，四圍只有黑暗、污濁、惡味、冷氣，包圍著她，一個囚犯。她不由的又狂叫起來。怒火燃燒著她的心，她的喉嚨，她的全身。

她忘記了冷，解開衣上的紐扣，露出那鬆而長的雙乳，教牆壁看：「你看，你看，我是女的，女光棍！為什麼把我圈在這裡？放我出去！」她要哭，可是哈哈的狂笑起來。三把兩把的把衣服脫掉，歪著頭，斜著眼，扭著腰，她來回的走。「你看，看！」她命令著牆壁：「看我像妓女不像？妓女、窯子、乾女兒、鈔票，哈哈！」

由欄杆的隙縫中，扔進來一塊黑的餅子和一小鐵筒水。她赤著身，抓住鐵欄杆，喊：「嗨！就他媽的這麼對待我嗎？連所長都不叫一聲？我是所長，冠所長！」而後，像條瘋狗似的，爬在地上，喝了那點水。舔著嘴唇，她拾起那塊黑餅，聞了聞，用力摔在牆上。

在她這樣一半像人，一半像走獸，又像西太后，又像母夜叉，在獄中忽啼忽笑的時節，有多少多少封無名信，投遞到日本人手裡控告她。程長順的那個狀子居然也引起了日本人的注意。同時，頗有幾位女的，因想拿大赤包的地位，不惜有枝添葉的攻擊她，甚至於把她的罪狀在報紙上宣佈出來，把她造成的暗娼都作了統計表揭露在報紙上。

冬天過去了。春把北平的冰都慢慢的化開，小溪小湖像剛剛睡醒，一睜眼便看見了一點綠色。小院的牆角有了發青的小草，貓兒在牆頭屋脊上叫著春。

大赤包的小屋裡可沒有綠草與香花。她只看見了火光，紅的熱辣辣的火光，由她的心中燒到她的口，她的眼，她的解了凍的腳踵。她自己是紅的，小屋中也到處是紅的。她熱，她暴躁，她狂喊。她的聲音裡帶著火苗，燒焦了她的喉舌。她用力喊，可是已沒有了聲音；嗓子被燒啞。她只能哼吃哼吃的出氣，像要斷氣的母豬。

她把已長滿了虱子的衣服，一條條的扯碎。沒有可撕拉的了，她開始扯自己的頭髮，那不知曾經費過多少時間與金錢燙髮的頭髮。她握著拳頭打尤桐芳，可是打在牆上，手上出了血。她扯著自己的頭髮叫罵：「臭娘們，撕碎你！」

她撕扯，撕扯，已分不清撕扯的是臭娘們，還是她自己。雖然沒有了聲音，她卻依然喊叫。她喊叫汽車伕，怒叱著男女僕人與小崔，高叫著「皇軍勝利！」

雖然只有她自己知道她喊叫的是什麼，可是她以為全世界都聽見了她。疲乏了，停止喊叫，她卻還嘟囔著：打！打！打！她的腦中一會兒出現了一群妓女，一會兒出現了幾個親友；打，打，打，她把那些影子都一一的打倒，堆在一塊，像一座人山，她站在山巔上；她是女英雄，女光棍，所長！

慢慢的，她忘了自己。一會兒她變成招弟，打扮得花枝招展的，拉著一個漂亮的男子，在公園調情散步；一會兒她變成個妓女，瘋狂的享受著愛的遊戲。忽然的，她立起來，像公雞搔土似的，四處搜尋，把身子、頭、手腳，碰在門上、牆上。

「我的鈔票呢？鈔票呢？誰把我的錢藏起來？誰？藏在哪兒？」碰得渾身是血，她立定了不動。歪著頭，她用心的聽著，而後媚笑：「來了！來了！你們傳冠所長過堂吧？」

可是，連個人影也沒有。她的怒火從新由心中燃起，燒穿了屋頂，一直燒到天空，半空中有紅光結成的兩個極亮的大字：所長！

看著那兩個大的紅字，她感到安慰與自傲，慢慢的坐下去。用手把自己的糞捧起來，揉成一個小餅，作為粉撲，她輕輕的，柔媚的，拍她的臉：「打扮起來，打扮起來！」而後，拾起幾條布條，繫在頭髮上：「怪年輕呀，所長！」

她已不辨白天與黑夜，不曉得時間。她的夢與現實已沒有了界線。她哭、笑、打、罵，毫無衝突的可以同時並舉。她是一團怒火，她的世界在火光中旋舞。

最後，她看見了曉荷、招弟、高亦陀、桐芳、小崔，還有無數的日本人，來接她。她穿起大紅的呢子春大衣，金的高跟鞋，戴上插著野雞毛的帽子，大搖大擺的走出去。日本人的軍樂隊奏起歡迎曲。招弟獻給她一個鮮花籃。一群「乾女兒」都必恭必敬的向她敬禮，每人都遞上來一卷鈔票。她，像西太后似的，微微含笑，上了汽車：「開北海，」她下了命令！

汽車開了，開入一片黑暗。她永遠沒再看見北海。

當大赤包在獄裡的時候，運動妓女檢查所所長這個地位最力的是她的「門徒」，胖菊子。

藍東陽有了豐富的詩料。他無所不盡其極的嘲弄，笑罵，攻擊大赤包，而每一段這樣的嘲罵都分行寫下來，寄到報館去，在文藝欄裡登載出來。讀著自己的詩，他的臉上的筋肉全體動員，激烈的扯動著，像抽羊癇瘋。

胖菊子決定把自己由門徒提升為大師。她開始大膽地創造自己的衣服鞋帽，完全運用自己的天才，不再模仿大赤包。她更胖了，可是偏偏把衣服作得又緊又瘦，於是她的肥肉都好像要由衣服裡鑽了出來。藍東陽很喜愛她的新裝束，而且作了他自認為最得意的一首詩：「從衣裳外面，我看到你的肉；肉感的一大堆灌腸！」

她不喜愛他，更不喜愛他的詩。可是，她的胖臉上，為他，畫出幾根笑紋來。她必須敷衍他，好能得到他的協助，而把「所長」弄到她的胖手裡。一旦她作了所長，她盤算，她就有了自己的收入、地位、權柄，和——自由！到那時候，她可以拒絕他的臭嘴、綠臉，和一塊大排骨似的身體。他若是反抗，她滿可以和他翻臉。當初，她跟從了他，是為了他的地位；現在，假若她有了自己的地位，她可以毫不留情的一腳踹開他。

穿著她的緊貼身的衣裳，她終日到處去奔走。凡是大赤包的朋友，胖菊子都去訪問，表示出：「從今以後，我是你們的領袖了。你們必須幫助我，而打倒大赤包！」

等到晚間回來，她的腰、胳臂，與脖子已被新衣服箍得發木，她的胖腳被小新鞋啃得落了好幾塊皮。她感到疲乏、痛苦，可是在精神上覺出高興，有希望。三把五把的將那些「捆仙繩」脫掉，她鬆了一口氣。可是，三把五把的又將它們穿上。

不，她不能懈怠，而必須為自己的前途多吃點苦。好嗎，萬一在這時節，來個貴客，她怎能就衣冠不整的去接待呢？她必須用大赤包的辦法打敗了大赤包；大赤包不是無論在什麼時節都打扮得花狸狐哨的嗎？好，她也得這麼辦！

雖然在服裝穿戴上她力求獨創，不再模仿大赤包，可是在舉止動作上她不知不覺的承襲了大赤包一部分的氣派。當她叫人的時候，她也故意老氣老聲的；走路也挺起脖子；轉身要大轉大抹。雖然這些作派使她的胖身子不大好受，使她的短粗脖子發酸，可是她不敢偷懶，她必須變成大赤包，而把真的大赤包消滅了！

奔走了幾天，事情還沒有一點眉目。胖菊子著了急。越著急，她的胖喉嚨裡越愛生痰。見到了要人，她往往被一口痰堵住，說不出話來。她本來沒有什麼口才，再加上這麼一堵，她便變成一條登了陸的魚，只張嘴，而沒有聲音。鬧過一陣啞戲以後，她慌張得手足失措，把新添的氣派一齊忘掉。她開始害怕，怕在她還沒有運動成功之際，而大赤包也許被釋放出來。她要頂大赤包，不錯；可是她總有點怕那個老東西。因為急與怕，她想馬上去用毒藥謀害了大赤包！她和東陽商議，怎樣去毒死那個老東西。

東陽在這幾天，差不多是背生芒刺，坐臥不安。一想到若能把大赤包的地位、收入，拿到自己家中來，他的渾身就都立刻發癢：於是，他就拚命去奔走，去寫詩，去組織「討赤團」。這末一項是他獨自發動，獨自寫文章，攻擊大赤包，而假造出一些人名，共同聲討，故名曰「團」。他的第一篇文章裡有這樣的句子：「夫大赤包者，綽號也。何必曰赤？紅也！紅者共產黨也！有血氣者，皆曰紅者可死，故大赤包必死！」他非常滿意這幾句文章，因為他知道，在今天，只要一說「紅」，日本人就忘了黑白。這比給大赤包造任何別的罪名都狠毒。

可是，一看胖菊子的過度的熱烈奔走，他又不大放心。他還沒忘記胖菊子是怎麼嫁了他的。她要是肯放棄了祁瑞豐，誰敢保她，若有了她自己的地位與收入，不也放棄了他自己呢？他的渾身又癢起來。

在另一方面，他又不肯因噎廢食，大睜白眼的看著別人把「所長」搬了去。

還有，招弟曾經找過他，託他營救大赤包。他不能不滿口答應幫忙，因為這不單是能接觸她的好機會，也是最便宜的機會——他知道招弟是費錢的點心，可是招弟既來央求他，他便可以白揩一點油，用不著請她吃飯、看戲，而可以拉住她的手。為這個，他應當停止在報紙上攻擊大赤包，以便多得到和招弟會面的機會。可是，要是一懈勁，停止攻擊，他又怕所長的地位被別人搶了去。

這些矛盾在他心中亂碰，使他一天到晚的五脊六獸的不大好過。一會兒，他想到胖菊子已作了所長，心中一熱；一會兒，他想到菊子離棄了他，心中又一冷；一會兒，他想到招弟的俊美，渾身都發癢；一會兒，他想到因取悅招弟，而耽誤了大事，渾身又都起了雞皮疙瘩。

可是，這些矛盾與心理上的瘧疾，並沒使他停止活動。他還作詩寫短文攻擊大赤包；還接見招弟，並且拉住她的手；還到處去奔走；還鼓勵胖菊子去竭力運動。這樣，他的矛盾與難過漸漸的變成一種痛苦的享受。他覺得自己能這樣一手拉著八匹馬，是一種天才。

他贊同菊子的建議，去毒死大赤包。可是，他不知道大赤包被囚在哪裡。他把綠臉偎在她的胖臉上，而心中想著招弟，對她說：「快快的去打聽大赤包的下落，好毒死她！毒死她！」這樣說完，他感到他是掌握著生殺之權。於是，把眼珠吊起，許久不放下來，施展自己的威風。

他們倆把什麼都計議到，只是沒思慮到大赤包為什麼下了獄，和胖菊子若是作了所長，是不是也有下獄的危險。他們只在討論如何攻擊大赤包的時候，談到她的貪污，而彼此看那麼一眼，似乎是說：「大赤包貪污必定下獄，咱們比她高明，一定沒有危險！」

第七十章　日本人的特務

招弟，自從家中被抄，就沒再回家。她怕家中再出了什麼意外，而碰到像什麼把她也綁了走的事。她可是一心一意的要救出媽媽。沒有媽媽，她看出來，她便丟失了一切。

在她學戲的時候，她曾經捧過一位由票友而下海的女伶——粉妝樓。她找了這位粉妝樓去，三言兩語的就住在了那裡。粉妝樓有許多朋友，一天到晚門庭若市。招弟便和這些人打成一氣，託他們營救大赤包。在舊日的親友中，她也去找過幾位，大家對她可是都很冷淡。有的甚至當面告訴她：「我們怕連累，請你不要再來！」

在這些人裡，只有藍東陽沒有拒絕她的請求。她知道東陽是至多只給女人買一個涼柿子或幾粒花生米的人，所以坐窩[1]就不敢希望他能請她吃頓飯或玩一玩。反之，她是來求他，所以她倒須下點資本賄賂他。她的資本便是她的身體；為營救媽媽，沒辦法，她只好任憑他拉著她的手，或摸摸她的臉。她須忍耐；等到救出媽媽來，她再給東陽一點顏色看看。至於東陽怎樣在報紙上攻

1. 坐窩，根本的意思。

擊大赤包，招弟並沒有看到。她沒有看報的習慣。即使偶爾拿起張報紙來，她也只看戲劇新聞，電影消息，與戀愛小說，而不看到別的事情。

她渴想看到媽媽，可是無論怎麼打聽，也不曉得媽媽是在哪裡圈著。招弟落了淚。她猜到事情一定是非常嚴重了。假若媽媽真有個不幸，她想，她自己可怎麼辦呢？她沒有本事，沒有存款，沒有——不錯，她有美麗與青春，不至於沒人要她。可是，她的美麗與青春，在這混亂的年月，是為玩一玩的。

她不願老老實實的嫁個人，一天到晚去作飯抱娃娃。即使能嫁個闊人，用不著作飯抱娃娃，她的自由也要打個很大的折扣呀；那不行，她要的是無憂無慮無拘無束，盡情享受，而毫無責任，說幹什麼就幹什麼的生活。這樣的生活只有媽媽能給她。她真的哭了，想起媽媽的一切好處，也想起媽媽若有危險，她自己可怎樣活下去！

在粉妝樓的許多男友中，有一個是給日本人作特務的。他，黃醒，是個漂亮的青年。他的長像好，裝束好，老帶著手槍。他知道自己體面，所以無論在什麼時候，他老把一點不必需的媚笑放在臉上，以便加多他的體面。他知道自己的裝束好，所以一天到晚老在扯扯領子，提提褲子，或正正衣襟。在手槍而外，他還老帶著一面小鏡子，時時的掏出來照照自己的臉，有時候連牙床兒都照到。

跟招弟談了一會兒，黃醒明白了她的困難。他願意幫她的忙，而且極有把握；只要她跟他走一趟，去見一個人，大赤包就能馬上出獄！招弟喜出望外的願意跟他去。

他把招弟帶到東城，離城根不遠的孤零零的一所房子裡。進去，他把她介紹給一個日本人。轉眼之間，黃醒不見了，招弟開始懷疑這是怎回事。日本人詳細的問了她的履歷，她一邊回答，一邊把大赤包的事提出來。他把她的履歷都記錄下來，對大赤包的事沒說什麼。然後，他領她到一間小屋，很小，只有一床一椅。

「這是你的屋子。記清楚，一〇九號。以後，你就是一〇九號，沒人再叫你的姓名。」說完，日本人向外面喊了聲：「一〇四號！」

不大的工夫，進來個與招弟年紀相彷彿的女子。極恭敬的向日本人敬禮，而後她筆直的立定。

「告訴她這裡的規矩！」日本人走了出去。

招弟的心要跳出來，想趕快逃跑。一〇四號攔住了她：「別動！這裡，進來的就出不去！」

「怎回事？怎回事？」招弟急切的問。

「待下去自然就明白了，用不著大驚小怪的！」

「放我出去！放我走！我還有要緊的事呢！」

「放了你？這裡還沒放過一個人！」一〇四號毫不動感情的說。

「我必得出去，得去救我的媽媽！」

「在這裡待下去，將來立了功就能救你的媽媽！」一〇四號笑了笑，笑得極短，極冷，極硬。

「真的？」招弟不相信一〇四號的話。

「信不信由你！」一〇四號又那麼笑了一下，而後開始告訴招弟此處的規矩。

招弟的心涼了半截。她一向沒受過任何拘束，根本不懂得規矩兩個字怎麼講。可是，這裡一切都有規矩，彷彿要把活人變成機器！她哭了半夜。

好容易才睡著了，可是不久她被鈴聲吵醒，天還不十分亮呢。一〇四號在門外低聲的說：「快起，你！遲到一會兒，打個半死！」

招弟顫抖著爬了起來，迷迷糊糊的往外跑。天很冷，冷氣猛的打在她的臉上，她似乎才醒俐落。馬上，淚又迷住她的眼。跑到盥洗處，她只含了口水漱漱嘴，捧了一把水抹抹臉，就趕緊離開，恐怕遲到挨打。手揉著眼，她隨著大家——一共有四十多個青年男女——跑進後院的一塊空地去集合。空地的三面是高牆，牆頭上密紮鐵網；另一面是房子，山牆上有幾個方方的洞兒。院子的東牆外，不遠，便是城牆；那灰黑的，高大的，城牆，不聲不響的看著院內。地是光光的，冰硬的，灰黃的，城牆是灰黑的，堅硬的，光光的。天是灰碌碌的，陰寒的，光光的。招弟由地看到城牆，再看到天，作夢她也沒夢過這麼可怕的地方。一切是灰的，冷的，靜的，光光的，她不敢再看。即使不看，她還覺得到那冷氣，和灰暗，像要把她凍僵，凝結在灰暗裡。她想抓住誰的胳臂，好使自己立穩。她渾身都發顫，能聽到自己的牙響。

男的在前，女的在後，大家站成一排，面對著有方孔的山牆。由一〇五號到一〇九號立在最後，大概都是新進來的，神情上都顯出特別的不自然與不安。

大家站好了一會了，四位教官，三個日本人，一個中國人，才全副武裝的，極莊嚴的，由前院走來。隊長喊了敬禮。三個日本教官還禮，眼珠由排頭看到排尾，全身都往外漾溢殺氣，嚴肅，與得意。

中國教官向日本人們敬過禮，而後大轉大抹的，像個木頭人似的，轉向了隊伍，把鞋跟磕得像小爆竹那麼響。他開始訓話。說了幾句關於全體學員的話，他叫新來的幾個號數：「向前五步——走！」

招弟看了看左右的同伴，而後隨著他們向前走。中國教官嗽了一聲，相當親熱的說：「你們已經知道了這裡的規矩，不必我再重複。現在是你們最後的機會，來決定你們到底願意在這裡不願意。有不願意的，請再向前走五步！」

沒有人敢動。後面的老學員們似乎已都停止了呼吸。招弟想往前走，可是她的腳已不會邁動。她向左右看，左右的人也正看她。

「沒有？」教官催問了一聲。

在招弟左邊的一個小姑娘，看樣子不過十六七歲，扁扁的臉，紅紅的腮，身體不高，而頗粗壯，模樣不俊，而頗渾厚可愛，猛的向前走去。

「好！」教官笑了笑。「還有沒有？」

招弟要邁步，可是被身旁的一個女的拉住。她晃了晃，又立定。

「好，你過來！」教官向扁臉紅腮的小姑娘說。她遲疑了一下，而後很勇敢的往前走；口中冒著些白氣。

「這邊！」教官把她領到房子的山牆下，叫她背倚著牆上的一個小方洞。這時候，太陽上來了，把灰碌碌的天空忽然照紅，多半個天全是灰紅的，像淤住了血。城牆更黑了，而院中的牆與人都更清楚了點兒。扁臉姑娘的身上都發了紅，口中的白氣更白了。一個日本教官跳起來，手一揚，喊了聲：「好的！」屋裏邊開了槍，小姑娘，口中還冒著點白氣，像塊木板似的，往前栽倒。天上更紅了，地上流著血。

「歸隊！」中國教官向招弟們說。

招弟不曉得怎麼退回去的。她的眼前已沒有了別的東西與顏色，只有一片紅光由地上通到天空，紅光裡有些金星在飛動。

「向左轉！跑步！」教官發了命令。

招弟跑不動。可是，有那具死屍躺在那裡，她不敢不跑。每逢跑到死屍附近，她就想閉上眼。可是，不知怎麼的，她偏偏看見了它，與地上的血。她透不過氣來，又不敢站住。她張著口，雙手捧著小肚子，腸子彷彿要扯斷了似的。忍著疼，她東一腳西一腳的亂晃，彷彿是個醉鬼。不久，她的眼前遮上了一塊紅幕，與紅的天，紅的血，聯接到一處。她忘了自己，忘了一切，只覺得天地，紅的天地，在旋舞轉動。

她不曉得什麼時候，和怎麼，進到屋中。睜開眼，她是在床上躺著呢，已經正午。

她沒再落淚。不敢想什麼。她惜命，決定不去靠一靠牆上的方洞兒。

青春是鐵，環境是火爐。過了一個月，她又「活」了。她不再怕血與死，她的心已變成了石頭的。她忘了以前小姐的生活，不再往手指甲上塗上寇丹，而變成了個新的招弟。這個新招弟，她自己盤算，將要比她的媽媽更厲害，更毒辣。以前，她只知道利用花般的容貌，去浪漫，去冒險；現在，她將把花容月貌加上一顆鐵石的心，變成比媽媽還偉大許多的女光棍。不錯，她的媽媽是還在獄裡，可是她不能不感謝日本人給了她個機會，使她有了前途。她想：只要她立點功，她一定能把媽媽救出來。等媽媽恢復了自由，她們倆並肩立在一處，必能教全北平城都發抖！

春天過去了，招弟受完了訓。她希望得一只手槍。沒有得到。

她希望得到一些足以使她興奮的工作。可是她被派到火車站上，查看來往的旅客。她得到一本子照片，須一一的記住在心裡，而後在車站上看有沒有與像片相符的人。這點事不易作，而且毫無趣味。她須時刻的留著神，而不見得能發現一個「奸細」。她須每天改變她的化裝，今天扮作鄉下丫頭，明天變作中年的婦人；可是老不能擦胭脂抹粉的扮成摩登小姐。她不高興這個差遣，更不喜歡她的化裝。可是，命令是命令，無法反抗。她知道反抗命令的結果是什麼，她還沒忘了那個扁臉的女郎。她渴望再穿上漂亮的衣服與高跟鞋，像好萊塢影片中的女間諜，來往在華麗的大旅館與闊人之間。可是，她必須去作鄉下丫頭！

她渴想去看看父親，不為別的，只為教他知道她已變成個有本事的人。可是，命令禁止她回家，禁止她與家裡的人來往。她切盼能見到媽媽。她以為自己既作了日本人的特務，就一定有會到媽媽的機會與權益。可是，她依舊打聽不到媽媽在何處。

頭一天到前門車站去值班，她感到高興。她又有了自由，又看見春暖花開的北平。及至走到了車站，她又有些害怕。不錯，她是特務，有捉拿人的權柄。可是，捉拿人是不是也有危險呢？是的，她的身上有個證章；可是，它並沒顯露在外面，而是藏在衣裳裏邊；她露不出自己的威風，而只縮頭縮腦的站在那裡，像個鄉下來的傻丫頭。她感到寂寞、無聊，與寒傖。

過了一會兒，她拾起一張報紙。頭一眼，她看見了媽媽的像片！大赤包已死在獄中！像片的上下左右都說明著她的貪污、罪狀，與如何在獄裡發狂！

看完，她的淚整串的落下來。她白受了苦。白當了特務，永遠不能再看見媽媽！隔著淚，她看見車站上來來往往的人；那麼多人，可是她只剩了自己。她已沒有了那愛她的，供給她一切的，媽媽！

楞了半天之後，第一個來到她心中的念頭是——逃走！作了特務既沒能救出媽媽來，還有什麼意義呢？日本人是騙了她的媽媽，騙了她自己；她應當逃走，不再給騙她的人作爪牙！

可是，她知道自己逃不了。看著車站上來往的人，以及腳行、巡警、車站上的職員，她不知道他們之中有多少是特務，哪幾個是特務。她可是準知道其中必有特務，而且不止一個。他們之中，也許有專負責監視著她的。她又看見了那個扁臉的女郎，在方洞兒前面一聲沒出的就栽倒在地，流盡了鮮血！

她抬頭看見了城牆的垛口，覺得那些豁口兒正像些巨大的眼睛，只要她一動，就會有一粒槍彈穿入她的胸口！她顫抖了一下。她忘了作特務的興奮與威風，而只感到多少只槍在她背後！

「好吧，」過了好大半天，她告訴自己：「混下去吧！頂毒辣的混下去吧！能殺誰就殺誰，能陷害誰就陷害誰！殺害誰也是解恨的事！」

她丟失了家，丟失了媽媽，丟失了自由，只剩下了殺、害、恨！她並不想去殺害日本人，因為日本人的槍多，眼目多，手快！

同時，高第天天出去找事，但是找不到。北平已經半死，凡是中國人的生意，都和祁天祐的布舖差不多，開著門而沒有買賣；因此，到處裁人，哪兒也不肯多添吃飯的。大一點的生意，即使是飯館子，已都不能不接受日本人的「股子」，和日本人合作。高第不高興到這種「合作」的地方去作事，即使她能得到機會。至於官方的機關，那就更不用說，通通被日本人一手拿住，不走日本人的或漢奸的門路，不用打算得到個地位。這樣，北平的軀殼雖然仍是高大寬厚的城牆，與那曾經住過多少位皇帝的亭園殿宇，可是它的心肺已完全是日本人；凡想呼吸一點空氣的，得到一點血液的，都必須到日本人那裡搖尾乞憐。高第不肯這麼作。她親眼看見她的母親作了些什麼，和怎樣被抄家。

即使她肯去賣苦力掙飯吃，她的機會也還是不多。在太平年月，一個女人給舖戶裡的人們洗洗縫縫的，也能吃上三頓飯。現在舖戶的人已裁減去一大半，她搶不到活計。在人家裡，只有「紅」漢奸才用得起僕人，高第既不願作女僕，更不高興作奴隸的奴隸。

她後悔以前沒能夠學得掙飯吃的本事，可是後悔已遲。她的確有些勇氣，可是沒有任何資格與資本。假若她能逃出北平，她必能找到作事的機會，一邊作事，一邊學習，慢慢的她必能得到點知識與技巧。可是，她要清白的在北平掙飯吃，她是走入了一條死巷子！

她忙：她須作飯，洗衣服，買東西，和到處去找事。她急：她憋著一口氣，非要教爸爸看看不可，不作漢奸也還能活動。但是，她找不到事，而且手中眼看著就沒了錢。她慌：她本不會作飯，洗衣服；現在，初學乍練，越要討好，越容易把飯煮糊，把衣服洗得像狗舐的。她氣：曉荷不幫忙，也不給她一點鼓勵。他認為高第是沒認清大勢所趨，而只從枝節問題下手，顯然是自討無趣。雖然沒有明說，他的神氣卻表示出來：「在東洋人腳下，可想不吃日本飯，道地的糊塗蛋！」因此，他想看高第的笑話。無論她怎忙，他依然橫草不動，豎草不拿。到了高第發脾氣的時候，他會冷雋的說：「要我調動十桌八桌酒席嗎，嗯，我含糊不了！教我刷傢伙洗碗哪，對不起，自幼兒沒學過！」

許多天，他還沒打聽到大赤包與招弟的下落，他爽性不再去白跑腿。遇到丁約翰回來，他能跟他窮嚼幾個鐘頭。他詳細的問英國府的一切，而後表示出驚異與羨慕。「嗯！嗯！」他瞇著眼有滋有味的讚歎：「這玩藝兒，是得托生個外國人！這個天下是洋人的！」

丁約翰，現在，已不大看得起曉荷，本不大願招呼他。可是，曉荷既對英國府稱讚不置，他覺得若冷淡了曉荷便幾乎等於不忠於英國府，所以便降格相從的和他一扯就是幾個鐘頭。

除了丁約翰，瑞豐是他的密友。兩個人都不走時運，所以自然的同病相憐。一談起他們的懷才不遇，他們便感到一種辛酸的甜美，與苦痛的偉大。瑞豐總是說他的特務朋友。談起他們，他就覺得自己有希望，有作為，而提出這樣的結論：「冠大哥，你等著看，我非來個特務長作作不可！」

「是的！是的！」曉荷把眼瞇成兩道細縫。「那才是發財的事！是的！」

兩個人的口袋裡，有時候，連一個銅板也沒有，可是他們的沒出息的幻想使他們越談越高興。他們的肚子沒有好的吃食，說到口乾舌燥的時候又只好喝口涼茶或冷水，所以說著說著，他們的臉上往往發綠，頭上出了盜汗，甚至於一陣噁心，吐出些酸水來。可是，他們還不住口，必須談下去；在談話中他們看見了一些虛渺的希望與幸福。

假若是剛吃過飯後，瑞豐必張羅著幫忙，替高第刷洗刷洗傢伙，以便得到她的歡心。雖然高第並沒有給他點好顏色看，他可是覺得很開心，並且時常暗示給她：「別發愁，大小姐！多咱我有了好事，大家就都跟著好起來！咱們是知己的朋友啊。」

在實在沒有什麼可談的時候，他們倆會運用他們所知道的一點相術，彼此相面看氣色。「瑞豐！」曉荷用食指或無名指在瑞豐臉上輕輕划動。「別看你的臉發乾，顏色可是很正，很正！你的眼運鼻運都好！」然後，瑞豐也揀著好聽的誇讚曉荷一番；彼此的心中都寬了好多，都相信自己至少也是什麼星宿下界！

已到春天，高第還沒找到事。她，因心中發慌，開始覺得這是大赤包為非作惡的報應，不單她自己下了獄，而且她的女兒也得餓死！她的，和曉荷的，冬衣，剛一脫下來，便賣了出去。她不能不和父親商議一下了：「我盡到我的力量，可是沒有用；怎麼辦呢？」

曉荷的答話倒很現成：「我看哪，只有出嫁是個好辦法！嫁個有錢的人，你我就都有了飯吃！」真的，這是他由一部歷史提出的一個最妥當的結論：幼年吃父母；壯年，假若能作了官，吃老百姓；老年吃兒女。高第是他的女兒，她應當為養活著他而賣了自己的肉體。

「沒有別的辦法？」高第又問了一聲。

「沒有！」

高第偷偷的找了瑞宣去，詳詳細細的把一切告訴了他，並且向他要主意。

「恐怕你得走吧？此地已經死了，在死地方找不到生活！」瑞宣告訴她。

「怎麼走呢？」

「當然有困難！第一是路費，第二是辦出境的手續，第三是吃苦冒險。不過，走總比蹲在這裡有希望！」

「爸爸呢?」

「也許我太不客氣,他值不得一管!這,你比我知道的更清楚一點!」

高第點了點頭。

瑞宣,彷彿是,由骨頭上刮下二十塊錢來,給了她:「這太少點!可是至少能教你出了北平城;走出去再說吧!」

拿著二十塊錢和一個很小的包裹,她沒敢向父親告別,也沒敢去辦離境的手續,便上了前門車站。她打聽明白:若是去辦離境手續,她必須說明到哪裡去,去多少日子;假若到期不回來,日本人會向她家中要人;所以她寧可冒點險,而不願給別人找麻煩。再說,她根本不知道她自己到哪裡去。她大致的想了想,以為自己須先到天津,走一站說一站;就憑那二十塊錢,是不會給她個詳細的旅行計劃的。她很堅決。她總以為她是在媽媽的黑影下面,所以必須離開北平,躲開那個黑影。

上了到前門去的電車,她的心跳得極快。低著頭,緊握著那個小包,她覺得多少隻眼都盯著她呢!過了幾站,人們上來下去,似乎並沒有注意她。她這才敢抬了抬眼皮。可是,正看見一個巡警,與兩個日本人,上車。她的心又跳起來。她以為他們必定是來捉她的。不久,他們都下了車。她嚥了一口唾沫,鬆了口氣。她想起桐芳來。閉著口,在喉中叫:「桐芳!桐芳!早知道,咱們倆要是一塊逃出去,多麼好!請你保佑我!教我能平安的出去!」

這是北平的一個和暖的春天，高第可沒感到溫暖。沒了家，沒了一切，她現在是獨自走向不可知的地方去！看見了前門，她的心中更慌了。高大的前門，在她心中，就好像是陰陽分界的標記。下了車，她慢慢的往車站上走，她的腿似如已完全沒有了力氣。

開往天津的快車還有二十多分鐘才開車。她低著頭，立在相當長的一隊旅客的後邊。她的脊背上時時爬動著一股涼氣，手心上出了涼汗。她不敢想別的，只盼身後趕快來人，好把她擠在中間，有點掩飾。

正在這麼半清醒，半迷糊的當兒，有人輕輕的拍了拍她的肩。她本能的要跑。可是，她的腿並沒有動。她只想起兩個字來：「完啦！」

「姐！」招弟聲音極低的叫了一聲。

高第全身都軟了，淚忽然的落下來。好幾個月了，她已沒聽見過這個親密的字──姐！儘管她平日跟招弟並沒有極厚的感情，可是骨肉到底是骨肉。這一聲「姐」，把她幾個月來的堅決與掙扎彷彿都叫散了！

沒敢看招弟，她只任憑招弟拉著她的手，往人少的地方走。她忘了桐芳，忘了一切，像個迷了路的小娃娃似的，緊緊的握著妹妹的手，那小的，熱乎乎的手。

出了車站，在一排洋車的後邊，姐妹打了對臉。姐姐變了樣子，妹妹也變了樣子，彼此呆呆的看著。

對看了許久，招弟低聲的問：「姐，你上哪兒？」高第沒哼聲。

「爸呢？」

高第不知怎麼回答好。

「說話呀，姐！」

高第又楞了一會兒，才問出來：「媽呢？」

招弟低下頭去。「你還不知道？」

「不知道！」

「完啦！」招弟猛的抬起頭來，眼盯著姐姐。

「完啦？」高第低下頭去。她的手輕顫起來。

「告訴我，你上哪兒去？」

「上天津！」

「幹嗎？」

「找到了事！」高第握緊了小包，為是掩飾手顫。

「什麼事？」

「你不用管！我得趕快買票去！」

「不告訴我，你走不了！我是管這個的！」

「什嗎？」

「我管這個！」

「你？」高第的腿也顫起來。「媽媽怎麼死的？現在，你又——難道你一點好歹也不懂？」

「我沒辦法！」招弟慘笑了一下，而後把語氣改硬。「你好好的回家！我要是放了你，我就得受罰！」

「我是你的姐姐！」

「那也是一樣！即使我放了你，別人也不會楞著不動手！走，回家！」招弟掏出一點錢來，塞在姐姐的手中，而後扯著姐姐往洋車前面走。

「僱洋車，還是坐電車？」高第回不出話來。她的手腳都不再顫，她的臉紅起來，翻來覆去的，她的腦中只折騰著這一句話：「報應！報應！攔阻你走的是你的親妹妹！」

「姐，好好的回家！」招弟一邊走一邊說：「你敢再想跑，我可就不再客氣！再說，這個車站是天羅地網，沒有證據，誰也出不去！」她給高第叫了一部洋車。

高第已往車上邁腿，招弟又拉住她，向她耳語：「你等著，我會給你找事作！」

高第瞪著妹妹，字從牙齒間擠出來：「我？我餓死也不吃你的飯！」她把手中的一點錢扔給了妹妹。

「好，再見！」招弟笑了一下。

第七十一章　發財的最好捷徑

進了前門不遠，高第停住了車，抱歉的對車伕說：「對不住，我不坐了！」給了車伕幾個錢，她向西走去。她不知向哪裡走呢，也不知要向哪裡走呢；她只知道須走一走，好散散胸中的怒氣。

迷迷糊糊的走了半天，她才知道她是順著順城街往西走呢。又走了一會兒，她看見路北的一座小廟，她不由的立住了。廟門，已經年久失修，開著一扇，她走了進去。她不一定要拜佛燒香，而只覺得這是個可以靜靜的坐一會兒，想一想前前後後的好地方。山門裡一個人也沒有。三面的佛殿都和廟門一樣的寒傖，可是到處都很乾淨。這，使她心裡舒服了一點。正在這麼東張西望的時節，由西殿裡出來一個人，錢默吟先生。他穿著一件舊棉道袍，短撅撅的只達到膝部。手中，他提著一個大粗布口袋，上面寫著很大很黑的「敬惜字紙」。

高第說不上來話，而一直的撲奔過去，又要笑，又要哭，像無意中遇到多年未見的親人似的。

老人的臉很黑很瘦，頭髮已花白。看見高第，他楞住了。眨了眨眼，他想了起來，極溫柔的笑了笑。「高第！」緊跟著，他停止了笑，幾乎有點不安的問：「你怎麼知道我在這裡？誰告訴你的？」

高第也笑了：「沒人告訴我，我誤投誤撞的走了進來。」老人彷彿是放了心，低聲的說：「別對任何人說，我在這裡。這裡也不是我的住處。不過有時候來，來——」老人又笑了一下。「告訴我，你幹什麼呢？」老人一邊說，一邊往正殿那邊走。高第在後邊跟著。他們都坐在石階上。

高第的話開了閘，把過去幾個月的遭遇都傾倒出來。老人一聲不響的聽著。最後，高第又提出「報應」作為結論。老人聽完，楞了一會兒，才說：「沒有報應，高第！事在人為，不要信報應！」

「我怎麼辦呢？」

「等我想一想看！」老人閉上了眼。

高第似乎等不及了，緊跟著問：「招弟要是也教我當特務去，我怎麼辦？」

「我正想這個問題！你有膽子去沒有？」老人睜開眼，注視著她。

「我，有膽子也不能去，我不能給——」

「你只想了一面，沒看另一面。假若你有膽子進去，把你的一切都時時告訴我，不是極有用嗎？」

「那麼，我得等著她，她教我進去，我就進去？」

「一點不錯！可是，」老人的眼還注視著高第的臉，「可是被他們知道了，你馬上沒了命，所以我問你有膽子沒有！」

高第遲疑了一下。「錢伯伯，你不能給我點事作？我願意跟著您。」

「哼，我一時還不敢用小姐們！你看，日本人喜歡造就女間諜，一來是因為他們看不起女人，以為女人們膽子小，容易管束；二來是因為中國人對女的客氣，女間諜容易混進內地去。至於他們自己，可不大容易受女子的騙，他們到處都給軍官們、兵們，安置好妓女，伺候著他們；咱們的女間諜即使肯犧牲色相，也無從接近他們。因此，我只在萬不得已的時候，男人活動不開的時候，才求女人幫幫忙。你到底敢去不敢，假若招弟找了你來？」

「我去！可是她要不找我來呢？」

「等著她！同時，我有用著你的地方，必通知你！」

「可是，我沒有收入，怎麼活著呢？」

「嗯，慢慢的想辦法！先別愁，別急，一個人還不那麼容易餓死！」

「我相信你的話，錢伯伯！回到家裡，我把招弟的事告訴爸爸不告訴呢？」

「告訴他！一告訴他，他必馬上找招弟去，必定到處去吹噓他的女兒當了特務。這麼一來，招弟必吃虧，而無從紅起來。她紅不起來，咱們就減少了一個禍害星！」

「可是她要是紅不起來，也許她就不來找我，教我也去當——」

「人是活的，高第！要見機而作，不能先給自己畫好了白線，順著它走！」老人立了起來。

「還有，隨時跟瑞宣商議，他沒膽子，可有個細心！」

高第也立起來。「錢伯伯，我以後上哪兒找你去呢？」

「這裡，我要不在這裡，告訴後院的明月和尚，他是咱們的人。見到他，先要說『敬惜字紙』，要不然他不相信你！」高第隨著老人，慢慢的往廟外走，看著老人手中的口袋，她好奇的問出來：「錢伯伯，口袋裡有什麼？」老人立住，看著她，笑了笑，沒說什麼。快到廟門口，老人教高第先出去：「高第記住了！別對任何人說我的事！好好的回家，等著招弟，或我的消息。別著急，發愁！見機而作！你是個好孩子，我早就知道！走吧！」

高第先獨自走出來。她不敢回頭再看一看，知道老人不願和她一同出來必有用意，她不便再東瞧西望的，惹老人不高興。可是，老人的黑瘦的臉與溫和的笑容，還都非常清晰的在她心中。那個形影，像發著光與熱力，使她看見春天，全身都溫暖起來。那個形影，像個最美麗的菩薩似的，教她感到安全，給了她無限的希望。她想到，即使馬上再遇到招弟，馬上去當特務，她也會連眼也不眨一下，便去冒險，犧牲；有錢先生的話在她心中，即使她馬上掉了腦袋，也是舒服的！

最使她高興的是錢先生說沒有報應。這幾個字揭去了她心上的一片黑雲。她是她，大赤包是大赤包，她並不須替媽媽負責，承受懲罰。只要她大起膽來，敢去作錢先生教她作的事，她便能對得起自己的良心，也對得起一切的人。想明白了這一點，她的全身都感到輕鬆，腿上有了力氣。她一氣走回家來。

冠曉荷和祁瑞豐正在屋中閒扯淡。一看見他們倆，高第馬上皺上了眉。剛才，在小廟裡，她見到一位活的菩薩；現在她看見一對小鬼。他們倆，這一對活鬼，特別的醜惡，討厭，因為她剛剛看見了那慈祥的，勇敢的，有智慧的，菩薩。她下了決心，不再對他們客氣，敷衍。瞪了他們一眼，像憑空響了一聲雷似的，告訴他們：「媽媽死啦！」曉荷不相信自己的耳朵：「什嗎！」

「媽媽死啦！」高第還瞪他們。

曉荷用手捂上了眼。瑞豐看了看他們父女，張著嘴，說不出話來。他居然動了心，倒彷彿大赤包是萬萬死不得的。

「大哥！大哥！」瑞豐含著淚勸慰：「別太傷心！別——」他的話噎在了喉中，眼淚流了下來。

曉荷把手放下來。「我並沒哭！哭不得！現在哭不得！想想看，自從她下獄，街坊四鄰就都對我翻白眼；他們要是知道了冠所長死了，不就更小看我，說不定還許啐我兩口嗎？我不哭，我傷心我知道，可是不能教街坊們聽見，得意！」

「大哥！」瑞豐急忙把落錯了的淚擦去，而改為含笑：「大哥，你見得對，高明！」

曉荷長嘆了一聲，淒婉的問高第：「你怎麼知道的呢？」「招弟告訴我的！」

兩個人一齊跳起來，一齊問：「招弟？招弟？」

高第真想扯他們一頓嘴巴子，但是她必須按照錢先生的囑咐行事，她納住了氣：「她當了特務！」

「真的？」瑞豐狂喜的說：「喝！謝天謝地！二小姐是真有兩下子，真有兩下子，我佩服，五體投地的佩服！」「高第！」曉荷高聲的叫：「我們可以放聲的哭了！教街坊們聽一聽！哼，我死了作所長的太太，可又有了作特務的女兒！他們敢再向我翻白眼，我教招弟馬上抓他們下獄！來，我們哭！」說罷，他高聲的哭叫起來。

高第氣得又顫抖起來，獨自坐在外間屋裡。瑞豐不好意思也放聲哭大赤包，只好落著淚用手輕輕捶曉荷的背，一邊捶一邊勸慰：「大哥！大哥！少慟吧！按說，二小姐既作了特務，我們應當慶賀一番；這麼哭天慟地的，萬一衝了喜反倒不美！」

曉荷好容易才止住悲聲，大口的啐著黏水，而後告訴高第：「找點黑布，咱們得給她掛孝！」

高第沒有動，依然坐在那裡生氣。曉荷自己在屋中搜尋了一回，找不到任何布條。這使他有點掛氣：「混得連塊黑布也沒有了！他媽的！」

「別忙呀，二小姐一立了功，大捧的鈔票不是又塞鼓了你的口袋？」瑞豐眉飛色舞的說。

曉荷走到外間屋來，問高第：「你在哪裡看見她的？」「前門車站！」

「前門車站！」瑞豐也跟出來，點頭讚歎。

「她穿著什麼？」

「像個鄉下丫頭。」

「化裝！化裝！」瑞豐給下了註解。

「瑞豐，」曉荷拉住瑞豐的胳臂：「走，跟我找她去！」

「走！見著二小姐，咱們先要過點錢來，痛痛快快的喝兩杯，慶賀她的成功！有這麼一說沒有？」瑞豐不願白跑一趟，所以先用話扣住曉荷。

「有這麼一說，走！」

到了車站，二人撲了個空。招弟已離開了那裡。「大哥，交給我好啦，我去打聽她在哪裡。我有特務上的朋友，一定能打聽得到！你先回家，咱們家裡見！」瑞豐橫打鼻梁的說。

「好，就那麼辦！我再在這兒等一會兒，家裡見！」

在車站上又等了一個多鐘頭，曉荷還是沒遇見招弟。他回了家。

一進小羊圈，迎頭他碰見了李四爺。他趕緊縱上鼻，濕著眼，報告大赤包「過去了」。而後，他起誓，必須找到她的屍身，給她個全份執事，六十四人槓的發送。「好啦，四爺，聽我的招呼，領槓是你的事！這一定能作到，你看，招弟又在日本人手下成了個人物！」

李四爺只隨便的哼了兩聲，便搭訕著走開。

走到大槐樹下面，曉荷又遇了孫七，他揚眉吐氣的告訴孫七：「來，給我刮刮臉！你的別的手藝不行，刮臉總可以對付了！」

孫七毫不客氣的說：「忙，沒有工夫！」

「喝，好大的架子！」曉荷撇著嘴說：「趕早兒別跟我這麼勁兒味兒的！告訴你，招弟，二小姐，作了特務！」孫七沒再出聲，眨巴著近視眼走開。

曉荷多走出幾步路，去訪問白巡長，告訴他：「里長還得由我擔任喲！招弟，我們的二小姐，現在作了官，比你的官職還大那麼一點！」

在過去的幾個月裡，因為高第的關係，大家似乎已忘了曉荷的討厭與可惡。大家，一方面看在高第的面上，一方面看曉荷缺衣缺食的，都不便死打落水狗。這點成績，一天的工夫被曉荷破壞無遺。

第二天，冠家門上的封條被扯掉，搬來七八口子日本人。全胡同的人都把頭低下去。這麼小的一條胡同，倒有兩個院子被日本人佔據住，大家感到精神上的負擔實在太重。因為討厭日本人，他們也就更恨冠曉荷：假若，他們想，不是冠曉荷出賣了錢先生，假若大赤包沒有作出抄家的事情來，日本人怎會想起這條不起眼的小胡同呢？

曉荷可是另有一個看法，他對鄰居們解釋：「咱們必要看清楚，東洋人跟咱們是一家人。那是我的房子，我能不心疼嗎？當然心疼！可是，話得從兩面說，招弟現在作著他們的事，而他們又住著我的房子，這不是越來越親熱，越有交情嗎？一定！」

除了這樣聲明，他還每見到新搬來的日本男女，都深深的鞠躬，趕上去搭訕著說幾句話，並且報告一點房子的歷史：「這所房子是我——等我想一想啊——前六年翻修過的，磚瓦木料全骨力硬棒！下多大的雨，絕對，絕對不漏！就是呀，夏天稍微熱一點，必須嗎，請記住，搭個涼棚！搭上棚，地上再灑點水，我告訴您，就甭提多麼舒服啦！」

瑞豐跑了一天，沒打聽到招弟的下落。他非常的著急。見到曉荷，他保證第二天再去打聽，必定能打聽出她的下落。曉荷拿出老太爺的勁兒來：「好啦，瑞豐，你就多偏勞吧！你去跑跑，就省得我奔馳了！」

在他想：招弟反正是他的女兒，早找到一天呢更好，遲兩天呢也沒多大關係；她還不會因為延遲兩天而另找個爸爸。他沉住了氣，感到萬分的得意，好像女兒被選作皇后，而自己可以不費任何事的作了宰相。他不願再去跑腿，而要靜候聖旨來到。他得意，越細咂摸，他越相信自己以前的所作所為都完全順情合理，所以老天有眼，才使他絕處逢生，生生不已！

瑞豐可是比曉荷還更急切。他有他的盤算：假若他能找到招弟，說不定她也能把他介紹進去，他確信作特務是發財的最好的捷徑。即使他進不去，那麼，憑他為冠家奔走的功勞，大概也可受之無愧的白吃白喝冠家一些日子；他是冠家的「患難朋友」啊！

招弟很得意。能毫不留情的截阻回姐姐，她相信了自己的本領。她決定要在車站上作出幾件出手的事來，以便快快的高昇一步，好能穿上漂亮的衣服，抹上口紅，把浪漫與殺人聯繫到一處。隨著這個決定，她在兩個星期裡拿了八個青年。在這幾個人中，只有一個確有間諜的嫌疑，其餘的都是老實規矩的旅客。她不管什麼間諜，還是旅客，她只求立功。她知道，日本人並不因為她錯拿了人而見怪她，因為他們喜歡多有些青年來嘗試他們的毒刑與殘暴。

她的眼還是那麼美，可是增加了一點光兒，一種浮動的，厲害的，光兒。帶著這點光兒去看人，她好像看見誰都要馬上愛上他；同時，又好似並沒十分看清楚他，即使他馬上掉了腦袋，她也毫不關心。這點光兒像是一片蛛網，要捉住一切蜂蝶，而後把牠們殺掉！

她的笑已失去從前的天真，而變成忽發忽止的一點「作派」。她忽然的笑了，從唇上，臉上，以及身上，發出一股春風，使人心蕩漾；忽然的，她停止了笑，全身像電流忽然停頓，使人們失去燈光，而看到黑暗與恐怖。

她的身體雖然還是那麼小，而失去了以前的玲瓏。她還時時刻刻的意識到自己的美麗，即使在扮作鄉下丫頭的時候，也還一會兒看看自己的腳，一會兒用手掌輕輕拍一拍頭髮。可是，有時候她似乎忘了自己的嬌美，而把腿伸出去老遠，或忘了繫一兩個鈕釦，好像要把肉體施捨給全世界似的。

在捉過八個人以後，她已獲得日本人的歡心。她覺得自己的確有本領，有膽氣，真不愧為大赤包的女兒！過了幾天，她那個受訓的地方開慶祝成立三週年紀念會。招弟得到個好機會。在遊藝會上，她扮唱了前次未能唱成，而且惹起禍來的《紅鸞禧》。她的嗓子並不比以前好，可是作派十分的老到。她已不怯場，而且深知道必須捉到這個機會，出一出風頭。她把那浮動的眼光由心裡加勁的提出來，掃射著台下的日本人。她把已不甚玲瓏的肢體調動得極肉感，醜惡。她沒按照著規矩去作戲，而是儘量施展肉感。台下的日本人都發了狂。

這一場戲，使她壓倒了一切的女同事。她希望不久便可以得到好的遣派，能穿上好衣服與高跟鞋。她希望一〇九號不久便變成日本人心中的一個有強烈色彩的數字。

可是她的住處被瑞豐設盡了方法打聽到。瑞豐和曉荷像一對探險家似的，興高采烈的來到東城根。門兒關得嚴嚴的，他們倆不敢去叫門，而恭恭敬敬的立候招弟出來。守門的在門內，早已由門縫看清楚他們。他們等了有二十多分鐘，沒有一個人出來。曉荷決定去叫門。他以為自己既是招弟的父親，他必能受一番招待，不管招弟現在在這裡與否。他還沒把手放在門上，門開了一點。守門的，一個中國青年，低聲的問：「幹什麼？」

「找小女招弟！」曉荷裝出極文雅的樣子說。

「趕緊走！別惹麻煩！」守門的青年說。「我看你歲數不小了，不便去報告；你知道，在這裡東張西望都有罪過！」

「行個方便，給我通報一聲；冠招弟，她是我的女兒，我來看看她！」

守門的青年急了。「我是好意，告訴你趕緊走開？你要不信，我就進去報告，起碼他們圈禁你半年！誰告訴你的，她在這裡！」

曉荷趕緊指了指瑞豐：「他！」

「走！走！」青年急切的說。

曉荷和瑞豐不肯走，他們既找對了地方，怎能不見到招弟就輕易的走開呢！？

正在這個時候由裡面出來一個日本人。曉荷急忙調動兩腳，要給日本人行九十度的鞠躬禮，守門的青年已經把手槍掏出來：「別動！」

瑞豐要跑，青年又喊了聲：「別動！」

日本人一點頭，青年用槍比著他們倆，教他們進去。曉荷在邁步之前，到底給日本人鞠了一個深躬。瑞豐的小乾臉上已嚇得沒了血色。

到了裏邊，日本人問了守門的青年幾句話，一轉眼珠，馬上看到一個極大的陰謀。他是征服者，征服者的神經不安使他見神見鬼。他首先追究，他們怎麼知道招弟在這裡。曉荷把這個完全推到瑞豐的身上。瑞豐很想掩護告訴他招弟的地址的那位特務，可是兩個嘴巴打在他的乾臉上，他吐了實話。日本人聽到瑞豐的話，馬上推想到：「中國的特務已經不十分可靠，應當馬上大檢舉，否則日本特務機關將要崩潰！」

瑞豐怕再挨打，不等問便連忙把他平日所認識的特務都說了出來。日本人的心中看見了：裡應外合，中國的地下工作者與在日本特務機關作事的中國人，將要有個極大的暴動！

他追問瑞豐為什麼交結特務？瑞豐回答：「我願意當特務！」這是個很好的回答，可是並沒有能減少日本人的疑心。為報復曉荷把狗屎堆在他的身上，教他挨了嘴巴，他告訴日本人：「是他先知道招弟作了特務，所以我才去打聽她的下落。」

日本人問曉荷怎麼知道招弟作了特務，曉荷決定不等掌嘴，馬上把高第攀扯出來。

日本人忙起來，把曉荷與瑞豐囚起之後，馬上把瑞豐提到的那些特務，一齊圈入暗室，聽候審訊。

第七十二章　一家人到底是一家人

到晚間十點鐘了，曉荷還沒有回來，高第心中打開了鼓。最初，她感到歡喜，假若曉荷和瑞豐都被日本人扣下，招弟也就得受懲戒。那麼，錢先生的妙計豈不是成了功？可是再一想，假若他們真被扣下，日本人也一定不會輕易放過祁家和她自己！她有點發慌。她決定先去警告祁家一下。韻梅也正在等著瑞豐。

高第把來意說明，韻梅把瑞宣叫了起來。瑞宣聽罷高第的話，馬上去把祖父與母親都叫了起來；他知道，假使日本人真來調查，他們必分別的審問祁家的每一個人，大家的話若是說得不一致，就必有危險。

高第把話又說了一遍，祁老人與天祐太太都一聲沒出。瑞宣首先提議：「我們就是受刑，也不能說出錢先生來！是不是？」

祁老人點了點頭。

「日本人問到老二，我們怎麼回答呢？」瑞宣問。

「實話實說！」天祐太太低聲而堅決的說。

「對！實話實說！」祁老人的小眼睛盯住了自己的磕膝說。「他的年紀，他的為人，他的履歷，跟他願意去當特務，都照實的說，不必造假！我們說實話，信不信全在日本人！殺剮存留，任憑他們，反正我們說的是真話！」老人把頭抬起來，小眼睛看著大家。「實話，還要硬說！我活了快八十歲了，永遠屈己下人，先磕頭，後張嘴；現在，我明白了，磕頭說好話並不見得準有好處！硬著點！」說完，老人的手可是顫起來。

「我呢？大哥！也實話實說？」高第問瑞宣。

「除了遇見錢先生的那一點，都有什麼說什麼！他會教招弟跟你對證！」瑞宣告訴她。

「那麼，我大概得下獄！」

「怎麼？」韻梅問了一聲。

「我為什麼要離開北平？我不能自圓其說！」

「還是實話實說！」祁老人像發了怒，聲音相當的大。「咱們的命都在人家手裡攥著呢，幹嗎再多饒一面，說假話呢！」

高第沉默了半天，才說：「好吧，我等著他們就是了！」

瑞宣把她送回去。他還要囑咐她許多話，可是一句也沒說出來。

一夜，祁家的人誰也沒睡好。不錯，幾年的苦難把他們都熬煉得堅硬了一些，可是他們到底是北平人，沒法子不顧慮，恐慌。

果然不出高第所料，約摸著大概剛剛五點鐘吧，小羊圈來了一卡車日本人。胡同口，大槐樹下，都設了臨時的崗位，倒彷彿胡同裡有一連游擊隊似的。

三個進了六號，五個進了祁家。

祁老人有了雙重的準備——幾年的折磨與昨晚的會商——決定硬碰硬的對付日本人。他的眼直看著他們，語聲相當的高，表示出他已不再客氣謙恭；客氣謙恭並沒救了天祐、小文、小崔們的命。

四個人在四處分頭審問瑞宣、韻梅、天祐太太，和祁老人。這樣審問後，他們比較了一下他們的紀錄，而後把大家集合在一處，從頭兒考問。祁老人的眼神告訴了瑞宣們，他自己願意作代言人。日本人問一句，老人毫不遲疑的回答一句。日本人問到：「你們知道他願意作特務？」

「知道！」祁老人回答。

「為什麼他要去當特務？」

「因為他沒出息！」

「怎麼？」

「甘心去作傷天害理的事，還不是沒出息？」

天祐太太和韻梅聽老人這樣回答，都攥著一把汗。可是，日本人的態度彷彿倒軟和了一點。

他們都看著祁老人，半天沒再問什麼。老人的白髮，高身量，與鐵硬的言語，好像有一種不可侵犯的尊嚴，使他們不好再開口。

兩個日本人嘀咕了幾句，其中的一個匆忙的走出去。不大的工夫，他走回來，帶著一號的日本老太婆。瑞宣心裡亮了一下，他就疑心她，所以每次她用話探他，他老留著神，不肯向她多說多道。可是，不久，他發現了自己的錯誤。

日本人逐一的指著祁家的人，問老太婆幾句話，老太婆必恭必敬的作簡單的回答。雖然他們說的是日本話，瑞宣聽不懂，可是由老太婆的神氣，與他們的反應，他看清楚，她是給祁家的人說好話呢。

問完了老太婆，他們又盤問了瑞宣幾句。他回答的和他們已記錄下的完全一致。他們無可奈何的往外走。老太婆極恭敬的跟在他們的後面，僅在到了院中，她才抓著機會看了瑞宣一眼，微微的一點頭。瑞宣明白她的意思，也只微一點頭，而沒敢說什麼。

日本人走後，祁老人彷彿後怕起來，坐在炕沿上，兩手發顫。

韻梅為安慰老人，勉強笑著說：「這大概就沒事了吧？」

老人楞了半天才說出來：「讓他們再來！反正我已經活夠了，幹嗎還怕死呢！教他們再來，我等著他們的！」又楞了一會兒，他搖著頭說：「一個人沒出息呀，能鬧得雞犬不安！我、你、大家，都錯了，都不該那麼善待老二！」

「雖然這麼說呀，一家人到底是一家人，難道因為他沒出息，就不要他了嗎？」韻梅還勉強笑著說。「不信，他明天出了獄，回來，咱們還不是得給他飯吃！」

老人沒再說什麼，歪在了炕上。

高第被日本人帶走。她回答不出為什麼要離開北平，為什麼要走而不辦出境的手續。跟著他們走，她的心反倒安靜下來。她對自己說：「既逃不出北平去，不下獄也等於下獄；那麼，到獄裡去彷彿倒更妥當一點。假若日本人強迫我作特務，我，我便點頭——給錢先生作點事！他們要殺我呢，也好；反正活著也是受罪！」這麼想好，她不單鎮定，而且幾乎有點快活。

來到獄中，日本人馬上教她和招弟對質，她們所說的完全與以前的口供相合。而後，他們把姊妹倆帶到前門車站去表演上次相遇的情形，她們幾乎連一步都沒走錯，通通與口供相符。車站相遇這一場算是毫無破綻。

可是，他們不能釋放了高第，因為她還沒解釋清楚她為什麼要逃出北平，他們以為那絕對不能出於她的自動，而一定有什麼背景——比如：城外有什麼秘密的機關，專招收北平的青年。他們，所以，必須關起她來。慢慢的，細細的，把那個背景審問出來。

假若因為一兩個人的無聊，也能造成一段殺人流血的歷史，這回事便是個好的例證。北平的日本特務機關舉行了整飭風紀運動，要徹底肅清不可靠的中國人。曉荷與瑞豐一點也不知道他們的無聊無恥會發生這麼大的作用，可是多少個青年的鮮血都因此而流在暗室裡！凡是瑞豐所供出的特務，都人不知鬼不覺的喪了命。而後，特務與特務之間又乘此機會互相檢舉，傾軋，於是有一大批人被囚在暗室裡。

招弟，在和姐姐對質後，仍然被禁在暗室。她解釋得很好：「我教高第回家，不是私自放了她，而是想也把她介紹進來，作特務。」可是，日本人不接受這個解釋。他們以為她應當馬上向上方報告，不應私自拿主意，放高第回家。假若高第沒有回家，而從別處跑出北平去呢，怎麼辦？招弟無言答對。

最難以處置的倒是曉荷與瑞豐。日本人調查他們倆的過去經歷，他們倆，一點不錯，是百分之百的順民。日本人特由天津調來兩位有權威的「支那通」，教他們鑒定這兩個活寶。結果是：在相貌、言談舉止、嗜好、志願、心理，各項中，曉荷的平均分數是九十八；瑞豐稍差一點，九十二！據兩位支那通說：能得到平均分數八十分的就可以作第一等的順民；曉荷與瑞豐應當是超等！

日本人是崇拜權威的，按照兩位支那通的報告，他們理應馬上重用曉荷與瑞豐。可是，他們到底還有點不放心，只好再細細的調查。他們每天要審問曉荷與瑞豐三次；越審問，他們越覺得他們倆可愛，可也越有點摸不清頭腦。

曉荷的鞠躬，說話（模仿著日本人說中國話的語調與用字），與種種小身段，使日本人驚異：他們佔領了北平才這麼三四年，會居然產生了這樣的中日合璧的人物。他們問他：「大赤包死在獄裡，你有沒有一點反感？」他的回答是那麼自然，天真，使日本人不知怎辦才好。他深深鞠了一躬說：「你們給我個官兒作呢，就是把大赤包的骨頭挖出來，再鞭打一頓，我也不動心；有了官兒作，我會再娶個頂漂亮的，年輕的，太太！你們要是不給我事情作呢，沒辦法，我總得想念大赤包！」

「你要作什麼官呢？」他們問。

「越大越好，不管什麼官！」

他們彼此相視，誰也沒辦法。他們喜歡漢奸，也卑視漢奸，他們可是不知是喜愛曉荷好，還是卑視他好！他幾乎是個超人，弄得日本人沒了辦法。他們提審瑞豐：「你願意幹什麼？」

「我？」瑞豐摸著小乾臉，說：「願意當特務。」

「為什麼？」

「好弄錢！」

是的，瑞豐的言談、風度，的確沒有曉荷的那麼成熟、得體。可是，他的天真與爽直，也使日本人受了感動。說真的，日本人來侵略中國，哪一個不是為弄錢呢？他們沒法再抬起手來掌瑞豐的嘴！他也是一個什麼超人！

為試探他，他們答應下教他作特務。他噎了好幾口氣才說出來：「那好極了！」

回到獄室，他歡喜得似乎發了狂。見著給他送飯的，和從門外走過的，他都眉飛色舞的告訴他們：「看見過這種事兒沒有？我進來坐獄，一共只挨過兩個嘴巴，猛孤丁的，大變戲法，我當上了特務！我，嘁，嗯，有點福分！等著瞧吧，從這兒一出去，腰裡掖著手槍，喝，鈔票塞滿了口袋喲！」

日本人們只能乾嚥唾沫，想不出主意，如何處置他。他們不能再給他施刑，那對不起兩位支那通的報告。他們不能真用他作特務，因為他的嘴是一座小廣播電台。他們囚著他，光多費一些飯食；放了他，又不大妥當。

於是，曉荷與瑞豐便平安無事的在獄裡度著他們的無聊的生活。山洪巨浪衝破了石堤，毀滅了村莊，淹死了牛馬，拔出了老樹，而不能打碎了一點渣滓！

第七十三章　風暴裡的燈塔

當大赤包入獄的時候，歐洲的大戰已經開始。北平的報紙，都顯出啼笑皆非，不知怎樣報導西方的血光炮影才好。看到德軍的所向無敵，日本人與漢奸們都感到狂喜，願意用最大的鉛字，替戰魔宣傳。可是，德軍的閃電襲擊與勝利，又恰好使日本人自愧無能，沒有一下子滅亡了中國的本事。他們不能不替德國作宣傳，又似乎不好意思給別人搖旗吶喊，而減低了自家的威風。

北平的一般人，可是，並沒怎麼十分注意這些事。他們聽慣了謠言，所以不輕易相信偽報紙的消息。再說，假若他們相信了那些消息，他們便沒有了希望：德國征服了歐洲，日本人征服了亞洲，他們自然就永遠為奴，沒有翻身之日。為給自己一點希望，他們把那些消息當作了謠言。這就是說，他們不相信德國能征服歐洲，也不相信日本人能滅亡了中國。

還有，他們的切身的問題，也使他們無暇去高瞻遠矚的去關心與分析世界問題。他們須活著。可是，他們沒有了煤，沒有了糧。他們自己的肚子的饑鳴，與兒女們的悲啼，比一切都更重要，都須最先解決。饑與寒是世界上最大的事，因為它們的後面緊隨著死亡。

德軍攻下華沙，德軍佔領丹麥，英法軍失敗——消息一串串的傳來，彷彿戰神，和大赤包一樣，已經發了瘋。但是，北平人們的眼卻看著四處的麥秋。他們切盼有個好的收成，可以吃到新的麵粉。

華北的新麥收下來了，可是北平人不單沒見到新麥，也看不見了一切雜糧。

日本人一道命令，北平所有的麵粉廠與米廠都停了工，大小的糧店都停止交易。存糧一律交出，新糧候命領取。麵粉廠的機器停止了活動，糧店的大橢圓形的筐籮都底兒朝天放起來。北平變成了無糧的城。

天津、石家莊、保定，卻建立了極大的糧庫，囤積起糧食，作長期戰爭的準備。

小羊圈裡最有辦法的人，李四大爺，竟自沒有了辦法。在幾十年的憂患中，不管是總統代替了皇帝，還是由洋人或軍閥佔領了北平，他始終能由一個什麼隙縫中找到糧食；不單為自己充飢，也儘可能的幫助別人。今天，他沒有了辦法。他親自去看過了：麵粉廠裡已鴉雀無聲，糧店的大笸籮底子朝了天，打燒餅的熄了灶，賣餛飩與麵條的歇了工。平日，他老把壞消息報告給鄰居們，不是要使大家心中不安，而是為教大家有個準備。今天，他低著頭回了家，沒敢警告街坊四鄰，因為他只看到了患難，而毫無幫助大家的辦法。日本人使老者的智慧與善心都化為無用。

祁老人發了脾氣。聽到斷糧的消息，他親自去檢看米缸與麵罈子。他希望看到有三個月的存糧——他的一成不變的預防危患的辦法。可是，他發現罈子與缸中的東西只夠再吃十來天的。他冒了火，責備韻梅為什麼不遵行他的老規矩。韻梅有可以為自己辯護的理由：糧食早已一天比一天貴，一天比一天更難買到，她沒有那麼多的錢，也沒有那麼大的本事，去購買存糧。可是，她不便向老人聲辯。她是舊式的賢婦，不肯為洗刷自己，而招老人更生氣。

天祐太太知道其中的底細，知道老人冤屈了韻梅。可是她也沒敢出聲。她只想起丈夫的慘死，而咒詛自己：「我沒有一點用處，為什麼不教我死了呢，也好給大家省一口糧啊！」

連小順兒和妞子似乎都感到了大難臨頭。他們隨著老人去看罈子與缸，而後跑到棗樹下低聲的嘀咕：「沒了糧！沒了糧！」

孫七因在糧店作活，打聽到更多的消息，也就更恐慌。他打聽明白：以後每家糧店都沒有了自由交易，而改為向日本人領取雜糧，領到多少，便磨多少麵粉，而後以一定的價錢，與規定的時間，憑糧證賣給住戶們。這樣，糧店已不是作生意，而是替日本人作分配糧食的義務機關。這樣，除了領到糧的時候，糧店的人們便沒有任何事可作，所以每家都須裁人；有十個夥計的，只留下一兩個便夠用了。聽到這個，孫七的心涼了半截！別的鋪戶已經都裁過人了，現在又添上了糧店。他怎麼活下去呢？鋪戶越多裁人，他的生意就越少啊！

回到家中，他想痛痛快快的對程長順發發牢騷，大罵日本人一頓。可是，他沒敢扯著嗓子亂罵，他曉得對門有兩家日本人。他擠咕著近視眼，低聲的咒詛，希望既不至於被日本人們聽見，又能得到長順的同情。

可是，長順已結了婚，而且不久就可以作父親，（太太已有了孕）已經不像先前那麼愛生氣，愛管閒事，和愛說話了。他還是恨日本人，真的，但是不像從前那樣一提日本人便咬牙，便想逃出北平去當兵了。現在，他似乎把養活外婆與妻子當作第一件事，而把國家大事放在其次了。有時候，他甚至須故意忘記了日本人，才好婆婆媽媽的由日常生活中找到一點生趣。

在作完了那一批爛紙破布的軍服以後，他摸清了點「小市」上的規矩與情形，於是就拿丁約翰分給他的一點錢作資本，置辦了一副挑擔，變成個「打鼓兒的」。

這個生意不大好作。

第一，打鼓兒的必須有眼睛；看見一件東西，要馬上能斷定它的好壞，與有沒有出路。有眼睛的，能買到「俏」——也許用爛紙的價錢買到善本的圖書，或用破銅的價錢買到個古銅器。反之，沒眼睛的，便只能買到目所共睹的東西，當然也就沒有俏頭。

第二，必須極留神。萬一因貪利而買到賊贓，就馬上有吃官司的可能；巡警與偵探專會由打鼓兒的手中起贓，而法律上並不保護他們——拿不到犯人，便扣起打鼓兒的來。這在以前是如此，在日本人的統治下更是如此。

第三，必須心狠。打鼓兒的與放賬的一樣，都是吃窮人的。賣東西的越急於用錢，打鼓兒的便越咬牙出價。用最低的價錢買入，以最高的價錢賣出，是每個打鼓兒的所必遵行的；沒有狠心趁早兒不用幹這一行。

第四，必須吃苦受累。每天，要很早的起來，去趕早市。然後，挑著擔子去串小胡同，敲打著小鼓喚醒窮人的注意。走許多條胡同，也許只作一號生意，也許完全落了空；但是，腿腳不動，買賣不來，絕對不能偷懶。

在選擇這個營業的時候，外婆與長順很費了一番思索與計議。長順知道自己沒有什麼眼力。他只認識破布爛紙，而打鼓兒的須能鑒定一切。其次，他曉得自己的心不狠毒；他自己是窮人，不能去實行「不殺窮人沒飯吃」的理論。可是，他也看出來，經驗不是由一天得來的，老不敢去試一試，他便永遠得不到它。

況且，他的確知道自己不怕跑腿受累。過去的沿街叫唱留聲機，與趕早市收買破爛，都是跑腿的事情，他願繼續這麼辦。再說，儘管天天要跑路，可是遊遊蕩蕩的，也自有它的自由。腿是自己的，願往哪裡去，便往哪裡去；願幾時出發或停止，便幾時出發或停止。他有完全的自由。這個，恐怕就是這營業的最大的誘惑力。

至於自己的心不毒辣，他以為，倒不算一件要緊的事。他願意公平交易。能公平，生意必多，他還能掙上飯吃。

外婆最不放心的是怕長順買了賊贓，吃上罣誤官司。長順立誓不貪便宜，一定極留神——他會把賣東西的人的相貌、年紀、地點，都用個小紙本記下來，以便有根可尋；即使不幸真買到贓物，也不至於吃官司。

他置備了挑擔與小鼓。

最初，他只買舊報紙與舊瓶子什麼的，這些幾乎都有一定的價錢，他不會吃虧。拿到市上去賣，這些東西也有定價；賺的不多，可是有一定的賺頭。他須賣相當大的力氣，挑來挑去這些破爛而沉重的東西，他可是不敢惜力：他已是個有了家室的人，必須負責養活他的老婆。

小崔太太（現在是小程太太了），在馬老太太的手下，比從前乾淨俐落了許多。她好像說不上來，喜歡長順不喜歡，而只覺得應當盡力討馬外婆的歡心，好好的過日子。她現在有了吃穿，有了住處。無論她喜歡長順與否，她也得打起精神去操作。沒有這次再嫁，她知道，她會流落成乞丐或妓女。自然，她還沒忘了再嫁的難堪與慚愧，特別是她天天須看到一位守節多年的馬外婆；可是，「不得已」能原諒一切，她有什麼更好的辦法呢？她也沒能忘了小崔，到了他的生日祭日，或他們結婚的日子，她不敢明言，卻暗中落淚。她特別怕聽「日本人」三個字，每逢聽到，她的眼就發直，忽然的楞起來！

程長順看出來這些，而決定一言不發。他知道他必須賣力氣，多掙錢，能使她吃得好一點，穿得好一點，她就必能滿意，漸漸的忘了小崔。同時，他不敢再當著她講論日本人，甚至於連「東洋」兩個字也不提。

由買賣舊紙破瓶子，他慢慢的放膽收買舊衣服破鞋。他看見了別人用極低的價錢能買到一套沙發，或一套講究的桌椅。他可不敢去買，即使他得到機會。他知道現在的北平，能穿能用的舊東西比沙發和好木器更有用處與出路。

可是，他所知道的，別人也知道。自從他作了打鼓兒的，這一行人忽然增加了一兩倍。大家都看出來：北平是越來越窮了，人們也越會賣東西，和買東西——賣了頂好的，買次好的；賣了次好的，買不甚好的；賣了不甚好的，買壞的——同行的一多，勢必發生競爭。他所願買入的，也是別人願弄到手的。他不得不多出價錢，多出便少賺。他又想出辦法來。他請求外婆與太太幫他的忙，把收進的東西該洗刷的由她們加以洗刷，該縫補的縫補齊整。雖然她們不能整舊如新，可究竟能使破爛的東西稍微改觀，也就可以多賣幾個錢。這樣，外婆與太太也就有了事作。

在破舊的衣裳鞋帽而外，銅鐵鉛錫都最值錢。日本人除了教北平人按月獻銅獻鐵之外，還到處去收買它們；只要能買到，就不怕沒有出路。長順可是不肯買賣銅鐵。他知道他自己不買，別人還是照樣的收進來，而後轉賣給日本人。但是，他下了決心不動銅鐵，為是證明自己還有點良心，不肯替日本人蒐集作砲彈——打中國人的砲彈——的原料。

自從他選取了這行營業，他就有心閉上眼瞎混，不關心別的，而只求使一家三口凍不著，餓不著。可是，一天到晚穿大街過小巷，他好像不知不覺的把手指按在了北平的腕脈上。他看出來：破衣服值錢，因為日本人統制了棉紗；一塊破鐵也有價值，因為日本人搜刮廢鐵。同時，他也看出：北平的中等人家已多數保持不住「中等」，因為他們已開始賣東西；而窮苦人家已降落到無衣無食。有時候，他接過來一件女短襖或小衣服，還滾熱的呢——剛剛由女人或小兒身上脫下來！他還咬著牙問價還價，可是心中真想哭。他不由的多添了錢，忘了他是作生意呢！買成或沒買成這樣的一件衣服之後，他會挑著擔子走出老遠，迷迷糊糊的忘記敲打手中的小鼓！他知道北平是「完」了！

從一個老人手中，他買了一根烏木桿，白銅嘴的長煙管。過了好幾天沒能把它賣出去，他留著自用了。他是要強的，不肯染上任何嗜好。可是，他需要吸口煙。在街上看見傷心的事，他便找個樹蔭或僻靜的地方，放下擔子，裝上一袋煙，輕輕的吧唧著。看著藍煙是在面前旋動，他心中安恬了一些。

回來家中，他不是忙著幫助外婆與妻子洗刷修整那些破東西，便是坐在屋外台階上吸一兩袋煙。從眼角偷偷的看一看她們，他心裡說：「我心中有許多事，可是不便告訴你們！」

他把自己的破留聲機與古老的唱片挑出去不知多少次，始終沒賣出去。他可也不再去上弦，唱給自己聽，偶爾的，因為買到一點俏貨，心中一高興，他不知不覺的哼出一兩句二簧來。可是，一聽到自己的聲音，馬上就閉上嘴。他喜歡唱戲，但是嗓子一動，他就不由的想起小文夫婦來！是的，他想一心一意的作生意，忘了國事，忘了日本人；可是，日本人，像些鬼似的，老跟隨著他！

孫七的愛說愛道，已引不起長順的高興答辯。孫七拉不斷扯不斷的說，長順只縮著脖子吸葉子煙，一語不發。等到孫七問急了他，他才嗚囔著鼻子說：「誰知道！」

今天，他又用這三個字答了孫七對絕糧的憂慮。孫七幾乎要發脾氣了：「你簡直變成了小老人啦！」

長順沒心思拌嘴，輕輕在階石上磕了磕煙鍋子，走進屋中去。

自從他作了買賣破爛的，長順就不再找瑞宣去談天。見到瑞宣，他總搭訕著嗚囔兩聲，便很快的躲開。他，在瑞宣面前，總想起二三年前的自己。那時候，他有勇氣與熱心，雖然沒有作出什麼驚人的事，可是到底有點人味兒。他沒臉再和瑞宣談話。

瑞宣，自從父親被逼死，便已想到遲早北平會有人造的饑荒！日本人既施行棉紗與許多別的物品的統制，就一定不會單單忘記了統制糧食。雖然有這點先見之明，他可是毫無準備。一來是他沒有富餘的錢去存糧，二來是他和多數的文人相似，只會憂慮，而不大會想實際的辦法。

由日本人在天津與英國人的搗亂，由歐洲大戰的爆發，他也看出來日本人可能的突擊英國在東方的軍事據點與要塞。假若這將成為事實，日本人就必須拚命的搜刮物資與食糧，準備擴大戰爭。

他屢次想和富善先生說這件事，可是老人總設法閃躲著他。老人知道瑞宣所知道的一切，明知情形不妙，可是還強要相信日本人不敢向英帝國挑戰。他最高興和人家辯論，現在卻緘默無言了。他為中國人著急，也為英國人著急。但是，他又以為英國到底是英國，不能與中國相提並論，不肯承認中國與英國一同立在危險的地位。

見老人不高興談話，瑞宣想專心的作事，好截住心中的憂慮。可是，他的注意力不能集中。一會兒，他想起歐洲的戰事，而推測到慢慢的全世界會分為兩大營陣，中國就有了助援與勝利的希望。一會兒，他想像到祖父、母親、與兒女，將要挨餓的慘狀。這樣的一憂一喜，使他感到焦躁。

長順不敢招呼他，他也不敢招呼長順。他覺得自己一點也不比長順高明。他們倆似乎都已變為老人，身體還未衰老，而心已不會發出青春之花的香味。

小順兒已到了上學的年歲。瑞宣決定不教他去入學——他的兒子不能去受奴隸教育。天祐太太與韻梅都反對這個辦法，瑞宣可是很堅決，倒好像不教兒子去受奴化教育是他的抗日最後的一道防線！

不久，他開始笑自己：「要用個小娃娃去擋住侵略嗎？去洗刷一家人的苟延殘喘的恥辱嗎？」可是，他依然不肯改變主張。每天一得空，他便親自教小順兒識字，認數目。在這以外，他還對孩子詳細的講述中國的歷史與文化。他明知道，這不大合教育原理，可是，這似乎是他最高興作的事。在這麼講論的時候，他能暫時忘了眼前的危亡與恥辱，而看見個光華燦爛，到處是周銅漢瓦，唐詩晉字，與梅嶺荷塘的中華。同時，他也忘了自己的因循苟安，而想到小順兒的將來——一個最有希望與光明的將來！

為省燈油，韻梅總在白天抓著工夫作活，晚上很早的就睡，不必點燈。就是點上燈，燈頭也捻得很小。為教小順兒讀書，瑞宣狠心的把燈頭捻大！不，他不能為省一點油而耽誤了孩子的教育！屋中的這點燈光，彷彿是亡城中的唯一的光明，是風暴裡的燈塔！

冷天，他把小順兒的小手放在自己的袖口裡，面對面的給講古說今。講著講著，小順兒打了盹。他無可如何的把孩子放到床上去。熱天，父子會坐在院中用功。這時候，小妞子也往往裝模作樣的坐下聽講。小順兒若提出抗議：「妞妞，你聽不懂！」瑞宣溫和的說：「教她聽聽，她會懂的！」

在最近兩天，正在這麼講說，忽然想起目前的人造饑荒，瑞宣渾身忽然的一冷。他看見了個將要餓死的小兒，樣子還像小順兒，可是瘦得只剩了一層皮！他講不下去了。「小順兒，睡覺去吧！」他知道，這點教育救不了小順兒，而更恨自己的無能與可笑。

因此，他可也就更愛小順兒。小順兒是他的希望，小順兒將要作出他所未能作到的一切，小順兒萬不可餓死！

但是，誰能保證，在無糧的城中，兒女不餓死呢？

第七十四章　領糧的資格

李四爺的生意還是很不錯。北平，雖然窮，雖然沒有糧，可是人口越來越多。不錯，鋪戶家家裁人；可是四鄉八鎮的人民，因為丟失了家產，或被敵人燒燬了村莊，或因躲避刀兵，像趕集似的一群群的往這座死城裡走。「北平」這兩個字，好像就教他們感到安全。街上，十家鋪子倒有九家只剩了一兩個老弱殘兵，而胡同裡，哪一家院子都擠滿了人。李四爺給活人搬家，給死人領槓，幾乎天天都有事作。

雖然這樣不得閒，老人可是並不很高興。他納悶人們為什麼都往這座死城裡來受罪。北平城裡並不是出糧的地方啊！有時候，他領著棺材出城，聽見了遠處傳來的炮聲。他心中馬上想明白：怪不得人們往城裡逃，四處還都在打仗啊！不過，過一會兒他又想到：躲開槍炮，逃到城裡，可躲不開饑寒哪！想到這裡，他幾乎要立在城門口大聲的去喊叫：「朋友們，不要進這個城門，進去必死！」可是，他不敢去喊，城門上有日本兵。

「哼！」他揣摸著對自己說：「都怕死！城裡的人不敢逃出去，怕死！城外的人，往城裡走，怕死！連你，李四，你不敢在城門口喊叫，也怕死！」他看不起了大家，也看不起他自己！

更讓他傷心的，是看見城外各處都只種著白薯。沒有玉米、高粱、穀子；一望無際，都是爬在地上的綠的白薯秧子。他打聽明白，凡是日本人佔領的地方，鐵路公路兩旁二十里以內，都只准種白薯。日本人怕游擊隊，所以不給他們留起青紗帳。白薯秧子只能爬伏在地上；中國人，彷彿是，也得爬伏在地上，永遠不能立起來，向敵人開幾槍！

這一崗一崗的，毫無變化的，綠秧子，使老人頭暈。在往年，每一出城，看見各種的農作物，他便感到高興。那高高的高粱與玉米，那矮的小米子，那黑綠的毛豆，都發著甜味，給他一些希望——這是給他與大家吃的糧食。特別是在下過大雨以後，在兩旁都是青苗的大道中，他不單聞見香甜的青氣，而且聽到高粱玉米狂喜的往上拔節子，咯吱咯吱的輕響。這使他感到生趣，覺得年輕了幾歲。

現在，他只好半閉著眼走。那些白薯秧子沒有香味，沒有紅的纓，沒有由白而黃而紅的穗子，而只那麼一行行的爬伏在地上，使他頭暈心焦。有時候，他幾乎忘了方向。

而且，看到那些綠而不美的秧蔓，他馬上便想到白薯是怎樣的不磁實：吃少了，一會兒就餓；吃多了，胃中就冒酸水。他是七十多歲的人了，白薯不能給他飽暖與康健之感。

在這些零七八碎的雜感而外，他還有更痛心的事呢。自從他作了副里長，隨著白巡長挨家按戶的收取銅鐵，他的美譽便降落了許多。誰都知道他是好人，可是又有一種不合邏輯的邏輯——

不敢反抗日本人，又不甘毫無表示，所以只好拿李老人殺氣！

現在就更好了，他須挨著家去通告：「喝過了的茶葉可別扔了，每家得按月獻茶葉！」

「幹什麼用呢？」人家問他。

「我知道才怪！」老人急扯白臉的說。

「嘔，」白巡長上來敷衍：「聽說，舊茶葉拌在草料裡，給日本的馬吃；敗火！敗火！又聽說，在茶葉裡可以搾出油來。嘔，我也說不十分清楚！」

「我們已經喝不起茶，沒有茶葉！」有人這樣說。

「那，也得想法子去弄點來！」白巡長的笑意僵在了臉上，變成要哭的樣子。

過了幾天，他又須去告訴大家：「按月還得獻包香煙的錫紙啊！」老人急了，對白巡長沒有好氣的說：「我不能再去！我沒工夫再去跑腿，還得挨罵！你饒了我好不好？我不再作這個破里長！」

無論他怎說，白巡長不點頭：「老爺子！誰當里長誰挨罵，只有你老人家挨得起罵！捧我這一場，他們罵什麼都算在我的身上，還不行嗎？」

除了央告，白巡長還出了主意：冠曉荷既已下了獄，李四爺理應升為正里長，而請孫七作副。不久，他約同副里長，從新調查戶口，以便發給領糧證。

李老人不高興當這個差事，可是聽到發給大家領糧證，心中稍覺安頓了一點。他對自己說：

「好嘍，只要發給大家糧食，不管什麼糧食，就不至於挨餓嘍！」一來二去的，他把這心中的話說了出來，為是使大家安點心。大家聽了，果然面上都有了笑容，彼此安慰：「四爺說的不錯，只要還發糧，不管是什麼糧，就好歹的能夠活下去了！」

這「好歹的能活下去」倒好像是什麼最理想的辦法！

及至戶口調查過了，大家才知道六十歲以上的，六歲以下的，沒有領糧的資格！

這不是任何中國人所能受的！什麼，沒有老人和小孩子的糧？這簡直的是教中國歷史整翻個觔斗，頭朝下立著！中國人最大的責任是養老撫幼；好，現在日本人要餓死他們的老幼；那麼，中年人還活著幹什麼呢？小羊圈的人一致以為這是混蛋到底的「革命」，要把他們的歷史、倫理、道德、責任，一股腦兒推翻。他們要是接受了這個「革命」的辦法，便是變成不慈不孝的野人！

可是，怎麼辦呢？

孫七雖然剛剛作了副里長，可是決定表示不偏向著日本人。他主張搶糧造反！「他媽的，不給老人們糧食，咱們的孝道到哪兒去呢？不給孩子們糧食，教咱們斷子絕孫！這是絕戶主意，除非沒有屁眼兒的人，誰也不會這麼狠！他媽的，倉裡，大漢奸們家裡，有的是糧，搶啊！事到如今，誰還能顧什麼體面嗎？」

這套話，說得是那麼強硬，乾脆，而且有道理，使大家的腮上都發了紅，眼睛都亮起來。可是，他剛剛說完，連他帶他們便似乎已經看見了機關鎗。大家都嚥了口唾沫，沒有一個人敢抬起臂來，喊一聲：「搶啊！」他們是中國人，北平的中國人，相信慢慢的餓死，總會，若與因搶糧而被殺頭比起來，還落個全屍首！他們寧可餓死，也不敢造反！他們只好退一步想：「好啦，老的小的沒有糧食，就大家分勻一下吧；誰也吃不飽，可是誰也不至於馬上就餓死；不也是個辦法嗎？」

這個「分而食之」的辦法，大家都看得出，比孫七的主張鬆軟的多，鬆軟得幾乎不像話。但是，在小羊圈的人們心中，這卻也含有不少的人情與智慧。

在他們這樣紛紛議論之際，他們接到了傳單：「馬上決定吧，同胞們，是甘心餓死，還是起來應戰！活路須用我們的熱血衝開；死路是縮起脖子，閉上眼，等，等——餓死！」

大家都猜得到，十之八九這是他們的老鄰居錢默吟給他們送來的。他們一致的同意錢先生的話，而又興奮起來。可是，不久，他們的「智慧」又佔了上風。那「智慧」正像北平的古老的，無用的，城牆，雖然無用，而能使他們覺出點安全之感。

假若孫七與錢先生都不能戟刺起人們的反抗的勇氣，人們可會另外去找發洩怨氣的路兒。他們以為李四爺有意欺騙他們。「他告訴了咱們，又有了糧，可是不提並沒有老人和小孩子的份兒！再說，他是里長，大概不管他是六十歲，還是七十歲，他總能得到一份糧！年月是變了，連李四爺也會騙人！」

這些背後的攻擊雖然無補於事，可是能這麼唧唧咕咕的到底似乎解一點氣，倒好像一切毛病都在李四爺的身上，而攻擊了他也就足夠解恨的了。

祁老人居然直接的找了李四爺去。

祁老人，這全胡同的最老的居民，大家的精神上的代表，福壽雙全的象徵，現在被列為沒有資格領糧的老乞丐，老餓死鬼！他不能忍受！

「我說四爺！」祁老人的小眼睛沒敢正視李四爺；他知道一正看他的幾十年的老友，他便會洩了氣。「這是怎麼弄的？怎麼會沒有我的糧呢？」

「大哥！那能是我的主意嗎？」

李老人這一聲「大哥」已使祁老人的心軟下來一半兒。幾十年的老友，難道誰還不知道誰嗎！可是，他還不敢正視李四爺，以便硬著心腸繼續質問；事情太大了，不能隨便的馬虎過去。他狠了心，唇發著顫：「四爺，你可是有一份兒！」

四爺是都市中的蟲子，輕易不動氣；聽到祁大哥的毒狠的質問，他可是不由的面紅過耳，半天也沒回出話來。

祁老人的小眼睛找到了李四爺的臉，趕緊又轉開，他也說不出話來了。

「大哥！」四爺很難堪的笑了笑：「各處的里長都有一份兒，也不是我的主意！告訴你，大哥，我的腿腳還俐落，還能掙錢，我不要那份兒糧，省得大傢伙兒說閒話！」

祁老人的頭慢慢的低下去，一顆老淚鑲在眼角上。楞了半天，他才低聲的說：「四爺，我是真著急，真著急！要不然——！我說，你不能不要那份糧！你不要，可上哪兒找糧食去呢？」

四爺往前湊了一步，拉住祁大哥的手。四隻一共有一百五十多年的手接觸到一塊兒，兩個人瞭解，原諒了彼此，不由的都落下淚來。

落了幾點淚之後，兩位老人都消了氣，而只剩了難過。他們想親熱的談談心中的積悶，談幾個鐘頭。可是，誰也沒開口。他們都是寒苦出身，空手打下天下的人，可是現在他們有餓死的可能！他們已不是成家立業的老英雄，而是沒有人餵養的兩條老狗。他們一向規規矩矩，也把兒女們調教的規規矩矩，這是他們引以為榮的事；可是，他們錯了，他們的與他們兒女的規矩老實，恰好教他們在敵人手底下，都敢怒而不敢言；活活的被餓死，而不敢出一聲！

平日，一想到自己的年紀，他們便覺得應當自傲。現在，他們看出來，在一條猛虎面前，年紀越大才越糟糕！四隻老眼對視了半天，他們決定不必再扯那些陳穀子爛芝麻了！以往的光榮只能增加今日的難堪與辛酸！

回到家中，祁老人越想越難過，越不是滋味。想了許久，他決定必須作點什麼，不能坐在屋裡等死！他回憶起從前所遇見過的危難，和克服危難的經過。是的，他必須去作點什麼，因為哪一次闖過難關不是仗著自己的勇敢與勤苦呢？他摸了摸自己的四肢；不錯，他是老了；可是，老了也得去作事，也不能坐以待斃！

他脫了大衫，輕手躡腳的到廚房去，找他舊日謀生活的工具：筐子、繩子、扁擔。他不知道，能否找到它們，因為他已不記得它們是早已被扔出去，或是被韻梅給燒了火。

韻梅輕輕的走進來：「喲！爺爺在這兒幹什麼呢？」

「啊——」被這麼忽然的一問，老人彷彿忘了自己是在幹什麼呢。假裝的笑了笑，才想起來：「我的筐子扁擔呢？」

「什麼筐子扁擔？」韻梅根本不記得這裡有過那些東西。

「哼！我什麼小生意都作過！庚子那年，我還賣過棗兒呢！我要我作生意用的筐子扁擔！」

「幹什麼呢？爺爺！」韻梅的大眼睛睜得很大，半天也沒眨巴一下。

「我作小買賣去！不能走遠了，我在近處磨蹭；不能挑沉重的，我弄點糖兒豆兒的；一天賺三毛也好，五毛也好；反正我要賣點力氣，不能等著餓死，也不能光分吃你們的糧！」

「爺爺！」韻梅一時想不出話來，只這麼叫了一聲，聲音相當的大而尖銳。

聽了這聲音喊叫，小順兒、妞子，和天祐太太全跑了來。

被大家圍住，老人把話又說了一遍，說得很客觀，故意的不帶感情，為是使大家明白：事情是事情，不必張牙舞爪。

聽罷，大家都默默相視，小妞子過去拉住老人的手。天祐太太知道她必須先發言：「我們不能教您老人家去！事情不好辦是真的，可是無論怎說，我們得想法子孝順您！還說您的筐子扁擔呢，橫是擱也擱爛了！」

小順兒與妞子一齊響應：「太爺爺，不去！」

韻梅也趕緊說：「等等瑞宣，等他回來，大傢伙商議商議。」她回頭叫小順兒：「小順兒，攙著他老人家！」

這樣捧著哄著的，大家把老人送到他的屋中去。

躺在床上，老人把自己從前的奮鬥史一五一十的說給孩子們聽，而沒敢提到現在與將來，因為對現在與將來他已毫無辦法。

晚上瑞宣回來，韻梅和婆婆趕緊把老人的事告訴了他。他楞了半天，然後乾笑了一下，沒法說出任何話來。

祁老人，說也奇怪，並沒向長孫再說那件事。祖孫的眼光碰到了一處，就趕緊移開；唇剛要動，就又停住。結果，大家都很早的就睡下，把委屈、難堪、困難，都交給了夢！

第七十五章　取糧隊伍

李四爺和鄰居們都以為糧證是一發下來，便可以永遠適用的。李老人特別希望如此，因為他已經挨了不少冤枉罵，所以切盼把一勞永逸的糧證發給大家，結束了這一樁事，不再多受攻擊。

誰知道，糧證是只作一次用的，過期無效。大家立刻想到：天天，或每三兩天，他們須等著發給糧證；得到糧證，須馬上設法弄到錢，好趕快去取糧——過期無效！假若北平人也有什麼理想的話，那便是自自由由的，客客氣氣的，舒舒服服的，過日子。這假使作不到，求其次者，便是雖然有人剝奪了他們的自由，而仍然客客氣氣的不多給他們添麻煩——比如糧證可以用一年或二年，憑證能隨時取到糧食。哼！日本人卻教他們三天兩頭的等候糧證，而後趕緊弄錢，馬上須去領糧！麻煩，麻煩，無窮無盡的麻煩！他們像吃下去一個蒼蠅，馬上想嘔吐！

最使他們心寒膽顫的是：假若發了一次糧證以後，而不再發，可怎麼好呢？就是再發而相隔十天半月，中間空起一塊來，又怎麼辦呢？難道肚子可以休息幾天，而不餓麼？這樣一揣測，他們看見了死亡線，像足球場上剛畫好的白道兒那麼清楚，而且就在他們眼前！他們慌了神，看到了死；於是，也就更加勁的咒罵李四爺。他們不敢公開的罵日本人，連白巡長也不敢罵，因為他到底是個官兒。他們也不便罵孫七，他不過是副里長。李四爺既非官兒，又恰好是正里長，便成了天造地設的「罵檔子」！

李老人時時的發楞、發氣，沒有用；忍受，不甘心。他也看到死亡，而且死了還負著一身的辱罵！拿出他的心來，他覺得，他可以對得起天地日月與一切神靈；可是，他須挨罵！

或者只有北平，才會有這樣的夏天的早晨：清涼的空氣裡斜射著亮而喜悅的陽光，到處黑白分的光是光，影是影。空氣涼，陽光熱，接觸到一處，涼的剛剛要暖，熱的剛攙上一點涼；在涼暖未調勻淨之中，花兒吐出蕊，葉兒上閃著露光。就連小羊圈這塊不很體面的小地方，也有它美好的畫面：兩株老槐的下半還遮在影子裡，葉子是暗綠的；樹的梢頭已見到陽光，那些淺黃的花朵變為金黃的。嫩綠的槐蟲，在細白的一根絲上懸著，絲的上半截發著白亮的光。曉風吹動，絲也左右顫動，像是晨光曲的一根琴絃。陽光先照到李四爺的門上。那矮矮的門樓已不甚整齊，磚瓦的縫隙中長出細長的幾根青草；一有了陽光，這破門樓上也有了光明，那發亮的青草居然也有點生意。

幾隻燕子在樹梢上翻來覆去的飛，像黑的電光那麼一閃一閃的。蜻蜓們也飛得相當的高：忽然一隻血紅的，看一眼樹頭的槐花便鑽入藍的天空；忽然一隻背負一塊翡翠的，只在李四爺的門樓上的青草一逗便掉頭而去。

放在太平年月，這樣的天光，必使北平的老人們，在梳洗之後，提著裝有「靛頦」或「自自黑」的鳥籠，到城外去，沿著柳岸或葦塘，找個野茶館喝茶解悶。它會使愛鴿子的人們，放起幾十隻花鴿，在藍天上旋舞。它也會使釣者很早的便出了城，找個僻靜地方消遣一天。就是不出城遠行的，也會租一隻小船，在北海去搖槳，或到中山公園的老柏下散步。

今天，北平人可已顧不得揚頭看一看天，那飛舞著的小燕與蜻蜓的天；飢餓的黑影遮住了人們的眼。天上已沒有了白鴿，老人們已失去他們的心愛的鳥；人們還沒有糧，誰還養得起鳥與鴿子。是的，有水的地方，還有垂釣與蕩槳的；可是，他們是日本人；空著肚子的中國人已沒有了消遣的閒心。北平像半癱在晴美的夏晨中。

韻梅，就是在這樣的一個早晨，決定自己去領糧。她知道從此以後，她須把過去的生活——雖然也沒有怎麼特別舒服自在過——只當作甜美的記憶；好的日子過去了，眼前的是苦難與饑荒。她須咬起牙來，不慌不忙的，不大驚小怪的，盡到她的責任。她的腮上特意擺出一點笑來，好教大家看見：「我還笑呢，你們也別著急！」

看著她，瑞宣心中不很舒坦。對她，這麼些年了，他一向沒有表示過毫無距離的親熱。現在，看到她的堅定，盡責，與勇敢，他真想用幾句甜蜜的話安慰她，感激她，鼓勵她。可是，他說不出來。最後，他只向她笑了笑，便走去上班。韻梅給大家打點了早飯，又等大家吃完，刷洗了傢伙，才擦擦臉，換上件乾淨的藍布衫，把糧證用小手絹裹好，繫在手腕上，又拿上口袋，忙而不慌的走出去。走到了影壁前，她又折回來囑咐孩子們：「小順兒，妞妞，都不准胡鬧喲！聽見沒有？」

妞妞先答了話：「媽取吃吃，妞妞乖！不鬧！」

小順兒告訴媽媽：「取點白麵，不要雜合麵！」

「哼，」韻梅一邊往外走，一邊說：「不是人家給我什麼是什麼嗎？」天還早，也不過八點來鐘，韻梅以為一定不會遲到。而且，取糧的地方正是祁家向來買糧的老義順；那麼，她想，即使稍遲一點，也總有點通融，大家是熟人啊。

快走到老義順，她的心涼了。黑糊糊的一大排人，已站了有半里多地長。明知無用，她還趕走了幾步，站在了最後邊。老義順的大門關得嚴嚴的。她不明白這是怎回事。她後悔自己來遲。假若她須等到晌午，孩子和老人們的午飯怎麼辦呢？她著了急，大眼睛東掃西瞧的，想找個熟人打聽一下，這到底是怎回事，和什麼時候才發糧。可是，附近沒有一個熟人。她明白了，小羊圈的人，對領糧這類的事是向來不肯落後的；說不定，他們在一兩個鐘頭以前已經來到，立在了最前邊，好能早些拿到糧。她後悔自己為什麼忘了早來一些。她的前面，一位老太婆居然帶來了小板凳，另一位中年婦人拿著小傘。是的，她們都有準備。她自己可是什麼也沒有；她須把腿站酸，把頭曬疼，一直的等幾個鐘頭。她似乎還沒學會怎麼作亡國奴！

在她初到的時候，大家都老老實實的立著，即使彼此交談，也都是輕輕的嘀咕，不敢高聲。

人群處，有十來個巡警維持秩序，其中有兩三個是拿著皮鞭的。看一看皮鞭，連彼此低聲嘀咕的都趕緊閉上嘴；他們愛慣了「和平」，不肯往身上招攬皮鞭；他們知道，有日本人給巡警們撐腰，皮鞭是特別無情的。

及至立久了，太陽越來越強，陰影越來越小，大家開始感到煩躁，前前後後都出了聲音。巡警們的腳與眼也開始加緊活動。起初，巡警們的眼神所至，便使一些人安靜一會兒，等巡警走開再開始嘈嘈。這樣，聲音一會兒在這邊大起來，卻在那邊低下去，始終沒打成一片，成為一致的反抗。漸漸的，巡警的眼神失去了作用，人群從頭至尾成了一列走動著的火車，到處都亂響。

韻梅有點發慌，唯恐出一點什麼亂子；她沒有出頭露面在街上亂擠亂鬧的習慣。她想回家。但是，一想到自己的責任，她又改了念頭。不，她不能逃走，她必須弄回糧食去！她警告自己：必須留神，可是不要害怕！

很熱的陽光已射在她的頭上。最初，她只感到頭髮發熱；過了一會兒，她的頭皮癢癢起來，癢得怪難過。她的夾肢窩和頭上都出了汗。抬頭看看，天空已不是藍汪汪的了，而是到處顫動著一些白氣。風已停止，馬路旁的樹木的葉子上帶著一層灰土，一動也不動。便道上，一過來車馬便帶起好多灰塵，灰白的，有牲口的糞與尿味的，嗆得她的鼻子眼裡發癢。無聊的，她把小手絹從腕上解下來，擦擦頭上的汗，而後把它緊緊的握在手中。

她看見了白巡長，心中立刻安定了些。白巡長的能幹與和善使她相信：有他在這裡，一定不會出亂子。她點了點頭，他走了過來：「祁太太，為什麼不來個男人呢？」她沒回答他的問題。而笑著問他：「為什麼還不發糧啊？白巡長！」

「昨天夜裡才發下糧來，鋪子裡趕夜工磨麵！再待一會兒，就可以發給大家了。」白巡長雖然是對她說話，可是旁人自然也會聽到；於是她與大家都感到了安定。

可是，半點鐘又過去了，還是沒有發糧的消息。白巡長的有鎮定力的話已失去了作用。大家的心中一致的想到：「日本人缺德！故意拿窮人開玩笑！」太陽更熱了，曬得每個人的頭上都出黏糊糊的，帶著點油的汗。越出汗，口中便越渴，心中也越焦躁。天色由白而灰，空中像飛蕩著一片灰沙。太陽，在這層灰氣上邊，極小極白極亮，使人不敢抬眼；低著頭，那極熱的光像多少燙紅了的針尖，刺著大家的頭、肩、背，和一切沒有遮掩的地方。肚子空虛的開始發暈；口渴的人要狂喊；就是最守規矩的韻梅也感到焦急，要跺一跺腳！這不是領糧，而是來受毒刑！

可是，誰也不敢公然的喊出來：「打倒日本！」口渴的，拚命的嚥唾沫；發暈的，扶住旁邊的人；腿酸了的，輕輕的踏步。為擋住一點陽光，有的把手絹纏在頭上，有的把口袋披在肩上，有的把褂子脫下，雙手舉著，給自己支起一座小小的棚兒。他們都設法減少一點身體上的痛苦，以便使心中安定；心中安定便不會有喊出「打倒日本」的危險！前面忽然起了波動，隊伍馬上變成了扇面形。欠著腳，韻梅往前看：糧店的大門還關著呢。她猜不透這是怎回事，可是不由得增多了希望，以為一定是有了發糧的消息。她忘了腳酸，忘了毒熱的陽光，只盼馬上得到糧食，拿回家去。前面有幾個男的開始喊叫。韻梅離開行列，用力欠腳，才看明白：糧店的大門旁，新挖了一個不大的洞兒，擋著一塊木板，這塊木板已開了半邊。多少多少隻手都向那小洞伸著，晃動。她不想往前擁擠，可是前面那些亂動的手像有些引誘力，使她不由的往前挪了幾步，靠近了人群，彷彿只有這樣，她才能得到糧食，而並不是袖手旁觀的在看熱鬧。

皮鞭響了。嗖——拍！嗖——拍！太陽光忽然涼了，熱空氣裡生了涼風，人的皮膚上起了冷疙疸，人的心在顫抖。韻梅的腿似乎不能動，雖然她想極快的跑開。前面的人都在亂衝，亂躲，亂喊；她像裹在了一陣狂風裡，一切都在動盪，而她邁不開腳。「無論如何，我必須拿到糧食！」她忽然聽見自己這樣說。於是，她的腿上來了新的力氣，勇敢的立在那裡，好像生了根。

忽然的，她看不見了一切。皮鞭的梢頭撩著了她的眼旁。她捂上了眼，忘了一切，只覺得世界已變成黑的。她本能的要蹲下，而沒能蹲下；她想走開，而不能動。她還沒覺得疼痛，因為她的全身，和她的心，都已麻木；驚恐使神經暫時的死去。

「祁太太！」過了一會兒，她恍惚的聽見了這個聲音：「快回家！」

她把未受傷的眼睜開了一點，只看見了一部分制服，她可是已經意識到那必是白巡長。還捂著眼，她搖了搖頭。不，她不能空手回家，她必須拿到糧食！

「把口袋、錢、糧票，都給我，我替你取，你快回家！」白巡長幾乎像搶奪似的，把口袋等物都拿過去。「你能走嗎？」

韻梅已覺出臉上的疼痛，可是咬上牙，點了點頭。還捂著眼，她迷迷糊糊的往家中走。走到家門口，她的腿反倒軟起來，一下子坐在了階石上。把手拿下來，她看見了自己的血。這時候，熱汗殺得她的傷口生疼，像撒上了一些細鹽。一咬牙，她立起來，走進院中。

小順兒與妞子正在南牆根玩耍，見媽媽進來，他們飛跑過來：「媽媽！」可是，緊跟著，他們的嗓音變了：「媽——」而後又喊：「太爺爺！奶奶！快來！」

一家大小把她包圍住。她捂著眼，忍著疼，說：「不要緊！不要緊！」

天祐太太教韻梅趕快去洗一洗傷口，她自己到屋中去找創藥。兩個孩子不肯離開媽媽，跟出來跟進去的隨著她。小妞子不住的吸氣，把小嘴努出好高的說：「媽流血，媽疼喲！」

洗了洗，韻梅發現只在眼角外打破了一塊，幸而沒有傷了眼睛。她放了心。上了一點藥以後，她簡單的告訴大家：「有人亂擠亂鬧，巡警們掄開了皮鞭，我受了點誤傷！」這樣輕描淡寫的說，為是減少老人們的擔心。她知道她還須再去領糧，所以不便使大家每次都關切她。

她的傷口疼起來，可是還要去給大家作午飯。天祐太太攔住她，而自己下了廚房。祁老人力逼著孫媳去躺下休息，而後長嘆了一口氣。

韻梅睡了個小盹兒，趕緊爬了起來。對著鏡子，她看到臉上已有點發腫。楞了一會兒，她反倒覺得痛快了：「以後我就曉得怎麼留神，怎麼見機而作了！一次生，兩次熟！」她告訴自己。

白巡長給送來糧食——小小的一口袋，看樣子也就有四五斤。

祁老人把口袋接過來，很想跟白巡長談一談。白巡長雖然很忙，可是也不肯放下口袋就走。他對韻梅的受傷很感到不安，必須向她解釋一番。韻梅從屋裡出來，他趕緊說了話：「我，祁太太，我沒教他們用鞭子抽人，可是我也攔不住他們！他們不是我手下的人，是區署裡另派來的。他們拿著皮鞭，也就願意試試掄它一掄！你不要緊了吧？祁太太！告訴你，我甭提多難過啦！什麼話呢，大家都是老街舊鄰，為領糧，還要挨打，真！可是我沒有辦法，他們不屬我管，不聽我的話。哼，我真不敢想，全北平今天得有多少挨皮鞭的！我是走狗，我攔不住拿皮鞭的走狗們亂打人，還有什麼可說的呢？得啦，祁太太，好好的休息休息吧！日久天長，有咱們的罪受，瞧著吧！」白巡長把話一氣說完，沒有給別人留個說話的機會，便走出去。

祁老人送到門口，白巡長已走出老遠去，他很想質問白巡長幾句，可是白巡長沒給他個開口的機會。他覺得白巡長可愛，也可恨；誠實，也狡猾。

小順兒像一條受了驚的小毛驢似的跑來：「太爺爺，快來看看吧！快呀！」說完，他拉住老人的手，往院裡扯。「慢點喲！慢著！別把我扯倒了喲！」老人一邊走一邊說。

天祐太太與兒媳被好奇心所使，已把那點糧食倒在了一個大綠瓦盆中。她們看不懂那是什麼東西，所以去請老太爺來鑒定。

老人立著，看了會兒，搖了搖頭。哈著腰，用手摸了摸，搖了搖頭。他蹲下去，連摸帶看，又搖了搖頭。活了七十多歲，他沒看見過這樣的糧食。

盆中是各種顏色合成的一種又像茶葉末子，又像受了潮濕的藥麵子的東西，不是米糠，因為它比糠粗糙的多；也不是麩子，因為它比麩子稍細一點。它一定不是麵粉，因為它不棉棉軟軟的合在一處，而是你幹你的，我幹我的，一些誰也不肯合作的散沙。老人抓起一把，放在手心上細看，有的東西像玉米棒子，一塊一塊的，雖然經過了磨碾，而拒絕成為粉末。有的雖然也是碎塊，可是顏色深綠，老人想了半天，才猜到一定是肥田用的豆餅渣滓。有的挺黑挺亮，老人斷定那是高粱殼兒。有的——老人不願再細看。夠了，有豆餅渣滓這一項就夠了；人已變成了豬！他聞了聞，這黑綠的東西不單連穀糠的香味也沒有，而且又酸又霉，又澀又臭，像由老鼠洞挖出來的！老人的手顫起來。把手心上的「麵」放在盆中，他立起來，走進自己的屋裡，一言未發。

小順兒走過來，問：「太爺，到底是什麼呀？」

老人把頭搖得很慢，沒有回話，好像是不僅表示自己的知識不夠，也否定了自己的智慧與價值——人和豬一樣了。

韻梅決定試一試這古怪的麵粉，看看它到底能作出什麼來——餃子？麵條？還是饅頭？把麵粉加上水，她楞住了。這古怪的東西，遇見了水，有的部分馬上稠嘟嘟的黏在手上和盆上，好像有膠似的；另一部分，無論是加冷水或熱水，始終拒絕黏合在一處；加水少了，這些東西不動聲色；水多了，它們便漂浮起來，像一些游動的小扁蟲子。費了許多工夫與方法，最後把它們團成了一大塊，放在案板上。

無論如何，她也沒法子把它擀成薄片——餃子與麵條已絕對作不成。改主意，她開始用手團弄，想作些饅頭。可是，無論輕輕的拍，還是用力的揉，那古怪的東西決定不願意團結到一處。這不是麵粉，而是馬糞，一碰就碎，碎了就再也團不起來。

生在北平，韻梅會作麵食；不要說白麵，就是蕎麵、油麥麵，和豆麵，她都有方法把它們作成吃食。現在，她沒有了辦法。無可奈何的，她去請教婆母。

天祐太太，憑她的年紀與經驗，以為必定不會教這點麵粉給難倒。可是，她看，摸、團、揉，擀、按，都沒用！「活了一輩子，倒還沒見過這樣不聽話的東西！」老太太低聲的，失望的，說。

「簡直跟日本人一樣，怎麼不得人心怎麼幹！」韻梅啼笑皆非的下了一點註解。

婆媳像兩位科學家似的，又試驗了好大半天，才決定了一個最原始的辦法：把麵好歹的弄成一塊塊的，攤在「支爐」上，乾烙！這樣既非餅，又非糕，可到底能弄熟了這怪東西。

「好吧，您歇著去，我來弄！」韻梅告訴婆母，而後獨自像作土坯似的一塊塊的攤烙。同時，她用小蔥拌了點黃瓜，作為小菜。

祁老人，天祐太太，和兩個孩子，圍著一張小桌，等著嘗一嘗那古怪的吃食。小順兒很興奮的喊：「媽！快拿來呀！快著呀！」

韻梅把幾塊「土坯」和「菜」拿了來，小順兒劈手就搿了一塊放在口中，還沒嘗出滋味來，一半已落入他的食道，像一些乾鬆的泥巴。噎了幾下，那些泥巴既不上來，也不下去，把他的小臉憋紫，眼中出了淚。

「快去喝口水！」祖母告訴他。

他飛跑到廚房，喝了口水，那些泥巴才刺著他的食道走下去；他可是還不住的打嗝兒。

祁老人掰了一小塊放在口中，細細的嚼弄，臭的！他不怕糧粗，可是受不了臭味。他決定把它嚥下去。他是全家的老太爺，必須給大家作個好榜樣。他費了很大的力量，才把一口臭東西嚥下去；而後直著脖子向廚房喊：「小順的媽，作點湯吧！」他知道，沒有點湯水往下送，他沒法再多吃一口那個怪「土坯」。

「湯就來！」韻梅在廚房裡高聲的回答，還問了聲：「到底怎樣啊？」

老人沒回答她。

小妞子掰了很小的一塊，放在她的小葫蘆嘴裡。扁了幾扁，她很不客氣的吐了出來，而後用小眼睛撩著太爺爺，搭訕著說：「妞妞不餓！」

小順兒隨著媽媽，拿了湯來——果然是白水沖蝦米皮。他坐下，又掰了一塊，笑著說：「看這回你還噎我不！」韻梅見妞妞不動嘴，問了聲：「妞子！你怎麼不——來，媽給你一塊黃瓜！」

「妞妞不餓！」小妞子低著頭說。

「不能不吃呀！以後咱們天天得吃這個！」韻梅笑著說，笑得很勉強。

「妞妞不餓！」妞子的頭更低了，兩隻小手緊緊的抓住自己的磕膝。

「小順兒的媽！」祁老人看看妞子，看看韻梅，和善的說：「去給她烙一張白麵的小餅吧！咱們不是還有幾斤白麵嗎？」

「你老人家不能這麼慣著她！那點白麵就是寶貝，還得留著給你老人家吃呢！」韻梅不想違抗老人，也真可憐小女兒，可是她不能不說出這幾句話。

「去，給她烙張小餅去！」老人知道不應當溺愛孩子們，可也知道這怪餅實在難以下嚥。「就是這一回，下不為例！」

「妞妞，你吃一口試試！你看哥哥怎麼吃得怪香呢？」韻梅還勸誘著小女兒。

「妞妞不餓！」妞子的淚流了下來。

祁老人看著小妞子，忽然發了怒，一掌拍在了桌子上，把筷子與碟碗都震得跳起來。「我說的，給孩子烙個小餅去！」他幾乎是喊叫著。

妞子一頭扎在祖母的懷裡，哭起來。天祐太太口中含著一小塊餅，她始終沒能嚥下去！乘這個機會，把它吐出來，而後低聲的安慰妞子：「太爺沒有跟你生氣，妞妞！不哭！不哭！」用手撫摸著妞子的頭，她自己的眼眶也濕了。「小順的媽，給她烙個餅去！」

韻梅輕輕的走開。她知道老太爺是向來不肯輕易發脾氣的人，也知道他今天的發怒絕不是要和她為難，而是事情逼得他控制不住了自己。雖然如此，她可是也覺得委屈，摸了摸眼旁的傷口，她落了淚。迷迷糊糊的，她從缸中舀出一點白麵來，倒在盆子裡，淚落在白麵上。

祁老人真沒想發脾氣，可是實在控制不住了自己。拍了桌子之後，他有點後悔，而又不便馬上向孫媳道歉。楞磕磕的，他瞪著那黑不溜球的怪餅，兩手一勁兒哆嗦。

毒花花的太陽把樹葉都曬得低了頭。院中沒有聲音，屋中沒有聲音，祁家像死亡一樣的靜寂。

第七十六章　共和麵

賣燒餅的停了工；點心舖還開著門，而停了爐；賣粥的，賣湯麵餃的，賣餛飩的——都歇了工。沒有麵粉。城郊的菜園還在忙著澆菜。嘩啦嘩啦——轆轤輕脆的，繼續不斷的響著；清涼的井水一股股的流向菜畦。深綠的是韭菜，淺綠的是小白菜，爬架的是黃瓜，那滿身綠刺兒，頭上頂著黃花的黃瓜，還有黑紫的海茄，發著香味的香菜與茴香，帶著各色紋縷的倭瓜，碧綠的西葫蘆，與金紅的西紅柿——可是儘管生產，賣給誰去呢？

那古怪的麵粉，（日本人管它叫作「共和麵」。哈！三四十種貓不聞狗不舐的廢物混合成的東西，實在需要這樣個美麗名稱啊！）既不能包餃子，又不能蒸包子，烙回頭，炸三角，作鍋貼，誰買青菜作餡子用呢？即使人們想炒一點菜吃，誰肯多花錢買貴重的青菜，就共和麵吃呢？那委屈了那些菜蔬！共和麵只配和小蔥拌黃瓜，或生醃臭韭菜擺在一塊兒！因此，什麼都貴了，而青菜瓜倒減了價；種菜的倒了霉！

沒有了糧，北平也失去它負有世界美譽的手工業。餓著肚子的人不會再買翡翠的戒指與耳環，鍍金包金或真金的玲瓏細巧的首飾，大雅優美的地毯，巧妙的兒童玩具，雕花的紅木桌椅，彩色像鮮花一般的景泰藍，灌漿的蟋蟀瓦罐子——北平人沒有閒心閒錢買這些東西，而又沒有法子把它們運出去，於是那些手巧心靈的工人們，（真的，他們若生在外國，也許被尊稱為藝術家！）便隨著大家一同挨起餓來。北平失去它最好的工人與生產，而只得到饑荒！

漢奸們，在這個情形之下，可反倒更加得意。他們慶幸自己有遠大的眼光，及早的投降給日本人，所以現在他們能得到較好較多的糧食！不過，這還不夠，他們須加緊的活動，設法要高昇一級：能得到三等糧的，須改為二等糧；能得到一份的，設法得到雙份兒。糧成為鑽營謀事的標準。他們不單必須吃的好，吃的多，而且希望得到吃不了的糧食，好去賣黑市！

胖菊子沒有運動成妓女檢查所的所長。因為競爭的人太多，日本人索性裁撤了這個機關，而改由軍部直接管理花姑娘的事。胖菊子狠狠的和藍東陽吵鬧了幾次，甚至於摔砸了一些不很值錢的杯碗什麼的。她以為她的失敗純粹因為東陽沒有盡到所有的力量去運動。

藍東陽，在計口授糧的辦法實行以後，也有點後悔，沒能給胖菊子運動成功。假若太太能作到所長，豈不多拿一份較好的糧！即使她拿不到好的糧食，不是還可以多弄點錢？有了錢，或者不至於買不到好的糧的。

後悔，使他咬上了牙，決定去得到個肥缺，教胖菊子看看他的本事，也使自己的心靈上得到自慰。他開始調查哪個機關肥，哪個機關瘦，以便找個肥的，死啃一口。越調查，他越發怒。敢情有的機關，特別是軍事機關，不單發較多較好的糧，而且還有香煙、茶葉，與別的日用品呢！這使他由悔而恨，恨自己為什麼不早早的下手，打入這樣的機關裡去！

由這種機關再往別處看，他發現了鐵路學校的學生是由官方發給伙食的。他的眼忽然發出火來，綠臉上出了汗，用力的把手拍在桌子上：「啊！作這個學校的校長！校長！」吊起一隻眼珠，他細細的啃手指甲，把指甲中的黑泥都有滋有味的吃下去。這才使他鎮定了一些，他開始計算：「就拿三百個學生算吧，每人扣下一斤糧，一月就是三百斤！三百斤哪，我的天！喂，嗯，每月再開除幾個學生，又多落下幾份糧！哎喲，哎喲，我為什麼沒早想到這個呢？」

停止了啃指甲，他決定去運動這個學校的校長。

不，可不能因作校長，而放棄了處長呀！兼差好啦，兼差，處長兼校長！他咧嘴笑了笑，以為他所想到的就必能作到，因為這個時代是他的！

但是，他有沒有作校長的資格呢？他沒留過學，也沒作過大學教授。想了一會兒，他把這些顧慮推在一旁；這根本不成問題。他是處長啊！處長有作一切的資格！

不過，鐵路學校的校長並沒有出缺呀！東陽又啃上了指甲。指甲上流了血，他想起來了，給現任的校長栽贓就是了。楞說校長窩藏各處來的「奸細」，豈不一下子就把他打下去？好主意！東陽馬上看到多少袋子白麵堆在自己的屋中！為這些麵粉，他必須去捉幾個學生，屈打成招的使他們承認「通敵」，而後把校長也拿下監去！為了麵粉，屈殺幾個人算什麼呢？

他決定先去看看教育局的牛局長，探聽一點消息。

在日本人佔領北平之前，東陽沒有作過官，所以不懂作官的方法與規矩。他是完全憑著日本人的力量而作了官的，因此，除了對日本人，他犯不上請客應酬。他向來不懂得什麼叫適當的客氣與禮貌，於是，見到日本人他就過度的恭順，不怕出醜，而見到中國人便信意的吊兒啷噹。他以為只有這樣，才可以特別得到日本人的歡心，而使中國人怕他。這種欺軟怕硬，為虎作倀的作風，居然被無聊的人們稱為「東洋派」，在漢奸中自成一家。

他與牛局長向來沒有過來往。可是，他決定今天去看牛局長。他以為牛局長是憑教授的資格才作了局長，而他自己卻以中學教員的出身作到處長；那麼，他自己的本事必定比牛局長大，他與日本人的關係也比牛局長的深；所以他用不著打個電話，或寫封信，約定會面的時間。

牛局長呢，恰好是另一路漢奸。他是個學者，並沒上趕著日本人去謀求地位，也不懂什麼應酬、交際。他只求順著日本人的擺弄而能保全自己的身家性命與他的圖書儀器。因此，他不大愛和官僚們來往，而且頗以此自傲，覺得自己很「清高」。到他良心上感到痛苦的時候，他會對他的太太說：「我不是漢奸！不是漢奸！」他可是只能說到此處為止，因為他找不到充足的理由證明自己，既作了日本官，怎麼不是漢奸？

自從他作了局長，他的門外老有一個巡警給他守門。這使他感到了安全，而忽略了那個巡警也許是監視著他的，他的家也就是變相的牢獄。真的，自從他就任局長以後，他並沒有一朝權在手，便把令來行的胡幹，或故意邀功，可是他的收入顯然的比從前加多了許多，他也沒細考究那些錢是怎麼來的，可只覺得在日本人手下作事（不是漢奸！）也怪舒服。

藍東陽來到有四株綠樹的門前，沒理管門警，而硬往裡闖。

「找誰？」巡警攔住了他。

他猛的往上一吊眼珠，覺得這是「國恥」——一個中國巡警敢攔住給日本人作事的官兒！嘴唇幾乎沒動，他口中乾崩出：「藍處長會牛局長！」

「請給個片子！」巡警很客氣的說。

東陽有名片，而不高興遞給中國人；他的片子是用日文印的。「藍處長！」他又喊了一聲。

巡警見他的綠臉上抽動得那麼奇怪，不便再索要名片。「請等一等，我回稟一聲去！」

巡警去了有三四分鐘，藍東陽等得不耐煩，一個勁兒吊眼珠。在他等候日本人的時候，他往往要必恭必敬的站立半點鐘或三刻鐘，可是並沒感到過焦躁，因為等候日本人的時間越長，他越覺得有滋味，像作禱告似的，越長越見虔誠。現在，為見一個中國小官，也居然等三四分鐘，他受不了；這傷了他的自尊心，假若他也有自尊心的話。

巡警回來，和顏悅色的說：「對不起，局長正忙著呢！」

東陽一口臭氣噴在巡警的臉上，「什麼？我是藍處長！」

巡警看出來，若不拿出點厲害的來，恐怕不易抵抗那臭氣的再來侵襲：「局長不愛見客！有時候連日本人都擋駕！」

「真的？」東陽的嘴半天沒有閉上。「連日本人——」他的綠臉上有了笑紋。「好啦，我改天再來！」

「頂好先來個電話，定個時間！」巡警教導藍處長。

「一定！」藍東陽慢慢的走開，心中掂算著：「好傢伙，真有高人呀，連日本人都不見！這小子的勢力大遠了去啦！說不定他的局長還是天皇下手諭派出來的呢！」一邊走，他一邊回頭看那四棵柳樹。他沒有感到綠樹的美好，而只覺得他應該回去多站一會兒，表示出依依不捨的意思。

剛一轉過頭來，面對面他看見了冠曉荷和祁瑞豐——他的盟兄弟、同事、情敵。

冠祁二位被放了出來，因為日本人既沒法定他們的罪，又不願多費獄中的糧食。

祁瑞豐的小乾臉當時沒了血色。他的第一個念頭是打東陽一頓。可是，他沒有動手。他是祁老人的孫子、天祐的兒子、瑞宣的弟弟、冠曉荷的朋友，他不敢打架，即使面對面見著搶去他的老婆的人。

藍東陽明知瑞豐不敢打架，可還有點怕，綠臉更綠了一些。

冠曉荷先開了口：「哎呀，東陽老弟！我想死你啦！」

東陽看著他們倆，見他們的狼狽的樣子，想不出一聲便走開。

曉荷一句話把東陽扣住：「老弟，你可曉得，招弟當了特務？」

東陽暗自慶幸：「幸而我沒得罪她！」緊跟著，他叫了聲：「冠大哥！」雖然他手下也有特務，可是他想招弟恐怕是直屬於軍部的；一個軍部的特務是可以隨便欺侮一個文官的。瑞豐見曉荷唬住了東陽，他也搬運出一點狡猾來：「東陽，你猜怎著，我也當了特務！」說著，他把手伸在衣襟裡去，彷彿是摸手槍。

東陽真想請他們倆到家中去吃飯，可是，那又根本與他的天性矛盾著，於是改為：「你們有工夫，到我那裡談談！」

「明天準去！」曉荷興高采烈的說。「瑞豐，你也——」他不便替瑞豐答應下來，因為怕瑞豐不好意思見到胖菊子。

瑞豐的確有點不好意思去，可是，又一想，假若到了藍家，能吃上一頓飯什麼的呢，也就不便過於固執。「真有事嗎？」他問了一句。

「有事！有事！」東陽心中盤算好：假若招弟和瑞豐都是軍部的特務，他就不妨利用他們倆給鐵路學校的校長栽贓。軍部的人既有特殊的勢力，又能即使惹出禍來也與他無關。

「總得弄點什麼給我們吃喲！」曉荷笑著說：「哪怕有四兩酒呢，哥兒們老不見了，還不親熱一回？」

東陽決定不掉在圈套裡，沒說請他們吃飯，也沒說不請他們，而只吊了吊眼珠。

曉荷實在希望能吃到一頓好飯，於是開始誇讚東陽的眼珠：「真的，老弟，你的官運越好，眼珠兒也越吊得高！」東陽不單沒答應請他們吃飯，反而告訴他們：「明天到我那裡，你們倆得換換衣服！我那裡常來有地位的人！」看他倆破衣拉撒的樣子，他懷疑招弟與瑞豐是否真作了特務。

瑞豐的靈機一動：「我這是化裝！到哪兒去也是這樣打扮！」

東陽趕緊陪笑：「好啦，明天見！」

見東陽走遠，曉荷用肘輕撞瑞豐的肋骨：「化裝！化裝！有你的！妙！」

瑞豐也非常得意自己的隨機應變，抿著嘴笑。

二人先回到六號，在院中，他們遇到丁約翰。丁約翰把他們攔住。曉荷驚異的問：「這是我的家，你怎麼不讓我進去？」

「你的家，我早租了別人！想想看，你幾個月沒交房租啦？」

「那末，高第呢？」曉荷並不知道她也下了獄。

「她，早給日本人給抓走啦！」

「我還有東西呢！」曉荷沒注意高第下獄的事，他素常就不大喜歡她。

「你幾個月沒交房租，那點東西能值幾個錢？」

曉荷楞住了。沒有個地方住，是嚴重的事。想了想，他要唬唬丁約翰：「你知道招弟是幹什麼的，頂好別得罪我！」

約翰不吃這一套。「甭管她是幹什麼的，反正你得出去，請！」

多麼晴美的夏天晚上啊。在往年，這是祁老人最快樂的一段時間。到五點多鐘，斜陽使西牆給院裡鋪上陰影，棗樹上半大的綠棗都帶著點金光，像一顆顆的寶石。祁老人必灌幾壺水，把有陰涼兒的地方噴濕，好使大家有個濕潤涼爽的地點吃晚飯。飯後，老人必澆一澆花，好使夜來香之類的花草放出香味，把長鼻子的蜂子招來，在花朵外顫動著翅兒，像一些會動的薄紗。蜻蜓，各種顏色的蜻蜓，在屋簷那溜兒飛旋，衝破了蚊陣。蝙蝠們逐漸的飛出來，黑黑的像些菱角，招得孩子們把鞋扔上去，希望能扣住一個大菱角。烏鴉，背上帶著霞光，緩緩的由城外飛回，落在南牆外的大樹上。小燕們一排排的落在電線上，靜靜的休息飛了一天的翅膀。天上發過一陣紅之後便慢慢灰暗起來，小小的涼風吹來，吹出一陣強烈的花香。這時候，孩子們說了一天的廢話的小嘴，已經不大愛張開，而請求老人給他們說故事。老人的故事還沒說完，他們已閉上了眼，去看夢裡的各色的小魚與香瓜。

今天，老人的肚子餓，而不肯說出來。他已停止了給地上噴水，一來是懶得動，二來是捨不得水——天熱井淺，而胡同中的兩家日本人無盡無休的用水，倒水的山東二哥只儘量的供給他們，而不管別家有沒有水吃。至於澆花，就更提不到了；老人久已沒有閒心種花；連那幾盆多年的石榴都已死去一半；那沒死的，因為缺水，只剩了些半黃的葉子，連一朵花也沒有開。老人的眼老躲著它們。北平的烏鴉，因為找不到吃食，已經減少；南牆外的大樹上只有兩三隻脫了毛，一聲不出的黑鴉，彷彿跟北平一樣的委屈肌瘦。

小妞子還是不肯吃共和麵作的東西，所以每天吃飯必定吵鬧一陣。吵過去，她含著淚一邊抽搭，一邊倒在祖母懷中似睡非睡的閉上眼。她平日不是愛哭鬧的孩子，可是現在動不動便哇的一聲哭叫起來，發洩她小心眼中的委屈。這晴美的夏晚，還有晚霞，還有蜻蜓與蝙蝠，而沒有了孩子們的笑聲，天色越美，院中反倒越顯出靜寂，靜寂得可怕！大家唯一的希望就是趕緊躺在床上去，省得面面相窺，找不到話說。

正是在這樣的一個晴美的，難堪的，傍晚，祁瑞豐回到家來——還帶著冠曉荷。

頭一個看見他們的是小順兒，他飛跑過來，高聲喊：「二叔！你回來了？」

小妞子正在祖母懷中假睡，聽到哥哥的喊叫，趕緊睜開眼，也叫「二叔！」

祁老人在自己屋子的階前坐著呢。看見老二，他不由的高了興。可是，幾年來的苦難，教訓明白他不應當只想著四世同堂，而寬容老二。他低下頭去。瑞豐叫了一聲「爺爺，」老人也沒答應。

天祐太太的母愛，本來使她要問老二在獄中受了委屈沒有，可是一見老人對孫子的冷淡，就決定不說什麼。

瑞豐本想大家必定熱烈的歡迎他，像歡迎一個遠征歸來的英雄似的。他顫著聲叫了爺爺與媽媽，還想馬上就鼻一把淚一把的把入獄的情形，像說故事似的，說給大家聽。及至看到祖父與母親的冷淡，他楞住了。

韻梅，明白祖父與婆婆的心意，可是不便不給老二一點溫暖。她是這一家的主婦，應當照應一切的人。她給了他一點笑臉：「喲，老二你回來啦？沒受委屈啊？」

老二撲奔了大嫂去，想痛痛快快的述說獄中的一切。可是，一回頭，見祖父瞪著他呢，他又無可如何的閉上了嘴。楞了一會兒，他低聲的問大嫂：「冠先生沒有了住處，你能給他想個主意不能？」

冠曉荷扯了扯衣襟，向祁老人與天祐太太行了禮，而後滿面春風的，對韻梅說：「哪怕只住這一晚上呢！明天我就有辦法，不再打攪！說真的，招弟作了特務，特務的爸爸還能沒個地方住嗎？」

韻梅還笑著，而語氣相當的堅決：「冠先生，那我可不能作主！」

祁老人不想出聲。一來，肚子裡寡寡落落的，實在打不起精神說話。二來，他知道韻梅有分寸，不至於隨便的留下冠曉荷。三來，不得罪人是他的老辦法，他希望曉荷趕緊走出去，他也就不便多開口。可是，他忽然的張開口；幾年的受罪彷彿逼著他放棄了對條狗都和和氣氣的，對惡人也勉強著客氣的辦法。他的世界已經變了，他必須黑白分明，不再敷衍。他立了起來，指著曉荷的臉說：「走！出去！別惹出我的不好聽的來！」而後，他轉向瑞豐：「你，不知好歹的東西！你要不把這個人弄走，我老命不要，跟你拚了！」

瑞豐見祖父真生了氣，不敢再說什麼，扯起曉荷往外就走。他知道，假若他敢違抗老人，老人也許真不再給他飯吃。把曉荷扯到街門外，他只說了聲「對不住！」便把門關上了。再跑進院中，他以為就可以平安無事，去吃晚飯了。哪知道，祖父還等著他呢。一照面，老人把孫子截住，把從日本人佔領北平以來的瑞豐的所作所為一股腦兒全提出來，一邊說一邊罵。老人好像已不是瑞豐的祖父，而是個旁觀者清的外人；他已不再由祖父的立場去格外原諒孫子，而是客觀的責罵，像一個有正義感的，有見解的人，責罵一個不知好歹的，沒有出息的壞蛋那樣毫不留情。

罵了有半點多鐘，老人，肚子裡本來空虛，開始顫抖起來。天祐太太和韻梅並沒有給瑞豐說好話，而只過來勸慰老人，怕老人氣出病來。她們好說歹說的把老人勸住，老人坐在階石上，落下淚來。

瑞豐沒有詳細的揣摩老人的責罵，而只覺到委屈與不平。他以為自己剛剛出獄，理應得到家人的歡迎與安慰，老人這樣的對他未免過分的無情。見老人坐下，他跑進自己屋中，低聲的為自己叫屈。

坐了半天，老人漸漸的把氣消淨，乘著韻梅攙他起來的時候，他低聲的告訴她：「給他弄點飯吧！」韻梅慘笑著點了點頭。

瑞宣今天又回來的晚了一些。在平日，他總是下了班就回家，為是表明：「我是家長，我到時候就回家，絕不在外面多為自己花一個錢！雖然我沒能出去，參加抗戰，可是我至少對得起一家老少！」這樣他雖不格外的原諒自己，可也就不便太輕看自己。

近來，自從大家都吃共和麵，他懶得回家了。有時候，下了班之後，他不去搭電車，而喪膽遊魂的在街上走。他怕回到家中，面對面的看著老祖父，病母親，吃那豬狗都不肯吃的東西；更不願聽到小妞子的哭哭啼啼與韻梅的左右為難的話語。一看到，聽到，那情形與哭啼，他便覺得這已不是家庭，而是地獄！老人們的眼中已失去那老年的慈祥，孩子們的眼中已失去那天真的光澤，而都露出恐懼與絕望。這使他看出來，他不單辜負了國家，而也並沒能救活了一家子人。他的全盤打算——不去救國，而只求養家——通體弄錯了！

看著委委屈屈的老小，他覺得他應當說幾句笑話，使大家笑一下。可是，那是欺騙！他只能低著頭，把那不能下嚥的東西吞下去，雖然明知道那些東西不過僅在肚子裡打個穿堂，對他沒有任何好處。假若那些沒有任何營養的東西對他無益，它們就能很快的殺死老人與孩子們；它們是毒藥！想到孩子們也會餓死，他的頭上出了冷汗。苟安，苟安，苟安的真意是殺死自己的兒女，斷子絕孫！

有時候，富善先生特意省下一點麵包和點心，用油紙包好，偷偷的放在瑞宣的舊皮包中。老人還另外放一張紙條，用英文寫上：「請原諒我，瑞宣，假若這能使孩子們高興一點，我的功過就相抵了。」

小狼似的，兩個孩子把那點東西吞下去。及至吃完他們才想起：「怎麼沒分給太爺爺和奶奶一點呢？」小妞子特意的等著爸，希望他能帶回點麵包什麼的來。看到爸沒帶回東西來，她會說：「爸爸！妞妞乖！妞妞不要麵包！」這使瑞宣的心中像刀刺著那麼疼。

他已停止了教小順兒讀書，知識救不活快餓死的孩子。憂鬱、飢餓，使他的胃中一陣陣的疼，一陣陣的冒酸水，沒有精神再談文化與歷史；饑荒會使文化與歷史滅亡！

在他喪膽遊魂的串街的時候，他發現了許多新的，使他難過的事。他看見了中日合辦的飯館，裡面的裝備都是中日合璧的：高桌高凳是給中國人預備的，另有一些矮桌是給日本人用的。四壁上掛著日本的彩印版畫，桌上擺著日本人所喜愛的奇形異狀的盆景。別的飯館，因為糧米與豬羊的統制，都已三天打魚，兩天曬網，不能天天升火；這個中日合辦的地方卻老能得到米麵調貨，而且用低廉的價錢搶別家的生意，所以天天擠滿了人。在這裡，人們花不了多少錢，而能得到一大盤子白米飯，和一點日本式的簡單的菜。好幾次，瑞宣的時常冒酸水的胃，與很久沒吃過米飯的嘴，逼迫著他進去吃那麼一大盤子「和定食」。可是，他咬上牙，趕緊走開。無論如何，他告訴自己，他不能那麼下賤，去吃東洋飯，去幫助完成日本飯館的生意興隆，去和日本人擠在一處吃東西！他明知道這種消極的抵制，並無補於事，可是他到底還覺得有這麼一口硬氣是值得自傲的。

他也看見了不少日本舖子，在王府井大街一帶。這，他倒沒感到怎麼奇怪。連小羊圈裡都有了日本住家，這條大街上理應有日本舖子。可是，當他看見中國舖戶也把牌匾什麼的裝修成日本式，他的頭不由的就低了下去。他覺得這不是文化的吸收，而是無恥的投降。

同樣的，他在東安市場看到小盆景：一株粗而短的松樹，斜倚著一塊奇形的山石；或一個茶碗大小的盆子，種著一小枝仙人掌或仙人拳；或用人工曲扭成的小樹，開著一兩朵花。他知道這是為賣給日本人的。日本人的「自然」必經過殘忍的炮製，把花木都忍心的削折歪扭，好顯出不自然的「美」來。中國人也學會了這一套！中國人聰明，什麼都一學就會，可是只沒學會怎麼強硬與反抗！

回家吧，可怕；在街上溜吧，又觸景生情；他簡直不知如何才好。他不敢逃出北平，而北平好像已離開了他，使他沒有地方去。就是在這種心情下，他今天慢慢的走回家來。

冠曉荷在祁家門外的階石上坐著呢。看見瑞宣，他急忙立了起來：「啊，瑞宣！我和老二都平安無事的出來了！你能不能——」他還沒有說完，瑞宣已推開門，走進去，而後把門上了門。

韻梅輕輕的告訴他：「老二回來啦！」

他一聲沒出，走進屋裡去。

第七十七章　預感

曉荷，吃了瑞宣的釘子，呆呆的立在那裡，看著原來是他自己的那所房子。他想起以前的自己、大赤包、桐芳，與女兒們。他不能明白他怎麼會落到這步天地。左思右想，他想不出自己有什麼過錯；假若真的有因果報應一說，他既沒有過錯，怎會有這麼慘的報應呢？堂堂的冠曉荷會沒有了住處！長嘆了一聲，他走出小羊圈。

天已快黑了，他上哪兒去呢？平日，他總以為北平的一切都是給他預備的：洋車是給他代步的，只要他一點頭，馬上有兩條腿來替他奔跑；街燈是給他照亮兒的，好使他的緞子鞋不至於踩著髒東西；鋪戶是為他開著的，只要他一摸錢袋，那些作生意的便像一群狗似的來伺候他。現在，洋車、鋪戶、街燈，還都在街上，他可是覺得慘淡、孤寂、難過。沒有人招呼他，他自己也不知道該到何處去，北平的一切已不是為他預備著的了！為什麼呢？為什麼呢？他想不出道理來！

他不敢發怒，因為假若一怒而作出些與深鞠躬，慢走路相反的事來，容或就出點亂子。他不後悔以前的所作所為，因為他只覺得以前的一切是值得記住的，值得自傲的；以前的，特別是在大赤包作了所長以後，是他的黃金時代；黃金時代不會是個錯誤！

他的肚中響起來。飢餓是最迫切的問題；他忘了別的，而只想怎麼能馬上吃到點東西。他決定去找藍東陽。他知道東陽是齧刻鬼，可是他也相信自己的三寸不爛之舌；即使東陽真是鬼，他相信，他也會把鬼說活了心的。

東陽，因為巴結日本人的經驗，曉得凡是急於求事的必在約定的時間以前來到；他自己就是那樣。他也曉得，求事的人來得越早，被求的人就越要拿架子，故意的不肯出來會見；他自己就受過多少回這樣的冷淡與折磨。因此，一見曉荷今天晚上就來到，他馬上起了疑心：大概曉荷是急於求助，而急於求助就表明招弟未必真作了特務。於是，他開門見山的問曉荷：

「告訴我，招弟的事是不是真的？」

曉荷像忽然被馬蜂螫了一下：「哎呀！你怎可以不信我的話呢？你就不想想，我敢拿東洋人的事隨便開玩笑嗎？」

東陽楞了一會兒，覺得曉荷並沒說假話。「告訴我，我上哪兒去找她？」

「那——」曉荷不敢說出她的地址來，怕再下獄。「那，你知道，特務的地址是不准告訴別人的！」

「我找不到她，還有什麼可說的呢？你呢？你也找不到她？」

「我——」曉荷不知怎麼回答好。

「好啦，別多耽誤我的工夫！你既也找不到她，我只好用祁瑞豐了！」

「瑞豐？他騙你呢，他要是特務，我就是日本天皇了！」

「曉荷，你怎麼敢當著我，隨便拿天皇開玩笑呢？」東陽立起來，吊著眼珠，向東方鞠了一躬。

「嘔，我錯了！我道歉！」

「你跟瑞豐全是騙子，滾出去！」

「我還沒吃飯哪，東陽！」

「我，這兒又不是飯館！滾出去！敢來戲弄處長，哈！」

「太太呢？我見見太太！」曉荷真著了急，想向胖菊子求救。

胖菊子恰好由外面走進來，一眼看到曉荷，她的氣不打一處來。因為沒能把妓女檢查所的所長弄到手，近來她恨一切的人；曉荷是大赤包的丈夫，特別教她生氣。

「處長太太！」曉荷柔媚的叫了聲，為是打動女性的慈憫。

胖菊子一聲沒出，只啐了一口唾沫，便走了進去。

曉荷的臉跟東陽的一樣的綠了。頭上出著冷汗，他慢慢的走出來。

已經走到大門，他靈機一動，又走回去，對東陽說：「東陽，我不計較你！你的態度對！比如說你是我，我是處長，我還不是也這樣對待你？對，你對，理應如此！可是，你記住，招弟真是特務，有朝一日，我見到她，你可也提防著點！」說完，他扭身便往外走。

東陽追出來。他不懂什麼叫對人不可趕盡殺絕，不懂什麼叫維持人緣，可是他知道軍部的特務有多麼厲害。他扯住了曉荷：「你回來！我給你一頓飯吃！」他以為一頓飯必能收買住曉荷，因為他向來連一顆米粒也沒白給過任何人。曉荷的臉上又有了笑意。

這時候，瑞豐在屋裡沒敢出來向大哥招呼，怕大哥也像祖父似的責罵他。第二天早上，他等著大哥出去上班，才敢起床。起來，胡亂的吃了口東西，他又藏在屋裡去思索：到底他應當去找東陽不應當。想到菊子，他不好意思去。想到東陽也許給他點事作，他又願意去。他知道昨天他騙了東陽；那麼，假若東陽需要的是特務，他怎麼辦呢？想了好大半天，他噗哧的一笑：「蒙著鍋兒來吧[2]！到時候再說！」這麼一想，他決定去見東陽。他覺得瞎貓碰死耗子是最妥當的辦法。他細細的刮了臉，裡外都換上乾淨衣裳，又跟大嫂要了點零花，而後氣象煥然一新的走出家門。

天氣非常的晴爽，雖然溫度相當的高，可是時時有一陣涼風兒使人覺得舒服。瑞豐揚著小乾臉，走幾步便伸開胳臂，使涼風吹吹他的夾肢窩，有點飄飄欲仙的樣子。他忘了祖父的責罵，獄中的苦楚，而只一心一意的想和東陽去「合作」，給自己創出一條新生路。

到了藍宅，他不敢去叫門；萬一真遇上胖菊子，他怎麼辦呢？假若他這一輩子也有一樁教他覺得可恥的事，那便是他丟了老婆而沒敢向東陽決鬥。

站了半天，他還是決定不了去叫門與否。忽然門開了，一個年輕人相當客氣的往裏邊讓瑞

2. 蒙著鍋兒來吧，辦事沒有一點把握。

豐。瑞豐不再遲疑，跟年輕人走了進去。他心中說：「東陽真誠心誠意的等著我呢，有門兒！」

東陽，還另有一個青年，在院裡站著呢。瑞豐怕見到胖菊子；可又似乎願意看見她，不住的向四處打眼。他聽見屋裡咳嗽了一聲，很像菊子的聲音。他的心跳起來。

東陽斜著綠臉，為是把眼調正了，瞪著瑞豐。瑞豐莫名其妙的笑了一下。東陽猛的把眼珠吊起去，問：「你說，你是特務，真的？」

瑞豐，說慣了謊話，硬著頭皮回答：「那還能是假的？」

東陽問兩個青年：「你們聽見了？」

青年們點了點頭，而後一齊走向瑞豐，一邊一個把他夾在中間。

瑞豐猜不透這是怎回事，心中有點發慌，連聲的問：「怎回事？怎回事？」一邊問，一邊他想起最好的主意，跑！可是，剛要抬腳，他覺得兩個硬東西一左一右的頂在他的肋骨上。他不敢再動，臉上沒有了血色，嘴張了半天才問出來：「東陽，我怎麼了？」

「你，冒充特務！」東陽向兩個青年一揚手，「帶他走！」

瑞豐急了，狂喊了一聲：「菊子？快救救我！」

菊子沒有出來。兩個青年一齊加勁的把硬東西頂在瑞豐身上，他不敢再出聲，跟著他們往外走。

這樣，瑞豐又入了獄。

東陽非常的得意。他知道瑞豐是沒有膽子，不值得一欺侮的人，可是，能藉機會把他下了獄，他的心靈上覺得舒服：一來是，多抓一個人，他可以多立一功；二來是，能把瑞豐結果在獄中，他便是對菊子示了威，而且也可以掃清了自己心中那一點點對瑞豐的顧忌。結果了瑞豐，彷彿他才真能是胖菊子的唯一的丈夫。是的，他必須教瑞豐死在獄中。這是他臨時想起來的，可是臨時想起的主意，假若十分狠毒，就彷彿比自己盤算好的計劃更近乎有靈感；他很想去作一首詩。

不，他還顧不得作詩，他得先去佈置瑞豐的死！

到吃晚飯的時候，瑞豐還沒有回來，大家並沒怎麼覺得奇怪。天黑了，他還沒回來，祁老人開始叨嘮：「已經教日本人圈過這麼多日子，還不知好歹；亂撞什麼去，天黑了還不回來！」

聽到老人的叨嘮，大家還沒十分的擱心，都以為老二剛由獄裡出來，必像出籠的鳥兒似的，儘量的散逛；待一會兒必會回來的。

又過了半天，祁老人又叨嘮起來。口中叨嘮，心中卻難過，老人以為自己不該在瑞豐剛由獄裡出來，就劈面罵他那麼一大頓。假若瑞豐是為被責罵而掛了氣，也像小三兒似的跑出北平去，老人覺得未免太對不起祁家的祖先；瑞豐是個不要強的子孫，可是即使如此，老人也不願負對不起祖先的責任。這樣一想，他開始忘了瑞豐一切的劣跡，而只覺他是祁家的人，千萬不要再出點什麼亂子。

到了快睡覺的時候，連天祐太太也沉不住氣了。在往日，瑞豐時常回來的很遲，她並沒這樣耽過心。今天，她好像有一點什麼預感，使她的心七上八下的安不下去。

夜裡，屋中還是很熱。大家都假裝的睡，可是誰也睡不著。一會兒，小妞子像炸了痱子似的哭喊兩聲；一會兒，祁老人長嘆一口氣；一會兒天祐太太低聲的對小順兒說兩句話。黑的天，熱的空氣，不安的心情，使全家都感到一點什麼可怕的事在暗中埋伏著。沒有人喜歡瑞豐，真的；可是大家越知道他無聊無知，才越不放心他。

快到天亮，屋中的熱氣散盡，也有了點涼風，大家才昏昏的睡去。

韻梅起來的很早。可是，一出屋門，就看見祁老人在院中坐著呢。老人的白髮，特別是頭頂上那幾根，在曉風裡微微的顫動，顫動得很淒涼。他臉上的皺紋像比往日深了許多，也特別黑暗，老人的小褂子只繫了一個鈕子，露著一部分胸口，那裡的肉皮也是皺起的，黑暗的，像已沒有了血脈。「你老人家幹嗎起這麼早？」韻梅低聲的問。

好大半天老人也沒答出話來。低著頭，他的下巴像要頂進那瘦硬的胸口裡去。好久，他長嘆了一聲，還低著頭，說：「哼！都錯了，我都算錯了！我說北平的災難過不去三個月；三個月？好幾年了！我算計著，不論如何，咱們不至於挨餓；哼！看看小妞子，看看你婆婆！我算計著，咱們祁家就是受點苦，也不見得能傷了人口；可是，先是你的公公，現在，又輪到老二了！」

「老二不會出岔子，你老人家放心吧！」韻梅勉強的笑著說。

老人還低著頭，可是語聲提高了一點：「怎麼不會出岔子？在這年月，誰敢拍拍胸口，說不出岔子？我不對！不該在老三剛回來，就那麼罵他！」

「難道他不該罵？爺爺！」

老人翻眼看了韻梅一下，不再說什麼。

涼風把夏晨吹醒。鳥兒用不同的腔調唱起歌來，牽牛花頂著露水展開各色的小喇叭，渾身帶著花斑的飛蟲由這兒飛到那兒，蜘蛛在屋角織起新的絲網。世界是美好的，似乎只有人們不大知趣；他們為自己的生活，使別人流血；為施展他們的威風，頃刻之間用炮火打碎一座城池。

瑞宣一睜眼，就皺上了眉頭。美麗的夏晨，對他，是一種嘲弄。

出了屋門，他看見祖父，趕緊叫了聲：「爺爺！」老人沒哼聲，還那麼低頭坐著。

瑞宣慢慢的往外院走。走到影壁前，他看見地上有個不大的紙包。他的心裡馬上一動。那是東洋紙，他認識。包兒上的細白繩也是東洋的。楞了一會兒，他猛的把紙包拾起來，把繩子揪開。裏邊，是瑞豐的一件大褂。摟著大褂，他的淚忽然落下來。他討厭老二，可是他們到底是親手足！輕輕的開了街門，他去找白巡長。

找到白巡長，瑞宣極簡單的說：「我們老二昨天穿著這件大褂出去的，今兒個早晨有人從牆外把它扔進來，包得好好的。」

看了看瑞宣，看了看大褂，白巡長點了點頭，「他們弄死人，總把一件衣裳送回來；老二大概——完啦！」

聽白巡長說的和他自己想的正一樣，瑞宣想不起再說什麼。

白巡長嘆了口氣。「哼，老二雖然為人不大好，可是也沒有死罪！」他打開了戶口簿子。「祁先生，這件大褂就是通知書，以後別再給他領糧！」說著，他把「瑞豐」用筆抹上條黑槓兒。

「白巡長！」瑞宣的嘴唇顫動著說：「我把這件大褂留在這兒吧？萬不能教我祖父看見！我的父親——現在又是老二，祖父受不了！請你幫我點忙，千萬別對任何人說這件事！」

「我懂得！一定幫忙！」白巡長把那件大褂又包起來。「祁先生，甭傷心！好人也罷，歹人也罷，不久都得死！」

瑞宣急忙去找李四爺。簡單的把事情說明，他囑託老人：「發糧證的時候，千萬別教我祖父知道少了一份糧！還有，過兩天，您看機會，告訴我祖父，就說您看見瑞豐了！」

「我得扯謊？」

「那有什麼法子呢！只要您說看見老二，祖父必信您的話，放了心；要不然，他老人家得病一場！真要是他老人家現在有個好歹，可教我怎辦？我已經窮到這樣兒，還辦得起喪事？」

「好吧！你的話也對！」李老人點了頭。

辭別了李四爺，瑞宣慢慢的往家中走。

走進了家門，他似乎不能再動了。他坐在了門洞裡，一半有聲的，一半無聲的對自己說：「你知道老二的行為不對，為什麼不早教訓他呢？打他幾個嘴巴子，也比教他死在日本人手裡強呀！

你為什麼只顧大家表面上的和睦，而任著老二的性兒瞎胡鬧呢？好，現在他死了，你去央求白巡長，李四爺，給遮掩著事實；倒好像老二根本是好人，總得活下去；即使他死了，也得設法弄得好像他還活著似的！這是什麼辦法呢？你討厭他，而不肯教訓他；他死了，你倒還希望他活著！你只會敷衍，掩飾，不會別的！你的父親教敵人逼死，報仇了嗎？沒有！現在你的弟弟，不管他好壞，又教日本人殺了，你不單不想報仇，而且還不教別人聲張，給日本人遮瞞著罪惡——你也算個人！！！」

這樣罵過自己一陣，他無精打采的立了起來。

祁老人還在那兒坐著呢。

祖孫彼此看了一眼，誰也沒說什麼。

第七十八章　全城大消毒

北平人到什麼時候也不肯放棄了他們的幽默。明快理髮館門前貼出廣告：「一毛錢，包辦理髮，刮臉，洗頭！」對面的二祥理髮館立刻也貼出：「一毛錢，除了理髮，刮臉，洗頭，還敬送掏耳，捶背！」左邊的桃園理髮館貼出：「八分錢，把你打扮成泰倫鮑華！」右邊的興隆理髮館趕緊貼出：「七分錢包管一切，而且不要泰倫鮑華的小賬！」

飯已沒得吃，人們顧不得什麼剃頭刮臉。不錯，像胖菊子們，還照常燙頭髮，修指甲，可是她們都到那不減價的美容室去。至於一般人，他們得先設法撐滿了肚子，頭髮與鬍鬚的修整必須放在其次。於是，小理髮館不論怎麼競爭減價，怎樣幽默，還是沒有生意。

孫七在往日，要從早到晚作七八個鐘頭，才能作完該作的活。現在，他只須作一兩個鐘頭就完結了一天的事。鋪戶裡都大批的裁人，他用不著再忙。而且，因為小理髮館都發狂的減價，有的鋪戶便乾脆辭掉了他，而去照顧那花錢少而花樣多的地方。他，孫七，非另想辦法不可了！

他是愛臉面的人。雖然手藝不高，可是作慣了鋪戶的包活，他總以為自己應當有很高的地位，像什麼技術專家似的。因此，他不能到街頭和那群十三四歲的，剛出師的小孩子們擠在一處，去伺候洋車伕和小販們。他也不肯挑起剃頭挑子，沿街響著喚頭，去兜生意。在平日，他打扮得相當的漂亮：短藍布衫，漿洗得乾淨硬正，底襟僅將將過膝，顯出規矩而俐落。裡面的小褂，很白，袖子很長，以便把白袖口挽出來，增加他的漂亮乾淨。他沒拿著過那錚錚響的喚頭，而只夾著一個雪白的布包，裡面放著他的傢伙。這樣，每天早晨，夾起白布包，甩著長而白的袖口，去到鋪戶作活，他感到像一位藝術家去開展覽會似的。他體面、規矩、自傲。他一定不肯沿街去兜攬生意，那損傷了他的尊嚴。

現在，他可是非下街不可了！他的眼本來就有點近視，現在就更迷糊了，因為眼中有些淚。他愛瞎扯。他對什麼都不十分瞭解，所以才敢信意的瞎扯；瞎扯使他由無知變為無所不知。現在，他閉上了他的嘴。他須和程長順一個樣子的去遊街，弄得滿身塵土，像個泥鬼。他傷心，也就不肯再瞎扯。每天早晨，他依舊到幾家他作過多少年生意的鋪戶裡去。作完這點活，天色還不到正午。下半天他幹什麼去呢？在家中坐著，棚頂上不會給他掉下錢來！沒辦法，他去買了個喚頭。夾著白布包，打著喚頭，他沿街去作零散的活計。聽著喚頭錚錚的響，他心裡一陣陣的發酸。混了二三十年，混來混去會落到這步天地！他的尊嚴、地位，忽然的都丟掉。在前些日子，他還敢拒絕給冠曉荷刮臉，現在，誰向他點手，誰便是財神爺！

他不敢在家門附近響喚頭，他必須遠走，到沒有人認識他的地方去。他須在生疏的地方去丟臉，而仍在家門左近保持著尊嚴。轉了一天，不管有無生意，他必在離家門還相當遠的地點，把喚頭掩藏起來，撣去鞋上與身上的灰土，走回家中。

在北平人的記憶裡，有些位理髮匠（在老年間被叫作剃頭的）曾有過不甚光榮的歷史。孫七還記得這個，所以他一向特別的要表示出尊嚴與正經，彷彿是為同行的爭一口氣。他最怕看見十幾歲的小剃頭的們，把特製的短小的挑子放在一處，彼此詬罵，開玩笑，或彼此摳摳摸摸的。現在，他既須去遊街，就沒法子不遇見這樣的孩子們。不管他們的手藝多麼不好，年歲多麼小，他們到底是他的同行，都拜一個祖師。

他的眼不得力，不能由遠處就看見他們而及早繞道兒躲開。及至身臨切近，看見他們的醜態，聽到他們的髒話，他不由的就發了怒。儘管發怒，他可是沒法干涉他們；他們不是他的徒弟，他沒有管束他們的權利。擱在往日，他可以用前輩的資格去說他們幾句；現在，他與他們全是下街討飯吃的，誰也不高，誰也不低。他要申斥他們，只是自討無趣！有時候，孩子們中間有認識他的，便高聲的問他：「孫師傅，你也下街啦？」教他轟的一下，連頭髮根兒都紅了起來。

為避免這種難堪，他開始選擇小胡同去走。可是胡同越小，人們越窮，他找不到生意。他用力敲打喚頭，一半是為招生意，一半是為掩遮他的咒罵，咒罵他自己、他的同行，與日本人。

天極熱，小胡同裡的房子靠得緊，又缺少樹木，像一座座的烤爐。可是孫七必須在這些烤爐中走來走去。被陽光曬得滾燙的牆壁，發著火氣，灼炙著他的臉，他的身體。串過幾條這樣的胡同，他便聞到自己身上的臭汗味。他的襪子，像兩片濕泥巴，貼在他的腳心上。哪裡都是燙的，他找不到個地方去坐一坐。他的肚子裡只有些共和麵和涼水，身上滿是臭汗與灰土，心中蓄滿了憂慮、憤恨，與恥辱。這樣，走著走著，他便忘了敲打手中的喚頭，忘了方向，只機械的往前緩緩的移動腳步。忽然一聲犬吠或別的聲音，才驚醒了他，趕緊再響動手中的喚頭，錚錚的給自己更增加一些煩躁。

饑、暑、疲倦、憂慮，湊在了一處，首先弄壞了他的腸胃，他時常瀉肚。走著走著，肚子一陣疼，他就急忙的坐下，用手揉著肚子。他的臉登時變成綠的，全身出著盜汗。他的肚子像要擰成一根繩，眼前飛動著金星。他張著嘴呼吸；一陣疼，身子要分為兩截。他的耳中輕響，像有兩個花蚊子圍著他飛旋。隨著這響聲，他的心也旋轉；越轉越快，他漸漸失去知覺。那點響聲走遠了，他的眼前完全變成黑的；心中忽然舒服了一下，身子像在空中飄著。這麼飄蕩了許久，那點響聲又飛了回來，他又覺出肚中疼痛；原來他已昏過去一會兒。睜開眼，他也許還在地上坐著呢，也許是躺著呢。他楞著，心與身都懶得動一動。肚子還疼，他不能不立起來。哼哼著，他很費力的立起來。他的手，天氣雖然是那麼熱，變成煞白煞白的。他扶著那炙手的牆壁，去找茅房。

有過這麼幾次昏迷，他認識了死亡。無可如何的，他告訴自己：「死並不太難過！那點響聲想必就是魂兒往外走呢！不，不太難過！為什麼不就那麼死了呢？」

他沒錢去看醫生，也不肯買點現成的藥，只在疼得太厲害的時候，去喝一口酒。酒，辣辣的，走入腹中，暫時麻醉了內部，使他舒服一會兒。可是，經過這刺激，他的腸胃就更衰弱，更容易鬧病。

一來二去，孫七已經病得不像樣子了。他的近視眼陷進去多深，臉上只剩了一些包著骨頭的黑皮。在作活的時候，他的手常常顫動，好像已拿不住剃刀。他還想強打精神，有說有笑，省得主顧們懷疑他因手顫而也許有刮破耳朵的危險。可是，他說笑不上來。他須時時刻刻的警戒著——肚子稍微一疼，便趕緊把刀子收回來，以免萬一掉在人家的臉上或身上。不到疼得要命的時候，他不肯停下來；他咬上牙，頭上冒著虛汗，心裡禱告著，勉強把活作完。

這樣作完一個活，他已筋疲力盡，趕緊走開，好找個僻靜的地方坐下或躺下。他顧不得與人們說笑，雖然說笑是維持生意關係的必須有的手段。他應當休息。可是，休息沒人給錢。他必須去串胡同。他走得極慢，幾乎不像走路，而是像一條快死的老狗，找個不礙事的地方，好靜靜的死去。這樣，即使有人要叫住他，看他一眼也就不叫了。他已不是個體面乾淨的理髮匠，而是一個遊魂！

在他的心裡，他知道自己恐怕不久於人世了。可是，只要肚子舒服了一點，他便樂觀的欺哄自己：「並沒有多大的病，只要能休息休息，吃口兒好東西，我就會好起來的！」但是，好東西在哪兒呢？

快到「七七」紀念日，他又昏倒在街上。

甦醒過來，不知怎的，他卻是躺在一輛大卡車上。他覺得奇怪，可是沒有精神去問這是怎回事。又閉上眼，他蜷起身子，渺渺茫茫的不出一聲。車子動，他的身子便隨著動，彷彿他已不是個活人，而是一塊木頭。

走了好久？他不曉得。他只覺出車子已停止搖動；然後，有人把他從車上拖下來。他還半閉著眼，肚子已經好些，可是他十分疲乏。迷迷糊糊的，他走進一間相當大的屋子。屋裡除了橫躺豎臥的幾個人，沒有任何東西。他找了個牆角坐下。他打不起精神去看什麼，只感到一股子強烈的石炭酸水味兒。這個味道使他噁心，他乾噎了幾下，並沒能吐出來，只噎出幾點淚，迷住他的近視眼。

隔了好久，他聽見有人叫他，語聲怪熟。他擠了擠眼，用力的看。那個人又說了話：「我，冠曉荷！」

一聽到「冠曉荷」三個字，孫七馬上害了怕，他不知道自己為什麼被拖到這裡，和這裡是什麼所在，他也沒想到這裡會有什麼危險。可是，一聽到「冠曉荷」，他立刻聯想到危險、禍患，因為冠曉荷是，在他看，一切惡事的禍首；只要有冠曉荷，就不會有好事。他極快的想到：他是被冠曉荷給陷害了，正像錢默吟先生、小文夫婦，無緣無故的被姓冠的害了一樣。他用力的看，原來冠曉荷就在離他不遠的地方坐著呢。

曉荷的上身穿著一件白小褂，顏色雖然不很白，可是鈕子還繫得十分整齊。下身，穿著一條舊藍布褲子，磕膝那溜兒已破了，他時時用手去遮蓋。他的臉很黑很瘦，那雙俊美的眼，所以，顯著特別的大。他還愛笑，可是因為骨稜兒太顯明，所以笑得不甚嫵媚。他的牙還是很白，可惜唇上與腮上有些稀稀的，相當長的鬍子，減少了白牙的漂亮。他的腦門上有許多褶子，褶子中有些小小的白皮，像是被日光曬焦的；他時時用手去摳它們，而後用袖子擦擦腦門。

自從他在藍宅吃過一頓飯以後，他就赤手空拳的到處蒙吃蒙喝，變成個騙子兼乞丐。他受盡了冷淡、污辱，與飢渴，可是他並不灰心喪氣；他的心中時時刻刻的記著招弟。招弟，在他心中，彷彿是聖母，即使不能馬上來給他吃，給他喝，也總會暗中保佑他。

孫七看了再看，把曉荷完全看清楚。可是他更糊塗了：曉荷在這兒幹什麼呢？看樣子，曉荷大概也是被人家拖了來的；為什麼呢？他想：假若曉荷和他自己同樣的被人家拖了來，曉荷就不至於陷害他；不過，曉荷總是曉荷，有曉荷的地方必不會有好事。他沒有好氣的問出來：「你在這兒幹什麼呢？是不是又害人呢？」

曉荷要笑一笑，可是忽然的咬上了牙。他的臉忽然縮扁了許多，眉眼擠在一起。他蜷起腿來，雙手抱住肚子。他已不再俊美，而像東獄廟中天王腳下踩著的扁臉小鬼。孫七向來沒看見過這樣不體面的冠曉荷。過了一會兒，曉荷伸開了腿，臉上的皺紋漸次鬆展開，吐了一口長氣：「噗——肚子疼！」

孫七出了涼汗。肚子疼不算罪惡，他知道。可是，曉荷既也肚子疼，既也被拖到這裡，大概非出岔子不可！一急，他罵了出來：「他媽的，我孫七要跟這小子死在一塊兒才倒了血霉！」

曉荷揉著肚子，忽略了孫七的咒罵，而如怨如訴的自述：「這不是一天了，時常啊，肚子裡一擰，擰得我要叫媽！毛病都在我太貪油膩！天天哪，我總得弄什麼四兩清醬肉啊，什麼半隻熏雞啊，下點酒！好東西敢情跟共和麵調和不來，所以——」他又咬上了牙，他的肚子彷彿是在懲戒他的扯謊！疼過一陣去，他繼續著說：「自從我搬開小羊圈以後，好多朋友都給我介紹事作，我可是不高興去。招弟，你知道她的地位？她既有了好事，我老頭子何必再去多受累呢？所以呀，我就天天的約幾個朋友，有時候也有日本朋友，坐坐野茶館呀，釣釣魚呀，圖個清閒自在！日本朋友屢次對我說：冠先生——他們老稱呼我先生——你總得出來幫幫我們的忙啊！我微微那麼一笑，對他們說呀：『我老了，教我的女兒效勞吧，我得休息休息！』」

孫七知道曉荷是在扯謊，知道頂好不答理他，可是他按不住他的怒氣：「他媽的，餓成了這樣，你還他媽的還念叨，你是什麼玩藝呢！」

「說話頂好別帶髒字兒，孫七！」

「我要再分有點力氣，我掰下你的腦袋來！」

「嘔，你也肚子痛？別著急，這是醫院。待會兒，日本醫生一來，給咱們點藥兒，——日本藥是好的，好的！——咱們就可以出去了！」

孫七沒入過醫院，不曉得醫院是否就應當像這個樣子。「我才不吃日本藥呢！他媽的，用共和麵弄壞了我的肚子，又給我點藥；打一巴掌揉三揉，缺他媽的德！」

「你要是老這麼說話，我可就不理你啦！」曉荷掛了點氣說。

下午三點，正是一天最熱的時節。院裡毒花花的太陽燒焦了一層地皮。樹木都把葉兒捲起去。什麼地方都是燙的，沒有一點涼風。連正忙著孵窩的麻雀都不敢動了，張著小嘴在樹葉下蹲著。屋裡相當的陰涼，可是人們仍然感到暑熱與口渴。孫七不願再聽曉荷瞎扯亂吹，頭倚牆角，昏昏的睡去。

門前來了個又像兵又像護士的日本人。曉荷像見了親人似的趕緊立起來，把所有能拿出來的笑意都搬運到瘦臉上來。等日本人看明白他的笑臉，他才深深的鞠躬，口中吱吱的吸著氣。鞠完了躬，他趕緊把孫七叫醒：「別睡了，醫官來了。」

日本人問曉荷：「你的？」

曉荷並齊兩腳，挺了挺腰，笑紋在臉上畫了個圓圈，恭敬的回答：「肚子疼！」恐怕日本人不明白，他又補充上：「鬧肚子，拉稀，腸胃病，消化不良！」

日本人逐一的問屋裡的人，大家都回答：肚子不好。

「要消毒的！」日本人說了這麼一句，匆匆的走開。

大家都不明白消毒是什麼意思。曉荷覺得責任所在，須給大家說明一下：「大概是教咱們洗洗澡，換換衣服。這是必有的手續，日本人最講究衛生、清潔，我知道！」

又過了幾分鐘，那個日本人又回來，拉開門，說了聲：「開路！」

曉荷搶先往外走，並且像翻譯官似的告訴大家：「教咱們走！」

連曉荷、孫七一共是七個病人。大家都慢慢走出來。一出屋門，熱氣像兩塊燒紅的鐵，貼在大家的臉上。孫七扶住了門框，感到昡暈。

「快著走呀，孫七！」曉荷催促他，然後向日本人一笑。

走出大門，一部大卡車在門外等著他們呢。司機的已在車上坐好，旁面還坐著個持槍的日本兵。

「上車的！」日本人喊。

「大概呀，這是送咱們到正式的醫院去。」曉荷一邊往車上爬，一邊推測。

車上沒有座位，沒有棚子。車板上有些血條子，被陽光曬得綜起來，發著腥臭。曉荷認識這部車，它是專往城外拖死屍的。大概他的太太，冠所長，就是被這輛車拖出去扔在野外的。可是，他不便過度的疑慮什麼，他對自己的國家與民族，沒有絲毫的自信與自傲；假若他再懷疑日本人，他就完全沒有立腳的地方了。

車上沒有地方不是滾燙的，大家沒有坐下去的勇氣，只好蹲著。車開了，有了一點風，也是熱的。太陽似乎已不在天上，而是就在他們的身旁。車很快，像要衝出火海。什麼地方都是亮的，連牆影兒都沒有多少黑色。牆頭、屋瓦，特別是電線上，都發著一些顫動的光。車飛馳，強烈的顏色聯成一道飛虹，車上的人都閉上了眼。

忽然一黑，車聲像雷似的響，大家全快忙睜開了眼，原來是到了城門洞內。

曉荷怕出城，預感到什麼危險。可是，他不便說出來，怕那樣對不起日本人。他想起大赤包來；但是，大赤包被殺也不能教他懷恨日本人；不是嗎，他想，日本人會給她官兒作，當然也會殺了她，當然！

車上的人都發了慌，一齊問：「到底是怎回事？」

出了城門，毒熱的陽光又曬在大家的頭上。他們停止了說話，又都閉上眼。

車衝過關廂，塵土被車輪捲起多高，熱的灰沙落在他們的臉上。

「孫七！孫七！」曉荷看到一大片白薯地，更發慌了：「這，這是——」

「你放心，日本人決不會害你！」孫七沒有好氣的說。

「對的！對的！」曉荷點了點頭。「我沒得罪過日本人！」

車停在一片榆林外。榆葉幾乎已都被蟲子吃光，禿眉爛眼的非常難看。樹枝上，裹著好些蟲網，網上掛著一顆顆的黑的蟲屎。林外，四面都是白薯地，灰綠的葉子卷捲著，露出灰紅的秧蔓，像些爬不動的大蟲子。四外沒有一個人，沒有一點聲音。一陣熱風捲過來，只捲起一些乾的黃土，吹落幾片被蟲子咬過的榆葉。兩隻黑鴉在不遠的墳頭上落著，飛起來，又落下。

前面的兵由車上跳下來，把刺刀安上。那長窄的刺刀，發出亮光，像一條冰似的，使大家的心都發涼起來。司機的也下了車，手中提著兩把軍用的鐵鍬。兵叫大家下車。

曉荷由車上滾下來，沒顧得整一整衣服，便撲奔了日本兵去，跪在地上：「老爺！老爺！我是你們的人，我的太太跟女兒都給你們作事！我沒犯罪呀，老爺！老爺！」

孫七本是膽小的人，但在自從昏倒在街上幾次以後，他已不那麼怕死。現在，他想不出自己有什麼死的罪名，也顧不得去想他該怎樣處置自己。他好像完全沒有經過考慮，撲奔過曉荷去，他的手與腳全踢打在曉荷的身上。「你！你！我知道，遇見你就沒好事；你，沒有骨頭，沒有血的走狗！」

這時候，日本兵正要用刺刀扎孫七，可是最後下車的一個，穿著長衫頗體面的人，跳下車來掉頭就跑。日本兵趕了他去，刺刀扎入他的背中。

端著槍，日本兵跑回來。孫七還在踢打冠曉荷。刺刀離孫七很近了，他把近視眼瞇成兩條縫子，而後睜開，睜得很大；緊跟著，他怒吼了一聲：「幹什麼？」說也奇怪，冷不防的聽到這一吼，日本兵莫名其妙的立定，彷彿忘了他要幹什麼了。

楞了一會兒，日本兵不去用刺刀扎孫七，而教大家排好。曉荷還在地上跪著，兵順手把他揪起來，作為排頭。孫七糊糊塗塗的排在第二。

天更亮了。陽光照著這些人，一片光桿的榆樹，墳頭，白薯地，也照著死亡。墳頭上的一對烏鴉又飛起來，哀叫了兩聲，再落下。日本兵端著槍，領著大家往樹後走。

樹後有一大溜挖好的坑，土塊上有些被曬死的紫紅的蚯蚓。

「消毒的！」日本兵一槍把子將冠曉荷打入第一個坑。

曉荷尖銳的狂喊了一聲：「饒命喲！」

司機把鐵鍬交給孫七與第三個人，用手比畫著，教他們填土。孫七忘了一切，只知道坑中是賣國賣友的冠曉荷。他把身上所有的一點力氣都拿出來，往坑中填土。曉荷還在喊：「饒命呀！」坑中的土越來越厚，曉荷的聲音越來越小。土埋到他的胸，他翻眼看看日本兵，要再喊饒命，可是一鍬堵住他的嘴，烏鴉飛了過來，在樹林上旋轉了一下，又飛開。第二個坑是孫七的，他跳了進去，沒出一聲。

這叫做消毒。

全城都在消毒。共和麵弄壞了北平人的腸胃，而日本人疑心是什麼傳染病，深怕染到日本居民。幾輛大卡車日夜在街上巡行，見到暈倒的，鬧肚子的，都拖走去消毒。消滅一個便省一份糧食。

就是這樣，我們的天字號的順民冠曉荷，與我們的好鄰居，朋友，理髮匠，都被消了毒。

第七十九章　遇見它的都須毀滅

小羊圈的人們只注意到孫七的失蹤，而沒想到他會被活埋。飢餓使人們自顧不暇，誰也沒張羅著去找一找他。孫七太太是個四十來歲，永遠煙不出火不進的[3]，不惹人注意的婦人。見丈夫老不回來，她落了幾點淚，回了娘家。小羊圈的老住戶就這麼鴉雀無聲的又減少了一家。

慢慢的，消毒這一名詞與辦法傳到人們的耳中，他們開始懷疑是否孫七便是這個辦法的犧牲者。雖然這麼疑慮，大家可不高興以此為題，談論什麼。他們的肚子也都不很好。假若孫七真是因鬧肚子而——他們自己呢？這太慘，太可怕了！不提也罷！

又到了「七七」。日本人把五色旗收起去，而賣給大家青天白日旗。旗上還有新添的一條黃布，上面印好：「反共和平建國」。他們不認識這個黃條，也不信上面的那幾個字。低下頭，他們不敢再看那騙人的旗子。

在這面旗子而外，他們也看到：黃色的，左角上有紅藍白黑條子的滿洲國旗，和中間一條紅

3. 煙不出火不進的，形容人窩囊老實。

寬道子，上下有黃白藍窄道道的蒙古聯邦國旗。他們向來沒看見過這些旗幟，也就不想去承認它們。他們知道，在這些旗幟下，鬧肚子的都可以被活埋！

除了懸掛這些旗子，日本人還大張旗鼓的追悼東洋武士的「忠魂」。在南苑，西苑，中山公園，都有極莊嚴的追悼會，倒好像歷史須從新寫過，中國人須負戰爭的責任似的。

小羊圈的人們不由的都屈指計算（這是最好的「清理賬目」的日子），他們這小小的胡同裡，好的歹的，該死的與不該死的，已經有好幾家子家破人亡。他們想起那厚重老成的祁天祐，會作詩的錢先生和他的太太，兩位少爺；壯實得像一條小豹子似的小崔；美得像並蒂蓮的小文夫婦；和忽然像一把火燒掉了的冠家。還有，祁家的老三，棚匠劉師傅，他們逃了出去，是活著，還是死了呢？哼，還有祁老二的老婆呢，不是姘了個漢奸嗎？什麼事都會發生，他們慨歎，只是沒有好事！

程長順不願出去作生意，他怕看見街上那些騙人的旗幟，與那些穿著禮服的日本男女。可是，他必須出去。他的老婆知道今天是「七七」，也必想起小崔來，他須躲開她，不願看見她的愁眉苦眼。

瑞宣也請了一天的假。這不是父親的祭日，可是他想起父親；這不是老三逃出去的紀念日，可是他想起老三。他本不願想起老二，可是也不由的想起來。三個弟兄只剩下他一個人了！

像幼年過盂蘭節似的，瑞宣想起全北平，全中國的千千萬萬被殺的，被炸的，被姦的，被淹死的，被活埋的，男男女女。這日子，不像清明節，只到自己的祖塋去祭掃就夠了；這不是清明，而是盂蘭節。閉上眼，他可以想像到成千論萬的靈魂，沒有頭的，沒有手腳的，被炸碎的，都帶著鮮血與恨怒沖蕩疾走，向活著的人索要報仇雪恥；老的幼的，男的女的，還有在胎裡的嬰兒，都在空中、曠野、水裡火裡，仰首向天，呼叫復仇報怨！這日子，會使小小的人心，由日常生活的關切，走到包括著天堂與地獄的想像中去。這日子，使實際與想像聯成了一氣，使恩與仇特別分明。

他渴望能見到錢默吟先生，暢談一番。可是，談，談，光是閒談有什麼用呢？他不敢再想什麼，在這樣一個歷史的日子，他卻毫無辦法，只在想像中看見一批批的亡魂，而沒有復仇的決心與行動。他後悔請了一天的假。

小順兒和妞子拉住爸的手，往外扯，要到門外去玩玩。瑞宣不高興出去，他以為今天只應當蹲在屋裡，獨自追念，默禱，與懺悔。可是，他也沒拒絕孩子們的小小的要求。楞楞磕磕的，他隨著他們往外走。

天依然很熱，可是時時有一些涼風。門外兩株老槐的葉子時時微動，一些開敗了的槐花輕輕的落下來。孩子們一出街門便看見了兩條槐蟲，各自吊著一根長絲，在打鞦韆。小順兒正要跑過去捉槐蟲，由三號院子裡出來一群日本男女老少，都穿著最好的衣服，顯然的是去參加追悼會。日本小孩子的手中都拿著小太陽旗，蹦蹦跳跳的往前跑。婦女們穿著禮服，屁股一顛一顛的，隨著男人們後邊。

瑞宣在門檻內立定，忽然覺得心中作惡。

「爸！」小順兒，急於去捉槐蟲，「走啊！爸，你怕日本人吧？」

瑞宣沒說什麼，臉可是紅起來。

「爸！」小妞子也想起話來：「他們都上北海吧？看荷花喲，吃冰淇淋喲，坐小船喲，多麼好？妞妞也去吧？爸帶妞妞去吧？」

「北海，荷花——都不是咱們的！」瑞宣想好這句話。可是，話已到唇邊，又嚥了下去。

這時候，老王——賣燒餅油條的——挎著笸籮走了來。他是個大高個兒，可是年紀——七十多了——使他的背彎得很厲害。他的頭髮只剩了幾根，白而軟的在腦瓢上趴趴著。他的嗓子，因風雨無阻的吆喝了幾十年，已經沙啞，所以手裡打著個滿是油泥的木梆子。瑞宣自幼兒就買他的東西，因為他的油條是真正小磨香油炸的。老王永遠不討厭，不利用孩子們的哭叫而立定不走，以便多作一號生意。

今天，他可是立住了。他輕易看不到瑞宣，很想閒扯幾句。他只知道瑞宣的乳名兒——一看孩子們也在這裡，他不好意思叫出來。啞著嗓子，他說：「沒上班哪，今天？唉！」老人用歎氣引起話來：「唉！這是頭一天開張！十多天，領不到一點麵粉！今兒個是七七，日本人發了善心，我才弄到這點貨。沒法子！生意沒法兒作，我又回不了家。家教鬼子給燒光啦！」他打開蓋笸籮的布：「看看！這是燒餅？還不夠吃兩口的呢！一輩子不作屈心的事；現在，可是——連麵粉都領不到，還說什麼呢？」

小順兒與妞子已忘了槐蟲和北海，都把小手放在笸籮邊上，四隻玻璃珠似的小眼在燒餅與油條上轉來轉去。

瑞宣隨便的敷衍了兩句，不是看不起老王，而是他的注意也集中在笸籮上。摸了摸衣袋，還有一點錢，他一下子拿起六個燒餅，六根油條。小順兒與妞子一齊長吸了一口氣。老王用馬蘭葉穿起油條，交給了妞妞；瑞宣叫小順兒用衣襟兜起燒餅。「拿去，大家吃，別跑！」

小順兒沒法控制自己的腿，只走了兩步便改為飛跑。妞妞不敢跑，而用尖銳的狂叫補足了歡悅：「媽——油條！」

兩個孩子跑進去，瑞宣和老王一同歎了口氣。老王又敲起梆子；毛著腰走開；剩下瑞宣獨自啼笑皆非的立著，向自己叨嘮：「用幾個燒餅紀念七七嗎？哼！」

一號的日本老婆婆走了過來，用英語打招呼：「早安！」

瑞宣向前迎了兩步：「早安！我應當早就去謝謝你，可是——」

「我懂，我懂！」她攔住他的話，向自己的街門指了指：「她們到前門車站去接骨灰，骨灰！」噝了一口唾沫，她好像還有許多的話，而說不出來了。

「那——」瑞宣自然而然的想安慰她，可是很快的管束住自己，他不能可惜陣亡了的敵人，雖然老太婆幫過他的忙。楞了好大一會兒，老太婆才又想起話來：「什麼時候咱們才會由一半走獸，一半人，變成完全是人，不再打仗了呢？」

「你我也許已經沒有了獸性，」瑞宣慘笑著說：「可是你攔不住你家的男人去殺中國人，我也沒因愛和平而擋住你們來殺我們！在我的心中，我真覺得自古以來所有的戰爭都不值得流一滴血，可是從今天的局勢來看，我又覺得把所有的血都流淨也比被征服強！」

老太婆歎了口氣，慢慢的走回家中去。

瑞宣，仍然立在門前，聽見了小順兒與妞子的歌聲。他幾乎要落下淚來。小孩們是多麼天真，多麼容易滿足！假若人們運用聰明，多為兒童們想一想，世界上何必有戰爭呢！回到院中，他的心怎樣也安不下去。又慢慢的走出來，看著一號的門，他才想清楚，他是要看看那兩個日本婦人怎樣捧回來骨灰。他恨自己為什麼要這樣，這分明是要滿足自己沒出息的一點願望——我不去動手打仗，敵人也會死亡！

一會兒，他想他必須把心放大一些，不能像蒼蠅似的看到同類的死亡而毫不動心。人總是人，日本人也是人，一號的男人的死亡也是該傷心的。一會兒，他又想到，假若被侵略的不去抵抗，不去打死侵略者，豈不就證明弱肉強食的道理是可以暢行無阻，而世界上再沒有什麼正義可言了麼？

他想不出一個中心的道理，可以使他抓著它不放，從而減削了他的矛盾與徘徊。他只能出來進去，進去出來，像個熱鍋上的螞蟻。

剛到正午，他看見了。他的眼亮起來，心也跳得快了些。緊跟著，他改了主意，要轉身走開。可是，他的腿沒有動。

兩個日本孩子，手中舉著小太陽旗，規規矩矩的立在門外，等著老太婆來開門。他們已不像平日那麼淘氣，而像是有什麼一些重大的責任與使命，放在他們的小小的身軀上。他們已不是天真的兒童，而是負著一種什麼歷史的使命的小老人；他們似乎深深的瞭解家門的「光榮」，那把自己的肢體燒成灰，裝入小瓶裡的光榮。

極快的他想到：假若他自己死了，小順兒和妞子應當怎樣呢？他們，哼，必定扯著媽媽的衣襟，出來進去的啼哭，一定！中國人會哭，毫不掩飾的哭！日本人，連小孩子，都知道怎麼把淚存在心裡！可是，難道為傷心而啼哭，不是更自然，更近乎人情嗎？難道忍心去殺人與自殺不更野蠻嗎？還沒能給自己一個合適的回答，他聽見了一號的門開了，兩扇門都開了。他的心，隨著那開門的響聲，跳得更快了些。他覺得，不論怎樣，他也應當同情那位老太婆——她不完全是日本人，她是看過全世界的，而日本，在她心中，不過是世界的一小部分；因此，她的心是超過了種族、國籍，與宗教等等的成見的。他想走開，恐怕老太婆看見他；可是，他依然沒動。

老太婆走出來。她也換上了禮服——一件黑地兒，肩頭與背後有印花的「紋付」。走出來，她馬上把手扶在膝部，深深的鞠躬，敬候著骨灰來到。

兩個婦人來了，兩人捧著一個用潔白的白布包著的小四方盒。她們也都穿著「紋付」。老婆婆的腰屈得更深了些。兩個婦人像捧著聖旨，臉上沒有任何表情，就那麼機械的，莊嚴的，無情的，走進門去。門又關上。瑞宣的眼中還有那黑地的花衣，雪白的白布，與三個傀儡似的婦人，呆呆的立著。他的耳傾聽著，希望聽見一聲啼叫。沒有，沒有任何響動。日本婦人不會放聲的哭。一陣風把槐葉吹落幾片，一個乾枝子輕響了一聲。

他想起父親的死，孟石的死，小文夫婦與小崔的死。哪一回死亡，大家不是哭得天昏地暗呢？為什麼中國人那麼怕死，愛哭呢？是中國的文化已經過熟呢，還是別人的文化還沒熟到愛惜生命與不吝惜熱淚呢？

他回答不出。更使他難堪的是他發現了自己的眼已經濕了。他知道他不應當替他的敵人傷心，他的敵人已殺害了千千萬萬中國人，包括著他的父親與弟弟。可是，他也知道，為死亡而難過，也不算什麼過錯；敵人也是人。

他的心中亂成了一窩蜂。生與死，愛與恨，笑與淚，愛國與戰爭，都像一對對的雙生的嬰兒，他認不清哪個是哪個，和到底哪個好，哪個壞！他呆呆的坐在門檻上，看著槐葉隨風擺動。

第二天見了富善先生，瑞宣很想把這些問題全提出來，跟老先生暢談一番。可是，一看老人的神色，他閉住了嘴。這一程子了，富善先生簡直的不高興和任何人閒談。日本人的積極打通粵漢線，趕走了天津的英美人，和在暹邏緬甸安南與印度的暗中活動，都使他看清楚，遲早日本會突擊香港與新加坡。他雖自居為東方人，但是在他的心裡，他卻吃不消大英帝國的將要失敗與解體。他並不喜歡侵略與戰爭，可是作為一個英國的公民來說，他幾乎不能不迷信大英帝國應當佔領著香港與馬來亞。不過，日本若是真進攻香港與南洋，英國是不是守得住那些地方呢？又這麼一想，他的脖子就伸得長長的而還覺得透不過氣來。

有時候，他想到中國近百年來的外患，都是英國給招來的；英國是用戰艦政策，打開中國的門戶的禍首。這麼一想，他不由的說出來：日本應當與中國立在一塊兒，把白人都打出去；中日的戰爭是自相殘殺，替白人造成壓迫東方人的機會。

可是，這樣說完以後，他馬上後了悔。不，不，中日不能攜手！英國與日本聯盟過，今天英日還應恢復舊好，一東一西，遙遙相映的控制著全世界！他愛中國人，他真願英國與中國成為朋友。可是，由大英帝國的立場來看，他就覺得那可恨的日本人，似乎比中國人更好一些，更夠個朋友。

他的心中這樣忽此忽彼的亂折騰，所以不願再和瑞宣閒談；他已不知道自己的立場到底是什麼，應當是什麼。

把這些大事擱開，假若日本人真的要對英國作戰，他個人怎樣呢？他有膽氣，不怕死，可是假若被日本人捉去，關在集中營裡，那可就——他簡直不敢再想下去。他不願教人看見他的手發顫！為解除這些憂慮，他想趕快把那本《北平》寫完，好使他有個傳之久遠的紀念品。他看，他掀弄，幾十年來收集的圖畫與照片；可是，一個字也寫不出。瑞宣幾乎不敢再正眼看他的老友。老人的長臉尖鼻子，與灰藍色的眼珠，還都照舊，可是他已失去那點倔強而良善的笑容。戰爭改變了一切人的樣子。

這樣，一個良善的中國人，和一個高傲的英國人，就那麼相對無言，教戰爭的鬼影信意的捉弄著他們的感情與思想，使他們沉默，苦痛。戰爭不管誰好誰歹，誰是誰非，遇見它的都須毀滅。

第八十章 白饅頭的甜美

一晃兒又到了中秋節。月餅很少很貴。水果很多，而且相當的便宜。兔兒爺幾乎絕了跡。不管它們多吧少吧，貴吧賤吧，它們在吃共和麵的人們心中，已不佔重要的地位。他們更注意那涼颼颼的西風。他們知道，肚子空虛，再加上寒冷，他們就由飢寒交迫而走上死亡。

只有漢奸們興高采烈的去買東西，送禮：小官們送禮給大官，大官們送給日本人。這是巴結上司的好機會。同時，在他們為上司揀選肥大的螃蟹，馬牙葡萄，與玫瑰露酒的時候，他們也感到一些驕傲——別人已快餓死，而他們還能照常過節。

瑞宣看見漢奸們的忙於過節送禮，只好慘笑。他空有一些愛國心，而沒法阻止漢奸們的納貢稱臣。他只能消極的不去考慮，怎樣給祖父賀壽，怎樣過過節，好使一家老幼都喜歡一下。這個消極的辦法，他覺得，並不怎樣妥當，但是至少可以使他表示出他自己還未忘國恥。

韻梅可不那麼想。真的，為她自己，她絕對不想過節。可是，在祁家，過中秋節既是包括著給祖父賀壽，她就不敢輕易把它忽略過去。真的，祁家的人是越來越少了，可是唯其如此，她才更應當設法討老人家的歡喜；她須用她「一以當十」的熱誠與活躍減少老人的傷心。

「咱們怎樣過節啊？」她問瑞宣。

瑞宣不知怎樣回答她好。

她，因為缺乏營養，因為三天兩頭的須去站隊領麵，因為困難與愁苦，已經瘦了很多，黑了很多。因為瘦，所以她的大眼睛顯著更大了；有時候，大得可怕。在瑞宣心不在焉的時節，猛然看見她，他彷彿不大認識她了；直到她說了話，或一笑，他才相信那的確還是她。她還時常發笑，不是因為有什麼可笑的事，而是習慣或自然的為討別人的喜歡。

在這種地方，瑞宣看出她的本質上的良善來。她不只是個平庸的主婦，而是像已活了二三千年，把什麼驚險困難都用她的經驗與忍耐接受過來，然後微笑著去想應付的方策。因此，瑞宣已不再注意她的外表，而老老實實的拿她當作一個最不可缺少的，妻、主婦、媳婦、母親。是的，儘管她沒有騎著快馬，荷著洋槍，像那些東北的女英雄們，在森林或曠野，與敵人血戰；也沒像鄉間的婦女那樣因男人去從軍，而擔任起築路，耕田，搶救傷兵的工作；可是她也沒像胖菊子那樣因貪圖富貴而逼迫著丈夫去作漢奸，或冠招弟那樣用身體去換取美好的吃穿；她老微笑著去操作，不抱怨吃的苦，穿的破，她也是一種戰士！

從前瑞宣所認為是她的缺欠的，像舉止不大文雅，服裝不大摩登，思想不出乎家長裡短，現在都變成了她的長處。唯其她不大文雅，她才不怕去站隊領糧，以至於挨了皮鞭，仍不退縮。唯其因為她不摩登，所以她才不會為沒去看電影，或沒錢去燙頭髮，而便撅嘴不高興。唯其因為她心中裝滿了家長裡短，她才死心蹋地的為一家大小操勞，把操持家務視成無可卸脫的責任。這樣，在國難中，她才幫助他保持住一家的清白。這，在他看，也就是抗敵，儘管是消極的。她不只是她，而是中國歷史上好的女性的化身——在國破家亡的時候，肯隨著男人受苦，以至於隨著丈夫去死節殉難！真的，她不會自動的成為勇敢的，陷陣殺敵的女豪傑，像一些受過教育，覺醒了的女性那樣；可是就事論事，瑞宣沒法不承認她在今天的價值。而且，有些男人，因為女子的逼迫才作了漢奸，也是無可否認的事實。

「你看怎麼辦呢？」瑞宣想不出一定的辦法。

「老太爺的生日，無論怎樣也得有點舉動！可是，咱們沒有糧食。咱們大概不能通知拜壽來的親友們，自己帶來吃食吧？」

「不能！他們可也不見得來，誰不知道家家沒有糧食？」

「你就不知道，咱們北平人多麼好湊熱鬧！」

「那也好辦，來了人清茶恭候！不要說一袋子，就是一斤白麵，教我上哪兒去弄來呢？就是大家不計較吃共和麵，咱們也沒有那麼多呀！」

「真的，清茶恭候？」韻梅清脆的笑了兩聲，——她想哭，不過把哭變成了笑。

韻梅去和婆母商議：「我們倆都沒有主意，你老人家——」

天祐太太把一根鍍金的簪子拔下來：「賣了這個，弄兩斤白麵來吧！」

「不必，媽！有錢不是也沒地方去買到麵嗎？」握著那根簪子，天祐太太楞起來。

祁老爺的小眼睛與韻梅的大眼睛好像玩著捉迷藏的遊戲，都要從對方的眼睛中看出點意思來，又都不敢正視對方。最後，老人實在忍不住了：「小順兒的媽，甭為我的生日為難！我快八十歲了，什麼沒吃過，沒喝過？何必單爭這一天！想法子呀，給孩子們弄點什麼東西吃！看，小妞子都瘦成了一把骨頭啦！」

韻梅回答不出什麼來，儘管她是那麼會說話的人。她知道老人在這幾天不定盤算了千次萬次，怎麼過生日，可是故意的說不要賀生。這不僅是為減少她的為難，也是表示出老人對一切的絕望——連生日都不願過了！她也知道，老人在這幾天中不定想念天祐，瑞豐，瑞全，多少多少次，而不肯說出來。那麼，假若她不設法在生日那天熱鬧一下，老人也許會痛哭一場的。可是，無論她有多大的本事，她也弄不來白麵！糧食是在日本人手裡呢！

到了十一的晚間，丁約翰像外交官似的走了進來。他的左手提著一袋子白麵，右手拿著一張大的紅名片。把麵袋放下，他雙手把大紅名片遞給了祁老太爺。名片上只有「富善」兩個大黑字。這還是富善先生在三十年前印的呢，紅紙已然有點發黃。

「祁老先生，」丁約翰必恭必敬的說：「富善先生派我送來這點麵，給您過節的。富善先生原打算自己來請安，可是知道咱們胡同裡有東洋人住著，怕給您惹事，他請您原諒！」

丁約翰沒有敢到屋中坐一坐，或喝一碗茶，雖然祁老人誠懇的這麼讓他。富善先生派他來送麵，他就必須只作送麵的專使，不能多說話，或吃祁家的一杯茶。富善先生，在他心中，即使不是上帝，也會是一位大天使。把「差使」交代清楚，他極規矩的告辭，輕快而穩當的走出去。

看著那袋子的白麵，祁老人感動得不大會說話了，而只對麵袋子不住的點頭。

小順兒與妞子歡呼起來：「吃炸醬麵哪！吃『白』饅頭呀！」

韻梅等老人把麵袋看夠了，才雙手把它抱進廚房去，像抱著個剛生下來的娃娃那麼喜歡，小心。

祁老人在感歎了半天之後，出了主意：「小順的媽，蒸饅頭，多多的蒸！親友們要是來拜壽，別的沒有，給他們饅頭吃！現在，饅頭，白麵的，不就是海參魚翅嗎？」

「喲！好容易得到這麼一口袋寶貝麵，哪能都招待了客人？」韻梅的意思是只給老人蒸幾個壽桃，而留著麵粉當作藥品：這就是說，到家中誰有病的時候，好能用白麵作一碗片兒湯什麼的。

「你聽我的！咱們，咱們的親友，早晚都得餓死！一袋子麵救不了命！為什麼不教大家都吃個饅頭，高興一會兒呢？」韻梅眨巴著大眼睛，沒再說什麼。她心中可是有點害怕：老人是不是改了脾氣呢？老人改脾氣，按照著「老媽媽論」來說，是要快死的預兆！祁家，在她看，已經丟失了三個男人，祁老人萬萬死不得！有最老的家長活著，不管家中傷了多少人，就好像還不曾損失元氣似的，因為老人是支持家門的體面的大旗。同時，據她想，儘管公公天祐死去，而祁老人還硬硬朗朗的活著，她便可以對別人表示出：「我們還有老人！」而得到一點自慰——我們，別看天下大亂，還會奉養孝順老人！

她去問婆母與丈夫，是否應當依照老人的吩咐，大量的蒸饅頭。回答是：老人怎說，怎辦吧！這使她更不安了。大家難道都改了脾氣，忘了節儉，忘了明天？

到了生日那天，稀稀拉拉的只來了幾個至親。除了給老人拜壽而外，他們只談糧食問題。在談話中，大家順手兒向老人給別的親友道歉：誰誰不能來，因為沒有一件整大褂，誰誰不能來，因為已經斷了炊！

這些惡劣的消息並沒使老人難過，頹喪。他好像是決定要硬著心腸高興一天。他把那些傷心的消息當作理當如此，好表示出自己年近八十，還活著，還有說有笑的活著！儘管日本人佔據北平已有好幾年，儘管日本人變盡了方法去殺人，儘管他天天吃共和麵，可是他還活著，還沒被饑荒與困苦打倒——也許永遠不會被打倒！

天祐太太、瑞宣、韻梅，以至於親戚們，看老人這樣喜歡，都覺得奇怪。同時，因為老人既很高興，大家就不便都哭喪著臉；於是，把目前傷心的事都趕緊收起去，而提起老年間太平的景象，以便博得老人的歡心。

及至饅頭拿上來，果然不出老人所料，大家都彷彿看見了奇珍異寶。他們只顧往口中送那雪白的，香軟的，饅頭，而忘了並沒有什麼炒菜與葷腥。韻梅屢屢的向大家道歉：「除了饅頭可沒有別的東西呀！」大家彷彿覺得她的道歉是多此一舉，而一勁兒誇讚饅頭的甜美。

祁老人好似發了狂，一手扶著小順兒，一手拿著饅頭，勸讓每一個客人：「再吃一個！再吃一個！」

等到客人都走了，老人臉上的笑容完全不見了。教小順兒給拿來小板凳，他坐在了院中，把下巴頂在胸前，一動也不動。

「爺爺，你累了吧？到屋裡躺一會兒去？」韻梅過來打招呼。

老人沒出一聲，也沒動一下。

韻梅的心中打開了鼓：「爺爺，你怎麼啦？」

老人又沉默了半天，才抬起頭來，看著韻梅。她又問了聲：「怎麼啦？你老人家！」

老人歎了口氣，而後彷彿已筋疲力盡了似的，極慢極慢的說：「你也許看我是發了瘋，把饅頭往外亂塞！我沒有瘋，沒有！想想吧，要是天祐、瑞豐、瑞全、常二爺，連那個胖二媳婦，都在裡面，得吃多少饅頭呢？我假裝的拿親戚們當作了天祐、常二爺——！他們吃了，也就好像——！」老人又低下頭去。

「爺爺！這是幹什麼呢！今天您不是挺高興的嗎？幹嗎自己找不痛快呢？」韻梅假笑著勸慰。

「我高興？」老人低著頭說：「混帳才高興呢！算算吧，四輩子人還剩下了幾個？生日？這是祭日！我的生日，天祐們的祭日！一個人活著是為生兒養女，永遠不斷了香煙。看我！兒子倒死在我前面！我高興？我怎那麼不知好歹！」又叨嘮了一大陣，老人才手指著三號院子那邊，咬著牙說：「全是他們鬧的！日本人就是人間的禍害星！」

說完了這一句，老人似乎解了一點氣，呆呆的楞起來。楞了好大半天，他低聲的叫：「小順兒！」看重孫子跑過來，他說：「去拿幾個饅頭來，用手絹兒兜好！」一家人都猜不到老人是什麼意思。小順兒把饅頭拿來，老人發了話：「走！跟我去！」

瑞宣搭訕著走過來，笑著問：「給誰送饅頭去？爺爺！」老人慢慢的立起來，慘笑了一下。「哼！我要恩怨分明！有仇的，我不再忘記；有好處的，我一定記住。一號的那位日本老婆子對咱們有點好處，我給她送幾個饅頭去！」

「算了吧，爺爺！」瑞宣明知祖父想的很對，可是總覺得給日本人送東西去，有點怪難為情。

「他們有白麵吃！」

「他們有麵吃是他們的事，我送不送給他們是我的事！再說，這是壽桃，不是平常的饅頭。」

「好，我陪您去！」瑞宣知道一號的老太婆不大會說中國話。

小順兒見爸爸要跟老人去，偷偷的躲開。他恨一號的日本孩子，不高興他們吃到太爺的壽桃。

瑞宣敲了兩次門，一號的老太婆，帶著兩個淘氣孩子，才慢慢的開了個門縫。及至看明白是瑞宣，她趕緊把門開開，兩個孩子，一點也不像往日那麼淘氣了，乖乖的立在她旁邊。還沒等瑞宣說明來意，老太婆就用英語說了話：「你來的正好，我正要去告訴你！他們的娘都被軍隊調了去，充當營妓！我是日本人，也是人類的人；以一個日本人說，我應當一語不發，完全服從命令；以一個人類的人說，我詛咒那教這兩個孩子的父親變成骨灰，媽媽變成妓女的人！」老太太把話說完，手與唇都顫動起來。

兩個孩子始終看著老太太的嘴，大概已猜到她說的是什麼。到她說完了話，他們更靠近她些，呆呆的立著。瑞宣想不起說什麼好。他應當安慰老太太，可又覺得那些來燒殺中國的人們理當男作骨灰，女作娼妓。

祁老人不知道她說的是什麼，慢慢的把手絹裡的饅頭拿出來，遞給那兩個孩子。同時，他對瑞宣說：「告訴她，這是壽桃！」

瑞宣照樣的告訴了老太太，她點了點頭，而後又楞起來。男的，女的，老的，小的，都沒有話可說，十隻眼都呆呆的看著那大的白的饅頭。

瑞宣攙著祖父，輕輕的說了聲：「走吧？」

老人沒說什麼，隨著長孫往家中走：「那個老太太說什麼來著？」

瑞宣沒敢回頭。他覺得老太婆和兩個孩子必定還在門口看著他呢。一直的進了家門，他才把老婆婆的話告訴了祖父。祁老人想了半天，低聲的說：「誰殺人，誰也挨殺；誰禍害女人，誰的女人也挨禍害！那兩個孩子跟老婆婆都怪可憐的！」

第八十一章　死亡的黑影

一陣冷颼颼的西北風使多少萬北平人顫抖。

在往年，這季節，北平城裡必有多少處菊花展覽；多少大學中學的男女學生到西山或居庸關、十三陵，去旅行；就是小學的兒童也要到萬牲園去看看猴子與長鼻子的大象。詩人們要載酒登高，或到郊外去欣賞紅葉。秋，在太平年月，給人們帶來繁露晨霜與桂香明月；雖然人們都知道將有狂風冰雪，可是並不因此而減少了生趣；反之，大家卻希望，並且準備，去享受冬天的圍爐閒話，嚼著甜脆的蘿蔔或冰糖葫蘆。

現在，西北風，秋的先鋒，業已吹來，而沒有人敢到城外去遊覽；西山北山還時常發出炮聲。即使沒有炮聲，人們也顧不得去看霜林紅葉，或去登高賦詩，他們的肚子空，身上冷。他們只知道一夜的狂風便會忽然入冬，冬將是他們的行刑者，把他們凍僵。

人們忘了一切，而只看到死亡的黑影。他們聽到德軍攻入蘇聯，而並沒十分注意。他們已和世界隔離，只與死亡拴在一處。不敢希望別的，他們只求好歹的度過冬天，能不僵臥在風雪裡便是勝利。

在那晨霜未化的大路上，他們看見，老有一部卡車，那把冠曉荷與孫七送到「消毒」的巨坑的卡車，慢慢的遊行。這是鬼車！每逢它遇到路旁的殭屍，病死的，餓死的，或半死的，它便隨便的停下來，把屍身拖走。看到鬼車，他們不由的便想到自己也有被拖走的可能——你倒在路上，被拖走，去餵野狗！沒有醫生看護來招呼，沒有兒女問你的遺言，沒有哀樂與哭聲伴送棺材，你就那麼像條死貓死狗似的銷聲滅跡。韻梅三天兩頭的看見這部鬼車。

有了第一次領糧的經驗，她不敢再遲到。每逢去領糧，她黑早的便起床。有時候起猛了，天上還滿是星星。起來，她好歹的梳洗一下，便去給大家勾出一鍋黑的，像藥湯子似的粥來；而後把碗筷和鹹菜都打點好。這些作罷，她到婆母的窗外，輕聲的叫了一聲：「媽，我走啦！」

領糧的地方並不老在一處。有時候，她須走四五里路；有時候，她甚至須到東城去。假若是在東城，她必須去趕第一班電車；洋車太貴，她坐不起。她沒坐慣電車，但是她下了決心去試驗。她是負責的人，她不肯因為日本人的戲弄，殘暴，而稍微偷一點懶。

她的膽量並不大。她怕狗。在清晨路靜人稀的路上走，偶而聽到一聲犬吠，她便大吃一驚。她必須握緊了口袋，大著膽，手心上出著涼汗，往前衝走。有時候，她看見成群的日本兵。她害怕，可是不便顯出慌張來。低下頭，心跳得很快，她輕快的往前走。她怕，可是絕不退縮。她好像是用整個的生命去爭取那點黑臭的糧食。

使她最膽顫心驚的是那部鬼車。不管是陰是晴，是寒是暖，一眼看見它，她馬上就打冷戰。有時候，車上有三四個，甚至於十來個，死屍，她不由的便閉上了眼。那些死屍，在她心裡，不僅是一些冰冷的肢體，而是和她一樣的人；他們都必定有家族、親友，與吃喝穿戴等等的問題。她想，他們必然還惦唸著他們的兒女、父母，和家中的事情。是的，有一次她看見一個死屍，右腕上還掛著一個麵口袋！和她一樣，她的手中也有個口袋！那具死屍可能的是她自己！她一天沒有吃飯，只一勁兒喝水。

因為領糧的地方忽遠忽近，因為拿著糧證而不一定能領到糧，小羊圈的人們時時咒罵李四爺——他發糧證，所以一切過錯似乎都應由他負責。韻梅，和別人一樣的受盡折磨，可是始終不肯責難李老人。她的責任心使她堅強，勇敢，任勞任怨。

有一天，她抱著半袋子共和麵，往家中走。離家還有二三里地呢，可是她既不肯坐洋車，也不願坐電車。洋車貴，電車不易擠上去。她走得很慢，因為那點臭麵像個死孩子似的，越走越沉重。

猛一抬頭，她看見了招弟。招弟（已由獄中出來，被派為監視北平的西洋人的「聯絡」員）雖然穿著高跟鞋，可是身量還顯著很矮。與她同行的是個極高極大的西洋人。她的右手緊緊的抓著那個「偉人」的臂，臉兒仰著，一邊走一邊笑著和他說話。她的頭髮一半朝上，像個極大的刷瓶子的刷子，蓬蓬著，顫動著，那一半披散在肩上。她的小臉比從前胖了許多，眉眼從遠處看都看得很清楚，因為都按照電影明星拍製影片時候那麼化過裝。她高聲的說笑，臉上的肌肉都大起大落的活動：眉忽然落在嘴角上，紅唇忽然捲過鼻尖去。及至笑得喘不過氣來，她立住，雙手抱住「偉人」的臂，把蓬蓬著的頭髮都放在他的懷裡，肩與背一抽一抽的動彈。這樣笑夠了，她抽出他的領帶，輕輕的搌一搌眼角。而後，她掏出小鏡子，粉撲，劈拍劈拍的往臉上拍粉，倒好像北平的全城是她的化裝室。

韻梅抱著麵袋，楞在了那裡。招弟沒注意她，也沒注意任何人，所以韻梅放膽的看著，直到招弟拍完粉，又和那個「偉人」緩緩的走開。

韻梅不由的啐了一口唾沫。她不知道什麼國家大事，但是她看明白了這一點——日本人來到北平，才會有這種怪事與醜態。想到這裡，她不由的看了看麵袋與自己的舊藍布大褂。看完，她抬起頭來，覺出自己的硬正。別管她吃的是什麼，穿的是什麼，她沒有變成和洋人一塊出怪象的招弟。她覺得應當自傲！

回到家中，她沒敢向大家學說那件事。不要說對大家一五一十的講，就是一想起那種怪樣子，她的臉上就要發熱，發紅。

假若招弟的醜態教韻梅的臉紅，劉棚匠太太可是教她感到婦女並不是白吃飯的廢物或玩物。

劉太太一向時常到祁家來，幫助韻梅作些針頭線腦什麼的。最近，因為糧食缺乏，物價高漲，劉太太決定不再要瑞宣每月供給她的六塊錢。她笨嘴拙舌的把這個決定首先告訴了韻梅，韻梅既不能作主，又懷疑劉太太是否因為不好意思要求增加錢數，而故意的以退為進的拒絕再接受供給。「我有法兒活著！有法兒！」劉太太一勁兒那麼說，而不肯說出她到底有什麼法兒活著。

過了兩天，劉太太不見了。連韻梅帶祁家的老幼全很不放心。特別是瑞宣：雖然因為經濟的力量不夠，不能多照應劉太太，可是他既受到劉師傅之託，就不能不關切她的安全。

又過了幾天，劉太太忽然回來了，拿來有一斤來的小米子，送給祁老人。不會說別的，她只笑著告訴老人：「熬點粥喝吧！」

小米子，在戰前，是不怎麼值錢的東西；現在，它可變成了寶貝！每逢祁老人有點不舒服，總是首先想到：「要是有碗稠糊糊的小米粥喝，夠多麼好呢！」今天，看見這點禮物，他摸弄著那一粒粒嬌黃的米粒，倒好像是摸著一些小的珍珠。他感激得說不上話來。

把劉太太扯到自己屋中，韻梅問她從哪兒和怎麼弄來的小米子。劉太太接三跳兩的說出她的行動。原來，自從日本人統制食糧，便有許多人，多半是女的，冒險到張家口，石家莊等處去作生意。這生意是把一些布匹或舊衣裳帶去，在那些地方賣出去，而後帶回一些糧食來。那些地方沒有穿的，北平沒有吃的，所以冒險者能兩頭兒賺錢。這是冒險的事，他們或她們必須設法逃過日本人的檢查，必須買通鐵路上的職工與巡警。有時候，他們須藏在貨車裡，有時候須趴伏在車頂上。得到一點糧，他們或她們須把它放在袖口或褲襠裡，帶進北平城。劉太太加入了這一行。她不肯老白受祁家的供給，而且那點供給已經不夠她用的了。

粗枝大葉的把這點事說完，劉太太既沒表示出自己有膽量，也沒露出事體有什麼奇怪，而只那麼傻乎乎的笑了笑。直到韻梅問她難道不害怕嗎？她才簡單的說了句：「我是鄉下人！」倒好像鄉下人能夠掉了腦袋也還能走路似的。過了兩天，劉太太又不見了。

從這以後，韻梅每逢要害怕，或覺得生活太苦，便馬上想起劉太太來，而咬上了牙。她甚至對自己說：「萬一真連一點糧也買不到，我也得跟劉太太到張家口去！不論怎苦，怎麼險，反正不能看著一家老小都餓死！」

假若劉太太的勇敢引起韻梅的堅強與自信，李四媽的廣泛的愛心又使她增多了對人與人之間的瞭解，與應有的互相關切。在從前，韻梅除了到街上買點東西，很少出街門，所以雖然知道李四媽是菩薩心腸，可是總嫌老婆子有點瘋瘋癲癲，不大懂規矩。現在，她常常出門，常常遇到李四媽，她開始瞭解那個老婦人。因為她常常到街上去，所以她時常需要別人的安慰與援助，而每逢遇到李四媽，她就必能得到她所需要的。這使她受了感動。在從前，她的處世待人的方法多半是本著祁家的傳統，凡事都有個分寸，對誰都不即不離。現在，在屢次受李四媽的助援以後，她開始明白分寸與不即不離並不是最好的方法，而李四媽的熱誠也並非過火與故意討好。因此，她也試著步兒去幫助別人，在幫助了別人以後，她感到一種溫暖，不是溫暖的接受，而是放射；放射溫暖使她覺得自己充實堅定。

不錯，李四媽時常的撒村罵人，特別是在李四爺備受鄰居的攻擊的時候。可是，儘管她罵人，她還去幫忙大家；她並不為小小的一點怨恨而收起她的善心；她不僅有一點善心，她偉大！

在全胡同裡，受李家幫助最多的是七號雜院那些人，可是攻擊李四爺最厲害的也是那些人。他們窮，所以他們的嘴特別厲害。雖然如此，李四媽還時常到七號去。他們說閒話，她馬上用最髒的村話反攻。可是，在他們的病榻前，產房裡，她像一盞燈似的，給他們一點光明。

七號的黑毛兒方六，自從能熟背四書以後，已成為相聲界的明星，每星期至少有兩三次廣播。有一天，在廣播的節目中，他說了一段故事，俏皮日本人。節目還沒表演完，方六就下了獄。聽到廣播的人一致同情方六，可是並沒有人設法營救他。李四媽並沒聽見廣播，不曉得方六為什麼下獄。但，她是第一個來安慰方家的人的，而後力逼「老東西」去設法救出方六來。

李四爺不過是小小的里長，有什麼力量能救出方六呢？他去找白巡長，問問有無辦法。

「四爺，我佩服您的好心，可是這件事不大好管！」白巡長警告李老人。

「我要是不管，連四媽帶七號的人還不把我罵化了？」

「嗯——」白巡長閉了會兒眼，從心中搜尋妙計。「我倒有個主意，就怕您不贊成！」

「說說吧！誰不知道你是諸葛亮！」

「這一程子，大家不是老抱怨你老人家嗎？好，咱們也給他們一手瞧瞧！」

李老人慘笑了一下。「我老啦，不想跟他們賭氣！我好，我壞，老天爺都知道！」

「對！我也不勸您跟他們賭氣！我是說，您出頭，對大傢伙兒去說：咱們上個聯名保狀，把方六保出來！看看，到底有幾個敢簽字的？他們要是不敢簽字呀，好啦，他們也就別再說您的壞話；您看是不是？」

「他們要是都簽字呢？」

「他們？」白巡長狡猾的一笑。「才怪！我懂得咱們的鄰居們！」

李老人不高興作這種無聊的事。不過，鄰居們近來的攻擊，又真使他不甘心低著頭挨罵。他正這麼左右為難，白巡長又給加了點油：「四爺，我並不願挑撥是非，我是為您抱不平！試驗試驗他們，看看到底有幾個有骨頭的！」李老人無可如何的點了頭。

果然不出白巡長所料，七號的人沒有敢簽字的。他們記得小崔、小文夫婦，不肯為了義氣而喪掉了命。

李老人有點高興，不久就又變成了掃興。他覺得那些人可恨，也可憐。他很想把保狀撕碎，結束了這件無聊的事。可是，一點好奇心催動著他，他繼續的去訪問鄰居們。

丁約翰沒說什麼便簽了字。他不是為幫方六的忙，而大概是為表示英國府的人不怕日本鬼子。

程長順，看了看保狀，嗚囔了兩聲什麼，他也簽了字。

李老人到了祁家，來應門的是韻梅。聽明白李四爺的來意，她沒進去商議，就替瑞宣簽了名。她識字不多，可是知道怎麼寫丈夫的名字。

這教李四爺倒嚇了一跳。他知道祁家是好人，可是沒料到韻梅會有這麼大的膽子。

真的，她的確長了膽子。她常常的上街，常常看到聽到各種各樣的事，接觸各種各樣的人，她不知不覺的變了樣子。在從前，廚房是她的本營，院子是她的世界。現在，她好似睜開了眼，她與北平的一切似乎都有了密切的關係。假若營救方六，她盤算，是件錯事，李四爺就一定不會出頭。李四爺既肯出頭，她就也應當幫忙；為什麼好事都教李四老夫婦一手包辦了呢？

最使她高興的是瑞宣回來，聽到她的報告，並沒有責備她輕舉妄動。他笑了笑，只說了聲：「救人總是好事！」

李四爺並沒把保狀遞上去，一來是簽名的太少，二來知道遞上去不但不見得有用，而且倒許給簽名的人惹出麻煩來。可是，由這回事，他更認清楚了街坊中誰是真人，誰是假人。

特別對於韻梅，他覺得她彷彿是他的一個新的收穫。

在她上街的時候，韻梅常常遇見一號的日本老婆婆和那兩個淘氣的日本孩子。她一向不搭理他們。她恨那兩個孩子，因為他們欺侮過小順兒。

現在，她知道了一號的男人陣亡，婦女作了營妓，她開始可憐他們，開始和那老婆婆過話。老婆婆只會說幾句簡單的中國話，可是韻梅能由她的眼神中猜出許多要說而沒能說出來的意思。有時候，她們倆立在一處，呆呆的一言不發，而感到彼此之間有些瞭解。老太婆彷彿是要說：「我不是平常的日本人，別拿我的相貌服裝判斷我！」韻梅呢，想不出什麼簡單明瞭的話來說明自己的態度，可是那幾千年文化培養出的一點一視同仁之感使她可憐老太婆的遭遇。渺茫的，她覺得自己非常偉大——她能可憐她的敵人！

一夜颼颼的西北風，地上頭一次見了冰。一清早，韻梅須去領糧。看著地上的薄冰，她想找出她的手套來。可是，她並沒去找。她不能怕冷，她知道這一冬天，苦難還多著呢，不能先教一點冰嚇倒。出了門，冰涼的小風一會兒便把她的鼻尖凍紅；她加速了腳步，好給自己增多一點熱力。

領糧的人們，有的戴上了多年不見的紅呢子破風帽，有的戴上了已成古董的耳帽兒，有的穿著油膩多厚的舊棉袍，有的穿著只有皮板而沒有毛的皮坎肩。韻梅看著這些帶著潮味的「奇裝異服」，忽然懷疑自己是不是在北平的街上立著呢。她知道，北平人是最講體面的；就是衣服破舊，也要洗得乾乾淨淨的。她想不起什麼時候看見過這麼多，這麼髒，這麼臭的衣裳來。

仰起頭，看看天，那藍得像寶石的天，她知道自己的確是在北平。那街道、鋪戶，與路旁落了葉子的樹，也都不錯，是她所熟識的。她只是不認識了那些人。假若今年，北平人已成了這麼人不人鬼不鬼的樣子，明年應當怎樣呢？她不敢再往下想。

正在這時候，她敢起誓，她的的確確的看見了老三瑞全！他穿著一件短撅撅的，像種地的人穿的，藍布舊棉襖，腰中繫著一根青布搭包。光著頭，頭上冒著熱汗，他順著馬路邊走，走得很快。她張開口，喊：「老三！」可是，沒有聲音。一眨眼的工夫，老三已走出老遠去。

老三！老三！她無聲的叫了多少次，她不冷了；反之，她的手心上出了汗。老三回來了；剛才，他離她不過有兩丈多遠！老三，在戶口登記簿上已經「死」了，居然又回到北平！老三，在外邊打敵人，不單沒被敵人打死，反倒公然的打進北平，在馬路邊上大踏步走著！韻梅的眼亮起來，腮上紅了兩小塊。她無須再怕任何人，任何事，老三就離她不遠，一定會保護她！

領了糧，回到家中，多少次她要把這個好消息告訴給老人們。可是，她曉得這不是隨便說著玩的事，必須先和丈夫商議一下。她的話像一群急於出窩的蜂子，在心中亂擠亂撞。她須咬緊了嘴唇，把唇咬痛，才能使那群蜂兒暫時安靜一會兒。院中每逢一有腳步聲，她就以為是老三。即使沒有聲音，她還時時的看見他，在廚房，在院中，在各處，她看見他，穿著藍短棉襖，頭上出著熱汗。好容易到了就寢的時候，她才得到開口的機會：

「小順兒的爸，你猜怎麼著，我看見了老三！」

瑞宣已經躺下，猛的坐起來：「什麼？」

「我看見了老三！我起誓，一定是他！」

「在哪兒？他什麼樣子？」

韻梅一五一十的告訴了他。

抱住膝，他把眼盯在牆上，照著韻梅所說的，他給自己描畫出一個老三來，像一張像片似的，掛在牆上。呆呆的看著那張想像的像片，他忘了一切。耳中，他彷彿只聽到自己的心跳。

韻梅一脫鞋，響了一聲，瑞宣嚇了一跳；牆上的形影忽然不見了。他慢慢的躺下。「你可千萬別對任何人說呀！」

「我就那麼傻？」

「好，千萬別說！別說！」

「一定不說！」韻梅也躺下。

夫婦都想說話，可是誰也不知道說什麼好。都想假裝入睡，可是都知道誰也沒有睏意。這樣楞了好久，韻梅忽然說出一句來：「老三在外面都作了什麼呢？」

「不知道！」瑞宣假裝在語聲中加上點睏意，好教她不再說話；他要靜靜的細琢磨老三的一切，從老三的幼年起，像溫習歷史似的，想到老三的流亡。

可是，她彷彿是問自己呢：「他真打仗來著嗎？」

瑞宣的眼睜得很大，可是假裝睡著了，沒有回答她。他真願和韻梅談講老三，說一整夜也好；但是，他必須把老三的過去全盤想一過兒，以便談得有條理。老三是祁家的，也是民族的，英雄；他不能隨便東一句西一句的亂扯。

韻梅也不再出聲，她的想像可是充分的活動著：她想老三必定是爬過山，越過嶺，到過很遠很遠的地方，甚至於走到海邊，看見了大海。她一生沒出過北平城，對於山她只遠遠的看見過西山與北山，老那麼藍汪汪的，比天色深一點。她可不曉得山上的東西是不是也全是藍顏色的。對於海，她只見過三海公園的「海」，不知道真正的大海要比三海大多少。

她不由的又問出來：「大海比三海大多少呀？」

「大著不知有多少倍！幹什麼？」

她笑了一下。「正想，老三看見了海沒有！」

「他什麼都看見了，一定！」

「那多麼好！」韻梅閉上了眼，心中浮起比三海大著多少倍的海，與藍石頭藍樹木的藍山。海邊山上都有個結實的，勇敢的老三。

這樣，一個沒有出過北平的婦人，在幾年的折磨困苦中，把自己鍛鍊得更堅強，更勇敢，更負責，而且渺茫的看到了山與大海。她的心寬大了許多，她的世界由四面是牆的院子開展到高山大海，而那高山大海也許便是她的國家。

第八十二章　歷史的天平

身上帶著秦嶺上的黃土，老三瑞全在舊曆除夕進了西安古城，只穿著一套薄薄的棉學生裝。

在這以前，他的黑豆子似的眼已看見了黃河的野浪，揚子江心的風帆，三峽的驚濤，與亂山中連茶葉都沒見過的三家村。

對於他，沒有一個地方能比得上北平。可是，每一個地方都使他更多明白些什麼是中國。中國，現在他才明白，有那麼多不同的天氣、地勢、風俗、方言、物產；中國大得使他狂喜、害怕、顫抖。連各處的雲與蚊子都不一樣！他沒法忘了北平，可也高興看那些不同的地域。那滾滾的黃流與小得可憐的山村，似乎是原始的，一向未經人力經營過的。可是它們也就因此有一種力量，是北平所沒有的一種力量，緊緊的和天地連在一處。假若那人為的，精巧的，北平，可以被一把大火燒光，這些河流與村莊卻彷彿能永遠存在——從有歷史以來，它們好像老沒改過樣子，所以也永遠不怕，不能，被毀滅。這些地方也許在三代以前就是這樣，而且永遠這樣。它們使他擔心它們的落伍，可也高興它們的堅實與純樸。他想，新的中國大概是由這些堅實純樸的力量裡產生出來，而那些腐爛了的城市，像北平，反倒也許負不起這個責任的。

他也愛那些腳登在黃土上的農民，他們耕植的方法是守舊的，他們的教育幾乎是等於零的，他們的生活是極端艱苦的，可是他們誠實、謹慎、良善、勤儉。只要他們聽明白了，他們就（哪怕他們自己須挨餓呢！）不惜拿出糧食，金錢，甚至於他們的子弟，獻給國家。他們沒有北平人那樣文雅、聰明，能說會道，可是他們，他們，負起抗戰的全部責任；中國是他們的。是他們，把秦嶺與巴山的巨石鑿開，修成公路；是他們，用一筐一筐的灰沙，填平水田，築成了飛機場；是他們，當敵人來到的時候，燒了房屋，牽了牛馬，隨著國旗撤退；是他們，把子弟送上前線，把傷兵從戰場上抬救下來。有這樣的人民，才有吃不飽，穿不暖，而還能打仗的兵。

有他們，「原始的」中國才會參加現代的戰爭。

他們不知道多少世界大勢，甚至不認識自己的姓名，可是他們的心中卻印著兩三千年傳下的道德，遇到事要辨別個是非。假若他們不知道別的，他們卻知道日本人不講理。這就夠了。他們全用血肉和不講理的人見個高低。因為山川的阻隔與交通的不便，使他們顯著散漫，可是文化的歷史與傳統的道義把他們拴到一處：他們都是中國人，也自傲是中國人。

這樣看明白了，瑞全才也驕傲的承認自己是中國人，而不僅是北平人。他幾乎有點自愧是北平人了。他有點知識，愛清潔，可是，他看出來，他缺乏著鄉民的純樸、力量，與從地土中生長出來的智慧。有許多事，鄉民知道，鄉民能作，而他不懂，不能作。他的知識，文雅清潔，倒好像是些可有可無的裝飾；鄉民才是真的抓緊了生命，一天到晚，從春至冬，忙著作那與生命密切相關的事情；而且到時候，他們敢去拚命——儘管他們的皮膚是黑的，他們的血可是或者比他的更熱更紅一點。

他開始不注意自己的外表。看著自己身上的破衣服，鞋子上的灰土，和指甲縫中的黑泥，他不單不難過，而反覺得應當驕傲。他甚至於覺得鄉民身上若有虱子，他就也應當有幾個。以前，在北平的時候，他與別的青年一樣，都喜歡說「民眾」。可是，那時節，他的「民眾」不過是些無知的，骯髒的，愚民。他覺得自己有知識，有善心，應去作愚民的尊師與教主。現在，他才知道，鄉民，在許多事情上，不但不愚，而且配作他的先生。

他開始放棄了大學生的驕傲，而決定與鄉民們在一塊兒工作，一塊兒抗敵。而且，要把他所知道的教給鄉民；同時，也從鄉民學習他所不知道的。

他不大會唱歌，而硬著頭皮給百姓們唱抗戰的歌曲。他不會演戲，而拉長了臉上台。他不會寫文章，可是擰起眉毛給人們寫抗戰的故事。同樣的，他不會騎馬放槍，可是下了決心請百姓們教給他。他甚至於強迫自己承認，鄉下的紅褲子綠襖的姑娘比招弟更好看。假若他要結婚，他須娶個鄉下姑娘！

同時，百姓們是那麼天真，他們聽、看、相信，他那連牛都不高興接受的歌曲、話劇，與故事。他更高了興，不是因為自傲，而是因為他已和鄉民打成一片。他相信自己若能和鄉民老在一塊兒，他就能變成像鄉民那麼純樸健壯，而鄉民也變成像他那麼活潑聰明；哼，打敗日本簡直可以比殺隻雞還容易！

這天真、高興、自信，使他忘了北平。在北平，他一籌莫展；現在，他抓住了愛國的真對象。愛國成了具體的事實——愛那些人民與土地。戰爭，沒想到，使都市的青年認識了真的中國。

他更瘦了些，可是身量又高出半寸來，他的臉曬得烏黑，可是脖上有稜有角的顯出結實硬棒。沒法子和鄉下青年打籃球，他學會和他們摔跤，舉石墩。摸著自己的筋肉，他覺得他能一槍把兒打碎兩個敵人的頭顱。

熱血循環得快，他的想像也來得快，他甚至於盤算到戰後的計劃。他想，在勝利以後，他應當永遠住在鄉下，娶個鄉下姑娘，生幾個像小牛一般結實的娃娃。為教育自己的娃娃，他順手兒便辦一個學校，使村中老幼男女都得到識字的機會。他將辦一個合作社，一個小工廠，一個醫院，一個——他不單看見了勝利，也看見了戰後的新中國。在那個新中國裡，鄉村都美化得像花園一樣！

可是，不久，因當權者的不信任民眾與懷疑知識青年們的自由思想，瑞全被迫離開他的工作與朋友，而必須到城市裡作他所不高興的工作。打擊與失望使他憤怒。可是「不要灰心」！他想起錢伯伯與瑞宣大哥給他的臨別贈言。他忍住氣，閉上口，把亂說亂唱的時間都讓給靜靜的思索。

從歷史的背景，他重新看自己。他看出來，他的自信與天真只是一股熱氣催放出來的花朵，並不能結出果實。他的責任不是只憑一股熱氣去抗敵，去希冀便宜的勝利，去夢想勝利後的烏托邦。他也必須沉住了氣去抵抗歷史，改造歷史。歷史使中國的人民良善可愛，歷史也使另一些人別有心肝、打算。他必須監視自己，使自己在歷史的天平上得到真正的份量。他看出來，日本人的侵略中國是打開了十八層地獄，鬼魂們不但須往外衝殺，也應當和閻王與牛頭馬面們格鬥。

在城市裡過活了許多時候，他得到回北平的機會。假若他能在民間工作，或被軍隊收容，他萬也不想回北平。他真愛北平，可是現在已體會出來它是有毒的地方。那晴美的天光，琉璃瓦的宮殿，美好的飲食，和許多別的小小的方便與享受，都是毒物。它們使人舒服、消沉、苟安、懶惰。瑞全寧可到泥塘與血獄裡去滾，也不願回到那文化過熟的故鄉。不過既沒有旁的機會，他也只好回北平，去給北平消毒。

在除夕，他進了西安古城。因穿得太薄，他很冷。繞了幾條街，他買不到一件棉袍。鋪戶已都關上門，過年。他知道西安和北平是同一氣味的古城，不管有無戰爭災難，人們必須過年。他，不便生氣；不生氣，也就會慢慢的想主意。這就是他三四年來得到的一點寶貴的修養。

他去敲壽衣鋪的門。不管是除夕，還是元旦，人間總有死亡；壽衣鋪不會因過年而拒絕交易。他買了件給死鬼穿的棉袍。他笑了。好，活人穿死人的衣服，就也算不怕死的一點表示吧。

從西安，他往東走。遇上什麼車，便坐什麼車；沒有車，他步行。當坐火車或汽車的時候，他必和日本人坐在一處，跟他們閒談，給他們一點東西吃，倒好像他是最喜歡日本人的人。假若他拿著機密的文件或抗日的宣傳品，他必把它們放在日本人的行李當中，省得受檢查；有時候，他託日本人給他帶出車站去。這些小小的把戲使他覺得自己很不值錢，因為日本人就專好玩這種小聰明。可是，及至它們得到了應得的效果，他又不由的有點高興，心中說：「你們會玩的，我也會！」

當他步行的時候，他有時候為躲避日本人，有時候為故意進入佔領區，就繞了許多許多路，得到詳細觀察各處情形的機會。走了些日子之後，閉上眼他能給自己畫出一張地圖來。在這地圖上，不僅有山河與大小的村鎮，也有各處的軍隊與人民的動態。這是一張用血畫的地圖：一個小小的村子，也許遭受過十次八次的燒殺；一條靜靜的小溪，也許被敵人與我們搶渡過多少次。看著這張他心中的地圖，他知道了中國人並不老實，並不輕易投降給敵人。在那張圖上，他看見一些人影，那些窮、髒，無知而又無所不知，誠實而又精明的人民。真的，是他們，給了他心中的地圖一些鮮紅的顏色。

越走，離北平越近了，他不由的想起家來。他特別想念母親與大哥。可是，這並沒教他感到難過，因為三四年來的流亡，他看明白，已使他永遠不會把自己再插入那四世同堂的家庭裡，恢復戰前的生活狀態。那幾乎已不可能。他已經看見了廣大的國土，那麼多的人民，和多少多少民間的問題。他的將來的生活關係，與其是家庭的，毋寧說是社會的。戰爭打開了他的心與眼，他不願再把自己放在家裡去。已是秋天，他才由廊坊上了火車。

他決定變成廊坊的人。這不難，只要口音稍微一變，他就可以冒充廊坊的人。他的服裝——一件長藍布夾袍，一雙半舊的千層底緞鞋，一頂青緞小帽——教他變成了糧店少掌櫃的樣子。他的行李是一件半舊的「捎馬子」，上面影影綽綽的還帶著「三槐堂」的字樣。他姓了王。此外，他帶著一副大風鏡，與一條毛巾。拿毛巾當作手絹，帶出點鄉下人的土氣，而大風鏡又恰好給他添加些少掌櫃的氣派。捎馬子裡放著那「死靈魂」的棉袍，與三五件小衣裳。除了捎馬子上的「三槐堂」，他渾身上下沒有任何帶字的東西。

高高的，黑黑的，他裝傻充楞的上了火車，頗像常走路的買賣人。在車上，他想好王少掌櫃的家譜與王家村的地圖。一遍，兩遍，十幾遍，他把家譜與地圖都背得飛熟。假若遇上日本人盤問，他好能用詳細的形容與述說去滿足他們的細心與瑣碎——日本人不是最理想的仇敵，他們太瑣碎。瑣碎使日本人只看見了樹，而忘了林，因而也就把精力全浪費在陰險與破壞上，而忘了人世間最崇高，最有意義的事情。

離北平越來越近了。火車一動一動的，瑞全的眼中一閃一閃的看到了家。家門，門外的大槐樹，院中的一切，同時的，像圖畫似的，都顯現在目前。他趕緊閉上眼，聽著火車的輪聲，希望把自己催眠過去。他一定不要因為看見北平而心跳得快起來。他已經被日本人摸過幾次胸口，看他的心跳得快不快。這是北平，是他的家，也是虎口；他必須毫不動心的進入虎口，而不被它咬住。

車停住。他慢慢的扛起行李，一手高舉著車票，一手握著那條灰不嚕的毛巾，慢慢的下了車。車站旁的古老的城牆，四圍的清脆的鄉音，使他沒法不深吸一口氣。一吸氣，他聞到北平特有的味道。他想快跑幾步，像小兒看到家門那樣興奮的跑幾步。北平有毒，可是，北平到底是他的生身之地，那顏色、氣味、語聲，都使他感到舒服與恰好合適，倒彷彿他一伸手就可以摸到母親的手腕似的。可是，他必須鎮定的，慢慢的，走。他知道，只要有人一拍他的肩膀，他就得希望那最好的，而勇敢的接受那最壞的。這已不是北平，而是虎口。平安無事的，在車站上的木柵前，他交出手中的車票。可是，他還不敢高興；北平的任何一塊土，在任何時間，都可以變成他的墳墓。

果然，他剛一出木柵，一隻手就輕輕的放在他的肩上。他反倒更鎮定了，因為這是他所預料到的。

他用握著毛巾的手把肩頭上的手打落，而後拿出少掌櫃的氣派問了聲：「幹什麼？」不屑於看那隻手是誰的，他照舊往前走，一邊叨嘮著：「我有熟旅館，別亂拉生意！北平是常來常往的地方，別拿我當作鄉下腦殼！」

可是，這點瞎虎事並沒發生作用。一個硬棒棒的東西頂住了他的肋部。後面出了聲：「走！別廢話！」

三槐堂的王少掌櫃急了，轉過身來，與背後的人打了對臉。「怎回事？在車站上綁票？不躲開我，我可喊巡警！」口中這樣亂扯，瑞全心裡卻恨不能咬下那個人幾塊肉來。那是個中國的青年。瑞全恨這樣的人甚於日本人。可是，他須納住氣，向連豬狗不如的人說好話。他叫了「先生」，「先生，我身上沒有多少錢，您高抬貴手！」

「走！」那條狗齜著牙，一口很整齊潔白的牙。

王少掌櫃見說軟說硬都沒有用，只好歎氣，跟著狗走。

票房後邊的一間小屋就是他預期的虎口。裏邊，一個日本人，兩個中國人，是虎口的三個巨齒。瑞全忙著給三個虎齒鞠躬，忙著放下行李，忙著用毛巾擦臉。而後，立在日本人的對面，傻乎乎的用小手指掏掏耳朵，還輕輕的揉了揉耳朵眼。

日本人像鑒定一件古玩似的看著瑞全，看了好大半天。瑞全時時的傻笑一下。

日本人開始掀著一大厚本像片簿子。瑞全裝傻充楞的也跟著看，看見了好幾個他熟識的人。日本人看幾片，停一停，抬頭端詳瑞全一會兒，而後再看像片。看了半天，瑞全看到他自己的像片。他已忘了那是在哪裡照的，不過還影影綽綽的記得那大概是三年前的了。像片上的他比現在胖，而且留著分頭，（現在，他是推著光頭）一綹兒鬆散下的頭髮搭拉在腦門上。也許是因為這些差異，日本人並沒有看出像片與瑞全的關係，而順手翻了過去。瑞全想像著吐了吐舌頭。

日本人推開像片本子，開始審問瑞全。瑞全把已背熟了的家譜與鄉土志，有點結巴，而又不十分慌張的，一一的說出來。他說，那兩個中國人便記錄下來。

問答了一陣，日本人又去翻弄像片，一個中國人從新由頭兒審問，不錯眼珠的看著記錄。這樣問完一遍，第二個中國人輕嗽了一下，從記錄的末尾倒著問。瑞全回答得都一點不錯。

日本人又推開像片本子，忽然的一笑。「我認識廊坊！」這樣說完，他緊跟著探進手去，摸瑞全的胸口。

瑞全假裝扭咕身子，倒好像有點害羞似的，可是並沒妨礙日本人的手貼在他的胸口。他的心跳得正常。

日本人拿開手，開始跟瑞全「研究」廊坊，倒好像他對那個地方有很深的感情似的。聽了幾句，瑞全知道日本人的話多半是臨時編製的，所以他不應當完全順著日本人的話往下爬，也不該完全嗆著說。

他須調動好，有順有逆的，給假話刷上真顏色。「王家村北邊那個大坑還有沒有？」

「那個大坑？孩子們夏天去洗澡的那個？早教日本軍隊給填平了！」

「大坑的南邊有兩條路，你回家走哪一條？」

「哪一條我也不走！我永遠抄小道走，可以近上半里多路！」

日本人又問了許多問題，瑞全回答得都相當得體。日本人一努嘴，兩個中國人去搜檢行李與瑞全的身上。什麼也沒搜出來。

日本人走出去。兩個中國人楞了一會兒，也走出去。

瑞全把鈕釦繫好，然後把幾件衣服摺疊得整整齊齊，又放回捎馬子裡。一邊收拾，一邊暗中咒罵。他討厭這種鬼鬼祟祟的變戲法的人。這不是堂堂正正的作戰，而是兒戲。但是，他必耐著心作這種遊戲，必須在遊戲中達到他的抗敵的目的。是的，戰爭本身恐怕就是最愚蠢可笑的遊戲。他沒出聲的歎了口氣。而後，把捎馬子拉平，坐在上面，背倚著牆角，假裝打瞌睡。

「睡」了一會兒，他聽見有一個人走回來。他的睡意更濃了，輕輕的打著呼。沒有心病的才會打呼。

「嗨！」那個人出了聲：「還不他媽的滾？」

瑞全睜開眼，擦了擦臉，不慌不忙的立起來，扛起行李。他給那個人，一個中國人，深深的鞠了躬；心裡說：「小子，再見！我要不收拾你，漢奸，我不姓祁！」

出了屋門，他還慢條斯理的東張西望，彷彿忘了方向，在那裡磨蹭。他知道，若是出門就跑，他必會被他們再捉回去；不定有多少隻眼睛在暗處看著他呢！

第八十三章　戰爭像地震

扛著行李，瑞全慢慢的進了前門。

一看見天安門雄偉的門樓，兩旁的朱壁，與前面的玉石欄杆和華表，瑞全的心忽然跳得快了。偉大的建築是歷史、地理、社會、與藝術綜合起來的紀念碑。它沒聲音，沒有文字，而使人受感動，感動得要落淚。況且，這歷史，這地理，這社會與藝術，是屬於天安門，也屬於他的。他似乎看見自己的胞衣就在那城樓下埋著呢。這是歷史地理等等的綜合的建築，也是他的母親，活了幾百年，而且或者永遠不會死的母親。

是的，在外邊所看到的荒村，與兩岸飛沙的大河，都曾使他感動。可是，那感動似乎多半來自驚異；假若他常常看著它們，它們也許會失去那感動的力量。這裡，天安門，他已看見過不知多少次，可是依然感動他。這裡的感動力不來自驚異與新奇，而且彷彿來自一點屬於「靈」的什麼。那琉璃瓦的光閃，與玉石的潔白，像一點無聲的音樂蕩漾到他心裡，使他與那偉大的建築合成一體。

剛才，日本人摸他的胸口，他並沒驚惶失措；現在，這靜靜的建築物卻使他心跳，跳得很快。他與那個日本人，都須死，而且不定哪一時就死。這偉大的城樓，卻永遠立在那裡，上面頂著青天，下面踩著白的玉石。在那城樓上閃動的光兒裡，他好像看見了幾百年前那些工匠，一塊塊的，一根根的，往城樓裡安置磚瓦棟樑。他們的技巧與審美心似乎也不死，因為他們創造出不朽的建築物。為什麼人們不多造幾個城樓，而偏偏打仗呢？想到這裡，他幾乎要輕看自己的勇敢與工作了。哼，那些工事算得了什麼呢，當你立在天安門前的時候。

還好，還好，過了一會兒，他對自己說：日本鬼子並沒拆毀了天安門！是日本人不敢毀它呢，還是不屑於毀它呢？他趕緊往四下裡看，彷彿要從城門前的廣場上找到答案。

他看到天安門前的冷落與空寂。他不忍再看。不，這已不是他自幼看慣了的天安門，而是一座大的碑或塔，下面藏著死人的屍骨。北平已經死去，日本人不屑，是不屑，拆毀了它。它不過是金碧輝煌的勝利品。

真的，天安門前是多麼靜寂呀。行人車馬都帶著短短的影子，像不敢出聲的往東往西走。地方的空曠與城樓的高大，使蠕動的人馬像一些小小的什麼蟲子。一陣淒涼的小風吹過，似乎把樹影兒都吹淡了一些。電線隨著小風顫動，發出一些響聲。這，使瑞全想起那大的，空的，斑斑點點的，美麗的海螺。它美麗，能發出微響，可是空的，死的，只配作個擺設或玩物。哈，天安門就正像個海螺！

他不敢多想。再想下去，他知道，也許會落淚。他真願意去看看中山公園與太廟，不是為玩耍，而是為看看那些建築、花木，是否都還存在。不，他不能去。扛起捎馬子游公園或太廟，是會招起疑心的；焉知身後沒有人盯他的梢呢。

一想走進公園，他也不由的想起招弟。她變成了什麼樣子呢？他想起，在戰前，他與她一同在公園裡玩耍的光景。他特別記得：那老柏的稀疏影兒落在她的臉上與白的衣服上，使她的臉和渾身都有光有暗，而光暗都又不十分明顯，彷彿要使她帶著那些柔軟的影與色，漸漸變成個無可捉摸的仙女似的。

不，不要想她！他應當自慶，他沒完全落在愛的網裡，而使他為了妻室，不敢冒險，失去自由！還是這麼扛著捎馬子到處亂跑好，這是他該作的事，必須作的事！他已不應再以為自己是個肉作的青年，而須變成炸彈，把自己炸開，炸成千萬小片，才是他的最光榮的歸宿。他不應再是個有肉慾的青年，而須變成個什麼抽象的東西，負起時代託付給他的責任。

忘了天安門、公園、太廟，與招弟！忘了！只是不要忘記他現在是王少掌櫃。王少掌櫃不應當扛著捎馬子呆呆的立在天安門前。他必須走，快走！

到哪裡去呢？他不能馬上去找他的秘密的機關。萬一有人跟隨他的呢？那豈不洩露了秘密？好的，他須東西南北的亂晃一陣，像兔兒那樣東奔一頭，西跳兩下，好把獵犬弄糊塗了。

他往西走。走出不遠，並沒回頭，他覺出背後有人跟著他呢！他應當害怕，可是反倒高了興。緊張、危險、死，才會打破北平的沉寂。他是來入墓，而不是來看天安門！

他不慌不忙的往前走，想起剛才在車站看到的那張自己的像片。哼，那多少是點光榮，光榮！老三瑞全，想想看吧，和祖父、父親、大哥都不一樣！哼，這要教祖父知道了，老人要不把鬍子都嚇掉了才怪！

輕巧的，他把一隻鞋弄掉，而後毛下腰去提鞋。一斜眼，他看明白了跟著他的人，高第！

他要嘔吐！他想的到北平的沉寂，冠曉荷們的無恥，可是才想不到高第，冠家的最好的人，會也甘心給日本人作爪牙！還有，假若高第已經如此，那麼招弟呢，說不定還許嫁給了日本人呢！幾年的修養與鍛鍊好像忽然離開了他。他的心中亂起來，像要生病時那麼忽冷忽熱的亂起來。他後悔回到了北平，來看他的女友，也是中國的青年，這麼無恥，沒骨頭。他不由的摸了摸腰間，哼，沒有槍；他必須赤手空拳的走進北平；他真想一槍先打死那無恥的東西！

高第從他的身旁走過去，用極低的聲音說了句：「跟我走！」

他只好跟著她，別無辦法。他，真的，並沒有害怕，可是不由的想到：萬一真死在她的手裡，實在太窩囊。

看一看那晴美的天空，與冷落的大街，他覺得北平什麼也沒變；北平或者永久不會變，永遠是那麼安靜美麗，像神仙似的，不大管人間的悲歡離合。可是，看著高第的後影，那頗好看的，有淡淡的陽光的後影，他又覺得北平一切都變了，變得醜惡、無恥，像任憑人家姦污的婦女。他不知道是應當愛北平，還是應當恨它；應當保存它，還是燒燬了它。北平跟戰爭絞纏在一處，像花園裡躺著一條腐爛了的死狗！跟著她，他走到了西城根。第一個來到他心中的念頭是：假若她動手，他不應當客氣。他須看機會，能打死她就打死她。他是為國家作事的，不能因為她是女的，她是朋友，而退讓一點。不，他現在不應當再有父母兄弟與朋友，而只有個國家。

這樣一想，他的手馬上預備好，他的眼緊盯著她的全身。哼，只要她一動，他就須打出拳去，沒有客氣，沒有！可是，忽然的，他改變了念頭。不，他不可以動手。動了手，即使他打勝，也會招來更多的麻煩。他是來到北平，北平是不容易進來，更不容易出去的。他看了看那堅厚的城牆。不，他萬不可鹵莽！他須央告她，利用舊日的友誼，與婦女的慈心，設法脫逃。可是，怎麼出口呢？他是堂堂的男子漢，肯對一個沒出息的女子告饒求情嗎？他抓了抓他的黑亮的腦門！這時候，高第已和他走並了肩。她忽然的說出來：「我入了獄，作了特務；要不然，我沒法出獄！不用防備我，我和錢先生通氣，明白吧？」

「錢先生？哪個錢先生？」

「錢伯伯！」

「錢伯伯？」瑞全鬆了口氣。忽然的，連那灰色的城牆都好像變成了玻璃，發了光！北平並沒有死，連錢先生帶高第都是在敵人鼻子底下拚命呢！他真想馬上跪在地上，給高第磕個頭！

「他曉得你要來！你要是願意先看他去，他在西邊的小廟裡呢。你應當看看他去，他知道北平的一切情形！到小廟裡說：敬惜字紙！」說到這裡，她立住，和瑞全打了對臉。

在瑞全眼中，她的臉上沒有多餘的表情，而只有一股正氣，與堅定的眼神。這點正義與眼神，並沒使她更好看一點，可是的確增多了她的尊嚴。她的鼻眼還和從前一樣，但是她好像渾身上下全變了，變成了一個他所不認識的高第。這個新高第有一種美，不是肉體的，而是一些由心中，由靈魂，放射出來的什麼崇高與力量。這點美恰好是和他心中那點勁兒一樣，使他彷彿要忘記她的五官四肢，而單獨的把那點勁兒抓住，和她心心相印。他低下了頭去。他錯想了她。「招弟呢？」他低聲的問。

「她也——跟我一樣！」

「一樣？」瑞全抬起頭來，硬巴巴的臉上佈滿了笑紋。他的心中，北平，全世界，都光亮起來。

「只有這一點分別：我跟錢先生合作，她，她給敵人作事！」

瑞全的笑紋全僵在了臉上。

「你要留神，別上了她的當！再見！」高第用力的看了他一眼，轉身走開。

瑞全沒再說出話來。咬咬牙，他往西走。高第、招弟，與錢伯伯三個形影在他心中出來進去，他不知道應當先想誰好。他幾乎要失去他的鎮定。

這兩個女的，一位老人，彷彿把一切都弄亂了，他找不到了世界的秩序。他最喜愛的女人，變成了他應當最仇視的。他最不敢希望到的，卻成了事實；錢伯伯和高第居然聯合在一處，抗敵。他不敢再想什麼了。戰爭像地震，把上面的翻到下面去，把下面的翻到上邊來。不，他決不再事先判斷什麼。北平簡直是最大的一個謎。它冷落，也有陽光；它消沉，而也有錢伯伯與高第的熱烈。

猛的，他啐了口唾沫，「呸，什麼也別再想！」

他看見了路北的小廟。忘了高第，招弟與北平，他想要飛跑進去，去看他的錢伯伯。

第八十四章　我們的抗戰不僅是報仇

雖然已是秋天，錢詩人卻只穿著一件藍布的單道袍。他的白髮更多了；兩腮深陷，四圍長著些亂花白鬍子。他已不像個都市裡的人，而像深山老谷裡修道的隱士。靜靜的他坐在供桌旁的一個蒲團上，輕輕的敲打著木魚。

聽見了腳步聲，老人把木魚敲得更響一點。用一隻眼，他看明白進來的是瑞全。他恨不能立刻過去拉住瑞全的手。可是，他不敢動。他忍心的控制自己。同時，他也要看看瑞全怎樣行動，是否有一切應有的謹慎。他知道瑞全勇敢，可是勇敢必須加上謹慎，才能成功。

瑞全進了佛堂，向老人打了一眼，而沒認出那就是錢伯伯。他安詳的把捎馬子放下，而後趴下恭恭敬敬的給佛像磕頭。他曉得怎麼作戲，不管他怎麼急於看到錢伯伯。他必須先拜佛；假若有人還盯他的梢，他會使盯梢的明白，他是鄉下人，也就是日本人願意看到的迷信鬼神的傻蛋。

老人，看到瑞全的安詳與作戲，點了點頭。他輕輕的立起來，嗽了聲；而後，向佛像的後面走。

瑞全雖然仍沒認出老人，可是聽出老人的嗽聲。「錢伯伯」三個字，親熱的，有力的，自然的，衝到他的唇邊。可是，他把它們嚥了下去。拾起捎馬子，他也向佛像後面走。繞過佛像，出了正殿的後門，他來到一個小院。

院中有個小小的磚塔，塔旁有一棵歪著脖的柏樹。西邊有三間小屋。錢詩人在最南邊的一間外面，和一位五十多歲的和尚低聲的說了兩句話。和尚，看了瑞全一眼，打了個問訊，走入正殿，去敲打木魚。

錢詩人向瑞全一點手，拐著腿，走進最北邊的那間小屋。瑞全緊跟在老人的後面。一進屋門，「老三」與「錢伯伯」像兩個火團似的，同時噴射出來。瑞全一歪肩，把行李摔在地上。四隻手馬上都握在一處。瑞全又叫了聲「錢伯伯」，可就想不起任何別的話來。在他記憶中，錢伯伯是個胖胖的，厚敦敦的，黑頭髮的，安良溫善的，詩人。他也想到，錢伯伯的左右應該是各色的鮮花與陳古的圖書。他萬想不到錢伯伯會變成這個狼狽的樣子，和在這些個破小廟裡。楞了一會兒，他認識了錢伯伯，正像他細看一會兒那被轟炸過的城市之後，便依稀的認出街道與方向。老人的眼正像從前那麼一閉一閉的。老人的聲音還是那麼低柔和善。

「我看看你！我看看你！」老人笑著說。他的深陷的雙腮不幫忙使他的笑容美好，可是眼角上的笑紋還很好看。「我看看你，老三！」

瑞全怪發僵的教老人看，不知怎樣才好，只傻乎乎的微笑。

老人看著老三，連連的微微點頭。忽然的，老人低下頭去。他想起自己的兒孫。

「怎麼啦？錢伯伯！」

老人慢慢的抬起頭來，勉強的笑了一下。「沒什麼，坐下吧！」

瑞全這才看到屋中只有一張木板床，一張非靠牆不能立穩的小桌，和一把椅子。老人坐在床沿上，瑞全把椅子拉過來，湊近老人，坐下。

老人的心裡正在用力控制自己，不要再想自己的兒孫，所以說不出話來。

瑞全聽到前殿中的木魚響。

「伯伯，您怎麼變成這個樣子了？」瑞全打破了沉寂。

老人的唇動了動。他想把入獄受刑的經過，與一家人的死亡，一股腦兒像背書似的背給瑞全聽。可是，他以為瑞全剛由外面回來，必定看見過戰場；戰場上一天或一點鐘內，也許有多少流血的與死亡的；他自己的一點苦痛有什麼可說的價值呢？他堅定，勇敢，可是他還謙卑。

「教日本人收拾的。」老人低聲的說，希望就用這麼一句話滿足了瑞全。

「什嗎？」瑞全猛的立起來，一雙黑豆子眼盯住老人的腦門。

瑞全萬也沒想到錢詩人，錢伯伯，天下最老實的人，會受毒刑。在外面三四年，因為不肯想家，他冷淡了北平。他以為北平在這幾年裡必是一聲不出的，一滴血不流的，用它的古老的城牆圈著百萬以上的亡國奴。誰知道，連錢先生這樣的老實人也會受刑呢，並且因受刑而反抗呢？

對北平的冷淡，在他想，也就是對整個國家的關心。於是，他已打算好，他雖回到北平，而決不打聽家裡的事。這太狠心，可是忘了家才能老記著國，也無可厚非。現在，聽到錢伯伯這一句話，他可是馬上想起家裡的人。假若錢伯伯會受刑，一切人都有受刑的可能，他家中的人也不能是例外。特別是他的大哥；大哥比錢先生更多著點下獄受刑的資格。他不由的問出來：「我家裡的人呢？」

錢老人低聲的，溫和的，說：「坐下！」

瑞全傻乎乎的又坐下。

老人不敢再抬眼皮。難過的，低著頭思索：是否應當把實話告訴給瑞全呢？

「錢伯伯！」瑞全催了一下。

錢老人不願教瑞全剛一回到北平就聽到家中的慘事。可是，他若不說，瑞全會不會到別處去打聽？他決定實話實說，知道瑞全也許可以在他面前，一點不害羞的哭出來。他是瑞全的老友，老鄰居；瑞全小時候怎樣穿著開襠褲，他都知道。好，瑞全若是要哭，就應當在他的面前。他的頭低得無可再低，極慢極慢的說：「你父親和老二都完了！別人還都好！」

看過敵人的狂炸都市，看過山河間的戰場，看見過殺傷與死亡，瑞全的心彷彿，像操作久了的手掌似的，長了一層厚皮。聽到老人的話，他並沒有馬上受到強烈的刺激。他問了聲「什麼？」彷彿沒有聽明白似的。可是，沒有等老人再說什麼，他低下頭去，淚像潮水似的流出來，低聲的叫著：「爸爸！爸爸！」

老人十分難堪的，把一隻手放在瑞全的肩上，輕輕的叫：「老三！老三！」他不敢勸阻瑞全，誰死了父親能不傷心呢？他又不肯不安慰瑞全，誰能看著朋友傷心而不去勸慰呢？可是用什麼話去安慰呢？老人一邊叫著「老三」，一邊急得出了汗。哭了半天，瑞全猛的一挺脖子，「告訴我，小羊圈怎樣了？」他似乎忘了中國，甚至於忘了北平，而只記得小羊圈，他的生身之地。

老人樂得的說些足以減少瑞全的悲苦的事；簡單的，他把冠家的，小文夫妻的，小崔的，和棚匠劉師傅的事，說了一遍。

瑞全聽完，楞了起來。他沒想到，連小羊圈那麼狹小僻靜的地方，會出了這麼多的事，會死這麼多的人。哼，他走南闖北的去找戰場，原來戰場就在他的家裡，胡同裡！他出去找敵人，而敵人在北平逼死他的父親，殺害了他的鄰居。他不應當後悔逃出北平，可是他的青年的熱血使他自恨沒有能在家保護著父親。他失去了鎮定，他的心由家中跳到那高山大川，又由高山大川跳回小羊圈。他已說不清哪裡才是真正的中國，他應當在哪裡作戰。他只覺得最合理的是馬上去殺下一顆敵人的頭來，獻祭給父親！

他不敢再正眼看錢伯伯。錢伯伯才是英雄，真正的英雄，敢在敵人的眼下，支持著受傷的身體，作復國報仇的事。

錢詩人見瑞全不出聲，也不敢再張口說什麼，雖然他急於聽瑞全由外面帶回來的消息和新聞。在這個青年面前，老人覺得自己所作的不過是些毫無計劃的，無關宏旨的小事情。反之，瑞全身上的灰土才是曾經在沙場上飛揚過的，瑞全所知道的才是國家大事。

這樣，一老一少本都想一見面就把積累了好幾年的話傾倒出來，可是反倒相視無言了。他們都聽著前殿的木魚聲。還是瑞全先出了聲：「錢伯伯，告訴我點您自己的事！」

「我自己的事？」老人癟著嘴一笑，他本不想說，可是又覺得不應當拒絕青年朋友的要求。再說，瑞全剛剛哭完，老人的話也許能比無聊的，空洞的，安慰，強一些。「我的事很多，可也很簡單。讓我這麼解釋吧；我的工作有三個階段：第一階段是在我受刑出獄之後。那時候，我沒有計劃，只想報仇。我心中有一口氣，是怒，是恨，催動著我放棄了安靜的生活，像瘋了似的去宣傳，去暗殺。那時候，我急，我怒，所以我不能容納別人的意見。凡是與我主張不同的，我便把他們看成仇敵。那時候，我是唱獨角戲。

「慢慢的，我走到第二階段。我的肯作，敢作，招引來朋友。好，我看清楚，我應當有朋友，協力同心的去作。雖然我還沒改了這一頭兒是我，那一頭兒是國家的態度，可是我知道了獨自拚命遠不及大家合作的更有效，更有力量。好，我不管別人的計劃是什麼，派別是什麼，只要他們來招呼我，我就願意幫忙。他們教我寫文章，好，我寫。他們教我把宣傳品帶出城去，好，我去。他們教我去放個炸彈，只要把炸彈給我預備下，好，我去。這樣，我開始摸清了道路，有了作不過來的工作；而且，我也不生閒氣了。我變成一個抗敵的機器，誰要用我，我都去盡力。同時，我沒有顧忌，沒有對報酬與前途的算計。我屬於一切抗敵的人，作一切抗敵的事，一直作到死。假若第一階段是個人的英雄主義或報仇主義，這第二階段是合作的愛國主義。前者，我是要給妻兒與自己報仇，後者是加入抗敵的工作，忘了私仇，而要復國雪恥。

「現在，我走到第三階段。剛才你看見了那位和尚？」老人指了指前殿。「他是明月和尚，我的最好的朋友。我們兩個人的交情很純真，也很奇怪。我呢，當我初一認識他的時候，是一心要報仇，要殺人。他呢，儘管北平城亡了，還不改變他的信仰，他不主張殺生。這樣，我以為即使佛生在北平，佛也得發怒，也得去抗敵，假若佛的父母兄弟被敵人都殺害了的話。明月和尚不這樣看，他以為這侵略，戰爭，只是劫數，是全部人間的獸性未退，而不是任何一個人的罪過。說也奇怪，我們兩個人的見解是這麼不同，而居然成了好朋友。他不主張殺人，因為他以為仇殺只足助長人的罪惡，而不能消滅戰爭。可是，他去化緣，供給我吃。他不主張殺人，而養著手上有血的朋友；可笑！

「不過，雖然我不接受他的信仰，可是我多少受了他的影響。他教我更看遠了一步——由復國報仇看到整個的消滅戰爭。這就是說，我們的抗戰不僅是報仇，以眼還眼，以牙還牙，而是打擊窮兵黷武，好建設將來的和平。

「這樣，我又找到了我自己，我又跟戰前的我一致了。這就是說，在戰爭一開始，我忽然受了毒刑，忽然的家破人亡，我變成瘋狂。只有殺害破壞，足以使我洩恨。我忘記了我平日的理想與詩歌，而去和野獸們拚命。那時候，我是視死如歸，只求快快的與敵人同歸於盡。現在，說句也許教你笑我的話，我似乎長成熟了。我一邊工作，一邊也又有了理想。我不只糊裡糊塗的去扔掉我的腦袋，而是要穩穩噹噹的，從容不迫的，心平氣和的，去作事，以便達到我的理想。所以，我說，我又找到了自己。以前，我是愛和平的人；現在，還是那樣。假若這裡有點不同的地方，就是在戰前，我往往以苟安懶散為和平；現在呢，我是用沉毅堅決勇敢去獲得和平。

「我不必告訴你，一件一件的，我都作過什麼。我倒真高興能告訴你，我的這點小小的變化。變化是生長的階段。我並沒死，也並不專憑一口怒氣去找死，我是像個小孩，或小樹，天天在生長。這樣，危險困苦也就都不可怕了，因為我的眼是看著遠處，正像明月和尚老看著西天那樣。我不必再老咬著牙，擰著眉了，而可以既不著急，又不妥協的往前幹去；我知道我所幹的是任何一個有心思，有理想的人，所應當幹的；我能自信了。是的，今天我沒有，將來也不會，皈依佛法；不過，明月和尚的確給了我好的影響。我很感激他！他是從佛說佛法要取得永生；我呢是從抗敵報仇走到建立和平——假若人類的最終的目的是相安無事的，快快活活的活著，我想，我也會得到永生！」

用心的，瑞全一字不落的，把錢伯伯的話都聽進去。

他沒想到錢伯伯會這樣概括的述說。他原來以為老人必定婆婆媽媽的告訴他一些有年月，有地點的事實。聽完這一大段話，他呆呆的看著錢伯伯。是的，錢伯伯的身上，正像他的思想，全變了。他好像不認識了，又好像更多認識了一點，錢老人。錢老人沒有陳說事實，可是那一大段話，儘管缺乏具體的事情，教瑞全不單感動，而且也看見了他自己；像他自己，在這三四年中，不也變了嗎？不也是由一股熱氣，變為會沉靜的思索嗎？他馬上覺得他的心靠近了老人的心。老人的經驗與變化正差不多是瑞全自己的。

他很想把自己的經驗都告訴給老人，可是，他鼓不起勇氣來說了。事實，假若沒有一個以思想作線索的綱領，不過是一些零散的磚頭瓦塊，說不說都沒有關係。

「老三，說說你的事呀！」老人微笑著說。

老三伸了伸腿。「錢伯伯，用不著說了吧？我也正在變！」

「那可好，好！」老人的眼對準了瑞全的。「你看，要是對別人，我決不會說剛才那一套話，怕人家說我老王賣瓜，自賣自誇。對你，我不能不那麼說，因為那是千真萬確的事實。只有那麼對你說，你才真能看見我的心。假如我只說些陳穀子爛芝麻，你也許早發了睏！嘔，老三，你不以為我是瞎吹，鋪張？」

「我怎能呢？錢伯伯！」

「好！好！還是說說吧，說說你的事！我願意多知道事情，只有多知道事情，心裡才能寬綽！」

瑞全沒法不開口了。他源源本本的把逃出北平後的所見所聞，都說出來。說著說著，瑞全感到空前未有的痛快，與興奮。這是和錢伯伯談心，他無須顧忌什麼；在事實之外，他也發表了自己的意見與批評。

一直等老三說完，錢詩人才出了聲：「好！你看見了中國！中國正跟你、我一樣，有多少多少矛盾！我希望我們用不灰心與高尚的理想去解決那些困難與矛盾！」

「我們合作？」

「當然！」

老少的兩顆心碰到了一處。

第八十五章　開場戲

跟錢伯伯暢談了以後，瑞全感到空前的愉快。真的，他還沒弄清楚，自己的變化已經到了哪個階段，和一共有了多少階段；可是，由錢詩人的話裡，他得到一些靈感——幹下去，幹下去，只要幹下去，他就能更明白自己與世界。假若他自己的，能與世界應有的，理想，聯到一處，他才真對得起這一條命。

他不再亂想。他須馬上去工作，愉快的，堅定的，去工作。

他須先到東城的一家鞋舖去拿錢，馬上買上一輛腳踏車，好開始奔走。

在路上，他遇見一男一女兩個小學生，都挎著書包，像是兄妹剛下了學的樣子。他不由的多看了他們兩眼。他想起了小順兒和妞妞。

男的大概有十歲，女的七歲左右，正和小順兒、妞子，差不多。兩個小孩兒都長的相當的體面，可是小臉上都很黃很瘦。女孩兒的衣裳很短，手腕腳腕都露在外面，像花要開的時候，外面的綠萼已經包不住了花瓣兒。男孩兒的衣服上有好幾塊補丁。他們走得很慢。

瑞全不由的也走慢了一點。他想起當年自己上學的光景：一出街門，他永遠是飛跑。這兩個小孩好像不會跑。連快走也不會！

走著走著，小男孩，看見路上的一塊小磚頭，用腳踢了一下。

女孩立住了，和男孩打了對臉。她的臉上，那麼黃瘦，表現出怒，輕蔑，而又似乎不忍責罵的，複雜的神情。她的小薄嘴唇動了幾動，才說出話來：「哥！踢破了鞋，不又教媽媽生氣嗎？」

男小孩的臉紅了一紅，假裝的笑著。「我就踢了一下，不要緊！」

瑞全嘆了口氣。錢伯伯，他自己，變了？哼，連這倆小孩子也變了，變成了老人！戰爭剝奪了孩子們的天真與青春！

又走了幾步，小男孩，似乎贖踢磚頭的罪過，拾起一根有三尺長的枯枝。教妹妹幫助他，他把枯枝折成三段，放在書包裡。兄妹臉上都有了笑容。

瑞全不敢再看，他加快了腳步。從一進北平，他便看見了這古城的冷落寒傖；現在，在這兩個小孩的身上與舉動上，他看到饑荒的黑影。小兒女已經學會，把一根枯枝當作寶貝。

走出幾步，他又立住；頗想給那兩個小孩幾個錢，教他們買兩個燒餅吃。可是，他立住，小孩們也立住了。哥哥拉住妹妹的手，兩個小臉挨在一處，互相耳語。瑞全只好走開。小孩們，在這亡城裡，知道怎麼小心，不單提防日本人，也須防備一切的人。戰爭使人與人之間的關係變成貓與狗的關係。恐怖教小兒女們多長出一個心眼，盼望寧可餓死，也別被殺！小順兒與妞妞，他想也必定是這樣！他一直走下去，不敢再回頭。

在東四牌樓附近，他找到了鞋舖。

舖子是兩間門面，門窗牌匾的油飾都已脫落，連匾上的字號也已不甚清楚。窗上的玻璃裂了一大道璺，用報紙糊著。玻璃窗裡放著兩三雙鞋，落滿了塵土。

瑞全懷疑他是否找對了地方。再看看匾上的字號與門牌，他知道並沒有找錯。想起錢伯伯的道袍與那個小廟，他告訴自己：只有這種地方才適於作暗中進行的事體。他走了進去。

屋中相當的暗，而且有一股子潮濕的，摻夾著臭漿糊與大煙的味道。他嗽了一聲，沒有人答理他。他說出暗號：「有雙臉鞋嗎？掌櫃的！」

裡面有了響動。他耐心的等著。又過了一會，裡面的門吱的響了一聲，出來個又高又瘦的人，口中正嚼著一口什麼東西。他像個大煙鬼。

瑞全知道，在日本的統治下，吸鴉片是一種好的掩護。他掏出那副風鏡來。在風鏡的遮擋裡藏著他的很小的證章。他取出證章，教瘦子看。而後，他低聲的說：「我來拿錢。」瘦人翻了翻眼：「什麼錢？」

瑞全知道事情不妙。「你弟弟撥來的！」

「我，我沒有弟弟！」瘦鬼把口中的東西嚥淨。

「沒有——」瑞全的黑眼珠盯住那個又黃又瘦的臉，立刻想用手掐住那細長的脖子。可是，他得控制自己。他是在北平；只要瘦鬼一喊叫，他必會遇到危險。「別開玩笑！老哥！」

他勉強的笑著說：「你知道，那點錢多麼重要！」

瘦鬼反倒不耐煩了：「走，快走！我沒有工夫跟你搗亂！」

瑞全看明白，瘦鬼是安心要炸他的醬[4]。他猛的往前一撲，一手攥住瘦鬼的右腕，一手掐住脖子。他不能教瘦鬼高聲喊叫，也不願傷了瘦鬼的性命。但是，他必須給瘦鬼一點厲害。

瘦鬼，雖然那麼大的個子，可是一點力氣也沒有，從未被瑞全扣緊的嗓子裡發出急切而聲音不大的央求：「放開我！放開！」

瑞全稍把手扣緊一點：「你一嚷，我就掐死你！」

「我不嚷！我不嚷！放開我！」

瑞全把手挪開。「有什麼話快說！」

瘦鬼舐了舐嘴唇，看了瑞全一眼。「好，我實話實說！有那末一筆錢，我接到了。可是，可是，教我給用了！我沒生意，我得吸煙，沒錢！我知道，你跟我的弟弟都是了不起的人。我，我可是沒有別的辦法！我並不是壞人，可是，哼，四年了，四年在日本人腳下活著，連神仙也得變成壞蛋！」

瑞全一挺脖子走了出去。他不願再聽瘦鬼的話。怒氣要炸破他的肺，他不能再立在這又臭又

4. 炸他的醬，被別人詐騙的意思。

暗的屋子裡。

可是，剛出門，他又轉身走回來。不，他不能輕易這麼放了瘦鬼。他的手，現在，是為戰鬥用的。他不能這麼隨便的丟了錢，耽誤了自己的工作。他想再用肉體的痛苦懲治瘦鬼，萬一能擠出一點錢來，豈不比全數都丟了好？他不必心疼那個瘦鬼，瘦鬼早晚是會死去的。

可是，瘦鬼趴在櫃檯上哭呢！

瑞全遲疑了一下。瘦鬼，既是在哭，一定不是全無心肝的人。不，不，不能太心軟！他走過去，把趴在櫃檯上的頭扯了起來。瘦鬼含著淚呆呆的看著瑞全。

瑞全把想起來的話都忘了。他鬆了手。他一點辦法也沒有。這個瘦鬼沒有生命，卻還活著；沒出息，卻還有點天良。沒法辦！

「對不起！」瘦鬼聲音極低的說：「對不起，我知道你著急，可是錢已教我花光，花光！」

瑞全忽然想起話來，「你是不是想出賣我呢？你知道我的號數，相貌，你——」

「我不會！不會！我的弟弟跟你一樣！我不會出賣你，我的心裡已經夠難過的了！我也是中國人！」

瑞全又走出去。他怒，他憋悶，他毫無辦法。飛快的，他走了一大段路，心中稍微舒服了一點。他想起錢伯伯來。嘔，錢伯伯受過多少打擊？哼，也許比他自己所受的多著十倍百倍！可是，錢伯伯並不灰心，並不抱怨誰，還是那麼穩穩當當的工作。哈，這點挫折算什麼呢？他的眼亮起來，難道沒有那點錢，就不繼續工作了嗎？笑話！

可是，萬一那個瘦鬼出賣他呢？是的，瘦鬼答應了他，決不會出賣他；不過，一個大煙鬼的話靠得住嗎？為吸煙，一個人是可以出賣自己的靈魂的！

他是不是應當馬上回到鞋舖，結束了瘦鬼呢？那並不難，只需把手掐緊瘦鬼的——。

不！那雙手須放在比瘦鬼的更有點價值的脖子上。毒手是必須下的，可要看放在哪裡。他不能學日本人，把毒手甚至於加到一個嬰兒身上。

他去找地下工作者的機關，一來是為報到，二來是看看能否借到一輛自行車。

走著，走著，他看見一輛自行車，斜倚著一株柳樹。他願去偷過它來，真的。有一輛車，他就長了翅膀，可以城裡城外到處去奔走。那麼，他的工作似乎應當抵消了他的偷竊的罪過！他笑了。

可是，他並沒去偷車。好吧，日本人可以偷去整個北平，而他不屑於偷一輛車。這是不是一個道德的優越呢？他又笑了笑。

快走到目的地，他放慢了腳步，把一切思索都趕出心外。他必小心，像鼠兒在白天出來那麼小心。他忘去了一切，好使他的每一根汗毛都警覺，留神。

街門開著呢。他不便敲門，而大模大樣的闖進去。一個小院，四四方方的包著一塊兒陽光，使他感到溫暖。他不由的說出來：「小院子怪可愛！」

南牆上放著一個木梯。他向梯子走去。他不敢馬上進屋子，而必須在院中磨蹭一會兒，用耳目探聽屋中的動靜。

北屋的門輕輕的開了。瑞全用眼角撩了一下，門口立著個完全像日本人的中國人。

瑞全心中說：「糟了！」可是，他反倒有點高興。這是戰鬥，不像剛才鞋舖中的那一幕那麼悶氣與無聊。他轉過身來，和那個中日合璧的，在戰爭的窯裡燒出的假東洋料，打了對臉。

「幹什麼的？」假東洋料板著臉問。

「貴姓呀？你老！」瑞全慢慢的湊過來，滿臉陪笑的說：「你是管房子的？我，三順木廠的，來看看房。」那個假東洋貨的眼盯住瑞全的臉，一聲沒出。

瑞全更湊近一些，把聲音放低：「房東要三萬！三萬！」他吐了吐舌頭。「好傢伙，三萬！才有幾間小房啊！小院倒怪可愛，可是，怎麼也不值三萬哪！」說完，他搭訕著躲開。「我得上去看看，三萬！非仔細看看不可！」他又走到南牆根；把梯子搬起來。這時候，他看清小東屋的玻璃窗子上還有個人臉呢。

他上了房，細細的敲驗磚瓦，檢看房椽。把上面看夠，他由梯子上爬下來，再細心的看牆壁，階石，與柱子。一邊看，一邊嘟囔著：「木料還好，牆裡可有碎磚！不值三萬！」把外面都看完，他把梯子放回原處，而後到屋中去看。假東洋貨的眼始終不錯眼珠的跟著瑞全。

瑞全一共磨蹭了半個鐘頭。因為登梯爬高的，他的腮上發了紅，鼻子上出了汗。用毛巾擦了擦臉，他出來坐在台階上，有聲無聲的盤算：「屋進身太小！也別說，要蓋新的，大概五萬也蓋不下來！」盤算了一陣，他高聲的說：「辛苦了，你老！」而後依依不捨的，東瞧西望的，向院外走。

看見街門，他恨不能一下子飛出去！他猜得出，這個機關是剛剛被破獲，說不定全數的工作者已都被捉了去。被捉去的，他知道，就不會再生還。假若機關裡的文件也落在敵人手裡，他自己的秘密便已洩漏了一大半！

可是，他不能，萬不能，因此而慌張。他輕輕敲了敲門垛子與街門，看看工料如何。而後，坐在門檻上，用毛巾搧了搧臉。這樣耽誤了一會兒，約摸著院中的人若是在後邊監視他，必定已經看清楚他的不慌不忙，而且也相信了他是木廠子的人，他才伸了伸腰，慢慢立起來，走開。這時候，他的心才真要從口裡逃出來；轟的一下，他全身都出了汗。

走出老遠，他的汗才落下去。他開始覺得痛快。這是他在北平的開場戲，唱得不算不熱鬧火熾。車站上被檢查，小廟裡看見錢伯伯，丟了錢，又幾乎丟了性命；這都有勁！有勁！誰說北平沉寂呢？哼，這比在戰場上還更緊張！這是赤手空拳到老虎穴裡來挑戰！有勁！

他高興起來。這才是工作，真的工作。這才是真的把生命放在火藥庫裡。這裡，只有在這裡，才真能聞到敵人刺刀上的血味。看到天牢的鎖鐐與毒刑。「好，幹吧！」

看了街上，他覺得北平又和戰前一樣的可愛了！天還是那麼高，陽光還是那麼明亮，一切還是那麼美。是的，這還是北平，北平永遠不會亡，只要有錢伯伯與咱老三！「老三，加油！」

第八十六章　戰爭變成全世界的

珍珠港！在東京，上海，北平，還有好多其他的都市，惡魔的血口早已在發音機前預備好；飛機一到珍珠港的附近上空，還沒有投彈，血口已經張開，吐出預備好了的：「美國海軍全體覆沒！」

北平的日本人又發了瘋。為節省糧食，日本人久已摸不到酒喝。今天，為慶祝戰勝美國，每個日本人都又得到了酒。這樣的喜酒是不能在家裡吃的。成群的矮子，拿著酒瓶，狂呼著大日本萬歲，在路上東倒西歪的走、跳、狂舞。他們打敗了美國，他們將是人類之王。汽車、電車、行人的頭，都是他們扔擲酒瓶的目標。

與醉鬼們的狂呼摻雜在一處的是號外，號外的喊聲。號外，號外！上面的字有人類之王的頭那麼大，那麼瘋狂：美國海軍覆沒！征服美洲，征服全世界！

學生們，好久不結隊遊行了，今天須為人類之王出來慶祝勝利。

這消息並沒教瑞全驚訝。自他一進北平城，便發現了日本人用全力捉捕，消滅，地下工作者。這是，他猜到，日本人為展開對英美的戰爭，必須首先肅清「內患」。從另一方面，他幾次看到招弟陪著西洋人在街上擺醜相。他妒，他恨，他想用條繩子把她勒死。可是，他不敢碰她，他必須壓著怒氣。把氣壓下去，他揣測得到，招弟的工作後面必含有更大的用意；她的誘惑是一片蛛網，要把西洋的蜂蝶都膠住，而後送到集中營去。

由高第的報告，他知道火車站上一方面加緊搜查來客，而另一方面卻放鬆了北平的婦孺出境。日本人要節省糧食，所以任憑婦孺出走。積糧為是好長期作戰。

同時，他因想到日本掀起了世界戰爭，而覺得自己的工作也許會更緊張，更驚險。比如說，他將負責刺探華北的軍事情形與消息，那夠多麼繁難，危險！哈，假若他真去探聽軍事消息，他便是參加了世界戰爭！他高了興，他的黑眼珠子亮得像兩個小燈！

他忽然明白了錢伯伯的理想。雖然老人的與他自己的在戰爭中的經驗不同，變化不同，可是他們的由孤立的個人，變為與四萬萬同胞息息相通，是相同的。現在，戰爭變成全世界的，他們倆又同樣的變為與世界發生了關係的人。瑞全的想像極快的飛騰到將來。哈，現在，全世界分成兩大營陣！明天，公理必定戰勝強權；後天，世界上的人，都吃過戰爭的苦，必會永遠恨惡戰爭，從而建設起個永遠和平的世界。哈，他自己，不管有多麼一點的本事，不管他的一點血是灑在北平，還是天津，他總算是為人類的崇高的理想而死去的！他知道自己渺小，他一共不過有一百六十磅的骨肉，五尺八寸的身量；可是，那個理想把他，像小孩玩的氣球，吹脹起來，使他比他的本身擴大了多少倍。他已不僅是個五尺八寸的肉體，而是可以飛騰的什麼精靈；腳立在地上，而頭揚到雲外。理想使他承認了肉體的能力多麼有限，也承認了精神上的能力能移山倒海。他想像到，假若英國的，美國的，蘇聯的，法國的，和……的人民都能盡到自己所能的為那同一理想去奮鬥，每一個人就都是光明裡的一粒金星，能使世界永遠輝煌燦爛。

在小羊圈裡，一號的老太婆把街門關得嚴嚴的，不肯教兩個孩子出來。戰爭的瘋狂已使她家的男人變成骨灰，女的變成妓女；現在，她看見整個日本的危亡。但是，她不敢說出她的預言，而只能把街門關起，把瘋狂關在門外。

三號的日本男女全數都到大街上去，去跳，去喊，去醉鬧。在街上鬧夠，他們回到小羊圈，東倒西歪的，圍著老槐樹歡呼跳躍。他們的白眼珠變成紅的，臉上忽紅忽綠。他們的腳找不到一定的地方，一會兒落在地上，一會兒飛到空中。有時候，像貓狗似的，他們在地上亂滾。啊，這人類之王！

在中國人裡，丁約翰差不多已死了半截。他的英國府被封，他的大天使富善先生被捕，他的上帝已經離開了他。他可以相信，天會忽然塌下來，地會忽然陷下去；可是，他不能相信，英國府會被查封；他的世界到了末日！他親眼看見富善先生被拖出去，上了囚車！他自己呢，連鋪蓋、衣服，和罐頭筒子，都沒能拿出來，就一腳被日本兵踢出了英國府！他連哭都哭不上來了。

他開始後悔為什麼平日他那麼輕看日本人。今天，他才明白日本人是能把英國府的威風消盡了的，日本人是能打倒西洋人的上帝的。他想他應當給上帝改一改模樣；上帝不應當再是高鼻子，藍眼珠的，而是黃臉，黑眼珠的，像日本人那樣。是的，他和別的吃洋教的人一樣，只會比較外國人與外國人的誰強誰弱，而根本想不到中國人應當怎樣。

天還沒亮，富善先生便被打入囚車。同時，日本隨軍的文人早已調查好，富善先生收藏著不少中國古玩，於是「小琉璃廠」裡的東西也都被抄去。他們也知道，富善先生的生平志願是寫一本《北平》。於是，他們就細心的搜檢，把原稿一頁一頁的看過，而後封好，作為他們自己著書的資料。他們是「文明」的強盜。

見富善先生上了囚車，丁約翰落了淚。日本人佔據了北平，和一半中國，殺了千千萬萬的人，燒了無數的城池與村鎮，丁約翰都沒有落過一滴淚。他犯不上為中國人落淚，因為他的生計與生活與中國人無關。他常常為自己的黃臉矮鼻子而長嘆；哼，假若他白臉高鼻子，上帝豈不更愛他一些麼？那時候，他的上帝還的確是白臉高鼻子的。

像被魔鬼追著似的，他跑回小羊圈來。顧不得回家，他先去砸祁家的門。小羊圈，甚至於全北平，沒有他的一個知心人，除了瑞宣。這並不是說，瑞宣平日對他有什麼好感，而不過是丁約翰想：瑞宣既也吃著英國府的飯，瑞宣就天然的和他是同類。

雖然已是冬天，丁約翰可是跑得滿身大汗。他忘了英國府的規矩，而像報喪似的用拳頭砸門。

瑞宣還沒有起床。韻梅在升火。聽見敲門的聲音，她忙著跑出來。一開門，她看見了一個像剛由蒸鍋裡拿出來的大饅頭。那是丁約翰的頭。

「祁太太，我！」約翰沒等讓，就往門裡邁步。「祁先生呢？有要緊的事！要緊的事！」說著，他已跑到院中。他忘了安詳與規矩，而想抓住瑞宣大哭一場。

祁老人已早醒了，可是因為天冷，還在被窩裡蜷蜷著老腿，忍著呢。聽到院中的人聲，他發了話：「誰呀？」

丁約翰在窗外回答：「老太爺，咱們完啦！完啦！全完！」

「怎回事？」老人坐起來，披上棉袍，開開門門。

丁約翰闖進門去。「英國府！」他嗆了一口。「英國府抄封啦！富善先生上了囚車！天翻地覆喲！」

「英國府？富善先生？」祁老人雖然不是吃洋教與洋飯的，可是多少有點迷信外國人。自從他的幼年，中國就受西洋人的欺侮，而他的皇帝與總統們都不許他去反抗。久而久之，他習慣了忍辱受屈。經過了四年的日本侵略，他的確知道了他應當恨日本人，可是對於西洋人他並沒有改變他的固定的意見。日本人居然敢動英國府？老人簡直不敢相信丁約翰的話。況且，瑞宣是在英國府作事，而富善先生曾經在中秋節送給他一袋子白麵呀！

「一點不錯，英國府，富善先生，全完！」丁約翰揉了揉眼，因為熱汗已流進去一點。

這時候，瑞宣披著棉袍，走了進來。

「祁先生！」丁約翰像見著親人那樣，帶著哭音兒叫。「祁先生！咱們完啦！」

「英國府！富善先生！」祁老人搶著說。「莫非老天爺真要餓死咱們嗎？」

韻梅和婆母都在門外聽著。聽到英國府完了的消息，天祐太太微顫起來。韻梅忙拉住婆母的手。

瑞宣對這壞消息的反應並沒像祖父的那麼強烈。他早猜到會有這麼一天。他的關切幾乎完全在富善先生的身上。富善先生，是，無論怎說，他的多年的良師益友。富善先生被捕，下集中營？瑞宣馬上想起錢伯伯的下獄，與他自己的被捕。他恨不能馬上去找到老人，去安慰他，保護他。可是，他是個廢物，一點辦法也沒有。

祖父又發了問：「咱們怎麼辦呢？我餓死不算回事，我已經活夠了！你的媽、老婆、兒女，難道也都得餓死嗎？」

瑞宣的臉熱起來。他既沒法子幫富善先生的忙，也無法回答祖父的問題。他走到了絕路。

韻梅在門外說了話：「丁先生，你回去歇歇吧！天無絕人之路，哪能——」她明知道天「有」絕人之路，可是不能不那麼說。她願把丁約翰先勸走，好教瑞宣靜靜的想辦法。她曉得瑞宣是越著急越沒辦法的。

丁約翰，忘了英國府的規矩，不肯馬上告辭。要發牢騷，他必須在這裡發，因為他以為他與祁家是同病相憐。他坐下了。即使瑞宣不高興答理他，他也必須和祁老人暢說一番。他生平看管著自己，像個核桃似的，不肯把瓤兒輕易露出來。今天，他丟失了一切，他必須自己敲開皮殼，把心中的話說出來。

瑞宣走了出來。

頭一眼，他看見了媽媽。她是那麼小，那麼瘦，而且渾身微顫著。他不由的想安慰她幾句。可是，他找不到適當的話。他會告訴她，日本的襲擊美國是早在他意料之中，這是日本自取滅亡。可是，這足以使媽媽得到安慰嗎？

媽媽，看了看長子，極勉強的笑了笑。她心中有無限的憂慮，可是偏偏要拿出無限的慈祥。不等兒子安慰她，她先說出來：「瑞宣，別著急！別著急！」

瑞宣也勉強的笑了下：「我不著急，媽！」

老太太歎了口氣：「對了，咱們總會有辦法的！只要你不著急，我就好受一點！」

「媽，你進去吧，院裡冷！」

「好，我進去！我進去！」老太太又看了長子一眼，看得很快，可是一下子就要看到，彷彿是，兒子的心裡去。她慢慢走回屋中。

韻梅回到廚房去。

瑞宣獨自立在院中。他還惦記著富善先生，可是不久他便想起來：父親，老二，不都是那麼白白的死去？在戰爭裡，人和蒼蠅一樣的誰也管不了誰！

他應當幹什麼去呢？教書去？不行，他不肯到教育局去登記。說真的，憑他的學識，在這教育水準低落的時候，他滿可以去教大學。但是，他不是渾水摸魚的人，不肯隨便去摸到個教授頭銜。

寫作？寫什麼呢？報紙上，雜誌上，在日本人的統治下，只要色情的，無聊的，文字。他不能為掙錢而用有毒的文字，幫助日本人去麻醉中國人的心靈；此路不通。

翻譯？譯什麼書呢？好書不能出版，壞書值不得譯。

他想不出路子來。他有點本事，有點學識，可是全都沒用。戰爭是殺人的事，而他的本事與學識是屬於太平年月的。「瑞宣！」天祐太太在屋中輕輕的叫。

他走進媽媽的屋中。

「瑞宣！」老太太彷彿要向兒子道歉似的，又這麼叫了聲。

「幹什麼？媽！」

「我有多少多少話要對你說了呢！」老太太假笑了笑，把「我怕你不高興聽」藏起去。

「說吧，媽！」

「你看，我知道你一定不肯給日本人作事去；那麼，這個年月，還有什麼別的路兒呢？」

「對了，媽！我不能給他們作事去！」

「好！咱們死，也死個清白！我只想出一條路兒來，可是——」

「什麼路兒？」

「哼，不好意思說！」

瑞宣想了一會。「是不是賣這所房？」

老太太含愧的點了點頭。「我想過千遍萬遍了，除了賣房，沒有別的辦法！」

「祖父受得了嗎？」

「就是說！所以我說不上口來！我是外姓人，更不應當出這樣的主意！可是，我想我應當告訴你，真到了什麼法子也沒有了的時候，狠心！房產是死的，人是活的，我不能看著你急死！」

「好吧，媽！我心裡有這麼個底子也好。不過，您先別著急；教我慢慢的想一想，也許想出點好主意來！」

天祐太太還有許多話要說，可是妞妞醒了。剛一睜開小眼，她就說出來：「奶奶，我不吃共和麵！」

老太太把心中的話都忘了。她馬上要告訴小孫女：「你爸爸沒了事作，想吃共和麵恐怕也吃不上了！」可是，她沒有這麼說出來。她是祖母，不能對孫女那麼無情。她低下頭去，既不敢看孫女，也不敢看兒子。她知道，只要她一看瑞宣，他也許因可憐妞妞而發怒，或是落淚。

瑞宣無可如何的走出來。

天祐太太強打精神的哄妞妞。「妞妞長大了呀，坐花汽車，跟頂漂亮的人結婚！」

「妞妞不坐汽車，不結婚；妞妞要吃白麵的饅頭！」天祐太太又沒了話說。

第八十七章　人類一切的根源

正在小羊圈裡的日本男女圍繞著大槐樹跳躍歡呼的時節，有一條小小的生命來給程長順接續香煙。他，那小小的新生命，彷彿知道自己是亡國奴似的，一降生就哇哇的哭起來。

程長順像喝醉了似的，不知道了東西南北。恍惚的他似乎聽到了珍珠港被炸的消息，恍惚的他似乎看見了街上的日本醉鬼。可是，那都只是恍惚的，並沒給他什麼清楚的印象。他忙著去請收生婆，忙著去買草紙與別的能買到的，必需的，小東西。出來進去，出來進去，他覺得他自己，跟日本人一樣，也有點發瘋。

他極願意明白珍珠港是什麼，和它與戰局的關係，可是他更不放心他的老婆。這時候，他覺得他的老婆比世界上任何人都更重要，生小孩比世界上任何事情都更有價值；好像世界戰爭的價值也抵不過生一個娃娃。

馬老寡婦也失去平日的鎮靜，不是為了珍珠港，而是為了外孫媳婦與重孫的安全。她把幾年來在日本人手下所受的苦痛都忘掉，而開始覺出自己的真正價值與重要。是她，把長順拉扯大了的；是她，給長順娶了老婆；是她，將要變成曾祖母。她的地位將要和祁老人一邊兒高，也有了重孫！

她高興，又不放心；她要鎮定，而又慌張；她不喜多說多道，而言語會衝口而出。她的白髮披散開，黃淨子臉上紅起來一兩塊。她才不管什麼珍珠港不珍珠港，而只注意她將有個重孫；這個娃娃一笑便教中國與全世界都有了喜氣與吉利。

小羊圈裡的人們聽到這吉利的消息，馬上都把戰爭放在一邊，而把耳目放在程家的事情上。至少，這將要降生的娃娃已和全世界的兵火廝殺相平衡了；戰爭自管戰爭，生娃娃到底還是生娃娃；生娃娃永遠，永遠，不是壞事！他們都等待著娃娃的哭聲，好給馬老太太與程長順道喜。是的，他們必須等著道喜；他們覺得在這時候生娃娃是勇敢的，他們不能不佩服程長順與小程太太。

李四大媽的慌忙，熱烈，又比馬老太太的大著好幾倍。產房的事她都在行，她不能不去作先鋒。生娃娃又是給她增多「小寶貝」的事，她的熱心與關切理應不減於產婦自己的，假若不是更多一點。在萬忙之中，她似乎聽到一聲半聲的珍珠港。她擠咕著近視眼告訴大家：「好，你們殺人吧，我們會生娃娃！」

小程太太什麼也不知道，不知道珍珠港，不知道世界在血淚裡將變成什麼樣子。她甚至於顧不得想起小崔，與殺死小崔的日本人。她只知道自己身上的疼痛，和在疼痛稍停時的一種最實際的希望——生個娃娃。她忘了一切，而只記得人類一切的根源，生孩子！

娃娃生下來了，是個男的。全世界的炮火聲並沒能壓下去他的啼哭。這委屈的，尖銳的，脆弱而偉大的啼聲，使小羊圈的人們都感到興奮，倒好像他們都在黑暗中看見了什麼光明與希望。

及至把這一陣歡喜發洩在語言與祝賀中之後，他們才想到，他們並拿不出任何東西去使道喜的舉動更具體化一點，像送給產婦一些雞蛋、黑糖，與小米什麼的。孩子是小程太太生的，而雞蛋、糖，與小米，都在日本人手裡拿著呢。

由這個，他們自然而然的想到：生娃娃，在這年月，不是喜事，而是增加吃共和麵的小累贅。這小東西或者不會長成健壯的孩子，因為生下來便吃由共和麵變成的乳，假若共和麵也會變成乳的話。這樣，由生，他們馬上看到夭折。生與死是離得那麼近，人生的兩極端可以在一個嬰兒身上看到。他們沒法再繼續的高興了。

孩子生下來的第二天，英美一齊向日本宣戰。程長順本想給那個滿臉皺紋的娃娃起個名子，可是他安不下心去。看一眼娃娃，他覺得自己有了身分。可是，一想到全世界的戰爭，他又覺得自己毫無出息——在這麼大的戰爭裡，他並沒盡絲毫的力氣。他只是由沒出息的人，變成沒出息的父親。看，那個紅紅的，沒有什麼眉毛的，小皺臉！那便是他的兒子，捲著一身的破布——都是他由各處買來的破爛。他的兒子連一塊新布都穿不上！他不敢再看那個寒傖的小東西。

小兒的三天，中國對德意與日本宣戰。程長順，用盡他的知識與思想，也不明白為什麼中國到今天才對日本宣戰。可是，明白也罷，不明白也罷，他覺得宣戰是對的。宣戰以後，他想，一切便黑是黑，白是白，不再那麼灰淥淥的了。而且，他也想到，今天中國對日宣戰，想必是中國有了勝利的把握。哈，他的兒子必是有福氣的。想想看，假若再打一年半載，中國就能打勝，他的兒子豈不是就自幼兒成為太平時代的人？兒子，哼，不那麼抽抽疤疤的難看了。細看，小孩子也有眉毛啊！是的，這個娃娃的名子應當叫「凱」。他不由的叫了出來：「凱！凱！」娃娃居然睜了睜眼！

可是，凱的三天過得並不火熾。鄰居們都想過來道喜，可是誰也拿不出賀禮，也就不便空著手過來。馬老太太本想預備點喜酒，招待客人。可是，即使她有現成的錢，她也買不到東西。戰爭是不輕易饒恕任何人的，小凱的三天只好鴉雀無聲的過去吧。

只有李四媽不知由哪裡弄來五個雞蛋，用塊髒得出奇的毛巾兜著，親自送了來。把五個蛋交出去，她把多年積下的髒野的字彙全搬出來，罵她自己，「那個老東西」，與日本人，因為她活了一世，向來沒有用過五個雞蛋給人家賀喜。「五個蛋，丟透了人嘍！」她拍打著自己的大腿，高聲的聲明。

可是，馬老太太被感動得幾乎落了淚。五個雞蛋，在這年月，上哪兒找去呢！

祁家的老人，早已聽到程家的喜信兒，急得不住的歎氣。他是這胡同裡的老人星，他必須到程家去賀喜，一來表示鄰居們的情義，二來好聽人家說：「小娃娃沾你老人家的光，也會長命百歲呀！」可是，他不能去，沒有禮物呀。

天祐太太，聽到老人的歎氣，趕緊到處搜尋可以當作禮物的東西。從撣瓶底兒上，她找出一個「道光」的大銅錢來。把大銅錢擦亮，她又找了幾根紅線，拴巴拴巴，交給了妞妞，教妞妞去對老人說：「把這個給程家送去好不好？」

老人點了頭。帶著重孫子，重孫女，他到程家去證實自己是老人星。

祁老人帶著孩子們走後，瑞宣在街門外立了一會兒。他剛要轉身回去，一位和尚輕輕的走過來，道了聲「彌陀佛」。瑞宣立定。和尚看左右無人，從肥大的袖口中掏出一張小紙，遞給了瑞宣；然後又打了個問訊，轉身走去。

瑞宣趕緊走進院內，轉過了影壁才敢看手中的紙條。一眼，他看明白紙條上的字是老三瑞全的筆跡。他的心跳得那麼快，看了三遍，他才認明白那些字：「下午二時，中山公園後門見面，千萬！」

握著紙條，他跑進屋中，一下子躺在了床上。他好像已不能再立住了。躺在床上，第一個來到心中的念頭是：「我叫老三逃出去的！」這使他得意，自傲。

他想：老三必定在外面作過了驚天動地的事，所以才被派到北平來作最危險的工作。哈，他教老三逃出去的，老三的成功也間接的應當是他自己的成功！好，無論怎麼說吧，有這麼一個弟弟就夠了，就夠給老大老二贖罪的了。過了一會兒，他不那麼高興了。假若老三問他：「父親呢？老二呢？」他怎麼回答？老三逃出去是為報國，他自己留在家裡是為盡孝。可是，他的孝道在哪兒呢?他既沒保住父親的命,也沒能給父親報仇!他出了汗,他沒臉去見老三!不,老三也許不會太苛責他。老三是明白人,而且在外面闖練了這麼幾年。對的,老三必定會原諒大哥的。瑞宣慘笑了一下。

他想去告訴韻梅:「你說對了,老三確是回來了!」他也想去告訴母親,祖父,和鄰居們:「我們祁家的英雄回來了!」可是,他沒有動。他必須替自家的英雄嚴守秘密。這個,使他難過,又使他高興——哈,只有他自己知道老三回來,他是英雄的哥哥!

他懷疑自己的破錶是不是已經停住。為什麼才是十一點鐘呢?他開開屋門,看看日影;錶並沒有停住,影子告訴他,還沒到正午。

他不知道怎麼吞下去的一點午飯,不知怎麼迷迷糊糊的走出街門。走了半天,他才明白過來,時間還太早。雖然明白過來,他可是依然走得很快。他好像已管束不住自己的腳。是的,他是去看他的弟弟,與中國的英雄。

哼,老三必定像一個金盔金甲的天神,那麼尊嚴威武!

天氣相當的冷,可是沒有風,冷得乾鬆痛快。窮破的北平藉著陽光,至少是在瑞宣心裡,顯出一種窮而驕傲的神色。

遠遠的,他看見了禁城的紅牆,與七十二條脊的黃瓦角樓。他收住腳步,看了看錶,才一點鐘。他決定先進到公園裡去,萬一瑞全能早來一些呢。

公園裡沒有什麼遊人。御河沿上已沒有了茶座，地上有不少發香的松花。他往南走。有幾個青年男女在小溜冰場上溜冰。他沒敢看他們。不管他們是漢奸的，還是別人的，子弟，反正他們都正和老三相反：不知道去抗敵，而在這裡苟安，享受。他不屑於看他們。

他找了松樹旁的一條長凳，坐下。陽光射在他的頭上，使他微微的發倦。他急忙立起來，他必不可因為睏倦而打盹兒，以至誤了會見老三的時間。

好容易到了兩點鐘，他向公園後門走去。還沒走到，迎面來了個青年，穿著件扯天扯地的長棉袍。他沒想到那能是老三。

老三撲過大哥來。「哈，不期而遇！瑞大哥！」老三的聲音很高，似乎是為教全公園的人都能聽到。

瑞宣這才看明白了老三。他的眼淚要奪眶而出。可是瑞全沒給大哥留落淚的機會。一手扯著大哥的臂，他大聲的說：「來，再溜一趟吧！老哥兒倆老沒見了，大嫂倒好？」瑞宣曉得老三是在作戲，也知道老三必須作戲，可是，他幾乎有點要恨老三能這麼控制住感情去作戲。

瑞宣願意細看看老三，由老三的臉看到老三的心。可是，老三扯著他一勁往前走。

瑞宣試著找老三的臉，老三的臉可是故意的向一旁扭著點。這，教瑞宣明白過來：老三是故意把臉躲開，因為弟兄若面對了面，連老三也恐怕要落淚的。他不恨老三了。老三不但有膽子，也知道怎麼小心。真的，老三並不像金盔金甲的天神；可是老三的光陰並沒白白的扔棄，老三學會了本事。老三已不是祁家四世同堂的一環，而是獨當一面的一個新中國人。看老三那件扯天扯地的棉袍！

「我們坐一坐吧？」瑞宣好容易想起這麼句話來。兄弟坐在了一棵老柏的下面。

瑞宣想把四年來的積鬱全一下子傾吐出來。老三是他的親弟弟，也是最知心的好友。他的委屈，羞愧，都只能向老三坦白的述說；而且，他也知道，只能由老三得到原諒與安慰。

可是，他說不出話來。身旁的老三，他覺得，已不是他的弟弟，而是一種象徵著什麼的力量。那個力量似乎是不屬於瑞宣的時代，國家的。那個力量，像光似的，今天發射，而也許在明天，明年，或下一世紀，方能教什麼地方得到光明。他沒法對這樣的一種力，一種光，訴說他自己心中的委屈，正像螢火不敢在陽光下飛動那樣。這樣，他覺得老三忽然變成個他所不認識的人。他本極想細看看弟弟，現在，他居然低下頭去了；離著光源近的感到光的可怕。

老三說了話：「大哥，你怎麼辦呢？」

「嗯？」瑞宣似乎沒聽明白。

「我說，你怎麼辦呢？你失了業，不是嗎？」

「啊！對！」瑞宣連連的點頭。在他心裡，他以為老三不開口則已，一開口必定首先問到祖父與家人。可是，他沒想到老三卻張口就問他的失業。噢，他一定不要因此而惱了老三，老三是另一世界的人，因此，他又「啊」了一聲。

「大哥！」瑞全放低了聲音：「我不能在這裡久坐！快告訴我，你教書去好不好？」

「上哪兒去教書？」瑞宣以為老三是教他到北平外邊去教書。他願意去。一旦他離開北平，他想，他自己便離老三的世界更近了一點。

「在這裡！」

「在這裡？」瑞宣想起來一片話：「這四年裡，我受了多少苦，完全為不食周粟！積極的，我沒作出任何事來；消極的，我可是保持住了個人的清白！到現在，我去教書，在北平教書，不論我的理由多麼充足，心地多麼清白，別人也不會原諒我，教我一輩子也洗刷不清自己。趕到勝利的那一天來到，老朋友們由外面回來，我有什麼臉再見他們呢？我，我就變成了一個黑人！」瑞宣的話說得很流暢了。他沒想到，一見到老三，他便這樣像拌嘴似的，不客氣的，辯論。同時，他可是覺得他應當這麼不客氣，不僅因為老三是他的弟弟，而且也因為老三是另一種人，他須對老三直言無隱。他感到痛快。「教我去教書也行，除非——」

「除非怎樣？」

「除非你給我個證明文件，證明我的工作是工作，不是附逆投降！」

老三楞了一會兒才說：「我沒有給任何人證明文件的權，大哥！」沒等大哥回話，他趕緊往下說：「我得告訴你，大哥：當教員，當我所要的教員，可就是跟我合作，有危險！哪個學校都三天兩頭的有被捕的學生和教員。因此，我才需要明知冒險而還敢給學生們打氣的教員。日本人要用恐怖打碎青年們的愛國心，我們得設法打碎日本人的恐怖。一點不錯，大哥，你應當顧到你的清白；可是，假若你到了學校，不久就因為你的言語行動而被捕，不是也沒有人知道嗎？在戰爭裡，有無名的漢奸（像貪官污吏和奸商），也有無名的英雄。你說你怕不明不白的去當教員，以後沒臉見人；可是你也怕人不知鬼不覺的作個無名英雄嗎？我看哪，大哥，我明白你，你自己明白你，就夠了，用不著多考慮別的。」

瑞宣沒敢說什麼。

「還有，大哥，太平洋上的戰爭開始，我也許得多往鄉下跑，去探聽軍事消息。我所擔任的宣傳工作，頂好由錢伯伯負責。我不能把那個責任交給你，因為太危險；可是你至少可以幫助錢伯伯一點，給他寫點文章。假若你到學校裡去，跟青年們接近，你自然可以得到寫作的資料。你看怎樣？大哥！」瑞宣的腦子裡像舞台上開了幕，有了燈光，鮮明的佈景，與演員。他自己也是演員之一。他找到了自己在戰爭的地位。

啊，老三並沒有看不起他的意思。老三教他去冒險，去保護學生，去寫文章！好吧，既是老三要求他去這麼作，他便和老三成為一體；假若老三是個英雄，自己至少也會是半個，或四分之一的英雄！

老三始終沒提到家中的問題；老三對啦！要顧家，就顧不了國。是的，他不必再問：「假若我去危險，我被捕，家中怎辦呢？」不必問，不必問。那問題或者只教老三為難，使自己顯出懦弱。老三是另一種人，只看大處，不管小節目。他，瑞宣，應當跟老三學。況且，自己就是不去冒險，家中不也是要全餓死嗎？他心中一亮，臉上浮出笑容：「老三，我都聽你的就是了！你說怎辦就怎辦！」

說完，看著老三。他以為老三必定會興奮，會誇讚他。可是，老三沒有任何表示，而只匆匆的立起來：「好，聽我的信兒吧！我不敢在這兒坐久了，我得走！我出前門兒，不用跟著我！再見，大哥！」老三向公園前面走去。

瑞宣仍在那兒坐著，眼看著老三的背影，他心中感到空虛；哼，老三沒有任何表示！過了一會兒，他慘笑了一下，立起來。「老三變了，變得大了！哼，瑞宣，你又不是個小孩子，還需要老三說幾句好聽的話鼓勵你？老三是真殺真砍的人，他沒工夫顧到那些婆婆媽媽的小過節呀！」

他又向公園前門兒打了一眼。老三已經不見了。

「就是這樣吧！」他告訴自己：「說不定，我會跟老三一樣有用的！」

第八十八章[5] 曾經的心上人

藍東陽勾搭上特務，在一天裡，就從鐵路學校逮走了十二個學生和一位教員。十三個人，罪名全一樣，都是「通敵」的「奸細」；下場也全一樣，一律槍斃。

鐵路學校的校長給撤了，藍東陽當上了代理校長。

他圖的就是吃空額，打學生身上擠出糧食來。花了十三條人命，他達到了目的。他興奮，他得意。如今，他既是處長，又是校長，真抖了起來；簡直就跟在南京大肆姦淫燒殺的日本兵一樣神氣。

他花了整整兩個鐘頭，為他的就職典禮預備講稿。用的是文言。他知道，日本人喜歡用文言寫文章的中國人。

寫好的講稿還沒用上，胖菊子就把東陽任命的會計主任轟跑了，自己當上了主任。十三條人

5. 自本章起至本書第一百章止，此十三章因中文原稿已毀，現根據《四世同堂》的英文節譯本 The Yellow Storm (Ida Pruitt譯，一九五一年在紐約出版）一書的最後十三章，由馬小彌再翻譯為中文。此譯文曾連載於一九八二年《十月》雜誌上。

命換來的肥缺，掌握著全校的財政大權，倒叫胖菊子奪了去！東陽氣得把自個兒的指甲都啃出了血！他恨不得下道命令，叫工友把她捆起來送回家。可是，她如今有招弟做靠山。招弟是學校的女學監，東陽惹不起她。

珍珠港事變之前，招弟的任務是監視西洋人，她幹這種事很在行。她，不光能盯住美國人、英國人，還能弄得德國人、意大利人、法國人、俄國人，一古腦都拜倒在她的石榴裙下。她的肉體已經國際化了。

跟西洋人混慣了，她瞧不上中國人，中國人太沒勁。找不到西洋人，日本人也能湊和。中國婦女的溫柔、恬靜，跟她沾不上邊；她呢，總覺著自己是在開風氣之先。

為了對付這三個人，瑞全仔仔細細盤算了個夠。

他拿定了主意，假裝在無意中遇上了招弟。招弟這會兒有的是閒空。在北平的西洋人，該進集中營的早就進去了；沒關起來的，胳臂上也都帶上了袖標，寫明是哪國人，用不著她再去下工夫。

學校裡的事兒她沒興趣，不過是幫胖菊子一把罷了。她去學校的時候總在下午，瞧瞧有誰該管一管，唬一唬。而後，她就大搖大擺走出校門，到玩樂的地方去消磨時間。媽在的時候，總還有個家，而她自己，連個招待客人的地方都沒有。她閒暇無事，走到哪兒，哪兒有人款待，誰也不敢冷落她。賭場、大煙館、窯子、戲館子、電影院，都歡迎她。只要跟她攀上了交情，就是有點為難的事，也好對付。

今天，招弟著意修飾了一番，顯得分外的妖冶。梳裝打扮，如今是她最大的安慰和娛樂。她明白，自己是一朵快要萎謝的花兒，穿衣服、描眉抹紅，都需要加倍細心。每天早晨她都怕照鏡子。要是不塗口紅，不擦胭脂抹粉的，她簡直就不認得自己了。

她的臉蛋兒、嘴唇，都塗得通紅，眉毛畫得像兩片彎彎的竹葉。雖然沒有風，頭上還是紮了一條白紗巾。紅色的薄呢子旗袍，緊緊裹住她的身子，鼓鼓的乳房和屁股就都顯露出來了。旗袍外面，披了一件短短的灘羊皮大衣，露出兩條圓滾滾的，結實勻稱的腿。

白紗巾、紅旗袍和灘羊皮大衣，都是用她的肉體換來的。她記不清，哪件是那個白俄給的，哪件是那個法國商人給的。她只覺得驕傲，在這個要什麼沒什麼的北平，她倒還能打扮得神氣十足。

瑞全在招弟身後不遠跟著，心裡直撲騰。這個陰險凶狠的女人，就是他少年時代的心上人，他心目中的天使！他望著她的背影，心裡七上八下一個勁兒地翻騰。

他囑咐自己：別忘了她如今是什麼人，別忘了現在是在打日本。要冷靜，要堅定沉著。他挺了挺身子，堅定果敢地向前走去。

到了北海前門，他搶上前去，買了兩張門票。「招弟，不記得我啦？」他微笑著問她。他怕自己穿得太寒傖，招弟不肯認他。

招弟一下子就認出他來，笑得相當自然：「敢情是你呀，老三！」

這一笑，依稀有點像戰前的招弟，就像有的時候瑞全自己照鏡子，也能模模糊糊辨別出自己十年前的模樣。

他又看了看她。不，這已經不是戰前的招弟了。他愛過的是另外一個招弟——在夢幻中愛過。他勉強笑了一笑，跟著她走進公園，又搶上幾步，和她並肩走起來。她自然而然伸出手去，挎住他的胳臂。

一碰到她的胳臂，瑞全馬上警惕起來：「留神！留神！」稍微一不留神，就許上當。

她拿身子擠他。「這幾年你上哪兒找樂子去了？」她的口氣很隨便，漫不經心。

他又看了看她的臉，不由得起心裡直噁心。「我嗎？你還不知道？」如今他是地下工作者，面對著個女特務，得拿出點兒機靈勁兒來。

「我真的不知道。」

「知道也罷，不知道也罷。」他的聲音硬梆梆，冷冰冰。

走了幾步，她忽然笑了起來。「有女朋友了嗎？」

瑞全不明白她是在逗他，還是在笑話她自個兒。

「沒有。我一直想著你。」

「誰信呀！」她又笑了，不過馬上又沉默了。

公園裡人不多。走到一棵大柳樹下，招弟的肩膀蹭著瑞全的胳臂。倆人走到大樹後面，她伸出胳臂，摟住他的脖子。

瑞全低下頭來看她。她的眉毛、眼睛和紅嘴唇都油光珵亮，活像一張花狸狐哨的鬼臉兒。他想推開她，可是她的胸脯和腿都緊緊貼著他——對他施展開了誘惑手段。她親了他一下。

然後，她拖著長腔，柔聲柔氣地說：「老三，我還跟以前一樣愛你，真的。」

瑞全做出受感動的樣子，低下了頭。

「怎麼了？話都不會說啦！」她又變了一副臉，抖了抖肩頭上的大衣，走了開去。

瑞全緊走幾步，攆上了她。不能讓她就這麼跑掉。別看她甜嘴蜜舌的，他知道她手上沾了多少青年人的血。不行，不能讓她跑掉。對付她，就得以眼還眼，以牙還牙。瑞全走上前去，一把抓住她的胳臂。「喝，你的脾氣一點兒也沒改，一不順心就變臉，使性子。」

「本來嘛，」她把嘴唇撅得老高，「你別裝蒜，我可不能白親你。」

「我拿不出東西來，要，就是我愛你。」老三自己也覺著自己的話空空洞洞，沒法讓人信服。

「喲，你倒還是從前的老樣子——」她猛的住了口。

「你——那麼你呢？」

招弟沒搭話兒，往他身邊靠了靠。又走了幾步，她揚著臉看他。「老三，你要什麼我都肯給。真的，我真的愛你。」老三不知道該怎麼回答。

「真的，凡是你要的，我都樂意給。」她又說了一遍。老三曉得，在招弟看來，愛情和肉慾是一回事。見了他，她動了舊情，而且只知道拿淫慾來表達。她是個出賣肉體的婊子，是日本人的狗特務。

他們來到白塔腳下，塔尖在淡淡的陽光中顯得又細又長。

「到下面山洞裡待會兒，好嗎？」她一點也不害臊。

「下邊不冷嗎？」瑞全故意裝傻。

「冬暖夏涼。」她加快了腳步。

剛一進去，眼前漆黑一片，招弟緊緊抓住瑞全的手。他倆慢慢走下台階，走進一個小小的山洞，裡面有一張方方的石桌，四個小石頭凳子。山洞頂上有個窟窿，一線微光透了進來。招弟在一個小石頭凳子上坐下來，瑞全也挨著她坐下。

朦朧中，招弟臉上的胭脂口紅不那麼刺眼了，瑞全彷彿又看見了當年的招弟。

「你想什麼呢，老三？」招弟問。

「我嗎？什麼也沒想。」

「你呀！」她衝他笑了笑，「別淨說瞎話了，我知道你是幹什麼的。」

瑞全朝四周掃了一眼，他怕這兒有人藏著。

「別害怕，就我在這兒，我自個兒就對付得了你。」

「你這是什麼意思？」

「你不明白？瞧，咱們從前不是相好來著嗎？」瑞全點了點頭。

「好，咱們現在是同行了。俗話說，『同行是冤家』。不過咱們倒不一定——」

「咱倆是怎麼個同行呢？」

「別跟我裝蒜了，死不開口。打開天窗說亮話，你的小命攥在我手心裡。我要是想叫你死，你馬上就活不成。」

「那你怎麼不叫我死呢？」瑞全笑了一笑。

「我有我的打算。」招弟也笑了。

「要我幫著你幹，是不是？」

「差不多。你拿情報來，我呢，就愛你。」

「你拿什麼給我呢？」

「愛情呀，我愛你。」

瑞全拿起了她的手。「好吧，那就來吧！」

「忙什麼？還沒講好條件呢！」

「來吧，來了再說。」他拉著她就往山洞深處走去。往前，山洞越來越窄，越來越黑。招弟起了疑。「就這兒不好嗎，幹嗎還往裡走？」

瑞全沒言語。他猛地用雙手卡住她的脖子，她一聲沒哼，就斷了氣。

瑞全把屍首拖在山洞盡頭，擦了擦腦門兒上的汗，把招弟的證章摘下來，把她的戒指褪下一個，一齊放在自個兒的口袋裡。

他站起身來，低低叫了一聲：「招弟。」他彷彿又聽見了她的笑聲，多年以前的清脆的笑聲。他很快跑了出來。山洞外面，陽光並不很強烈，可也亮得叫他睜不開眼。過了一會兒，他才睜開眼，快步走了開去。走出公園，瞧著路上的行人、大車、馬匹，他有點怕。剛才，在那黑森森的山洞裡——而現在，又是明晃晃的太陽、大街，走著道兒的人群和來往的車輛。他那雙手，剛才還那麼強壯有力，這會兒竟微微地抖了起來。他低頭望著筒子河，想把手伸進冰窟窿裡洗一洗。可是他還得趕緊去找胖菊子。哼！也是個叫人噁心的臭娘們。他胃裡直翻騰，想吐。然而沒法子，這是他的工作，必須完成的工作。

他在藍家附近等著胖菊子。每當他抬起頭來，總看得見白塔，映著藍藍的天，它是那麼潔白，那麼高，那麼美。

「二嫂，」胖菊子剛要跨進家門，瑞全就搶上一步，叫住了她。

沒等他走到跟前，她就聽出了是他的話音兒。她的臉嚇得發了白，腿也不聽使喚了。「進去，到裏邊說話，」瑞全低聲下了命令。

胖菊子耷拉著腦袋走進大門，老三緊緊跟在她身後。進了屋，她像是累癱了，一下把她那胖身子倒在沙發裡。她沒什麼可後悔的，但非常害怕。她怕瑞全來給瑞豐報仇。她也就是有那麼點兒對不起瑞豐，別的事，她並沒覺著有什麼不合適，不過是迎時當令的趕了點兒風頭罷了。

瑞全把招弟的證章和戒指放在掌心裡讓她看。

「認得嗎？」

菊子點了點頭。

「她完蛋了。她是第一個，你，第二個。」

菊子的一身胖肉全縮成團了。她不由自主地想跑，可是挪不動步。「老三，老三呀，我跟招弟可不是一碼子事兒，她的事我不沾邊，我真不知道。」

「你自個兒做的事，你明白。」

「我——我沒幹過什麼壞事。」

瑞全把證章和戒指放下，舉起了他那剛剛掐死過人的手。得給胖菊子點顏色看看。他左右開弓，狠狠朝她那張胖臉上打去。

她殺豬似地喊了起來。瑞全馬上揪住她的頭髮，這腦袋頭髮是用謀害別人性命得來的錢燙成一鬈一鬈的。「敢哼一聲，我立刻宰了你。」胖菊子趕緊閉上嘴，血打她嘴角流出來。

她從來沒有挨過打，這是頭一次，她嘗到了疼的滋味。「別打了，別打了，」她兩手捂住臉，「你要什麼我都答應。」

聽了這話，老三更氣了。她說的話跟招弟一個樣，都那麼下賤，無恥。「你怕死麼？」瑞全問，「不論什麼時候，什麼地方，只要我想要你的狗命，你就跑不了。」

「饒了我吧，老三。」

「聽著——要是你再從學生身上剋扣一斤糧食，我就打發你去見招弟。明白了沒有？」

「明白了！」

「要是藍東陽敢再殺一個學生，我就找你算賬。」

「他的事——我——」

「我有辦法對付他。我告訴你，你要是知情不攔，我先宰了你。明白了沒有？」

「明白了。」

「學校裡現在正缺個語文教員，你叫藍東陽請大哥來幹。如果你們倆膽敢合起來算計我，那就打錯了算盤。我在一天，你們倆的狗命也留著；我要是下了牢，你們就得給我抵命。城裡有的是我們的人，有人替我報仇。聽清楚了嗎？」

「聽清楚了。」

「拿去！」瑞全掏出個小信封，裡面有一顆子彈。「把這交給藍東陽，告訴他，是我捎給他的。還有這個！」他把招弟的戒指往她懷裡一扔。「把這個也給他。要是你狗膽包天，敢不照我的話辦，就跟招弟一起去見閻王！」說完，老三收起招弟的證章，大踏步跨出了門。

第八十九章　夜貓子進宅

明月和尚給瑞宣捎了個信來。「去，很危險；不去，也難保無禍。老路子走不通了，希望你能另覓新途。抗戰嘛，人人都得考慮自己應當站在哪一邊，中間道路是不存在的。」

這封信，沒頭沒腦，連下款也沒有。瑞宣讀了，高興得打心眼兒裡笑出了聲。他一撲納心的等著學校發聘書，聘書一來，就去上課。哪怕是法場呢，他也得上。

仗，已經打了四年，他第一次覺著自己有了主心骨，心裡也亮堂多了。如今，他跟老三肩並肩地戰鬥。哪怕連累全家，大家一起都得死，他也不能打退堂鼓。

聘書真的來了，由藍東陽簽字蓋章。要是在過去，瑞宣會覺著這是天大的恥辱，寧肯餓死，也不能管藍東陽叫「校長」。不過這一回，他高興極了。

家裡人聽見這個好消息，都趕忙圍過來打聽。瑞宣只說是有了新差事，有指望弄點兒糧食。差事怎麼得來的，誰是校長，他一句沒提。

祁老人聽見好消息，擰著白眉毛，不住地點頭咂嘴。「哎，還是老天有眼，老天有眼。」

瑞宣仔細地瞧了瞧爺爺，看出爺爺已經有了生氣，不再像是在陰陽界上徘徊的人了。他不知道究竟是該笑，還是該哭。

胖菊子打算耐著性子把瑞宣安撫下來，讓他知道，她還是把他當大哥看待，希望他能忘了老二瑞豐那檔子事。她指望藍家能跟祁家攀上交情，讓東陽保住校長的位子，學校的財務大權也照舊歸她。

她覺著，自己這一番盤算，非常的得體。起初，為了瑞全搧她的耳光，她光想著報仇，叫東陽馬上去報告日本人，把四面城門關上，準能把瑞全搜出來，然後把祁家滿門抄斬。她那張肥臉蒙受的羞辱與疼痛，必得用祁家的血才洗得乾淨。

東陽一見子彈頭和招弟的戒指，嚇得尿濕了褲子！他所有的成就全仗著兩樣東西：自己的厚顏無恥與北平人的逆來順受。如今見了這子彈頭，他看見了不怕死的北平人。他的綠臉起了一層白霜，倆眼珠一塊往上吊。危險和死亡就在眼前，他是真怕死。

他連忙把大門關上，把房門和窗戶也堵死，加鎖。然後，把發著抖的手指頭擱進嘴裡，使勁啃指甲。他首先想到找日本人來保護他。比方說，派一個班，最好是一個連來，在他宅子周圍站崗放哨，那他也許就可以高枕無憂了。可是，這能辦到嗎？如果他去要求保護，而日本人只派一兩個便衣來，又有什麼用？

他想了又想，最後拿定主意，最好的辦法是：第一，先請上幾天病假，把自個兒鎖在屋裡，躲過風頭再說；第二，想法子跟瑞全講和；第三，要是瑞全不肯講和呢，他就找門路上日本去。總不能老待在北平，等著挨槍子兒。

胖菊子見東陽真害了怕，只好揉了揉自家的臉，琢磨緩兵之計。她得先上祁家去一趟。給老的小的買上一份禮物，討討他們的歡心，然後在言語之間，保不定就能套出老三的下落。要是他們都挺加小心，守口如瓶，不肯提老三，起碼她能察言觀色，看看有什麼空子可鑽。即便什麼也看不出來吧，「親善親善」總沒有什麼害處，只要恢復了「邦交」，總能慢慢勸他們回心轉意，跟她合作。

她拿著兩三樣禮物，親自上了祁家。她很得意，覺著自己既聰明，又勇氣十足。

走進小羊圈，她週遭瞧了瞧。小羊圈一點沒變，只不過各戶的街門和院牆都更加破舊，看起來跟電影裡的貧民窟一樣。她認為，自己非常有見識，居然逃出了這麼個窮窩子。要不然，真是一朵鮮花插在狗屎上了。

太陽挺暖和，天祐太太正坐在屋門檻兒上曬太陽呢。兩個孩子都在台階前玩。小妞子已經餓得皮包骨，連玩的精神都沒有了，無精打采地站在旁邊，看著哥哥玩。小順兒也瘦極了，不過還總算有力氣蹦來蹦去。

倆孩子先看見菊子。他們已經不大記得她了。平日說起閒話來，還常常提起「胖二嬸」，不過她的形象在他們的小腦袋瓜兒裡已經逐漸模糊。小順兒只說了一聲「喲」，就再沒別的可說了。

天祐太太慢慢睜開眼睛，一眼就認出了菊子。她晃晃悠悠站起來招呼說：「小順兒，妞子，快進來！」拉起兩個孩子的手，邁進了自個兒的屋門檻。四世同堂的一大家子人，老太太很知道該怎麼和和睦睦過日子。可是像胖菊子這麼個臭娘們，她受不了。胖菊子生了氣；真是給臉不要臉。

不，她不能動真氣。辦外交就不能動肝火。別忘了，來的目的是為了恢復邦交。她甜膩膩地叫了一聲：「大嫂」，知道大嫂比較好對付。

韻梅正在廚房裡，沒往外瞧，憑聲音就聽得出來是胖菊子，刷地一下變了臉色。她向來不願意得罪人，然而，是非還是分明的。到底該不該出來迎接這位胖弟妹呢？

她知道，胖菊子是夜貓子進宅，無事不來。這趟，究竟是為了什麼！她咂摸不透。她拿定主意不作聲。不能隨便招呼這麼個不要臉的臭娘們；要是她來瞎攪和，豈不是自個兒惹一身臊。

祁老人聽見喊「大嫂」，以為來了客人，慢慢打開了房門。一見是菊子，老人很快抬頭看了看天，好像是在問老天爺，該怎麼對付這個娘們。

「爺爺，我給您送禮來了！」胖菊子憋著一肚子氣，拿出辦外交的手段。

老人的鬍鬚動了幾下，沒說出話來。胖菊子想走進老人屋裡，她把帶來的東西高高舉在眼前，好引起他注意。老人攔住了她。他聲音不高，可是清清楚楚：「滾！」然後像河水開閘似的，連聲嚷：「滾開！出去！還有臉上門，給我送禮來！我要是受了你的禮，我們家墳頭裡的祖宗都不得安寧。滾！給我滾！」

韻梅從廚房裡走了出來，她怕這個胖娘們會說出什麼話，讓老人聽了不受用。她站在廚房門口高聲說：「你還沒走哪？快走吧！」

胖菊子沒轍了，只好向後轉。起初，她還想要點脾氣，把禮物重重地摔在地上。可是一轉念，又把禮物緊緊摟在了懷裡。

韻梅很快地走過來，招呼爺爺說：「爺爺，您歇著吧！」老人本來有一肚子話要說，氣得發暈，就是不知道打哪兒說起。等瑞宣回家，聽家裡人一念叨，他自言自語說：「幹得好！祁家人到底是有骨頭的。」

第九十章　宣傳的力量

藍東陽續了病假。他幫日本人搞恐怖的時候，自己從來沒有嘗過恐怖的滋味。不論青年男女在被捕的時候怎麼驚惶失措，他們的父母怎麼悲慟欲絕，他都無動於衷。他就知道自己有了錢又有了勢，這，這，就心滿意足了。

這一回，瑞全把子彈頭給他擺在了眼前。他不敢碰它。他怕只要輕輕沾它一下，就會崩的一聲炸了。它，亮晶晶，冷冰冰，老瞧著他，像個嘰哩咕嚕亂轉的眼珠子似的，老跟著他。

老實說，他從來沒有想過冤有頭，債有主，他根本不認為自己造了什麼孽，犯了什麼罪。現在，死真是找上他了。他既不承認有罪，自然也就不存在贖罪的問題。信教的人相信罪是可以贖的，這能使人改惡從善；而藍東陽可是死心塌地，不可救藥了。

他總是害怕，非常害怕。啃著啃著指甲，他會尖聲大叫起來，一頭鑽到床上，拿被子把頭蒙起來，能一憋多半天，大氣也不敢出，捂得渾身大汗淋漓。他不敢掀被子，覺得死神就站在被窩外頭，等著他呢。

只有等胖菊子回了家，他才敢推開被子坐起來。他把她叫過來，發瘋似的亂摟一氣，在她的胖胳臂上瞎咬。她是他的胖老婆，他死以前，得痛痛快快地咬咬她，把她踩在腳底下，踩個夠。只有這樣，為她花的錢才不冤。

咬完她，他朝屋裡周圍瞧了瞧，把他的東西細細看了又看，再算了算還剩下多少錢，他大聲喊著：「我不能死，不能死啊！」

他顧不得穿鞋，光著腳下地，抓過一隻鉛筆，一張紙，把所有的傢俱、衣服、茶壺、飯碗什麼的，一一登記上，連笤帚和雞毛撣子都沒有剩下。開列的項目越多，他就越得意，也越害怕。眼看活不成了，這麼些個東西可留給誰呢？不，不能留給胖菊子。她嫁給他，不過是圖他的錢財和地位。東西不能留給她。

他又摟了摟她，把嘴伸到她的胖腮邦子上：「你一定得跟我一塊兒死，咱倆一塊兒死。」對，哪怕是躺在棺材裡，他身邊也得有個伴兒，要不，就是死了，也得日日夜夜擔驚受怕。

胖菊子掙脫了他的擁抱，他恨得直咬牙。哈！她到底是祁家的人，沒準兒還打算回祁家去，好嫁給瑞全！

他求胖菊子別甩下他，跟她商量，一塊逃出北平去。對，得逃出北平！出了北平，瑞全就再也找不著他了。天底下不過一個瑞全跟他作對，只要到了別的地方，他就又可以綢子緞子穿戴起來。

要跑，這麼些個東西可怎麼帶？桌椅板凳，當然遠不如金子銀子值錢，可是，不論怎麼說，總還是他的東西。木頭的也好，磁的也好，都是他費盡心機弄來的。不過，話又說回來了，要是東西拿得太多，日本人該截住他了。

到了晚上，一聽見砰砰的聲音——也許是洋車轂轆放了炮——他就一溜滾兒鑽到床下，兩手摀住臉。

白天黑夜提心吊膽，擔驚受怕，他倒了胃口，吃不下飯。不過他還是強打精神，硬塞下許多吃食。他得吃，有了勁兒才能想出逃命的辦法。勉強吃下去，消化不了，他呼出來的氣就更臭了。他屋子裡的門窗，都死死地關著，不消一兩天，屋子裡的味兒就臭得跟臊狐狸洞似的。

他病了這麼久，日本人起了疑，派個日本大夫來瞧他。大夫把門敲開，一股子臊臭味兒差點沒把他熏得閉過氣去，趕緊跑過去把所有的窗戶都給打開。

要是往常，來個日本大夫，東陽還不跟磕頭蟲似的，鞠多少個躬。可是這一回，他不怎麼高興，擔了心思，替日本人辦事兒的，不是常被日本人毒死嗎？

大夫給了他點兒助消化的藥，他不敢吃。大夫左說右勸，費了九牛二虎之力，才把藥硬給他灌了下去。

東陽躺在床上，認定自己快死了，大聲哭了起來。

藥慢慢打嗓子眼裡往下竄，不多一會兒，只聽得肚子裡咕嚕咕嚕一個勁兒地響。準是給他下了砒霜！他掙扎著爬下床來，把門窗又緊緊關上，稍微自在了一些。肚子鬆快了點，不那麼難受了，他笑了。唔，沒有，沒給他下毒，可見日本人對他還是信得過。好吧，想個招兒，逃出北平。

唔，幹嗎不，幹嗎不到日本去呢？那兒不也是他的國家嗎？

胖菊子另有她的打算。她不樂意再伺候東陽了。這不算對不住他。她耐著性子，用她那一身肥肉供他取樂，足有三年之久。現在，用不著再低三下四地去討好他了。她要是真打算走，就得快——把東陽所有的錢都斂了去。

不能等他病好，趁他臥病在床，正是大好機會。她從東陽那兒弄來的錢，早已換成金銀藏到娘家去了。可是東陽一死，誰敢保日本人不會到她娘家去搜呢？要走就得快，跑得遠遠的。馬上走，不但能保住她存在娘家的東西，還能把東陽身邊的細軟也帶走。

有了金子，她也許就能跑到上海，或者南京那些大地方去，憑她這些年跟著大赤包和東陽學來的一身本事，還不能另起爐灶，大幹一場？

不能老這麼猶猶豫豫的，她得趕快動手，趁東陽不死不活地躺在床上，趕緊把細軟斂到娘家去，然後拿上東陽的圖章，把他在銀行裡存的現款捲個精光。

就這麼著，她把最值錢的東西和現錢帶在身邊，把笨重的東西存在娘家，一溜煙上了天津。

菊子跑了，東陽並不留戀。如今天下大亂，一口袋白麵就能換一個大姑娘，胖菊子算個什麼！他喜歡胖娘們，要是女人按份量計價，他也可以用兩袋子白麵換一個更肥的來。

不過，等他發現菊子把他的錢財拐跑了，他兩隻眼珠一齊往上吊，足足半個鐘頭沒緩過氣來。雖說屋子裡的東西沒動，銀行裡也還有背著菊子的存款，然而這些都不足以安慰他。

東陽真的病重了。焦躁、寒冷、恐懼，打四面八方向他襲來。他忽冷忽熱，那張綠臉，一會兒灰，一會兒紫。發冷的時節，那副黃牙板，一個勁兒地直磕打。他想好好盤算盤算，可是，一股透心涼的寒氣，逼得他沒法集中思想。他想來想去，擺脫不開一個死字。

猛地，他又全身發熱，腦子裡亂鬨哄的，像一大群蝗蟲嗡嗡地猛襲了來。稍一清醒，他就大聲叫喚：「我不想死，給我錢，上日本去——。」

日本大夫又來了，東陽吃了點兒藥，迷迷糊糊地睡了。他的腦子靜不下來，覺也睡不踏實。他放不下錢和菊子。東陽病得久了，上頭又派了個校長到鐵路學校來。

要是往常，瑞宣就該考慮按規矩辭職。可是這一回，他連想也沒想仍然照常到校上課。只要新校長不攆，他就按瑞全的意思，照舊教他的書。要是新校長真不留他，到時候再想辦法對付。

新校長是個中年人，眼光短淺，不過心眼兒不算壞。雖說這個位置是他費了不少力氣運動來的，他倒並不打算從學生身上搾油，也不想殺學生的頭。他沒撤誰的職。瑞宣就留了下來。

對於瑞宣說來，這份差事之可貴，不在於有了進項，而是給了他一個機會，可以對祖國，對學生盡盡心。他逐字逐句給學生細講——釋字義，溯字源，讓學生對每一個字都學而能用。除了教科書，還選了不少課外讀物。他精心選出的那些文學教材，都意在激起學生的愛國熱忱，排除他們的民族自卑感。他裝作漫不經心地選了一些課外讀物，彷彿只是為了幫助學生更好地理解課文。這樣做起來，即使學生中有個把隱藏的特務，也不容易挑出他的毛病。

最難的是出作文題。根據他的教學原則，他不願意給學生出些空空洞洞的題目，讓學生作起來，只能拿「人生於世——」開頭，然後咬著毛筆桿，怎麼也想不起下句該寫什麼。但他又不能出些與時事相關的大題目。要是他膽敢在黑板上寫點什麼跟學生生活密切相關的東西，他馬上就會給抓起來。為了避免空洞，也為了不被抓起來，他出的題目總得跟課文沾上邊。這樣的題目學生有話可說，他也能從而瞭解學生的反應。

改作文卷子的時候，他總是興高采烈。很多學生的作文說明，他們不但理解他的苦心，而且還小心翼翼地向他傾訴了壓在心底的痛苦。批改作文原是件枯燥無味的事，現在倒成了他的歡樂。他簡直是在用隱語在和一群青年人對話。

他特別注意那些可疑的學生，觀察他們是不是會自覺或不自覺地接受日本人的奴化教育。使他高興的是，有一兩個漢奸家庭的子弟，觀點和他們父親的截然不同。有了這個發現，他反躬自省，覺得自己以前過於悲觀了。他原以為，北平一旦被日本人佔領，就會成為死水一潭。他錯了。

他決定讓小順兒去上學，沒時間自個兒教。現在他看清了，學校裡的老師並不像他原來想的那麼軟弱無能。

東陽躺在床上，冷一陣熱一陣受煎熬的時候，冬天不聲不響地離開了北平。這一冬，凍死了許多衣不蔽體，食不果腹的人。乍起的春風，還沒拿定主意到底該怎麼個刮法。它，忽而冷得像冰，把牆頭上的雪一掃而光；忽而又暖烘烘的，帶來了濕潤的空氣，春天的彩雲。古老城牆頭上的積雪也開始融化，雪水滲進城牆縫裡。牆根下有了生機。淺綠的小嫩草芽兒，已經露了頭。白塔的金剎頂，故宮的黃琉璃瓦，都在春天的陽光下閃閃發光。可是，忽然間又來了冰凍，叫人想起寒冷的隆冬。

人們扒掉了厚重、破爛的棉襖。一陣寒風吹來，感冒了，一些人很快就死了。冬春之交，最容易死人。

春天終於站穩了腳跟。冰雪融化了，勇敢的蜜蜂嗡嗡地在空中飛翔。忽然傳來了比春風還要溫暖的消息，使所有的北平人都忘掉了一冬來的饑寒：美國空軍轟炸了日本本土。瑞宣從老三送來的傳單裡得到了這個消息。

讀了這些傳單，瑞宣欣喜若狂，不知不覺地走到了學校。走進教室，只見一雙雙眼睛都閃著快活的光芒。他明白，日本挨炸的消息已經傳開了。大家眼睛裡的光亮，照得整個教室異常溫暖。他一句話也沒說，只用閃爍著同樣光芒的眼睛看著大家。每個人的臉上全帶著笑，許多雙眼睛裡閃爍著淚光。

瑞宣開始講課了。他很想插一句：「日本挨炸了。」可是拚命控制住自己。這幾個字像音樂一樣老在他的胸間蕩漾。他還想對學生們說：「小兄弟們，這個好消息是我弟弟送來的呀！」不過他不敢說出口來。

他現在懂得宣傳的力量了。以前，他太悲觀，總以為宣傳不過是講空話，沒有價值。可如今——瞧吧，這條消息能使他，他的學生和全北平的人都興奮，歡快。

為什麼不多搞點這樣的宣傳？他決定幫老三搞起來。要筆桿子的事，他在行。他知道，老三有本事，能把他寫的東西印出來；錢伯伯也有本事，能把它散發出去。

他在街上遇到明月和尚，把想為地下組織寫東西的打算講了講。和尚交代給他幾個地址，寫出來的東西就往那兒送。和尚要他注意化裝，留神特務。

跟和尚分手的時候，瑞宣覺出北平春天的陽光照亮了他的心，快活極了。他有了具體任務，不能再自慚形穢或躊躇不前了。

頭年的蘿蔔空了心，還能在頂上抽出新鮮的綠葉兒；窖藏的白菜乾了，還能拱出嫩黃的菜芽兒。連相貌不揚的蒜頭，還會躥出碧綠的苗兒呢。樣樣東西都會爛，樣樣東西也都會轉化。

第九十一章　防空演習

日本人頒佈防空令，家家戶戶都得用黑布把窗戶蒙起來。

小羊圈誰家也買不起黑布，白巡長和李四爺發了愁。他們不敢違抗上面的命令，可是他們也很知道，連衣裳都穿不上的人，自然也買不起黑布。

白巡長一見李四爺就歎了口氣，說：「我剛才還在說，樂極必生悲。這不是——家家戶戶都得用黑布蒙窗戶了。」

「哼——這一回，我又該挨訓了。」

「唉——先別扯那個。怎麼辦？這是最要緊的事。大家拿不出黑布來，咱倆可怎麼交差？」

「把報紙拿墨塗黑了——拿它當黑布。日本人來檢查的時候——唔——反正大家的窗戶是黑的，不就成了嗎？」

「你說的倒有點門兒，可是上哪兒找漿子去？共和麵打漿子不黏。」

「我想法打一桶漿子分給大家，不要錢。說真的，就是白給漿子，還備不住要挨罵呢。」

白巡長馬上說：「這回我不能讓你一個人挨罵，我先去叫大家拿黑布，完了，你再去說糊報紙的事兒。給大家把漿子一分，他們要是還不領情，可就是真不知道好歹了。」李四爺點了點頭。

「事情到這兒，還不算完。」

「怎麼著？沒完了！」李四爺嚷了起來。

白巡長笑了笑。「你還是得跟大家說說，要是來了空襲，家家戶戶都得把燈火和火爐子弄滅。人也不許出屋子。」

「讓炸彈把大夥兒都給炸死？」

白巡長沒答老人的話，還接著講上面命令的事兒。「家家戶戶都得出個人在街門外頭站崗，空襲的時候不准關門。家裡要是沒人站崗，就得僱人。官價，一個鐘頭三塊錢。」

「這都是些什麼亂七八糟的？」

「我要是明白，那才怪呢！您保不住會說，要是不關街門，日本人撞進來就方便多了，想逮誰就逮誰。」

「說得不錯。根本不是為了防空，是為了逮人方便。」

白巡長到各戶去通知防空的事。所到之外，怨聲載道。不過大家轉而又一想：「這麼看來，日本真的挨炸了！」跟著又高興起來。

李四爺去找程長順，跟他要舊報紙。

程長順說，舊報紙，破布，他都有，隨便拿就是了。「四爺爺，您就拿一捆舊報紙去，比他們一家一家的來要強。我是個做小買賣的，要是大家知道我是白給，該不肯要了，話是這麼說不是？」

「你說得也是，」李四爺點了點頭。

「再說破布——要是有人想要的話——我就按買來的價兒賣，不能白給。」

李老人拿起一大捆報紙，打了一大桶漿子，就到各戶去了。大家都很感激，連丁約翰也受了老人拿來的東西。

唯獨韻梅沒有要李老人拿來的報紙和漿子。她已經想到可以用報紙，早就把窗戶糊好了。報紙上用墨汁塗得黑黑的。

夜裡十點，頭一回響起了防空演習警報。小羊圈的人多一半都上床睡覺了。

大人們迷迷瞪瞪的，有的找不著衣裳，有的穿錯了鞋。孩子們從夢中驚醒，大聲哭號。大家糊裡糊塗，推推搡搡，拖兒帶女，一齊擁到院子裡。這才想起白巡長的話：「遇到空襲，趕快滅燈，在屋子裡坐著，別出來。」

瞧瞧院子，瞧瞧天，他們悟出來，就是想走，也沒個藏身之處。日本人壓根兒沒給挖防空洞，大夥兒只能回屋子裡去坐著。

瑞宣、韻梅，都披上衣服起來了，悄悄走到院子裡，招呼南屋的街坊。「是空襲警報——你們起不起來都成。」然後他走到爺爺窗戶外頭聽了聽，老人要是還在睡，就不驚動他了。

韻梅打開街門，坐在門前的台階上，決心一直等到解除警報。她不樂意叫瑞宣來守街門，他第二天還有課；她也不樂意花三塊錢一小時僱個人來替她守著。

瑞宣走到門口來看她，她一個勁兒說：「你回去睡吧。」「我先在這兒站一會兒，過一時半會的，你再來替我。誰知道這一鬧得幾個鐘頭呢！」

「你還是去睡吧，我反正也睡不著。」

說著，只見三號的日本人悄悄地，飛快地，走出大門，賊似的，溜著牆根，往大街那溜兒跑。

「他們要幹什麼？」韻梅壓低了嗓門問。

「他們得上防空洞裡去待著。哼！」瑞宣靜靜地站了一會兒，然後走回院子裡。

在黑暗中，韻梅憑身影兒和咳嗽的聲音，慢慢地看出來，李四爺大門口站的是他的胖兒子，馬寡婦門外是程長順，六號門外是丁約翰。誰也不出聲。

過了半個多小時，一點兒動靜沒有，祁老人也出來了。「到底是怎麼檔子事兒？什麼事也沒有嘛，你還是進來吧！」

「您回屋歇著去吧，爺爺。我得在這兒瞧著，沒準兒，日本人會來查呢！」韻梅好說歹說，把老人勸了回去。

韻梅果然想得不錯。全城的憲兵和警察，都動員起來了，挨家挨戶的查。不過是防空演習，可日本人做得跟真的一樣。他們豁出去通宵不睡，也得把全北平的人折騰個夠，叫他們熄滅了燈火、爐子，坐在屋子裡不出來。這麼著，日本人才能順順當當地撤到安全地帶，日本人的家也不會挨搶了。他們果真來了。韻梅一見西頭有四個人影兒奔這麼來，趕緊站了起來。倆高個兒的，她估摸是李四爺和白巡長，那倆矮的呢，就是日本鬼子。

他們打一號和三號門前走過，直奔韻梅。她往一邊閃了閃，沒作聲。李四爺和白巡長也不言語，跟著日本人進了院子。

沒有燈，沒有火。日本人拿電筒把每個窗戶都照了照，黑的。他們走了出來。

六號也沒有差錯。

走到七號大雜院，李四爺和白巡長都捏了把汗。情況不壞。家家戶戶都黑燈瞎火——七號裡住的人家，壓根兒就沒有燈油，也沒有煤。

憲兵拿電筒往窗戶上刷地照去，白巡長嚇得直冒汗。至少有三戶人家沒把窗戶給糊黑。李四爺忍不住罵出聲來了：「他媽的——！我連漿子都給了，怎麼——」

白巡長知道事情鬧大了。為了這，他就得丟差事。他氣急敗壞地連忙問道：「為什麼不把窗戶糊起來？為什麼？李四爺跟我不是囑咐又囑咐嗎？」他這話是衝七號的人說的，可主要還是講給日本人聽，好洗刷他自己和李四爺。

「真對不住，」站在一邊的一個女人可憐巴巴地說，「孩子把漿子給吃了，白巡長，給我們說幾句好話吧，一年四季孩子們都沒見過白麵。」

白巡長沒了話說。

日本憲兵懂的中國話不多，聽不懂那個女人說的是什麼。他不分青紅皂白，上去就給了李四爺兩嘴巴。

李四爺楞住了。雖說為了生活他得走街串巷，跟各種各樣的人打交道，可他從來沒跟人動過手；要是看見別人打架，不管人家拿的是棍棒還是刀槍，他都要冒著危險把人家拽開。

他氣炸了肺。他忘記了自己一向反對動武，忘記了自己謹小慎微的處世哲學，只看見眼前站著兩畜牲，連個白了鬍子的老頭也敢打。他從容不迫，一聲沒吭，舉起手來，照著日本人的臉就是一下子。他忽然覺著非常痛快，得意。他沒作聲，把所有的勁兒全用在拳頭上了。

憲兵的大皮靴，照著李老人的腿一陣猛踢，老人倒下了。

白巡長不敢攔，他想救出自己的老夥伴，可又惹不起那兩個發了狂的野獸。

院子裡的人誰也沒動一動。老人抱住一個憲兵的腿，把他拖倒在地，兩人就在院子裡滾成一團。

另一個憲兵，跟著地上滾的人轉來轉去，找準機會，衝著老人的太陽穴就是一下，李老人一下子就不動了。

兩個憲兵住了手，叫白巡長把所有沒把窗戶糊嚴實的住戶，都抓走下獄。

憲兵和白巡長都走了，院子裡的人一窩蜂似的圍上了李四爺。自從他當了里長，不知道挨了他們多少罵。那是貧困逼得他們平白無故地罵人。如今，為了他們，他躺下起不來了。大家都哭了。

大夥兒把李四爺抬回家，四爺兩個多小時人事不知。雖說還沒有解除警報，四大媽什麼也不管不顧了，大聲哭了許久。她升著了火，給老人燒開水喝。小羊圈的人把警報忘了個一乾二淨，進進出出，都來看李四爺。

凌晨兩點才解除警報。祁老人一直沒睡下。他過一小會兒就走出來看看韻梅，然後回到自個兒屋裡躺下。

韻梅披了一件破棉襖，靠在門框上，再不就半醒半睡地坐在門前台階上。她很想去看看李四爺，可又不敢走開。不管是不是真有空襲，她都得堅守崗位。不論怎麼說，不能給家裡人惹麻煩。

解除警報前幾分鐘，三號的日本人咭咭呱呱說笑著回了家，韻梅知道快完事了。

解除警報的信號一響，韻梅馬上跑到李家，祁老人跟在她後面。李四爺睜開眼睛看了看他們，又把眼睛閉上了。大家都找不到安慰他的話。祁老人見多年的老夥伴半死不活地躺在床上，想放聲大哭。

「爺爺，咱們回去吧？」韻梅悄悄問祖父。

祁老人點了點頭，由她攙著，回了家。

又過了三天，李四爺還是人事不醒。末了，他睜開眼，看了看老伴，看了看家裡的人，慢慢閉上眼，從此不再睜開了。

雖說四大媽拿不出東西款待來弔喪的人，守靈、出殯還是按規矩辦了。沒得過李家好處的人，知道四爺是個實誠人，都趕來磕了三個頭。得過他好處的，哭得特別傷心，斟酒澆奠一番。那得過他的好處又時常罵他的人，也跑來哭靈，藉機傾訴一下心裡的煩惱與不幸，罵自己對老人不夠公道。

祁老人哭得很傷心。他和李四爺都是小羊圈的長者。論年紀、經歷和秉性，他倆都差不多。雖說不是親戚，多年來也真跟手足不相上下。李四爺一死，整條街上，也可以說全世界，就再也沒有人能懂得祁老人那一套陳穀子爛芝麻了。他倆知根知底地交往了一輩子。

李四爺的喪事辦得挺像那麼一回事，來的人很多。那些窩脖兒的槓大個兒，槓房的，還有清音吹鼓手和打執事的，都跟他有交情。他們穿了孝；誠心誠意來發送這位老相好，一直把他送出了城。他們沒法給他報仇，只能用祭奠、吹打、送殯和友情來表示他們的心意，把他一直送到墳地，讓他好好安息。但願日本人不至於把他的屍骨挖出來。日本人為了修飛機場，修公路，挖了數不清人家的墳墓。

第九十二章　糧食配給

夏天，膏藥旗飄揚在南海和太平洋。太陽神的子孫，征服了滿是甘蔗田和橡膠園的許多綠色島嶼。北平倒很少見得著短腿的日本兵了。他們不敢見天日，來來去去，總在夜晚，因為他們的軍裝上有補釘，鞋也破了。皇軍成了一群破衣爛衫的人。

皇軍為了遮醜，到夜裡才敢出來；普通的日本人倒不在乎，不怕到處丟人現眼。一些穿著和服、低著頭走路的日本娘們，在市場上，胡同裡，見東西就搶。她們三五成群，跑到菜市場，把菜攤子或水果攤子圍上。你拿白菜，我拿黃瓜，抓起來就往籃子裡頭塞。誰也不閒著，茄子、西葫蘆，一個勁兒地往袖筒裡裝。搶完了，一個個還像漂漂亮亮的小磁娃娃似的嘰嘰呱呱有說有笑地各回各家。

配給他們的糧食，雖說比中國人的多，質量也好些，可也還是不夠吃。征服者和被征服者都過的是窮鬼的日子。搶最簡便，中國警察不管，日本憲兵不問，做小買賣的也不敢攔。

日本娘們的開路先鋒是高麗棒子——高級的奴才。她們不單是搶，還由著性兒作踐。她們一個子兒不花地吃你幾個西瓜，還得糟踏幾個。相形之下，日本娘們反而覺乎著她們不那麼下作——她們只是搶東西，不毀東西。

入夏以來，見不著賣蔬菜和水果的小販了，小羊圈的人只能將就著活下去。小販們都怕三號的日本女人們搶。

這樣一來，給中國婦女帶來了很大的不方便，像韻梅就再也不能在自己家門口買點蔥和菠菜什麼的了。哪怕買頭蒜呢，也得上趟街。再說，小販們挨了搶，就得打中國人身上撈回本兒來。東西全漲了價。韻梅發現她還得交一筆搶劫稅。

打李四爺過世那會兒起，白巡長就一天比一天煩惱。雖說他也能琢磨出兩條理由來原諒自己，可不論他怎麼想，總還是覺著虧心，對不住李四爺。是他，硬拉四爺出來當的里長，日本憲兵打四爺的時候，他也沒上前攔。他沒法不到小羊圈來巡查，可他又很怕見四大媽和她兒子。每回見了他們，他都低下頭，不敢正著眼瞧。他在人前挺不起腰桿，簡直是個苟且偷生的可憐蟲。

他不讓手下人去管日本娘們搶東西的事。「我們要是去報告，或者管上一管，保不住這些混帳東西就會想方設法把做小買賣的抓起來。我說弟兄們，最好的法子就是把眼睛閉上。整個北平都讓人家給佔了，哪兒還有是非呢？」

小羊圈不能沒有里長，他想到祁瑞宣和程長順，不過他們都面慈心軟，辦不了事。

李四爺一死，丁約翰就看上了這份兒差事。他如今有的是時間。自打英國府出來，他就沒再謀差事。既在英國府裡做過事，他不願意到西餐館裡去當擺台的。就算他樂意降低身分，也不見得準能找到工作，因為日本人既反英，又反美，多一半的西餐館都關了門。

白巡長不喜歡丁約翰那副洋派頭，不過找不到合適的人，只好點了頭。

安排好里長的事，白巡長仍然日夜裡牽腸掛肚。還有樁事讓他揪心，又難於說出口：年紀太大了。

見天兒，他拿一把老掉了牙的剃刀，細細把鬍子渣刮個精光，舊制服收拾得整整齊齊，乾乾淨淨，一雙舊皮鞋，也用破布擦得珵亮，走路的時候，強打精神挺起胸脯，可是他明白，自己的老態是遮蓋不住的。他並不願意給日本人當走狗，然而也的確怕日本人撤他的差。查街的時候，他總怕抽冷子會碰上個日本人對他說：「滾！誰要你這麼個老東西來當巡長？」

他最頭疼的是，自打日本女人們搶開東西以後，中國人也學會了這一手。他叫手底下的人別管日本女人們搶東西，那他又怎麼能叫他們去管中國人呢？中國人搶得再多，也賽不過日本人。要是他不敢管日本人，也就不該管中國人。他低下頭，對手下人說：「別管他們，肚子都餓癟了，誰沒嘗過挨餓的滋味？就是把他們抓起來，日本人也不會說咱們好。監牢都住滿了，犯人也沒有糧食吃。唉——還是那話，睜隻眼閉隻眼吧，等咱們的眼睛都閉上，永遠不再睜開，世界興許就太平了。」

因為不夠吃，居於統治地位的異族露出了狐狸尾巴；因為飢餓，奴隸們也顧不得羞恥了。忍饑挨餓的人，一心想的是弄點什麼往嘴裡填，體面不體面，早就顧不上了，偷點搶點都算不了什麼事兒。

在北平賣生熟豬肉的鋪子裡，切肘花和香腸的肉墩子足有一人多高。這是因為掌櫃的怕買主伸手抓肉，把手指頭剁掉一截。可是現在這些高高的肉墩子（原本就是半截大樹幹）已經攔不住人們往那兒伸手。賣生肉的肉鋪一向是在肉案子上切，因為再貪的人也不會把生肉，或者大油抓起來往嘴裡送。然而現在真有搶生肉吃的人。

自打日本人實行糧食配給以來，肉鋪的生意就冷清起來。常常一連三五天沒有肉賣。偶爾有點兒肉，就連夜的出來，不論生熟，都切成小塊，拿紙或者荷葉包上，藏在櫃櫥裡。買主得先交錢，然後才能接過一小點肉。

這種先交錢後交貨的辦法，在北平風行一時。要是不先掏錢，什麼也甭想買。

賣燒餅、包子和別種吃食的做小買賣的，都用細鐵絲網子把籃子罩上，加鎖。買主先交錢，隨後打開籃子上的鎖，把東西拿出來。小販們還一邊交貨一邊說，東西一倒手，他就不負責了。因為買東西的時候，攤子或擔子旁邊總有人等著，見吃的東西就搶。

韻梅給搶過兩回，再也不敢打發小順兒去買東西了。雖說東西不值什麼，她可是害了怕。

天祐太太猶猶豫豫地出了個主意：「讓小順兒跟著你去不好麼？四隻眼總比兩隻眼管用。」

韻梅覺著，不論小順兒有用沒用，叫他跟著總能壯壯膽子，可是小順兒得上學。

「唉，」祁老人歎了口氣，「這年月，上不上學有什麼要緊！」

小順兒一聽給他派了這份差事，美得不行，馬上想到要隨身帶根棍子。「誰要是敢奪您的口袋，媽，我就拿棍子敲打他。」

「你安靜一會兒吧，」韻梅哭笑不得，「把眼睛睜得大大的，仔細瞧著點就行了。要是有人老跟著咱們，你就大聲嚷嚷。」

「叫警察嗎？」小順兒愛打岔。

「哼——他們要管，那才叫怪呢。」

「那我嚷什麼呢？」小順兒樣樣事情都要鬧個一清二楚，不然怎麼能當好媽媽的保鏢呢。

「嚷什麼都可以——嚷嚷一通就是了，」奶奶直幫著解釋。

祁老人，為了讓大家瞧瞧，自己雖說是年老體弱，卻還足智多謀，找來幾塊破布和繩子，對韻梅說：「拿去把籃子罩上，買來東西，把繩頭一緊，就跟那些做小買賣的用的籃子一樣了。這不牢靠多了嗎？」

韻梅說：「您的主意真不錯，爺爺。」她可沒說：「要是連籃子一塊兒給搶了去呢？」

瑞宣當然也想出把力。每次打學校往家走，他都儘量順路買點兒東西，省得韻梅一趟趟上街，減少挨搶的機會。

有一天，他從學校回家，想起韻梅彷彿要他帶點什麼來著，可是忘了她究竟要的是什麼東西。

走了一會兒，看見一個賣燒餅油條的。戰前賣燒餅的有的是，可這會兒倒很希罕了。籃子上的鐵絲網也顯得新奇、古怪。

他想買上倆燒餅油條，好補償他忘了買東西的過錯，也讓妞子樂一樂。她還是一見共和麵就哭。手裡拿著燒餅油條，他一路走，一路想著富善先生。他不是常送給妞子餅乾、麵包來著嗎？他很惦記這位老朋友，不過他心裡明白，就是知道老先生在哪兒，也不敢去看他。日本人特別恨跟西洋人有來往的中國人。

想著想著，猛孤丁打旁邊伸過來一隻手，一隻非常髒，非常瘦的手。他還沒明白過來是怎麼回事，燒餅油條已經不翼而飛了。他住了腳，回過頭去看。

搶燒餅的人是個極瘦、極弱的人，沒命的跑，可又跑不快。他衝著燒餅油條吐了幾口唾沫，就是給追上，人家也不要了。

瑞宣攆上了他。這瘦子像隻走投無路的老母雞，臉衝牆站住了。瑞宣見他還懂得點羞恥，可憐起他來，後悔不該攆他。

「朋友，你拿著吃吧，我不要了。」瑞宣溫和地說，希望這個瘦子會轉過身來。

瘦子把臉往牆上貼得更緊了。

瑞宣想說，「是日本人害得我們顧不得廉恥也沒法要面子了，不是你一個人的錯。」可是，這一番話他想說可又說不出來。因為怎麼說都是空話。講道理、勸慰，飽不了肚皮。於是他說：「朋友，吃吧！」

瘦子彷彿受了感動，慢慢轉過身來。

瑞宣一下子看清楚了：是錢詩人的舅爺陳野求。他把準備要說的話都拋到九霄雲外，好不容易才憋出一句：「野求！」

野求耷拉著腦袋，身子倚在牆上，木呆呆地站著。他的頭髮怕有好幾個月沒理了，又長又髒，亂糟糟的在頭上捲成一團。他的臉，瘦成一條兒，好多天沒洗了。眼睛裡沒有淚，楞坷坷地望著手裡的油條出神。

瑞宣一把抓住野求的胳臂，野求想掙扎開，可是沒有力氣，踉踉蹌蹌的他跟著瑞宣走了幾步，強打著精神問：「上哪兒？」

「找個地方坐一坐。」瑞宣說。

兩人走進一家小飯鋪。一進門，跑堂的就過來擋駕。「對不起您哪，今兒我們什麼也沒有，壓根兒沒升火。沒生意。」沒有升火，沒有杯盤碗盞相碰的叮噹之聲，這也算飯館？桌椅板凳，都收拾得整整齊齊，鋪子裡還有多年來留下的一股子葷油味兒和飯菜味兒。

「讓我們坐一會兒好不好？」瑞宣客客氣氣地問，「這位先生有點兒不舒服，」他指的是野求。

「沒說的，坐吧，凳子都空著呢，」跑堂的笑著說道。「您瞧，先生，我們這生意怎麼做？沒可賣的東西，還不許關門，真是笑話。」

兩人都坐下了。因為瘦，野求的臉顯得越發長了，眼珠子跟死魚的一樣。他平靜下來，呆呆地坐著，一動也不動。野求歎了口氣。「沒什麼可說的——如今，我不過是行屍走肉罷了。」他說話的時候，臉上的肌肉紋絲不動。他說的是實話，用不著帶表情。

「我把一切都毀了，」野求靜靜地說，「為了養活我的孩子和病病歪歪的老婆，我給日本人做事，抽大煙麻醉自己。是呀，我出賣靈魂，為的是老婆孩子不挨餓。出賣一個靈魂，拯救全家的性命，倒也划算。」住了口，他衝著桌子發楞。瑞宣不敢催他往下說，只咳了一聲。

這一聲咳嗽，彷彿驚醒了野求，他接著又說：「說來也怪，老婆有了吃食，身體反倒更弱了，彷彿我給她吃的東西都有毒似的。她死了。」他臉上還是木然沒有表情，說起話來，像背誦一個聽過許多遍的故事。「死了的，倒還算有福。我滿以為兒女長大成人，就能掙錢養活我。可是，大兒子剛能掙錢，就二話不說離開了北平。他不但不感恩圖報，還恨我，恨我出賣了靈魂。另外三個兒子也跟大兒子一模一樣。我出賣靈魂把他們撫養大，可他們是怎麼報答我的？一場空，沒有心肝。」他舐了舐嘴唇。

「可笑的事情多著呢。我剛才說，因為我抽大煙，日本人對我還算不錯。可是煙癮一大，我動都懶得動了，他們就撤了我的差。我沒了進項，只剩下幾個不能掙錢，靠我養活的孩子。等他們能掙錢了，大概也得打我這兒跑掉。我不能再拉扯他們了，就是能，他們也不感激我。唉，要說是不拉扯吧，他們又得挨餓，真沒法子。我現在還抽大煙，大煙能麻醉人——這就是它的好處。

有什麼見不得人的？連我自己的孩子都不認我這個爸爸了。我今天搶了你的東西，可是我用不著道歉，我知道你能原諒一個快死的人。」

「你不能就這麼死了，」瑞宣想幫他一把。

「誰也不該落這麼個下場，可是我只能這麼死。也許就是明天，我會躺在大街上，讓人家拿大卡車拉走，扔到城外去。我不指望人家把我埋在祖墳裡，沒臉見祖宗。」他站起來，跟瑞宣拉了拉手，就往外走了。

走出飯鋪，野求一屁股坐在台階上，吃起燒餅來。

第九十三章　良心跟惡念

金三爺發了財，置下三處房產。雖說他的相貌、神態、穿戴，都沒有變；而心，可跟以前不一樣了。如今，他跟那些站在大街上搶東西吃的人大不相同，成了個小財主，有了點兒派頭。每天，他還照常上茶館去坐坐，然而小筆的生意，他已經看不上眼。跟同行在一起，他總是把腰挺得筆直，獨自坐在一邊，好像在說：「小事兒甭麻煩我。金三爺不能為了仨瓜倆棗的事兒跑腿。」

對於那些打算買賣房產的主顧，他的態度也變了。他逢人便說：「我自個兒也有點產業，」恨不得再添上一句：「您以為我跟平常的中人拉縴的一樣，呼之即來，揮之即去嗎？哼——我有我的身分。」

他並沒有忘記，是日本人害了他親家錢默吟一家子。不過，他更不能忘記，打從日本人進佔北平，他的生意一天天興隆起來，如今，自個兒也置下了產業。為了錢先生，他應當恨日本人；替自個兒盤算盤算，他又應當感激他們。恨和感激，這兩種感情揉不到一塊兒，他只好不偏不倚地同時擺在心裡。

然而不偏不倚並維持不了多久。不偏不倚就是偏倚的開始。為了長遠保住他的產業，他不由得相信了日本人的宣傳：他們侵略中國並不是為了打中國人，而是為了幫中國人消滅共產黨。金三爺那四方腦袋裡想的是：要是日本人真的消滅了共產黨，也就等於保護了他那三所宅子。

他老惦著錢默吟。不論在街上遛彎兒，還是在茶館裡坐著，他總留著神尋覓，找他極敬慕的這位親家。見了和他親家模樣相仿的人，他總要跑上前去看個究竟，希望自己沒看錯。一旦發現認錯了人，他就揉揉眼睛，埋怨自己老眼昏花，看不真切。

他非常疼愛外孫子，幾乎把孩子給慣壞了。錢先生在監牢裡受罪的當兒，外孫子倒給寵得不行。金三爺寧可自個兒吃共和麵，喝茶葉末兒，也要想盡法兒讓外孫子吃好喝好。外孫子只要有點頭疼腦熱，他就趕緊去請北平最好的大夫。他把外孫子當菩薩供養著。

外孫子犯了錯兒，錢少奶奶要罰，金三爺就把外孫子摟在懷裡，數落她：「真是身在福中不知福，這麼好的孩子，還要罰！要是沒有他，你又不知道該怎麼樣了。」

孩子剛會邁步，金三爺就想讓他見世面。他把孩子扛在肩膀頭上，或者乾脆讓他騎在脖子上，挺起胸脯，邁著大步，帶他去逛大街，趕廟會，上市場。不論這東西吃了有沒有好處，也不論這東西該不該玩，只要孩子說一聲「要」，金三爺就趕緊掏錢買。

孩子會說話了，金三爺又苦惱起來。孩子跟媽學會了說：「打倒日本鬼子！」「給爸報仇」，還會挺起小胸脯說：「我姓錢。」金三爺不能把個常叫「打倒日本鬼子」的小外孫子帶著到處跑，也不能跟自個兒的閨女吵；沒準兒會讓鄰居聽了去，報告日本人。他不怕給抓起來，他身強力壯，挨幾下子也沒什麼，然而要是日本人沒收了他的產業，那可就真要了命了。

金三爺那四方腦袋裡琢磨著要跟日本人套套近乎。他並不想跟日本人合作，當他們的走狗。不，他還沒有壞到那步田地，他只不過是為了自己的安全，想要不即不離的跟日本人攀點兒交情。

他加入了三清會。三清會專收那種有點兒小聰明，或者像金三爺這樣有點兒本事，而腦子又糊裡糊塗的人。日本人不久就把他列入「有用」的人一類，要跟他交朋友。

等金三爺真的以為日本人是安著好心，他們就突然追問起錢默吟，嚇得金三爺瞠目結舌。是他造的孽，招惹來的日本人。日本人向他擔保，決不會傷害錢先生。他們賭咒發誓地說，金三爺崇拜親家，他們也佩服錢先生的學問、人品和膽識。他們要是找到他，一定不記前仇，好好跟他交朋友。金三得幫忙找人。他們暗示，要是他不肯幫忙——哼！——小心他那三處房產和他的外孫子！

金三爺精明了一輩子，這下子掉進了人家的圈套。他又氣又惱，紅裡透亮的鼻子尖發了紫。哪怕日本人保證不害錢先生，他也不樂意幫著日本人去逮錢先生。

金三琢磨來琢磨去，終於想出了主意。他決定去向錢先生討教。

上哪兒找錢先生去呢？

他想起了野求。多日不見那瘦猴兒了，他可是很關心錢先生的。

這條路子沒走通。野求的街坊說，他們全家都搬得無影無蹤，不知道上哪兒去了。

金三爺又想到了瑞宣。

祁家的人，全都側著耳朵仔細聽他說話，都想知道錢少奶奶和她的孩子日子過得怎麼樣。

金三爺沒時間談他的閨女和外孫子，他單刀直入，打聽錢先生住在哪兒。

一起頭，瑞宣以為金三爺是惦記錢先生，才這麼急著打聽他的住處。過了一會兒，他覺著事情有點蹊蹺，就盤問起金三爺來。

金三爺很不耐煩，一個勁兒敲他那煙袋鍋，拿定主意不吐真情。瑞宣也謹慎小心，什麼都不說，憋了半天，金三爺洩了氣，拔腿走了。

瑞宣心裡犯開了嘀咕。他不明白，為什麼金三爺要找錢先生，情況有點兒不妙。他想馬上去找錢先生，囑咐他多加小心；可是反覆一想，又怕自己過於大驚小怪。不能聽見風就是雨，隨便驚擾錢先生。不論怎麼說，金三爺總算是錢先生的親家。

他拿定主意，先別忙，等他向明月和尚交稿的時候，先跟明月商量商量。

金三爺見瑞宣的嘴這麼嚴實，起了疑。他覺著瑞宣準知道錢先生的下落，只不過不肯告訴他罷了。他拿定主意，跟著瑞宣看個究竟。

金三發現瑞宣在個小鋪子裡跟明月見面，便又盯上了明月，發現了那座小廟。

金三不敢貿然進廟，要是錢先生真的在那兒，他冒冒失失地撞進去，勸親家跟日本人合作，而錢先生不肯聽他的，就會馬上換個地方躲起來，那——再說，要是錢先生不聽他的，他能昧著良心叫日本人來逮嗎？

他去看瑞宣的時候，看見了小羊圈一號和三號的宅子。他想起了幾年前背著錢先生去找冠曉荷的事。難道如今他自己也跟冠曉荷一樣了？冠家的人是一群狗，而我金三爺可是黃帝的子孫。要是錢親家真的在小廟裡，他又不去報告日本人，豈不是就犯了包庇親戚的罪，不但人受連累，連產業也得玩兒完！

他的良心跟惡念展開了鬥爭，誰對誰也不肯讓步。是萬惡的侵略戰爭，逼得他為了個人的安危，竟想出賣自己的親戚。

他常在小廟附近徘徊，不敢進去。他想見見他最敬佩的親家兼朋友，可是，他也怕見了錢先生會挨罵。他在小廟門外踟躕不前的時候，有幾個人在後面跟著他。他雖然不敢往小廟裡進，可是那些人卻悄悄地摸了進去。錢先生被捕了。

第九十四章　戰爭最大的教訓

意大利投降了，日本皇家海軍打太平洋一點一點往後撤。北平的日本人奉命每人結交十個中國朋友。

小羊圈三號的日本人也出門「交朋友」來了。他們向來不跟左鄰右舍的中國人來往，可是現在，就連他們臉上的表情，也得按照上面的命令來一個變化。

四大媽頭一個拒絕和他們交朋友。她誰都能愛，就是不能愛那打死她老伴的日本人。雖說打死她老伴的並不是三號的日本人，然而，日本人總歸是日本人——她鬧不清他們誰是誰，也犯不著去鬧清楚。

這位居孀老太太的嘴，可不像個寡婦嘴，什麼髒字兒都敢出口。日本人聽不懂她用的那些字眼兒，光知道衝她傻笑。程長順幾乎要跟他外婆吵起來。馬寡婦向來不肯得罪人，更不敢得罪日本人。她對他們既恨又怕，人家上門來了，還能不給杯茶喝？總不能把人家攆出去吧。然而，長順決定把門插上，不招待這種「朋友」。

小羊圈的人覺著，一邊兒殺人，一邊兒交朋友，簡直是莫名其妙，叫人噁心。大家都不約而同地不理那些日本人。只有丁約翰例外。

其實，他在英國府當差那會兒，最瞧不起的就是日本人。如今長期失業在家，回英國府的希望越來越渺茫了。得早日改換門庭，另找洋主子才好。他已經當慣了洋奴。

一當上里長，他就施展手段，弄了點煤來。有了煤，他每天就能多少有點進項。他在院子裡點了個小煤爐賣火。沒錢自家起火的街坊，可以到他這兒來燒點兒茶水，做點吃的。他盯著他那只大鐘，按鐘點收錢。

三號的日本人不明白，中國人為什麼這麼不通人情，不講道理，不友好。他們走了一遭，只有丁約翰一個人來回拜，還把他們高興得不得了。他們怕要是連一個朋友也交不上，就該挨罰了。他們原打算去訪問一號那位老婆婆，問問她跟街坊和睦相處有什麼訣竅。老婆婆要是不肯說實話，就嚇唬她一氣，要不然編個罪名暗害她。幸而里長丁約翰知趣，肯跟他們交朋友。那就得牢牢地抓住他，施展侵略者慣用的伎倆，像蠶吃桑葉一樣，把一家一家人通通攥到手裡。

丁約翰跟所有的洋奴一樣，恨不得人人是洋奴，而由他當奴才總管。他在三號跟日本人吹牛說：「我是里長，能下命令叫他們跟你們交朋友。」走出三號大門，丁約翰就挺胸凸肚，那副神氣勁兒，幾乎跟他在英國府當差的時候差不多。

他去找白巡長，乾脆給白巡長下了命令，叫他幫著通知街坊們，好好跟日本人交朋友。

白巡長是個講究實際的人，通情達理。他一向精明能幹，也會見風使舵。然而他不能因此就不愛國，不愛自己的同胞。他不同意丁約翰那一套。

「哼，」他對丁約翰說，「日本人跟咱們交朋友？豈不是黃鼠狼給雞拜年？」

丁約翰惱了。他是幾百年來民族自卑的產兒，是靠呼吸帶著國恥味兒的空氣長大的。他的最高理想就是求外國人高抬貴手，不打他，讓他好好當洋奴。在他想來，日本人能打敗英國佬，而中國一定打不過日本。即使日本人不幸敗了，英國和美國也會捲土重來，再當他的主子。唯獨中國人挺不起腰桿，不能跟英國人和美國人平起平坐。他不樂意再跟白巡長多廢話。

丁約翰找上了瑞宣。瑞宣吃過英國府的洋麵包，一定能夠明白他的意思。

要是早先，瑞宣沒準兒會笑上一笑，說兩句俏皮話把丁約翰打發走。可是而今，他決不肯放過進行宣傳的任何機會。他不管丁約翰懂不懂，也不管他愛不愛聽，詳詳細細對他講開了世界大勢，末了告訴丁約翰：「白巡長和街坊們做得對，錯的是你。」

丁約翰把瑞宣的話仔仔細細琢磨了一番，不禁恍然大悟。「哦，這下子我明白了。英國和美國一定會贏，你我就都可以回英國府去作事了。那才好呢，好極了。」

瑞宣真想啐他一口，可又忍住了。「你又錯了。咱們誰也甭靠，自己當家作主人。」

丁約翰沒再言語，客客氣氣告辭了。他不明白瑞宣說的是什麼意思。

他又到三號去，告訴日本人說白巡長不樂意合作。他並沒成心背地裡給白巡長使壞，可他得讓日本人知道知道，他是真想幫他們拉朋友的。要是不幸日本人恨上了白巡長，他也沒轍。

日本人果然恨上了白巡長，他們的仇恨比友情來得快。

他們沒把這件小事拿去驚動他們的長官，而是給白巡長的上司寫了封信，說他玩忽職守。這位上司當然是中國人。

白巡長的上司怕丟差事，怕餓死。為了保飯碗，不敢護著白巡長，撤了他的差。

白巡長的好日子真是走到了頭。他有經驗，有主張，受街坊鄰居愛戴。然而，他沒有積蓄，沒有前途。他一輩子沒攢下一個錢。哼，要是他再滑一點，連蒙帶騙，常常使點壞心眼，在這麼個兵荒馬亂的年月，就不說飛黃騰達吧，總不至於丟差事。

好吧，既然好心沒好報，乾脆就殺人放火去！日本人殺人放火，倒成了北平的主人！他決心要殺丁約翰。殺人是善是惡，有誰來管？戰爭最大的教訓，就是教那些從來沒有殺過人的人去殺人。

再一想——既殺，何不殺日本人？

他沒跟家裡人提丟了差事，把菜刀往棉襖裡一掖，走出了門。

他往小羊圈走。每條胡同裡都住的有日本人。可是，他不加思索，出於習慣，走到了小羊圈。他最熟悉這裡。在背後使壞的準是住在三號的日本人。好，——先拿他們開開刀。

他的長臉煞白，一腦門汗珠；背挺得筆直，眼睛直勾勾朝前看，可什麼也看不見。他已經不是白巡長，而是陰風慘慘，五六尺高的一個追命鬼！他已經無所謂過去，也無所謂將來，無所謂滑頭，也無所謂老實。他萬念俱灰，只想拿一把菜刀深深地斫進仇人的肉裡，然後自己一抹脖子了事。走到三號的影壁跟前，他頹然站住，彷彿猛地甦醒過來。他安分守己過了一輩子，如今，難道真的要去殺人麼？迷迷忽忽的，他站在那兒發楞。

迎面來了瑞宣。

一見瑞宣，白巡長的殺人念頭忽然消散了一多半。他耷拉下肩膀，手腳瑟瑟地哆嗦起來。

「怎麼啦，白巡長？」瑞宣問道。

白巡長伸手摸了摸懷裡的菜刀，彷彿怕瑞宣搜他。瑞宣明白，準是出了事。他拉著白巡長的胳臂說：「來，上我屋裡待會兒。」

白巡長不知道怎麼是好，被瑞宣拽著朝家走。一進大門，他把殺人的念頭擺在一邊，恢復了彬彬有禮的態度：「祁先生，我——我不進去了。」他真的不想進屋去跟瑞宣說話。他覺著，殺人，哪怕是殺一個害他丟了差事的日本人，也是一件見不得人的事情。

瑞宣看出白巡長心裡有事，「你要是不樂意上屋裡去，咱們就在這兒聊聊。」說著，就把院門掩上了。

白巡長悔恨自己竟然起了殺人的念頭，也埋怨自己勇氣不足，下不去手。他只好把心事抖摟出來，讓瑞宣給拿個主意。於是，急急忙忙，一五一十地把事情告訴了瑞宣。瑞宣聽了他的話，半天沒言語。白巡長的遭遇就是許多、許多北平人的遭遇；他的話也說出了大家的心思。老百姓是不甘心受日本人奴役的，他們要反抗。可是幾千年來形成的和平、守法思想，束縛了他們的手腳，使他們力不從心。瑞宣理解白巡長的心情，勸他不必單槍匹馬去殺日本人，最好是跟大家同心合力，做點地下工作。能不能跟白巡長提錢先生和老三呢？他思忖再三，覺得還是應該多加小心，開頭只說自個兒，不提錢先生和老三。

瑞宣試著步兒慢慢地說，白巡長聽得很仔細。他聽了一會兒，打斷了瑞宣的話：「祁先生，你要說什麼——就痛痛快快說吧。我不會去當走狗，出賣朋友。我沒了生路，只想宰他幾個日本人，然後一抹脖子了事。不能為了幾塊錢出賣朋友。你要不信，我可以起誓。」

瑞宣心裡一塊石頭落了地，跟他說了實話。「白巡長，咱倆能做的事兒，理當比錢先生還多。錢先生能做到，咱倆為什麼做不到？幹吧！怎麼樣？我知道你沒了進項，沒了活路，那好辦。但凡我有的，就有你一份，這不在話下。沒準兒老三也能幫你拿點主意。咱們今天一塊幹，明兒個要是給逮起來，可不能做孬種。古人說過，人生自古誰無死，留取丹心照汗青嘛。」

「你說得有理。讓我先幹點兒什麼好呢？」白巡長毫不猶豫地說。

「我跟錢先生和老三已經多日不見了，我不能上那小廟裡去，我懷疑金三。那天他忽然跑來看我，到底是什麼意思？要是錢先生又讓人給逮了去，日本人準會把明月留在廟裡當誘餌，好逮老三和別的人。我上那兒去很不方便，你敢不敢去走一趟？」

「瞧，這不是，」白巡長慘笑了一下，打大襟裡把菜刀掏了出來。「我原本就想拚了，還有什麼不敢的呢？」

「用不著拿菜刀，」瑞宣也笑了，「你上廟裡去最合式。你有眼力，一眼就能看得出來到底該不該進去。明月和尚不認識你，這又是個好條件。你們倆誰也不認識誰，見了面不會在無意之間露出點什麼破綻讓人家發現。該不該往廟裡進，你到那兒掂量著辦。你要是真的進了廟裡，千萬可別跟和尚說話。得假裝求神討籤，還得裝得真像那麼回事。先到佛前磕個頭，禱告禱告，說你丟了差事，問問前途凶吉。等你搖出籤來，到佛龕上去拿籤帖的時候，記住一定要拿最下面的那一張。那上頭寫著咱們要知道的事兒。有了那張帖兒，老三的下落也就有了。還有——你拿到那張帖兒，千萬別直接給我送來。我到白塔寺廟會上去見你。得找個人多的地方見面，比如說，那些變戲法的，賣估衣的地方，得找這樣的地方。」

「這事兒我能辦。」白巡長高興起來。

「我知道你必能辦到。還有，你得做點兒小買賣什麼的，哪怕是賣點兒花生呢，也好。這麼著，丁約翰就不會懷疑你。你得常去他那兒走走，跟他聊聊天，恭維恭維他的基督精神。一句話，你得哄著他點兒，別讓他再懷疑你，跑去報告。」

「好吧，祁先生，我又活了，哪怕過兩天就得去死呢，我也感你的恩。」白巡長藏起刀，伸手要開街門，準備出去。

「你要是讓人逮住，哪怕粉身碎骨，也不能連累別人。」瑞宣又低聲告誡他。

白巡長點了點頭，而後打開了街門。他把菜刀送回家，一徑上了小廟。他耷拉著腦袋走近小廟，打眼角往四下裡瞅。廟門開著，院子裡，佛堂裡都沒個人影兒。他走到廟門旁邊，想買股香拿著，像個求神討籤的樣子。

忽然瞧見金三爺在廟門外不遠的地方蹲著。他認得金三的紅鼻子和大方腦袋。他咳了一聲，金三一下子蹦了起來。白巡長挺神氣地笑了笑，說：「混得不錯吧，金三爺？」他態度親切，絲毫不顯莽撞，只有當過多年警察的人，才能做得這麼自然。

「怎麼啦？您是誰？」金三不知所措了。

「不記得我啦？」白巡長做得像個老相識。「我姓白，家離小羊圈不遠。」

小羊圈三個字，像把刀子捅進了金三的心窩兒。

白巡長往西頭走，金三不知不覺地也跟著他走了過去。

金三的鼻子還是那麼紅，可是不亮了；原來油光珵亮的腦門發了暗，有了深深的紋路。眼皮紅紅的，像好多天沒睡覺似的。鞋上、肩膀上、褲子上都蒙了厚厚一層灰，彷佛他在街上已經站了好幾天，「找個地方坐坐，」白巡長說。

金三點了點他那四方腦袋。「嗯？」剛一坐下，金三就開了話匣子，彷佛他心裡憋了一肚子話，正等著機會蹦出來。哪怕來條狗衝他搖搖尾巴呢，他也會把心裡話跟牠說一說。「親家，我那親家，讓人逮去了，」他沒頭沒腦地說起來。

「錢先生？」白巡長說著，想起了七年前抓錢先生那會兒的事。「您怎麼知道的？」

「是他們告訴我的——他們日本人。哎，這一回我真是造了孽了！為了保住我的產業，好讓我閨女和外孫有口吃喝，我跟日本人去攀交情。結果呢，我只在廟門口張望了一下，他們就摸進廟裡，偷偷把我親家綁走了。而後，他們又哄我說，別發愁，虧待不了他。哼，七年前，日本人差點沒把他的脊樑骨給打折了。我不是人，我沒臉回家去見外孫子。我把他爺爺送進了虎口——還有什麼臉去見那孩子？」金三說了又說，想把憋在心裡的苦悶一氣兒抖摟出來。

「得想個法子搭救錢先生。」白巡長說著，指望金三能琢磨出點主意來。

「救他？那是當然。」金三打衣襟底下掏出一搭子票子。「我帶了錢來，一個勁兒在這兒轉悠，想把親家贖出來。要是這些錢還不夠，我可以賣房子，我捨得花錢。錢，房子算什麼！不管怎麼為難，我也得見上親家一面，告訴他我是個混蛋，簡直不是人。我知道，跟他一說，他明白了，一定饒了我。他是個有學問的人，通情達理。要是他們把他打死了，沒能當面跟他說清楚，我在九泉之下可怎麼跟他見面呢。我在棺材裡都不得消停。幫兄弟一把吧，幫兄弟一把——可憐可憐我吧。」

「我當然要幫忙。」

「怎麼個幫法呢？」金三樂意給錢，可是他得先知道，這筆錢究竟用在什麼地方。

「得先找到錢先生的朋友，然後，再一塊兒想辦法救他。」

「上哪兒打聽去呢？」

「上那小廟裡去。」

「好，我去，」金三說著，站了起來。

「等會兒，」白巡長也站了起來，攔住金三。「我去，您站在遠處瞅著點兒。萬一我被他們逮了去，您就帶個信兒給瑞宣。」

「好吧，」金三臉上有了點血色。雖說救錢先生的事兒八字還沒有一撇兒，可他總算有了指望。他給了白巡長幾張票子。「拿著，你要是不肯收，我就是狗養的。你這是為我的親家辦事，我不能讓你自個兒掏錢買吃喝。」

第九十五章 禍事

錢少奶奶雙手托腮，坐在門口的台階上。不過是幾個鐘頭以前的事情，她卻彷彿已經記不清楚了。她費盡心思想了又想，結結巴巴地說：「他說是出去買點兒零嘴——」

「後來呢？快說呀，」金三爺不耐煩起來。

「出去了——半天沒回來。」

「你幹嗎讓他自個兒出去？」

她不想分辯，「我以為他在大門裏邊吃邊玩呢。過了一會兒，我有點不放心，跑出來瞧。他沒在，我到大街上去找他，找了又找——喊了又喊，」她又低下了頭。

金三爺也在台階上坐了下來。他忍住氣，靜下心來思索。想了半天，把幾天來的事兒跟閨女說了一遍，說不定從這些亂七八糟的事情裡能看出點眉目，找出丟孩子的原因來。錢少奶奶聽爸爸這麼一說，噌的一下站了起來。「準是讓日本鬼子給偷去了！」

「日本鬼子？」

「他們把我公公逮去了，又把我兒子偷走了。老爺子就是鐵打的心腸，見孩子受委屈也得心軟，只好叫說什麼就說什麼了。他們會把我那孩子折磨死！您倒好——為了三所房子，絕了錢家的後！」

金三一句話也說不出來。他筋疲力盡，又氣又羞，迷迷糊糊衝著院牆發楞。

第二天，白巡長來了。他告訴金三，錢先生果真下了牢，不過還沒有受刑。

這是從小廟裡拿來的籤帖上得來的消息。還有些別的話，他不能都告訴金三。

「哦——他沒受刑？」金三露出了笑臉。

「哼——日本鬼子馬上就要完蛋，不敢亂來了。他媽的——！都是些欺軟怕硬的東西！」

「可我的外孫子丟了，」金三又沒了笑意。

「丟了？」白巡長楞住了。

「丟了。」

「也是日本人幹的？」

金三無話可答。他只想抽自己的嘴巴，可他的胳臂沉得舉不起來。呆呆的，他坐了好一陣，然後問道：「您能給打聽打聽嗎？」

白巡長知道自己沒處可打聽去，而又不願意把話說死，讓金三絕望。「我試試，盡力而為吧！」

白巡長走了。他知道金家這場禍事不小，自己無能為力。還是忙自個兒的事情為妙。瑞宣和他已經把籤兒上的意思弄明白了：

第一，錢先生下了牢，不過還沒有受刑，日本人想拉攏他；第二，明月和尚目前不便多活動，老有特務盯著；第三，瑞全的工作重點在城外，不能常回北平來；第四，瑞宣應當接替錢先生，當好地下報刊的編輯，想法把稿件送出城去。得找個腿腳利索的人。

瑞宣樂意當編輯，而白巡長也樂意跑腿。他倆都知道這個事弄不好就會掉腦袋，不過倆人都毫不遲疑的把擔子擔了起來。倆人銜著籤兒出了一會兒神，又相對笑了一笑，彷彿在說：「要是非死不可，這麼著去死最痛快，也最值。」

白巡長每天把稿件送出城去，而後帶回報紙來。他化裝成做小買賣的，天天走不同的路線。他常上小羊圈來，卻不是找瑞宣。他和瑞宣商量好，不在小羊圈附近碰頭。他每次上小羊圈，都是找丁約翰。他跟丁約翰絮叨他的買賣、他的難處，還有別的雞毛蒜皮的事兒，好讓丁約翰不懷疑他。只要丁約翰不懷疑他，小羊圈就沒別人會造他的謠。

錢少奶奶天天上街找兒子。她的生命分成了兩半兒，一半已經死去，另一半還活著。她跟死人一樣不吃不喝，不管家務。只有當她跑遍全城，呼喚兒子的時候，才有了生命。她四下奔走，只要看見跟她兒子身量相仿的孩子，馬上跑過去看個仔細，常常嚇孩子一大跳。一看不是兒子，她一聲不出，極輕地在孩子頭上拍一拍就走開了。

一天找下來，累得渾身都散了架，任憑兩條腿把她拖回家去。她不跟爸爸說話，好像他已經不是她爸爸了。到了夜裡，她跪在院子裡禱告：「孩子他爹，保佑保佑你那兒子吧。」她只會說這一句，反反覆覆，說了又說。

金三時常把他那大拳頭攥得緊緊的，攥得骨節格格發響。他僱了些人來幫他找孩子。那些僱來的人敲著銅鑼，大聲吆喝著走遍大街小巷。他還叫人寫了許多尋人啟事，到城裡各處去張貼。

日本人對他說，錢先生在獄裡很受優待，叫他別擔心。日本人還說，他和他閨女最好一起寫封信，勸錢先生別固執。只要錢先生肯跟日本人合作，不但錢先生能做大官，連他金三也能得著好處。

金三打聽外孫子的下落。日本人只微微一笑，不搭話。他明白孩子八成是讓日本人給弄了去了，錢先生若是不答應他們的條件，他們就要對孩子下毒手。金三只好答應給錢先生寫信。要是信能起作用，孩子目前也許不至於遭罪。他求人寫了封信，交給了日本人。

信一送出去，他後了悔。他知道親家的脾氣多硬，多倔。要是錢先生見信後還不肯跟日本人合作，那金三不就是把孩子往死裡送了嗎？

他又去求日本人讓他見見錢先生。他想，只要見了親家的面，他就可以把一切都說清楚，求得原諒；然而日本人一個勁兒地搖頭。

第九十六章　忠順奴才的下場

德國無條件投降了。

北平的報紙不敢議論德國投降的原因，竭力轉移人們的注意力，大講皇軍要作戰到底，哪怕盟軍打到日本本土，也決不屈服。這種「聖戰」的濫調天天都在彈，彈了又彈。住在北平的日本人使出全身解數，要跟中國人交朋友。他們如今這樣做並不是秉承了上司的旨意，而是自個兒的主張。有的日本人死皮賴臉地巴結著要跟中國人拜把兄弟，有的認個北平的老太太當「乾娘」。

在這麼個時候，日本軍方也不得不表示寬容，把一些還沒有死俐落的犯人放了出去。他們還打監牢裡挑出幾個沒打折骨頭的敗類，要他們寫悔過書，然後打發他們去內地探聽和平的消息，散佈和平的謠言。說：「皇軍是愛好和平的，如果中日兩國立即締和，攜起手來對英美作戰，豈不大大的好？」

日本人以外，最著忙的是漢奸。他們最會見風使舵。德國一投降，他們就亂了營。有的宣佈跟老婆離婚，萬一自個兒難逃法網，起碼老婆孩子的產業能保住。有的偷偷把孩子送往內地，腳踩兩隻船，好減輕自己賣國的罪責。有的把親友送到內地工作，用「曲線救國」的鬼話，掩蓋他們附逆投降的醜行。

就說小羊圈吧，教育局的牛局長住在門口有四棵大柳樹的宅院裡，從來不承認自己是漢奸，這下子也沉不住氣了。他不能再埋頭於書堆和實驗儀器之間，想偷偷溜出北平。他只走到前門車站，就讓日本人抓了回來，下了牢。

仗著這一陣寬容之風，說相聲的黑毛兒方六也打牢裡放了出來。

小羊圈的街坊鄰居，對牛局長的被捕，毫不理會，對方六的出獄，卻大為轟動。大家一窩蜂把方六圍上，七嘴八舌地給他壓驚。雖說他被捕的時候大家沒勇氣聯名保他，可是他出來了，大家決不能冷落了他。

方六已經不是早先大家熟悉的方六了。他下過牢，見識過死亡和刑罰，已經不會說說笑笑了。為了掙錢吃飯，他很快又說上了相聲，可是，來來去去，總是耷拉著腦袋。他不能回電台，茶館也不肯再僱他。他只能到天橋和東西兩廟去撂地，掙幾個銅子兒。

不論是在天橋，還是在別的什麼地方，他總能運用最尖刻的語言來宣洩胸中的憤恨。他不光會逗眼，還會見景生情，把時事材料「現掛」到相聲段子裡去，激發聽眾的愛國情懷。

他能用隱語和冷嘲熱諷，引起聽眾的共鳴。他每次說相聲，裡三層，外三層，人擠得水洩不通。能激起人們的仇恨，給人以力量的相聲，的確很受歡迎。他還常去找瑞宣，要他給解釋報上的新名辭兒，講講他看不懂的新聞。

瑞宣樂意當義務教員，可是不讓方六常上門來。最好是趁瑞宣上下班的時候，在街上碰頭，利用走道的時候說說話。瑞宣已經接替錢先生，負責編輯地下報刊，所以得加倍小心。

要是方六到家裡來，讓丁約翰碰上，就許出事兒。

瑞宣喜歡方六，討厭丁約翰。丁約翰自從知道了德國投降的消息以後，就常來看瑞宣。瑞宣最怕他碰上自己在寫稿子，然而又不敢不讓他來，只好推說太忙。

在丁約翰看來，德國必是英國給打敗的。他對國際事務的知識很欠缺，然而又自有他的一孔之見。

除了英國，丁約翰最佩服的就數德國。他佩服德國人，主要原因恐怕跟德國製造的自行車和化學染料有關係。他在言談之中總愛說上一句：「英國貨而外，德國牌子最靠得住。」他說這話，為的是顯排他也懂得國際上的事。提到德國，他必定要在前邊兒加個「老」字，彷彿他和德國早就是街坊老鄰了。

丁約翰不能不跟瑞宣維持著交情，那是他的老本兒！要是英國府又重打鼓另開張，而瑞宣跑去訴說，他跟日本人有過一手——那他還受得了？

他跟瑞宣講英國如何了不起，比德國強大得多。他還想引出瑞宣的看法，直問：「要是日本也戰敗了，我們是不是應當把北平所有的日本人都殺了呢？」

瑞宣一聲不吭，恨不得一腳把丁約翰踢出門去。

丁約翰見瑞宣不言語，以為自己說對了，很快又補了一句：「我在小羊圈，大小也算個里長，走著瞧吧。我要不給一號和三號那些人點顏色看看，才怪呢。祁先生，您可是親眼看見的，我自始至終都是英國府的人。等富善先生回來，我還回去伺候他老人家。您說是不是？」

瑞宣明白他要是說一聲「是」，丁約翰就會點頭哈腰求瑞宣照應，好像他回不回得去英國府，全仗著瑞宣一句話；而要是說聲「不」呢，丁約翰又會絮絮叨叨要他給說個明白。他絕不想跟這麼個走狗多廢話。

程長順給瑞宣帶了個消息來。他說日本人開始賣東西了。長順不樂意跟日本人做買賣，沒跟他們買什麼。可是他們招攬過他，別的打鼓兒的也真的買過日本人的東西。「祁先生，這麼說日本鬼子真的快完蛋了。他們忙著要把零碎東西賣掉，換點現錢好回日本去。」

瑞宣認為長順說得不錯。

「祁先生，您注意到沒有，打從德國投了降，」長順齉著鼻子說，「日本人就改了樣。直衝咱們鞠躬，陪笑。您瞧，三號老關著大門，好像怕人家進去宰了他們。」

有一天，瑞宣意外地收到一封信，雖說署的是假名，可他一眼就看出是老三的筆跡。他奇怪，老三居然敢直接把信寄到家裡來。以往老三的信總是通過秘密渠道送來，從來不經過郵局。才讀了幾行，他就放了心。就是碰上檢查，這麼一封信也挑不出毛病來。

「我在落馬湖見著胖嫂，她帶的東西都給沒收了，只好賣她那身胖肉度日。她長了一身爛瘡，手指頭縫都流著膿。我不可憐她，也犯不著去罵她，她會爛死在這兒。」

瑞宣知道胖嫂指的就是胖菊子，雖說他不知道落馬湖在哪兒，從字裡行間可以看出那不是個體面地方。他問方六，方六告訴他，那是天津最下等的窯子窩兒。

北平的日本人忙於認乾娘，賣東西，在日本的中國人卻千方百計找路子回中國。日本本土給轟炸得很厲害，在日本的中國人，不論是漢奸，還是留學的學生，都怕葬身日本，怕破財。見了炸彈，他們就想起祖國來了。

在北平，原來削尖腦袋鑽著想去日本的人，也怕到日本去出差，開會了。他們能推就推，能賴就賴，想方設法，就是不去。性命最要緊，不能上那彈如雨下的地方去找死。唯獨藍東陽還是一心一意想去日本。他病了好長時間。在他生病期間，一個日本大夫，一個日本護士看守著他，日本大夫是軍方派來的，有生殺大權。要是藍東陽在說胡話的時候說上一兩句不滿意日本人的話，大夫就會餵他點兒毒藥，叫他兩眼扯得上去再也落不下來。可東陽就是在燒得說胡話的時候，都在喊「天皇萬歲！」大夫護士受了感動，很替他向上美言了一番，誇他是個最最忠於天皇的中國人。他們小心翼翼地看護他，盡了一切力量治好他。他全身每一處都用 X 光拍了照，片子送回日本作科研材料，看看他的心、肝、腦子和肺有些什麼特殊構造，怎麼能這麼效忠於日本。

東陽還是怕瑞全的子彈會送他的命。病一好，他立時想到日本去，躲開瑞全的槍子兒。

因為病，他那新民會處長的職務已經給了別人。他對這倒無所謂，因為日本大夫和護士都告訴過他，要是上日本去，做的官還要大，他們的話還能不信？

牛局長被捕，教育局的局長出了缺。日本人想起了藍東陽。他是他們忠順的奴才，馴服的狗。他有功績紀錄在案，絕對可靠。

是呀，東陽樂意當教育局長。不過他得先上一趟日本，名義上是考察日本的教育。要是他去了日本，而瑞全又給抓起來殺了，他豈不就可以放心大膽地回來，太太平平地當他的局長了嗎？再說，沒準兒，他在日本興許還能弄個日本老婆呢，那他豈不就成了日本的皇家女婿啦？

藍東陽上了日本。

去給他送行的人都撲了空，因為他化了裝，由兩個便衣保護著，夜裡悄悄離開了北平。他怕上了火車站，讓一大群人鬧哄哄地圍著，瑞全一下子就會認出他來，給他一槍。

那些買了禮物準備給他送行的人，在他走了以後，都歎著氣，面面相覷地說：「還是人家藍東陽厲害！日本天天挨炸，他倒還敢往那兒跑。哼，瞧瞧咱們吧，咱們是又想吃，又怕燙。像咱們這樣兒的，一輩子也發不了。」他們萬萬沒有想到，東陽到日本是有去無回，連塊屍骨都找不著了！

藍東陽和中華民族五千年的文化毫不相干。他的狡猾和殘忍是地道的野蠻。他屬於人吃人，狗咬狗的蠻荒時代。日本軍閥發動侵略戰爭，正好用上他那狗咬狗的哲學，他也因之越爬越高。

他和日本軍閥一樣，說人話，披人皮，沒有人性，只有狡猾和殘忍的獸性。

他從來不考慮世界應該是什麼樣子，他不過是隻蒼蠅——吸了一滴血，或者吃塊糞便，就心滿意足。世界跟他沒關係，只要有一口臭肉可吃，世界就是美好的。

科學突飛猛進，發明了原子彈。發現原子能而首先應用於戰爭，這是人類的最大恥辱。由於人類的這一恥辱，藍東陽碰上了比他自己還要狡詐和殘忍的死亡武器。他沒能看到新時代的開端，而只能在舊時代——那人吃人，狗咬狗的舊時代裡，給炸得粉身碎骨。

第九十七章　孩子的眼

如果孩子的眼睛能夠反映戰爭的恐怖，那麼妞子的眼睛裡就有。因為餓，她已經沒有力氣跑跑跳跳。她的脖子極細，因而顯得很長。儘管臉上已經沒有多少肉，這又細又長的脖子卻還支撐不起她那小腦袋。她衣服陳舊，又太短，然而瞧著卻很寬鬆，因為她瘦得只剩了一把骨頭。看起來，她已經半死不活了。

她說不吃共和麵的時候，那眼神彷彿是在對家裡人說，她那小生命也自有它的尊嚴：她不願意吃那連豬狗都不肯進嘴的東西。她既已拿定主意，就決不動搖。誰也沒法強迫她，誰也不會為了這個而忍心罵她。她眼睛裡的憤怒，好像代表大家表達了對侵略戰爭的憎恨。

發完了脾氣，她就半睜半閉著小眼，偷偷瞟家裡的人，彷彿是在道歉，求大家原諒她，她不會說：「眼下這麼艱難，我不該發脾氣。」她的眼神裡確實有這個意思。然後，她就慢慢閉上眼睛，把所有的痛苦都埋在她那小小的心裡。

雖說是閉上了眼，她可知道，大人常常走過來看她，悄悄地歎上一口氣。她知道大人都可憐她，愛她，所以她拚命忍住不哭。她得忍受痛苦。戰爭教會她如何忍受痛苦。

她會閉上眼打個小盹，等她再睜開眼來，就硬擠出一絲笑容。她眨巴著小眼，自個兒騙自個兒——妞妞乖，睜眼就知道笑。她招得大傢伙兒都愛她。

要是碰巧大人弄到了點兒吃食給她，她就把眼睛睜得大大的，以為有了這點兒吃的，就能活下去了。她的眼睛亮了起來，彷彿她要唱歌——要讚美生活。

吃完東西，她的眼睛像久雨放晴的太陽那樣明亮，好像在說：「我的要求並不多，哪怕吃這麼一小點兒，我也能快樂地活下去。」這時候，她能記起奶奶講給她聽的故事。然而她眼睛裡的笑意很快就消失了。她沒吃夠，還想吃。那塊瓜，或者那個燒餅，實在太小了。為什麼只能吃那麼一丁點兒呢？為什麼？可是她不問。她知道哥哥小順兒就連這一小塊瓜也還吃不上呢。

瑞宣不敢看他的小女兒。英美的海軍快攻到日本本土了，他知道，東方戰神不久也會跟德國、意大利一樣無條件投降。該高興起來了。然而，要是連自己的小閨女都救不了，就是戰勝了日本，又怎麼高興得起來呢？人死不能復生，小妞子犯了什麼罪，為什麼要落得這麼個下場？

祁老人，現在什麼事都沒有力氣去照應，不過還是掙扎著關心妞妞。最老的和最小的總是心連心的。每當韻梅弄了點比共和麵強的吃食給他，老人看都不看就說：「給妞子吃，我已經活夠了，妞子她——」接著就長嘆一口氣。他明白妞子就是吃了這口東西，也不見得會壯起來。他想起死了的兒子，和兩個失了蹤的孫子。要是四世同堂最幼小的一代出了問題，那可怎麼好！他晚上睡不著的時候，老是禱告：「老天爺呀，把我收回去，收回去吧，可是千萬要把妞子留給祁家呀！」

韻梅那雙作母親的眼睛早就看出了危險，然而她只能低聲歎息，不敢驚動老人。她會故意做出滿不在乎的樣子說：「沒事兒，沒事兒，丫頭片子，命硬！」

話是這麼說，可她心裡比誰都難過。妞子是她的閨女。在她長遠的打算裡，妞子是她一切希望的中心。她閉上眼就能看見妞子長大成人，變成個漂亮姑娘，出門子，生兒育女——而她自個兒當然就是既有身分又有地位的姥姥。

小順兒當然是個重要的人物。從傳宗接代的觀點看，他繼承了祁家的香煙。可他是個男孩子，韻梅沒法設身處地仔細替他盤算。妞子是個姑娘，韻梅能根據自己的經驗為妞子的將來好好安排安排。母女得相依為命哪。

妞子會死，這她連想都不敢想。說真的，要是妞子死了，韻梅也就死了半截了。說一句大不孝的話吧——即便祁老人死了，天祐太太死了，妞子也必須活下去。老人如同秋天的葉子——時候一到，就得落下來，妞子還是一朵含苞未放的鮮花兒呢。韻梅很想把她摟在懷裡，彷彿她還只有兩三個月大。在她撫弄妞子的小手小腳丫的時候，她真恨不得妞子再變成個吃奶的小孩子。

妞子總是跟著奶奶。那一老一少向來形影不離。要是不照看，不哄著妞子，奶奶活著就一點兒用處也沒有了。韻梅沒法讓妞子離開奶奶。有的時候，她真的妒忌起來，恨不得馬上把妞子從天祐太太那兒奪過來，可她沒那麼辦。她知道，婆婆沒閨女，妞子既是孫女，又是閨女。韻梅勸慰婆婆：「妞子沒什麼大不了的，沒有大病。」彷彿妞子只是婆婆的孫女，而不是她身上掉下來的肉。

當這條小生命在生死之間徘徊的時候，瑞宣打老三那兒得到了許多好消息，作為撰稿的材料，且用不完呢。美國的第三艦隊已經在攻東京灣了，蘇美英締結了波茨坦協定，第一顆原子彈也已經在廣島投下。

天很熱。瑞宣一天到晚汗流浹背，忙著選稿、編輯、收發稿件。他外表雖然從容，可眼睛放光，心也跳得更快了。他忘了自己身體軟弱，只覺得精力無限，一刻也不肯休息。他想縱聲歌唱，慶祝人類最大悲劇的結束。

他不但報導勝利的消息，還要撰寫對於將來的展望。經過這一番血的教訓，但願誰也別再使用武力。不過他並沒有把這意思寫出來。地下報刊篇幅太小，寫不下這麼多東西。

於是他在教室裡向學生傾訴自己的希望。人類成了武器的奴隸，沒有出息。好在人類也會冷靜下來，結束戰爭，締結和議。要是大家都裁減軍備，不再當武器的奴隸，和平就有指望了。

然而一見妞子，他的心就涼了。妞子不容許他對明天抱有希望。他心裡直禱告：「勝利就在眼前，妞子，你可不能死！再堅持半年，一個月，也許只要十天——小妞子呀，你就會看見和平了。」

祈求也是枉然，勝利救不了小妞子。勝利是戰爭的結束，然而卻無法起死回生，也無法使瀕於死亡的人不死。當妞子實在沒有東西可吃，而只能嚥一口共和麵的時候，她就拿水或者湯把它沖下肚裡去。共和麵裡的砂子、穀殼卡在闌尾裡，引起了急性闌尾炎。

她肚子陣陣絞痛，彷彿八年來漫長的戰爭痛苦都集中到這一點上了，痛得她蜷縮成一團，渾身冒冷汗，舊褲子、小褂都濕透了。她尖聲叫喊，嘴唇發紫，眼珠直往上翻。

全家都圍了來，誰也不知道該怎麼辦。打仗的年頭，誰也想不出好辦法。

祁老人一見妞子挺直身子不動了，就大聲喊起來：「妞子，乖乖，醒醒，妞子，醒醒呀！」妞子的兩條小瘦腿，細得跟高粱棹似的，直直地伸著。天祐太太和韻梅都衝過去搶她，韻梅讓奶奶佔了先。天祐太太把孫女抱在懷裡不住地叫：「妞子，妞子！」小妞子筋疲力竭，只有喘氣的份兒。

「我去請大夫，」瑞宣好像大夢初醒，跳起來就往門外奔。

又是一陣絞痛，小妞子在奶奶懷裡抽搐，用完了她最後一點力氣。天祐太太抱不動她，把她放回到床上。

妞子那衰弱的小身體抗不住疾病的折磨，幾度抽搐，她就兩眼往上一翻，不再動了。

天祐太太把手放在妞子唇邊試了試，沒氣兒了。妞子不再睜開眼睛瞧奶奶，也不再用她那小甜嗓兒叫「媽」了。

天祐太太出了一身冷汗，伸出去的手停在半空。她動不了，也哭不出。她迷迷忽忽站在小床前，腦子發木，心似刀絞，連哭都不知道哭了。

一見妞子不動了，韻梅撲在小女兒身上，把那木然不動，被汗水和淚水浸濕了的小身子緊緊抱住。她哭不出來，只用腮幫子挨著小妞子的胸脯，發狂地喊：「妞子，我的肉呀，我的妞子呀，」小順兒大聲哭了起來。

祁老人渾身顫抖，摸摸索索坐倒在一把椅子裡，低下了頭。屋子裡只有韻梅的喊聲和小順兒的哭聲。

老人低頭坐了許久，許久，而後突然站了起來，他慢慢地，可是堅決地走向小床，搬著韻梅的肩頭，想把她拉開。

韻梅把妞子搶得更緊了。妞子是她身上掉下來的肉，她恨不得再和小女兒合為一體。

祁老人有點發急，帶著懇求的口吻說：「一邊去，一邊去。」韻梅聽了爺爺的話，發狂地叫起來：「您要幹什麼呀？」老人又伸手去拽她，韻梅一屁股坐在了地上，老人抱起小妞子，一面叫：「妞子，」一面慢慢往門外走。「妞子，跟你太爺爺來。」妞子不答應，她的小腿隨著老人的步子微微地搖晃。

老人踉踉蹌蹌地抱著妞子走到院裡，一腦門都是汗。他的小褂只扣上了倆個扣，露出了硬繃繃乾癟癟的胸膛。他在台階下站定，大口喘著氣，好像害怕自己會忘了要幹什麼。他把妞子抱得更緊了，不住的低聲呼喚：「妞子，妞子，跟我來呀，跟我來！」

老人一聲聲低喚，叫得天祐太太也跟著走了出來。直楞楞的，她朝前瞅著，殭屍一樣癡癡地走在老人後面，彷彿老人叫的不是妞子，而是她。

韻梅的呼號和小順兒的哭聲驚動來了不少街坊。

丁約翰是里長，站在頭裡。從他那神氣看來，到了該說話的時候，他當然是頭一個張嘴。

四大媽的眼睛快瞎了，可她那樂於助人的熱心腸，誠懇待人的親切態度，還和往日一樣。她拄著一根拐棍兒，忙著想幫一把手，好像自從「老東西」死了以後，她就得獨自個承擔起幫助四鄰的責任來了。

程長順抱著小凱，站在四大媽背後。他如今看著像個中年人了。小凱子雖說不很胖，可模樣挺周正。

馬老寡婦沒走進門來。祁家的人為什麼忽而一齊放聲大哭起來，她放心不下。然而她還是站在大門外頭，耐心等著長順出來，把一切告訴她。

相聲方六和許多別的人，都靜悄悄站在院子裡。

祁老人邁著堅定的步子，走得非常慢。他怕摔，兩條腿左一拐，右一拐地，快不了。

瑞宣領著大夫忙著闖進院子。他繞過影壁，見街坊四鄰擠在院子裡，趕緊用手推開大家，一直走到爺爺跟前。大夫也走了過來，拿起妞子發僵了的手腕。

祁老人猛然站住，抬起頭來，看見了大夫。「你要幹什麼？」他氣得喊起來。

大夫沒注意到老人生氣的模樣，只悄悄對瑞宣說，「孩子死了。」

瑞宣彷彿沒聽見大夫說的話，他含著淚，走過去拉住爺爺的胳臂。大夫轉身回去了。

「爺爺，您把妞子往哪兒抱？她已經——」那個「死」字堵在瑞宣的嗓子眼裡，說不出來。

「躲開！」老人的腿不聽使喚，可他還是一個勁兒往前走。「我要讓三號那些日本鬼子們瞧瞧。是他們搶走了我們的糧食。他們的孩子吃得飽飽的，我的孫女可餓死了。我要讓他們看看，站一邊去！」

第九十八章　日本投降

祁老人掙扎著走出院子的時候，三號的日本人已經把院門插上，搬了些重東西頂住大門，彷彿是在準備巷戰呢！他們已經知道了日本投降的事。

他們害怕極了。日本軍閥發動戰爭的時候，他們沒有勇氣制止。仗打起來了，他們又看不到侵略戰爭的罪惡，只覺著痛快、光榮。他們以為，即便自己不想殺人，又有多少中國人沒有殺過日本兵呢？

他們把大門插好，頂上，然後一起走進屋去，不出聲地哭。光榮和特權刷地消失了，戰爭成了惡夢一場。他們不得不放棄美麗的北平，漂亮的房子與優裕的生活，像囚犯似的讓人送回國去。要是附近的中國人再跑來報仇，那他們就得把命都丟在異鄉。

他們一面不出聲地哭泣，一面傾聽門外的動靜。如果日本投降的消息傳到中國人耳朵裡，難道中國人還不會拿起刀槍棍棒來砸爛他們的大門，敲碎他們的腦袋？他們想的不是發動戰爭的罪惡，而是戰敗後的恥辱與恐懼。他們頂多覺得戰爭是個靠不住的東西。

一號的日本老婆子反倒把她的兩扇大門敞開了。門一開，她獨自微笑起來，像是在說：「要報仇的就來吧。我們欺壓了你們八年，這一下輪到你們來報復了。這才算公平。」

她站在大門裡頭瞧著門外那棵大槐樹，日軍戰敗的消息並不使她感到愉快，可也不覺著羞恥。她自始至終是反對戰爭的。她早就知道，肆意侵略的人到頭來準自食其果。她靜靜地站在門裡，悲苦萬分。戰爭真是停下來了，然而死了成千上萬的該怎麼著呢！

她走出大門來。她得把日本投降的消息報告給街坊鄰居。投降沒有什麼可恥，這是濫用武力的必然結果。不能因為她是日本人，就閉著眼睛不承認事實。再說，她應當跟中國人做好朋友，超越復仇和仇恨，建立起真正的友誼。

一走出大門，她自然而然地朝著祁家走去。她認為祁老人固然代表了老一輩的尊嚴，而瑞宣更容易瞭解和接近。瑞宣能用英語和她交談，她敬重，喜愛他的學識和氣度。她的足跡遍及全世界，而瑞宣沒有出過北平城；但是凡她知道的，他也全明白。不，他不但明白天下大勢，而且對問題有深刻的認識，對人類的未來懷有堅定的信心。

她剛走到祁家大門口，祁老人正抱著妞子轉過影壁。瑞宣攙著爺爺。日本老太婆站住了，她一眼看出，妞子已經死了。她本來想到祁家去報喜，跟瑞宣談談今後的中日關係，沒想到看見一個半死的老人抱著一個死去了的孩子——正好像一個半死不活的中國懷裡抱著成千上萬個死了的孩子。勝利和失敗有什麼區別？勝利又能帶來什麼好處？勝利的日子應該詛咒，應該哭。

投降的恥辱並不使她傷心，然而小妞子的死卻使她失去自信和勇氣。她轉過身來就往回走。

祁老人的眼睛從妞子身上挪到大門上，他已經認不得這個他邁進邁出走了千百次的大門，只覺得應當打這兒走出去，去找日本人。這時，他看見了那個日本老太婆。

老太婆跟祁老人一樣，也愛好和平，她在戰爭中失去了年輕一輩的親人。她本來無需感到羞愧，可以一徑走向老人，然而這場侵略戰爭使黷武分子趾高氣揚，卻使有良心的人慚愧內疚。甭管怎麼說，她到底是日本人。她覺得自己對小妞子的死也負有一定的責任。她又往回走了幾步。在祁老人面前，她覺得自己有罪。

祁老人，不加思索就高聲喊起來：「站住！你來看，來看看！」他把妞子那瘦得皮包骨的小屍首高高舉起，讓那日本老太婆看。

老太婆呆呆地站住了。她想轉身跑掉，而老人彷彿有種力量，把她緊緊地定住。

瑞宣的手扶著爺爺，低聲叫著：「爺爺，爺爺。」他明白，小妞子的死，跟一號的老太婆毫不相干，可是他不敢跟爺爺爭，因為老人已經是半死不活，神志恍惚了。

老人仍然蹣跚著朝前走，街坊鄰居靜靜地跟在後面。

老太婆瞧見老人走到跟前，一下子又打起了精神。她有點兒怕這個老人，但是知道老人秉性忠厚，要不是妞子死得慘，決不會這樣。她想告訴大家日本已經投降了，讓大家心裡好受一點。

她用英語對瑞宣說：「告訴你爺爺，日本投降了。」

瑞宣好像沒聽懂她的話，反覆地自言自語：「日本投降了？」又看了看老太婆。

老太婆微微點了點頭。

瑞宣忽然渾身發起抖來，不知所措地顫抖著，把手放在小妞子身上。

「他說什麼？」祁老人大聲問。

瑞宣輕輕托起小妞子一隻冰涼的小手，看了看她的小臉，自言自語地說：「勝利了，妞子，可是你——」

「她說什麼來著？」老人又大聲嚷起來。

瑞宣趕快放下小妞子的手，朝爺爺和鄰居們望去。他眼裡含著淚，微微笑了笑。他很想大聲喊出來：「我們勝利了！」然而卻彷彿很不情願似的，低聲對爺爺說：「日本投降了。」話一出口，眼淚就沿著腮幫子滾了下來。幾年來，身體和心靈上遭受的苦難，像千鈞重擔，壓在他心上。

雖說瑞宣的聲音不高，「日本投降」幾個字，就像一陣風吹進了所有街坊鄰居的耳朵裡。

大家立時忘記了小妞子的死，忘了對祁老人和瑞宣表示同情，忘了去勸慰韻梅和天祐太太。誰都想做點什麼，或者說點什麼。大家都想跑出去看看，勝利是怎樣一幅情景，都想張開嘴，痛痛快快喊一聲「中華民族萬歲！」連祁老人也忘了他原來打算幹什麼，呆呆地，一會兒瞧瞧這個，一會兒瞧瞧那個。悲哀、喜悅，和惶惑都摻和在一起了。

所有的眼光一下子都集中在日本老太婆身上。她不再是往日那個愛好和平的老太婆，而是個集武力、侵略、屠殺的化身。飽含仇恨怒火的眼光射穿了她的身體，她可怎麼辦呢？她無法為自己申辯。到了算賬的日子，幾句話是無濟於事的。她縱然知道自己無罪，可又說不出來。她認為自己應當分擔日本軍國主義者的罪惡。雖說她的思想已經超越了國家和民族的界限，然而她畢竟屬於這個國家，屬於這個民族，因此她也必須承擔罪責。

看著面前這些人，她忽然覺著自己並不瞭解他們。他們不再是她的街坊鄰居，而是仇恨她，甚至想殺她的人。她知道，他們都是些善良的人，好對付，可是誰敢擔保，他們今天不會發狂，在她身上宣洩仇恨？

韻梅已經不哭了。她走到爺爺身邊，抱過妞子來。勝利跟她有什麼關係？她只想再多抱一會兒妞子。

韻梅緊緊抱住妞子的小屍體，慢慢走回院子裡。她低下頭，瞅著妞子那灰白，呆滯，瘦得皮包骨的小尖臉，低聲叫道：「妞子！」彷彿妞子只不過是睡著了。

祁老人轉回身來跟她說：「小順兒他媽，聽見了嗎？日本投降了。小順兒他媽，別再哭了，好日子就要來了。剛才我心裡憋得難受，糊塗了。我想抱著妞子去找日本人，我錯了，不能這麼糟踐孩子。小順兒他媽，給妞子找兩件乾淨衣服，給她洗洗臉。不能讓她臉上帶著淚進棺材。小順兒他媽，別傷心了，日本鬼子很快就會滾蛋，咱們就能消消停停過太平日子了。你和老大都還年輕，還會再有孩子的。」

韻梅像是沒有聽見老人的勸慰，也沒注意到他是盡力在安慰她。她一步一步慢慢朝前挪，低聲叫著：「妞子。」天祐太太還站在院子裡，一瞧見韻梅，她就跟著走起來。她好像知道，韻梅不樂意讓她把妞子抱過去，所以在後面跟著。

李四大媽本來跟天祐太太站在一塊兒，這會兒，也就不加思索地跟著婆媳倆。三個婦女前後腳走進屋裡去。

影壁那邊，說相聲的方六正扯著嗓門在跟街坊們說話，「老街坊們，咱們今兒可該報仇了。」他這話雖是說給街坊鄰居們聽的，可眼睛卻只盯著日本老太婆。

大家都聽見了方六的話，然而，沒明白他的意思。北平人，大難臨頭的時候，能忍，災難一旦過去，也想不到報仇了。他們總是順應歷史的自然，而不想去創造或者改變歷史。哪怕是起了逆風，他們也要本著自己一成不變的處世哲學活下去。這一哲學的根本，是相信「善有善報，惡有惡報。」——用不著反擊敵人。瞧，日本人多凶——可日本投降了！八年的佔領，真夠長的！然而跟北平六、七百年的歷史比起來，八年又算得了什麼？——誰也沒動手。

方六直跟大家說：「咱們整整受了八年罪，天天提溜腦袋過日子。今兒個幹嘛不也給他們點兒滋味兒嘗嘗？就說不能殺他們，還不興啐口唾沫？」

一向和氣順從的程長順，同意方六的話。「說的是，不打不殺，還不興衝他們臉上啐口唾沫？」他嗚囔著鼻子，大喊一聲：「上呀！」

大家衝著日本老太婆一哄而上。她不明白大家說了些什麼，可看出了他們來得不善。她想跑，但是沒有挪步。她挺了挺腰板兒，乍著膽子等他們衝過來。她願意忍辱挨打，減輕自己和其他日本人的罪過。

瑞宣到這會兒一直坐在地上，好像失去了知覺。他猛然站起，一步跨到日本老太婆和大家中間。他的臉煞白，眼睛閃著光。他挺起胸膛，人彷彿忽地拔高了不少。他照平常那樣和氣，可是態度堅決地問道：「你們打算幹什麼？」誰也沒敢回答，連方六也沒作聲。中國人都尊重斯文。瑞宣合他們的口味，而且是他們當中唯一受過教育的。

「你們打算先揍這個老太婆一頓嗎？」瑞宣特別強調了「老太婆」三個字。

大家看看瑞宣，又看看日本老太婆。方六頭一個搖了搖頭。誰也不樂意欺侮一個老太婆。

瑞宣回過頭來對日本女人說：「你快走吧。」

老太婆歎了一口氣，向大家深深一鞠躬，走開了。老太婆一走，丁約翰過來了。

方六一見丁約翰過來，覺著自己有了幫手。自從德國戰敗以後，丁約翰就跟大家說過，只要日本一戰敗，就好好收拾收拾北平的日本人。

「約翰，你是什麼意思？咱們該不該上三號去，教訓教訓那幫日本人？」

「出了什麼事？」丁約翰還不知道勝利的消息。

「日本鬼子完蛋了，投降了，」方六低聲回答。丁約翰像在教堂裡說「阿門」那樣，把眼睛閉了一閉。二話不說，回頭就跑。

「你上哪兒去？」瑞宣問他。

「我——我上英國府去。」丁約翰大聲回答。

第九十九章 重逢

在重慶、成都、昆明、西安和別的許多城市裡，人們嚷呀，唱呀，高興得流著眼淚；北平可冷冷清清。北平的日本兵還沒有解除武裝，日本憲兵還在街上巡邏。

一個被征服的國家的悲哀和痛苦，是不能像桌子上的灰塵那樣，一擦就掉的。然而叫人痛快的是：日本人降下了膏藥旗，換上了中國的國旗。儘管沒有遊行，沒有鳴禮炮，沒有歡呼，可是國旗給了人民安慰。

北海公園的白塔，依舊傲然屹立。海子裡的紅荷花、白荷花，也照常吐放清香。天壇、太廟和故宮，依然莊嚴肅穆，古老的琉璃瓦閃爍著珵亮的光彩。

北平冷冷清清。在這勝利的時刻，全城一點動靜都沒有。只有日本人忙於關門閉戶，未免過於匆忙。

最冷清的莫過於祁家了。瑞宣把爺爺扶回屋裡，老人坐在炕沿兒上，攥著瑞宣的手。他想起八年來的種種困難，恨不得高聲大罵；想到死去的兒子、孫子、重孫女，又恨不得放聲痛哭。

他慢慢鬆開了瑞宣的手，又慢慢躺下了。瑞宣把小順兒叫進來，要他給太爺爺做伴。

這差事小順兒願意承擔。他不敢上妞子躺著的屋裡去，也不樂意一個人傻站在院子裡。沒了妞子，他不知道該上哪兒去。跟太爺爺一塊兒待著，總算有點事做。他乖乖地讓老人攥著他的手。

老人閉上眼睛，彷彿想要打個盹似的，小順兒的手熱乎乎的，一股熱氣順著胳臂一直鑽進老人的心裡。他覺著自己不但活著，而且還攥著重孫子的手——從戰爭中活過來的最老的和最小的——他像是在騰雲駕霧，身子也化到雲彩裡去了。他把小順兒的手攥得更緊了。小順兒以後可以安享太平，生兒育女，祁家世世代代，香煙不斷。他把小順兒的手越攥越緊，老手和小手合成了一體。老人睜開眼睛，好像要對小順兒說，你我是四世同堂的老少兩輩，咱倆都得活下去。只要咱倆能活下去，打仗不打仗的，有什麼要緊？即便我死了，你也得活得我這把年紀，當你那個四世同堂的老祖宗。小順兒看見老人睜開眼睛，想找兩句話說。他問：「太爺爺，您醒啦？」

老人沒回答，又把眼睛閉上，臉上浮起一絲笑容。

瑞宣在院子裡轉來轉去，繞了好幾個圈，打窗戶外向裡望了望，母親和媳婦還坐在床頭上瞧著妞子。眼淚一下子流了出來，他走開，站在棗樹下。

這當兒，白巡長和金三爺走進來。

白巡長跑得渾身是汗。他用一隻手擦腦門上的汗，把另一隻手伸向瑞宣。「喝，——祁先生，咱們勝利了！」他準備親親熱熱跟瑞宣握一握手，可一見瑞宣臉上那副難過的樣子，不由得把手縮了回去。「怎麼了，祁先生？」

瑞宣還沒搭話，金三爺就開了口：「祁先生，幫幫我吧。勝利了，還不趕快去找找錢先生和我那外孫子？求求你，幫著找找，看看他們到底給弄到哪兒去了。」

瑞宣很願意馬上跟著金三爺去找錢先生，可是打不起精神來。他不能把媽媽和妻子留在家裡陪妞子，自己跑出去。沒準兒媽媽傷心得會背過氣去，甚至於死掉。他指了指屋裡。

白巡長走過去，金三跟在後頭。白巡長打窗戶玻璃往裡瞧，一眼就看明白是怎麼回事。他當了多年巡長，什麼悲痛的場面都見過，他知道，兩個女的一定得哭出聲來，要是靜靜的光坐在那兒瞅著妞子，心裡的悲痛一定會把人憋壞，特別是天祐太太準受不住。

「祁先生，您得領頭大哭，」白巡長低聲對瑞宣說：「您要是大聲哭起來，她們就會跟著您哭。得哭出來，要不，傷心過了勁兒，氣憋在心裡，會把人憋壞，憋死。」

瑞宣還沒想好是不是應當按白巡長說的辦，只見門外頭走進來一男一女。

那男的，像個又細又高的黑鐵塔，身子骨結實，硬棒。他沒戴帽子，大兵似的剃著光頭。臉盤又黑又瘦，漆黑明亮的眼睛閃著愉快的光輝。他穿了一身小了兩三號的學生服，上身長不及腰，褲子短的露出小腿。衣服雖說沒個樣子，又不合身，可他穿在身上卻顯得很得體，樸素。他揚著頭，硬棒的臉上透著笑，右手拉著一個女的，是高第。

高第也瘦了，因為瘦，那副厚嘴唇顯得好看多了。短鼻子週遭縱起不少條笑紋。頭髮沒燙，嘴唇也沒抹口紅。看來，她已經完全擺脫了大赤包和招弟對她的束縛，毫不做作地顯出了她的本來面目。她也揚著頭，彷彿盯著老三的腮幫子，又像是在看那高高的藍天。

轉過影壁，老三就大聲喊了起來：「媽！」他的聲音響亮，連金三爺都嚇了一跳。瑞全原來沒打算驚動人，可是不由自主地喊了起來。多年沒叫過的這個字，一下子打他心眼裡蹦出來了。

「老三！」瑞宣也大聲喊了起來。一剎時，他幾乎把妞子的死都忘了。老三是中國青年的代表——象徵著勇敢，強有力的新中國。瑞宣走過來，認出了高第。他一手一個把他們拉到身邊，滾滾的熱淚在眼睛裡轉了好幾個圈。白巡長很想過去招呼老三，一見瑞宣抓住老三的手不放，他就悄悄地往邊上站了站。他知道一家人重逢的時候，最不樂意外人打攪。「咱們走吧，」白巡長一邊說著，一邊把金三爺拽出門外。

老三的語音像一股春風，融化了屋子裡的冰塊。天祐太太始終哭不出聲來，恍恍惚惚地坐在那裡，兩眼直勾勾地瞅著妞子發呆。一聽見老三的聲音，她的心怦怦地跳了起來，像胎兒在媽媽肚子裡亂踹似的。她的孩子，老三，在院子裡叫她呢。她又活過來了，憋在心裡的眼淚唰地流了出來。老三一進門，她連妞子也顧不得照看了。妞子已經死了，兒子可還活著呢。淚水迷了她的眼睛，她摸索著走出屋門。

一見她出了屋門，老三就鬆開了大哥的手，衝媽媽奔過來。

天祐太太大聲哭了起來。老三攥住她那冰涼的手，不住的叫「媽」。

老三越過媽媽的肩頭，看見了坐在妞子床邊的大嫂。「大嫂，我回來了。」

韻梅沒有回過頭來瞧小叔子，卻撲倒在妞子身上，大聲哭開了。

「怎麼了？怎麼了？」老三讓媽媽和嫂子哭糊塗了。他拉著媽媽的手，走進韻梅坐著的那間屋裡，一眼就看見了床上的妞子，楞住了。

瑞宣聽見媽媽和韻梅哭出了聲，放了心。他明白，哭，是減輕痛苦的最好辦法。他準備去把老三回家的消息告訴爺爺。「爺爺，爺爺，」瑞宣壓低了嗓門叫。

老人彷彿睡著了，閉著眼睛嘟囔了兩句。

「爺爺，老三回來了。」

「什麼？」老人還沒睜眼。

「老三家來了。」

老人一下子睜開了眼睛。「小三兒，我的小三兒，在哪兒？」老人坐了起來，「他在哪兒？」老人著急地問。沒等瑞宣答話，他就大聲喊了起來：「小三兒，小三兒，上這兒來，讓我瞧瞧你。」一邊喊著，他扶著瑞宣站起來，急忙往屋子外頭走。「到家了，還不先來看看爺爺，這小子！」

老三聽見爺爺叫，連忙走出屋來，一見爺爺，猛地站住了。爺爺已經不是他記憶中那硬硬朗朗的樣子，變成了個彎腰駝背，又瘦又弱的老頭兒。不光頭髮鬍子是白的，連眉毛也全白了。

老人把乾癟枯瘦的手放在孫子肩膀上，說：「好，好，小三你又長高了，也結實多了。哎——

你走了八年，爺爺一直等著你呢。這下子好了，我放心了，就是死了，也踏實了，我的小三到底回來了。」

天祐太太還在哭著，也走出屋子，朝兒子撲過去。老人瞧著兒媳婦歎了口氣，非常溫和地說：「別再哭了，小三回來了──還不該高興高興嗎？」

天祐太太點了點頭，用衣襟擦了擦眼淚。

老人看見高第，又揉了揉眼睛，問：「你不是冠家的大小姐嗎？」

高第點了點頭。

「是跟小三兒一塊兒來的嗎？」雖說老人知道高第的人品跟大赤包和招弟不一樣，可是，他終究不喜歡冠家的人。

「是呀，」高第說著迎上去，拉起天祐太太的手。

「哦──」老人不想難為高第，沒再問下去。

過了一會兒，老人把老三叫到自己屋裡。「小三兒，冠家的這個閨女是怎麼回事？」

老三一點也不猶豫，直截了當地回答：「她沒處去，想在咱們家待幾天。」

「哦──」老人慢慢躺下了。「你們──」

老三明白爺爺的意思。「說不定──」

老人半天沒言語──就是高第再好，他也還是不喜歡冠家。

「爺爺，您不是盼著咱家人丁興旺嗎？」老三說著笑了起來。

老人想了一想：「你說得對。」

第一百章　人之初

妞子沒有新衣裳，只穿一身過於短小，總還算乾淨的舊衣服。買個小小的木頭匣子，裝斂起來，埋在城外了。

韻梅病得起不了床。幸好有老三和高第在家。老三不打算老待在家裡，準備出去做跟抗日一樣重要的工作。他對國家的現狀有了認識，懂得祖國最需要他去做什麼。他不能婆婆媽媽的，成天守在家裡，跟油鹽醬醋打交道。不過，眼下他還走不開。首先，得把錢伯伯救出來，安置妥當，然後才能鬆口氣，何況目前爺爺、媽媽和哥嫂都離不開他。他明白，自己的有說有笑和無憂無慮的態度，能夠打破家裡死一般的沉寂。

老三對付大嫂的辦法很簡單，然而甚有成效。他不去安慰她，只是從早到晚要這要那，鬧得她一會兒都不得安寧。「大嫂，還沒起來哪？我想餃子吃了。八年沒吃過你包的餃子了。」再不就是：「大嫂，起來吧，給我找兩件舊衣服。瞧瞧我穿的都是些什麼——緊繃繃的，箍得我都出不來氣了。」他知道嫂子心眼好，一定會上他的當，掙扎著爬起來做事。她只要能起床做事，那心頭的創傷就會慢慢好起來。

他一面跟大嫂要這要那，不讓她得空去想那些傷心的事兒，一面跟她嘮叨他見過的許多慘事——被敵機炸死的孩子，逃難時被擠到河裡的孩子——，在戰爭中，無辜死去的孩子成千上萬，妞子不過是其中的一個。

大嫂終於能起床做活了。她瘦了，越瘦，眼睛就越顯得大。她做活的時候，會忽然停下來，彷彿想起了什麼。老三總不讓她得著機會去胡思亂想，叫小順兒陪著媽媽，跟她說話兒。

老三跟大哥在一起的時候，話最多。哥倆乾脆搬到一間屋裡住，讓高第陪韻梅。談過三、四個晚上，哥倆把要說的話都說了，還不樂意就此罷休。又扯起家事、國事、世界大勢，彷彿國家的繁榮昌盛與世界和平，全仗著他倆籌劃。等到實在沒的可說了，就把已經說過的話，拿出來再重溫一遍。

全家都喜歡高第。她已經不是什麼「小姐」，樣樣活都樂意幹，——戰爭把她調教出來了。她伺候祁老人和天祐太太，做全家的飯。她做飯的手藝不高，可是這難為不了她。不論好歹，飯總算是做出來了，這頓做得不可口，下頓還不能改進改進？

這樣韻梅就更覺著自己應當趕快爬起來幹活，不能讓客人替她操持一切。連祁老人也受了感動，忘記了他對冠家的成見。他偷偷對老三說：「別讓客人來伺候咱們呀，那像什麼話呢！」

老三笑了一笑，沒說什麼。

勝利後第七天，錢詩人打監牢裡出來了。

老三打算來次小小的聚會，歡迎歡迎錢伯伯。勝利以來，北平一直冷冷清清，瑞全不喜歡這股子冷清勁兒。他去跟爺爺商量。爺爺答應了，叮嚀說：「得買瓶酒，他喜歡喝兩口。」

「那是自然，我知道上哪兒弄酒去。」

他還跟韻梅和高第商量，得做上幾個菜？韻梅覺乎著，有豆腐乾和花生米下酒，就滿夠了。她安排不了那麼些個人的飯食，沒什麼錢，精神也不濟。

「就這麼辦吧，大嫂，再給沏點兒茶。」

他去找媽媽：「媽，錢伯伯要來，您得起來招待招待他。」天祐太太點了頭。

瑞全邀大哥一起去接錢先生。瑞宣當然樂意。他也想到了富善先生。他花了一整天去找這位老朋友，後來聽人說，幾個月以前，富善先生給弄到山東濰縣的集中營裡去了。

老三去找金三爺，要他跟錢少奶奶一起到祁家來。然後他又邀了李四大媽、程長順和小羊圈所有的街坊鄰居。老鄰居們高興得跟剛聽到勝利的消息時一樣。

瑞宣和瑞全把錢先生接了出來。

錢先生，除了一身衣服，什麼也沒有。他一手扶著老三的胳臂，一手領著孫子，踉踉蹌蹌走出監牢的門。瑞宣跟在後面。

這回錢先生在牢裡過堂的時候，沒有受刑。日本人要他投降，他拒絕了他們的「親善」，他們就把他的孫子偷來，也給下在牢裡。他們讓爺兒倆每天見一面。錢先生明白，他們是想要利用這個孩子，來對他施加壓力。要是他低頭，投降了，孫子就有了活命；要是他不肯呢，他們就會當著他的面給孩子用刑。

錢先生一點也沒發愁。他一不發脾氣，二不惹他們，儘量不讓孩子遭罪；當然他更不能為了救孩子而屈服。他那斯斯文文的臉上老帶著笑，順其自然。要是到時候他確實保護不了自己的孫子，那也沒有法子。反正也不能投降。打仗嘛，多死一個兩個的又怎麼樣？即便那死去的就是他的孫兒。

孩子初進監牢裡來，是又哭又鬧。日本人頭一回帶他見錢先生的時候，他滿臉都是淚。他使勁拍打爺爺的腿，喊著：「我要媽媽，我要媽媽。」

錢先生，輕輕拍了拍孩子的腦袋，一再說：「別鬧，乖乖的，別哭了。」孩子安靜了一點，問：「幹嘛要把咱們關在這兒？幹嘛不讓咱們回家去？」

「沒有道理。」

「怎麼沒有道理？」

「就是沒有道理。」

過了幾天，孩子習慣了一點，不再大哭大鬧了。每逢人家帶著他來看爺爺，他總是特別高興。他拿好多問題來問爺爺——為什麼要打仗，監牢是幹什麼的，日本人打哪兒來，為什麼要到北平來。爺爺很耐心地一一講給他聽。

孫子要求爺爺給起個名字。他記得媽媽常說，他的名字得讓爺爺來起。孩子還沒有出世，爺爺就給起好了名字，錢仇——不忘報仇的意思。而這會兒孩子倚在膝下，他又覺得不能讓孩子一輩子背著這麼一個叫人痛心的名字。老人問孩子，「你覺著『仇』字怎麼樣？」

孫子的小眼睛直眨巴，像是在認真考慮。他能想像出貓、狗、牛是什麼樣子，然而「仇」，「仇」是什麼呢？他鬧不明白，一準不是什麼好詞兒。他說：「我不要這個。」爺爺趕緊道歉：「好，等一等，讓我再好好想想，一定要給你起個好名字。」

於是有一天，他說了：「錢善怎麼樣，善，是正義，善良的意思，是打我教你的那本《三字經》的頭一行上取來的，『人之初，性本善』，記得嗎？」孩子同意了。起初，日本人每次只讓孩子跟爺爺在一塊兒待幾分鐘，後來爺爺跟孫子在一塊兒待慣了，他們就把時間延長，讓他們多談談，希望用孩子來打動錢先生。等爺倆談得正熱鬧，他們就突然把孩子帶走，故意讓他哭鬧。

錢少奶奶和小順兒站在小羊圈口上，等她的公公和兒子。她模樣大變，變得叫人認不出來了；瘦得皮包骨，只有一雙眼睛還亮堂堂的，彷彿她把整個生命都注入了這一對眼睛，好去找兒子。這會兒，她知道兒子快要回到她的身邊來了，她的眼睛幾乎要冒出火星來。

錢少奶奶一見公公和兒子的人影兒，就沒命地跑起來。她一下子把小善摟在懷裡，緊緊抱住。她蹲在地上，把臉緊緊貼在兒子臉上。

走到一號門口，錢少奶奶習慣地站住了，可是錢先生連朝大門都沒瞧一眼，就慢條斯理地走了過去。

祁家大門外站了一群人。大夥兒見了錢先生，都想跑上前來，可是誰也沒挪窩。錢先生是大家的好鄰居、老朋友、英雄。他穿了一件舊的藍布僧袍，短得剛剛夠得著膝蓋。他的頭髮全白了，亂蓬蓬的，雙頰下陷，乾巴巴的沒有一點血色。他外表上並沒有什麼英雄氣概，渾身滿佈戰爭的創傷。大家不禁相互打量了一番，他們自己的衣服也很破爛，每個人的臉都瘦骨稜稜的，白裡帶青。大家又朝小羊圈掃了一眼，家家戶戶，大門上的油漆已經完全看不出來了，牆皮也剝落了。一切都顯著淒涼，使人不忍得看。

說相聲的方六，點起一小掛鞭炮，按老規矩歡迎英雄歸來。

大家都想第一個跟錢先生拉手，又都不約而同，一致把優先權讓給了祁老人。祁老人雙手捧著錢先生的手，只說了一句：「到底回來了！」就再也說不出話來。他想起了天祐。在小羊圈，論年紀、身量和人品，就數錢先生跟天祐最相近。錢先生熱烈地握住老人的手，也說不出話來。

老三想把歡迎會弄得熱熱鬧鬧的，一個勁往裡讓著街坊：「進去吧，裡面請，到院子裡頭喝一盅。」

祈老人轉過身來，站在門邊讓錢先生，嘴裡不住地說：「請！請！」

錢先生的確想喝一盅。他起過誓，抗戰不勝利，他決不沾酒盅兒，今兒他可得喝上一大杯。

他走進大門，邊走邊跟高第、天祐太太和劉太太打招呼。

祁老人等大家都進了院子，才慢慢跟了進來。瑞全早就跟大傢伙兒說笑開了，瑞宣在一邊等著攙爺爺。走了幾步，老人點了點頭，說：「瑞宣，街坊都到齊啦？得好好慶祝慶祝。」他臉上逐漸現出了笑容。

「等您慶九十大壽的時候，比這還得熱鬧呢。」瑞宣說。小羊圈裡，槐樹葉兒拂拂地在搖曳，起風了。

全書完

老舍作品精選：4

四代同堂（下）【經典新版】

作者：老舍
發行人：陳曉林
出版所：風雲時代出版股份有限公司
地址：10576台北市民生東路五段178號7樓之3
電話：(02) 2756-0949
傳真：(02) 2765-3799
執行主編：劉宇青
美術設計：吳宗潔
行銷企劃：林安莉
業務總監：張瑋鳳

初版日期：2021年4月
ISBN：978-986-352-966-8

風雲書網：http://www.eastbooks.com.tw
官方部落格：http://eastbooks.pixnet.net/blog
Facebook：http://www.facebook.com/h7560949
E-mail：h7560949@ms15.hinet.net
劃撥帳號：12043291
戶名：風雲時代出版股份有限公司

風雲發行所：33373桃園市龜山區公西村2鄰復興街304巷96號
電話：(03) 318-1378
傳真：(03) 318-1378
法律顧問：永然法律事務所 李永然律師
北辰著作權事務所 蕭雄淋律師

行政院新聞局局版台業字第3595號 營利事業統一編號22759935

定價：340元

國家圖書館出版品預行編目資料

老舍作品精選 4：四代同堂 / 老舍著. -- 臺北市：風雲時代出版股份有限公司, 2021.03 冊； 公分

ISBN 978-986-352-966-8 (下冊：平裝). --

857.7 109021688